CB127879

TUDO ME LEVA DE VOLTA A VOCÊ

MELISSA WIESNER

TUDO ME LEVA DE VOLTA A VOCÊ

Tradução de Ana Rodrigues

Rocco

Título Original
IT ALL COMES BACK TO YOU

Primeira publicação na Grã-Bretanha em 2023 por Storyfire Ltd.,
negociando como Bookouture.

Copyright © Melissa Wiesner, 2023

Todos os direitos reservados.
Nenhuma parte desta obra pode ser reproduzida ou transmitida
por meio eletrônico, mecânico, fotocópia ou sob
qualquer outra forma sem a prévia autorização do editor.

Direitos desta edição reservados à
EDITORA ROCCO LTDA.
Rua Evaristo da Veiga, 65 – 11º andar
Passeio Corporate – Torre 1
20031-040 – Rio de Janeiro – RJ
Tel.: (21) 3525-2000 – Fax: (21) 3525-2001
rocco@rocco.com.br
www.rocco.com.br

Printed in Brazil/Impresso no Brasil

Preparação de originais
MANOELA ALVES

CIP-BRASIL. CATALOGAÇÃO NA PUBLICAÇÃO
SINDICATO NACIONAL DOS EDITORES DE LIVROS, RJ

W65t

Wiesner, Melissa
Tudo me leva de volta a você / Melissa Wiesner ; tradução Ana Rodrigues. - 1. ed. - Rio de Janeiro : Rocco, 2024.

Tradução de: It all comes back to you
ISBN 978-65-5532-467-9
ISBN 978-65-5595-289-6 (recurso eletrônico)

1. Ficção americana. I. Rodrigues, Ana. II. Título.

CDD: 813
24-92276 CDU: 82-3(73)

Meri Gleice Rodrigues de Souza - Bibliotecária - CRB-7/6439

Esta é uma obra de ficção. Nomes, personagens, empresas comerciais, organizações, lugares, acontecimentos outros que não aqueles claramente em domínio público são produtos da imaginação da autora ou foram usados de forma fictícia. Qualquer semelhança com pessoas reais, vivas ou não, eventos ou locais é mera coincidência.

Para Sid. Este livro só poderia ser para você.
Obrigada pela inspiração.

PRÓLOGO

VERÃO, DIAS ATUAIS

A dra. Anna Campbell havia passado a última década e meia tentando não voltar ao lugar onde crescera. Mas logo além daquelas portas de saída do aeroporto agigantava-se Pittsburgh, na Pensilvânia — cidade da qual passara a infância tentando escapar.

Para ganhar coragem, Anna levou a mão ao pingente de ouro que usava havia duas décadas em um colar ao redor do pescoço e esfregou o polegar nas delicadas linhas gravadas na superfície. Não era mais uma menininha assustada e desesperada, e aquela viagem era a sua chance de finalmente encontrar as respostas que passara a vida buscando.

De finalmente deixar o passado para trás.

Anna endireitou os ombros e seguiu os outros passageiros cansados pela escada rolante, mas hesitou conforme as pessoas ao seu redor se dirigiam às esteiras de bagagens ou às portas de correr além das quais amigos e parentes as aguardavam. Ela não tinha bagagem a recolher; todos os seus pertences estavam guardados na mochila às suas costas. E ninguém a esperava no aeroporto tão tarde da noite. Assim, Anna procurou por uma placa que indicasse onde poderia pegar um Uber.

Ela estava prestes a cruzar as portas quando ouviu uma voz baixa, vinda de algum lugar mais atrás:

— Alguém poderia chamar um médico?

Anna se virou, a própria apreensão esquecida quando seu olhar encontrou um dos homens mais bonitos que já vira, a menos de um metro de distância, encarando-a. Ela parou onde estava, imóvel enquanto sua mochila deslizava do ombro e caía no chão.

Os lábios do homem se curvaram em um sorriso.

— Gabe! — exclamou Anna em um arquejo, correndo na direção dele.

Ele a encontrou no meio do caminho, ergueu-a e girou com ela nos braços.

Gabriel Weatherall, seu melhor amigo no mundo.

— Não acredito que você está aqui — disse Anna quando Gabe finalmente a colocou de novo no chão.

O avião dela pousara depois da meia-noite, e Anna havia dito a Gabe que encontraria um quarto em algum hotel perto do aeroporto e dormiria um pouco. Mas deveria ter imaginado que isso não o impediria de aparecer.

— Você não achou mesmo que ia conseguir voltar ao país de fininho depois de tanto tempo, né? — perguntou Gabe.

— Bom, não exatamente de fininho — respondeu Anna com um sorrisinho de lado. — Talvez só na ponta dos pés.

Gabe só balançou a cabeça e suspirou, em um movimento que misturava bom humor e um toque de alguma outra coisa. Frustração, provavelmente.

— Você sabe que a minha família estava contando os dias para a sua chegada, não sabe?

O coração de Anna deu um salto inesperado no peito: a família de Gabe, os Weatherall. A família enorme, ruidosa, gentil, amorosa e imperiosa de Gabe. Eles faziam parte da vida de Anna desde que ela era menina, e ter sido abraçada por aquelas pessoas foi a melhor coisa que já lhe havia acontecido. Ainda assim, em alguns momentos, como naquele dia, Anna tinha consciência de que nunca seria como eles. Os Weatherall viam a vida como motivo para celebração — e quanto mais barulhenta e cheia de gente fosse essa celebração, melhor. Anna, por sua vez, só queria se esconder até descobrir o que fazer a seguir.

Como se pudesse ler sua mente, Gabe disse:

— Você tem sorte de a família toda não ter vindo para a área de desembarque com uma banda e fogos de artifício. — Ele ergueu as sobrancelhas e olhou de soslaio para ela. — Falei para eles que isso talvez fosse um pouco demais para o seu gosto.

Gabe estava exagerando, mas só um pouquinho. E, como sempre, a conhecia melhor do que ninguém. Ele sabia sobre seu passado, sua infância, e compreendia todas as razões pelas quais era difícil para Anna se abrir tão facilmente para as pessoas como a família dele fazia.

Bem, ele entendia a maior parte. Havia algumas coisas que Anna não contara a ninguém.

Ainda assim, ela sabia que suas reservas às vezes o frustravam.

Anna lançou mais um olhar de relance para ele, que se virara para pegar a mochila dela. Quatro anos se passaram desde a última vez que o vira. Como Gabe já passara dos trinta, havia algumas ruguinhas ao redor dos olhos dele e, por mais que ainda fosse esguio, ganhara mais corpo desde que Anna partira. E, obviamente, aquilo só o tornava ainda mais atraente.

Gabe se virou e a flagrou observando-o.

Anna ouviu, de algum lugar distante, um zumbido baixo que começou discreto e foi aumentando de intensidade. Por um segundo, achou que a esteira por onde giravam as bagagens tinha sido acionada, mas não. Era só ela — só a sensação intensa que abalava suas estruturas sempre que estava perto de Gabe.

Pela ligeira tensão no canto dos olhos dele, dava para ver que Gabe tinha sentido o mesmo.

De repente, Anna se viu transportada para a última vez que o vira, naquela noite de início de junho, quatro anos antes. Ela se lembrou dos dois na varanda da frente da casa dos pais dele e de como aquelas tábuas de madeira que os separavam pareciam um espaço maior do que o oceano que ela acabara de atravessar. Lembrou-se da expressão perplexa no rosto de Gabe e da mágoa refletida em seus olhos enquanto ela recuava de todos os limites que os dois quase haviam ultrapassado.

E Anna recuou novamente naquele momento, no aeroporto, inclinando-se para pegar o casaco e revirando os bolsos, como se encontrar o passaporte tivesse se tornado urgente de súbito. Gabe bufou baixinho, e lá estava aquela sombra de frustração de novo.

Pela milionésima vez desde aquela noite tempestuosa de primavera em que deixara o país, Anna se perguntou que efeito o tempo e a distância teriam tido na forma como Gabe enxergava o último encontro deles. Será que também se sentia satisfeito por terem parado antes que qualquer coisa acontecesse entre os dois?

Será que, ao mesmo tempo, também lamentava?

Ela jamais perguntaria.

Os dois conversavam sobre tudo. Tudo, menos aquela eletricidade pulsando entre eles. Aquele assunto estava tão fora de questão que nem sequer era cogitado. Porque, se havia uma coisa que importava mais do que tudo, uma coisa que Anna se jogaria na frente de um trem acelerado para proteger, era sua amizade com Gabe.

Era a única coisa na vida com que ela já pudera contar.

PARTE I

UM

OUTONO, QUINZE ANOS ANTES

Anna respirou fundo, trêmula, tentando acalmar o coração disparado enquanto, do seu lugar na frente do auditório, a professora sacudia um papel com uma lista de nomes. O cara sentado à direita lançou um olhar mordaz para os tênis gastos de Anna, e ela pressionou a perna com a mão para conter o movimento nervoso que a fazia ficar balançando os pés.

A pessoa cujo nome a professora estava prestes a chamar não imaginava que o futuro de Anna dependia dela. Anna fazia parte de um pequeno grupo de alunos do ensino médio que tinha se qualificado para acompanhar aquele programa gratuito na faculdade, e o projeto era sua chance para uma bolsa de estudos no futuro, para uma vida na qual não precisaria estar o tempo todo apreensiva.

O barulho penetrante do papel sendo desdobrado na mão da dra. McGovern ecoou pelo auditório enquanto ela deslizava o dedo lista abaixo até parar.

Anna segurou com força a bainha da camiseta de segunda mão que usava, aguardando a professora dizer quem formaria dupla com ela no projeto.

— Gabriel Weatherall.

O olhar dela disparou para o outro lado do auditório até encontrar o cara alto, de cabelo escuro, esparramado na cadeira e girando distraidamente uma caneta entre os dedos.

Ele levantou o queixo em um cumprimento rápido para ela, então desviou os olhos. No entanto, menos de um segundo depois, voltou a virar a cabeça rapidamente na direção de Anna e ficou encarando-a boquiaberto, em uma demonstração quase cômica de reconhecimento tardio.

Bom, teria sido cômico se a vida dela não estivesse em jogo ali.

Anna se forçou a abrir um sorriso simpático.

Quando o garoto ergueu as sobrancelhas e seus lábios se curvaram em um sorriso de desprezo, Anna sentiu a futura bolsa de estudos escapando de suas mãos.

A dra. McGovern reuniu os pares restantes de alunos em sua lista, então começou a aula, mas Anna não ouviu nem uma palavra sequer. Ela apoiou um cotovelo em cima da carteira e puxou o cabelo castanho para a frente do rosto, como se fosse o tipo de garota que se preocupava com coisas como pontas duplas. Então olhou por entre a franja longa, reparando no cabelo escuro e cheio de Gabe, na camiseta de fraternidade estudantil e nos braços cruzados diante do peito largo em uma postura de total autoconfiança. Metade das garotas da turma daria tudo pela chance de trabalhar com Gabe pelos próximos dois semestres, mas… ai, Deus, como Anna queria ter qualquer outra pessoa na dupla.

Aquela era a segunda matéria que fazia com ele, embora Gabe jamais tivesse reparado nela no fundo da sala. Mas Anna sabia quem ele era. O exemplo de um cara com uma vida perfeita. Ele se movia e falava com tanta confiança que certamente jamais havia experimentado qualquer dificuldade na vida, e era o tipo de homem para quem os pais repetiam que ele era inteligente e especial desde o dia em que nasceu. Tudo em Gabe refletia aquilo, desde a forma como mergulhava em discussões teóricas com os professores até a forma como tinha as garotas das sororidades se aglomerando ao seu redor, dando apenas a atenção mínima necessária para que elas continuassem a adorá-lo — mas nunca a ponto de limitar suas opções.

Tudo bem, Gabe *era* inteligente, e Anna havia concordado silenciosamente mais de uma vez ao ouvi-lo defender um argumento em sala de aula. Mas ele também era atraente demais, arrogante demais, indomável demais. Ela precisava formar dupla com alguém que abaixasse a cabeça, que não chamasse atenção e que estivesse disposto a trabalhar arduamente. Ou melhor ainda, que recuasse e deixasse que ela assumisse a frente do projeto. Gabe Weatherall não faria nenhuma dessas coisas.

Depois da aula, Gabe se encaminhou para a porta cercado pelo grupinho de sempre, sem se dignar a lançar nem um olhar sequer na direção de Anna. Ela se demorou guardando os livros na mochila. Com sorte, ele ficaria tão distraído que nem se lembraria de esperar por ela, e talvez ela pudesse sair sem ser vista, deixando para falar sobre o projeto mais tarde. Se conseguisse fazer algumas pesquisas primeiro, poderia planejar o que dizer quando os dois realmente se encontrassem.

Mas, quando saiu da sala, Anna viu Gabe encostado na parede, sozinho, olhando para a porta. Os olhos deles se encontraram, e ela sentiu um frio na barriga. Gabe tinha olhos de um azul pálido, com bordas prateadas... Olhos como aqueles não pertenciam a alguém com cabelos tão escuros, mas ali estavam, encarando-a como nuvens de tempestade com o sol espiando por trás. Como nunca havia reparado naqueles olhos antes?

Anna se repreendeu mentalmente.

Nuvens de tempestade? Ah, para com isso.

Gabe ergueu a mão em um aceno desanimado e ela desacelerou o passo.

— Oi. — Anna parou na frente dele e obrigou os lábios a se curvarem em um sorriso. — Acho que somos uma dupla nesse projeto.

Gabe não se deu ao trabalho de sorrir de volta. Em vez disso, analisou-a de cima a baixo.

— Quantos anos você tem?

Anna apertou o caderno contra o peito para esconder a camiseta grande demais, com a logomarca de uma loja de ferragens. Um dos namorados da mãe deixara a blusa para trás depois de ter sido chutado para fora de casa. O cara era encanador, e Anna lamentara a partida dele, um dos poucos namorados legais que a mãe já tivera; enquanto esteve por perto, garantiu que elas tivessem o aquecedor sempre funcionando, sem necessidade de bater nele com uma lata de ervilhas. A camiseta era grande demais para Anna, mas era exatamente por isso que ela gostava de usá-la — era mais fácil se esconder.

Mas por que não havia se lembrado de que aquele era o dia em que seriam anunciadas as duplas para o projeto e tentado parecer um pouco mais apresentável? Naquele momento, percebia que estava sobrando dentro daquela camiseta enorme, ainda mais porque tinha certeza de que havia perdido peso recentemente. E ter mais de um metro e setenta e cinco também não ajudava. Na maior parte do tempo, a altura só enfatizava a estranheza dela. Um garoto no ensino médio havia dito que Anna o fazia se lembrar do Bambi — com joelhos ossudos e enormes olhos castanhos. E ele achava que estava fazendo um elogio.

Bem, a melhor coisa a fazer era fingir confiança. Por sorte, Anna havia se tornado boa em atuar nos últimos tempos. Ela pigarreou.

— Prazer. Meu nome é Anna Campbell.

Gabe piscou, atônito.

— Você é caloura?

— E... qual é mesmo o seu nome?

Anna endireitou os ombros e se ergueu em toda a sua altura. Aquilo sempre funcionava no seu trabalho no mercado quando precisava lidar com algum cliente aborrecido. *Droga*. Gabe continuava a ser uns quinze centímetros mais alto do que ela e não parecia nada intimidado, embora parecesse achar tudo muito divertido.

— Gabriel Weatherall. Meus amigos me chamam de Gabe.

— Bem, Gabriel, parece que vamos trabalhar juntos pelos próximos dois semestres. Então talvez a gente devesse trocar os nossos e-mails e combinar um encontro.

Gabe hesitou por um tempo longo o bastante para fazer Anna se encolher por dentro. Será que estava pensando em uma forma de se livrar daquela situação? Por fim, ele pegou o caderno da mão dela, abriu em uma página em branco e anotou seu nome, e-mail e número de telefone.

— A melhor maneira de falar comigo é por mensagem de texto — murmurou.

Ele devolveu o caderno para ela, que escreveu lentamente o próprio telefone e e-mail. Gabe esticou a mão para pegar, mas Anna hesitou.

Ela não podia mandar mensagens de texto para ele. Não tinha celular, só uma linha fixa e um telefone sem fio nojento que já estava no apartamento quando elas se mudaram. Anna encolheu os dedos dos pés dentro do tênis e se esqueceu de que deveria fingir ser uma garota autoconfiante.

— Eu, hum... E-mail realmente é melhor para mim, se não tiver problema...

Anna também não tinha computador. Nem wi-fi. Mas ela praticamente morava na biblioteca e poderia usar o computador de lá.

Gabe pegou o papel com as informações dela e ficou olhando para o que estava escrito, como se pudesse tirar dali alguma pista de quem ela era.

— Claro, tanto faz. Então, quando a gente pode se encontrar?

Ela cerrou os lábios. Ele não ia gostar da resposta.

— Bem, eu não posso marcar durante a semana. Só venho ao campus para ter aula às terças-feiras.

Ele passou a mão pelo cabelo, bagunçando-o dos lados. Pelo menos não era o tipo de cara que usava quilos de gel.

— Tudo bem. Eu tenho carro — disse ele. — Onde você mora? Podemos nos encontrar em algum lugar perto da sua casa ou até trabalhar lá.

Anna prendeu a respiração ao pensar naquele universitário atraente e seguro, claramente rico, chegando ao *apartamento* dela para trabalhar no projeto. Gabe acharia... Ela sentiu o rosto corar. Não conseguia nem imaginar o que ele acharia. Mas não tinha importância, porque não tinha a menor chance de acontecer. Contudo, os dois *teriam* que passar bastante tempo juntos ao longo dos próximos dois semestres. Por isso, precisaria contar a ele pelo menos o mínimo sobre si mesma, por mais que aquilo lhe afligisse.

— Olha, eu não posso te encontrar durante a semana. Passo o dia todo na escola. E trabalho depois disso.

Anna viu a expressão dele se tornar confusa.

— Você passa o dia todo na escola. Escola, tipo...

— Escola, tipo ensino médio.

— *Ensino médio*? — Ele recuou como se ela tivesse lhe acertado com um soco. — O que você está fazendo na aula de economia global? Normalmente são veteranos que fazem essa matéria. — Gabe riu, mas sua expressão era dura. — Veteranos da *faculdade*.

— Faço parte de um programa gratuito para alunos promissores do ensino médio. — Anna não mencionou a parte de que o programa era dirigido a alunos de "baixa renda" ou "em situação de risco". Ela odiava a expressão "em situação de risco". Não precisava de um lembrete de todos os riscos envolvidos na situação em que se encontrava no momento. — É um programa bastante disputado. Venho tendo aulas na faculdade desde que estava no segundo ano do ensino médio. Quando eu me formar na escola, vou poder usar os créditos para conseguir o diploma de bacharelado.

Sem mencionar que, caso se saísse muito bem naquele projeto, estaria no radar de todos os professores quando se candidatasse a uma bolsa integral por mérito acadêmico.

Caras como Gabe não precisavam se preocupar com bolsas de estudo.

— Desde que você estava no segundo ano — repetiu ele. — E agora você está...?

Anna suspirou.

— Estou no terceiro ano. Tenho dezesseis anos.

Gabe já era veterano na faculdade, provavelmente tinha vinte e um anos, por isso Anna conseguia entender a surpresa dele ao ter uma aluna do ensino médio como dupla. Mas ele com certeza sabia que a dra. McGovern não teria deixado que Anna permanecesse na turma se ela não estivesse à altura dos outros alunos.

Ele se afastou da parede e deu um passo na direção dela.

— É sério isso? Dezesseis anos? O projeto mais importante da minha graduação e vou fazer em dupla com alguém que ainda não chegou na puberdade?

Anna podia ter só dezesseis anos, mas de repente seu corpo doía como o de uma idosa. Ela havia descarregado caixas no mercado em que trabalhava até as dez horas da noite anterior e depois tinha ficado acordada até a meia-noite fazendo o dever de casa. Toda noite daquela semana seria da mesma forma. Não precisava ficar parada ali, ouvindo aquilo.

Ela levou a mão à cintura e o encarou, irritada. De perto, os olhos dele não eram tão especiais assim. Pensar que a borda era prateada tinha sido um exagero. Era só cinza mesmo. Um cinza turvo, como água suja.

— Olha, sou capaz de fazer o trabalho. Tirei dez em todas as aulas que fiz. Eu me esforço. Você não vai precisar me carregar nas costas. Ou seja, vai continuar tendo tempo para fazer trotes com calouros, embebedar garotas das sororidades com cerveja barata ou seja lá o que for que vocês da fraternidade Theta Chis fazem nas horas vagas.

Anna se arrependeu das palavras assim que elas saíram da sua boca.

Gabe recuou um passo.

— Uau.

Tinha como aquela situação ficar pior? Anna não se surpreenderia se ele fosse até a dra. McGovern e exigisse mudar de dupla. Ela precisara praticamente implorar para fazer aquela aula, e com certeza estaria ferrada se Gabe fizesse isso.

Ele franziu o cenho.

— Lamento te desapontar, mas você entendeu tudo errado.

Ela estava prestes a balbuciar um pedido de desculpas quando a boca de Gabe se curvou em um sorriso e ele continuou:

— A Theta Chis tem classe demais para oferecer cerveja barata às garotas. Normalmente pagamos bons drinques para elas.

Anna abaixou a cabeça para esconder um sorriso.

Gabe suspirou.

— Olha só, estamos presos um ao outro, então é melhor resolvermos isso. Você trabalha aos domingos?

Ela balançou a cabeça.

— Podemos nos encontrar na biblioteca. Ao meio-dia?

Anna assentiu, ainda meio esperando que ele tentasse trocar a dupla.

— Vou me esforçar para não ficar morrendo de ressaca na cama. — Gabe saiu andando e, sem se virar, acrescentou: — Tenta não ficar de castigo até lá.

Ela ficou olhando a figura alta de Gabe dobrar o corredor e se encostou na parede. Como eles iriam trabalhar juntos sem se matarem?

Se os últimos cinco minutos indicavam alguma coisa era que sem dúvida aquele seria um ano bem longo...

DOIS

No sábado à noite, os amigos de Gabe apareceram com um grupo de garotas da sororidade parceira. Eles ficaram na varanda da frente da velha casa de tijolos da fraternidade, bebendo cerveja em copos de plástico e curtindo o que poderiam ser os últimos raios de sol do verão antes de o outono chegar.

Em condições normais, Gabe estaria entre eles — falando merda com Jake e os outros caras, arrasando no *beer pong* —, mas era o último ano e, como o pai gostava de lembrá-lo, hora de começar a pensar no futuro. O que significava entregar suas inscrições para a pós-graduação com antecedência para ter chance nas melhores vagas em pesquisa.

Gabe saiu pela porta da frente com a bolsa pendurada no ombro e acenou para os amigos na varanda. Já estava no meio do gramado quando uma das garotas da sororidade chamou seu nome. Ele se virou enquanto ela descia os degraus da varanda com sandálias de salto alto e jogava o cabelo loiro por cima do ombro, exibindo o bronzeado que provavelmente tinha cultivado à beira da piscina durante o verão.

— Você não está indo embora, né?

A garota ficou mexendo em um dos brincos longos que usava. Ele levantou os olhos para o rosto dela, então brindou-a com um sorriso.

— Desculpa, meu bem. Eu adoraria ficar, mas tenho trabalho a fazer.

Atrás da garota, Jake revirou os olhos e fingiu ânsias de vômito. Gabe tinha certeza de que sabia o motivo: todos os caras o sacaneavam porque, quando ele esquecia o nome de uma garota, acabava chamando-a de "meu bem".

Aquela em particular não pareceu se importar. Ela abriu um sorriso largo.

— É sábado à noite. Você pode fazer seu trabalho amanhã. Fica e bebe alguma coisa. — Os dedos dela roçaram o braço de Gabe.

Era uma noite linda, e a ideia de ficar com ela era bastante tentadora. Mas o dia seguinte era domingo e ele teria que se encontrar com aquela garota do ensino médio para organizarem o projeto. Não queria nem pensar nisso. E depois ele ainda teria que encontrar a família.

— Desculpa, mas preciso mesmo ir. — Ele olhou de lado para ela. — Mas, olha, vou fazer o possível para terminar tudo a tempo de voltar mais tarde.

A garota lhe lançou um sorriso satisfeito.

— Ótimo. Vou estar aqui.

Gabe acenou uma última vez e desceu a rua em direção ao campus.

• • •

Quando chegou à biblioteca, Gabe foi até a área de estudo principal. Um grupo de alunos com óculos modernos e echarpes estava sentado em um canto, debatendo os méritos de um romance best-seller recente. Três garotos magros, provavelmente do curso de ciência da computação, ocupavam outro canto, analisando um programa que alguém estava desenvolvendo no notebook.

A única outra estudante ali estava sentada de costas para o salão. Seus longos cabelos escuros balançavam sobre os ombros enquanto ela examinava uma enorme pilha de livros e rabiscava em um caderno.

O tempo estava agradável e ainda era o início do semestre. A maioria das pessoas tinha algo melhor para fazer do que ficar na biblioteca em um sábado à noite. Se as suas inscrições para a pós-graduação não fossem tão importantes, aquele seria o último lugar onde ele estaria.

Gabe esfregou a nuca e suspirou, tirando o notebook da bolsa. Estava se candidatando a programas de pós-graduação em economia e considerando algumas das melhores instituições: Harvard, MIT, Universidade de Chicago, Stanford. Era um dos melhores alunos da sua turma da faculdade. Se conseguisse o melhor programa de mestrado e publicasse sua pesquisa com os economistas mais respeitados da área, poderia ir praticamente para onde quisesse depois disso. Mas primeiro precisava passar em economia global, o que de repente não parecia tão garantido.

Ele pensou em procurar a dra. McGovern e pedir para formar dupla com outra pessoa, mas não era seu estilo reclamar e aquilo não iria impressionar ninguém. Assim, ele aceitou e concordou em se encontrar com a garota do ensino médio. *Anna*. Ele não ia chamá-la de "meu bem".

O que ele precisava era de um plano. Poderia assumir o comando e delegar algumas tarefas fáceis a Anna — pesquisa básica sobre tópicos que ele determinasse, formatação de tabelas e gráficos, esse tipo de coisa —, guiando o projeto na direção que desejasse. Aquilo poderia funcionar a seu favor. Talvez acabasse sendo mais fácil lidar com uma aluna de ensino médio nervosa e assustada do que com qualquer colega do curso de economia. Poderia dizer a Anna o que queria que ela fizesse, e ela concordaria com tudo.

Gabe esfregou as têmporas, sentindo o peso nos ombros diminuir ligeiramente. Hora de trabalhar. Ele se concentrou nos formulários de inscrição e começou a esboçar sua carta de apresentação.

Três horas depois, ele fechou o notebook e se esticou na cadeira. Os nerds da computação já tinham ido embora havia muito tempo, mas a cabeça da garota de cabelos escuros permanecia curvada sobre o caderno e sua enorme coleção de livros triplicara de tamanho.

Pela janela, ele viu dois caras de moletom e jeans passando, seguindo na direção de Greek Row. Provavelmente calouros a caminho das festas de boas-vindas das fraternidades as quais esperavam pertencer. A fraternidade de Gabe também daria festas daquele tipo nas semanas seguintes. Um grupo de garotas passou também e o som das suas risadas entrou pela janela aberta. Elas usavam vestidos frescos ou calças jeans e regatas, sem dar a mínima para a possibilidade de a temperatura cair depois da meia-noite e de congelarem no caminho de volta para casa.

Gabe checou a hora no celular. A festa devia estar a pleno vapor na casa dele. Talvez ainda conseguisse chegar a tempo de encontrar aquela garota da sororidade.

Ele guardou tudo na bolsa e seguiu em direção à porta. No exato momento em que passou por trás da garota de cabelos escuros, ela estendeu a mão e puxou um livro do meio da pilha. Os volumes tombaram e se espalharam pelo chão. O maior caiu bem em cima do sapato dele.

— Jesus! — Gabe segurou o pé, sentindo a pontada de dor o atravessar.

— Ai, meu Deus, me desculpa! — A garota cobriu a boca, horrorizada, e mergulhou embaixo da mesa para pegar os livros.

— Tá tudo bem. Eu tô bem — disse ele, e se adiantou mancando para ajudá-la.

Quando Gabe se abaixou, teve um vislumbre do rosto ruborizado da garota e oscilou sobre os calcanhares.

Ai, ai. Que inferno. Com tanta gente para esbarrar...

Ele deveria ter imaginado que seria Anna, a aluna do ensino médio, que jogaria livros em cima dele. Gabe tinha a sensação de que ela lhe causaria muitas dores e sofrimentos nos próximos meses.

— E aí, menina?

Anna levantou a cabeça e ficou ainda mais vermelha.

— Oi. — Ela mordeu o lábio. — A propósito, é Anna.

Ele sorriu.

— Eu sei.

Anna pigarreou e se abaixou para pegar o restante dos livros. Gabe a ajudou, e logo os dois já tinham arrumado tudo em duas pilhas organizadas em cima da mesa.

— O que você está fazendo aqui tão tarde da noite? — perguntou Gabe, virando o livro que segurava nas mãos para ler o título. Era *O banqueiro dos pobres: a evolução do microcrédito que ajudou os pobres*. — Muhammad Yunus, é?

Anna pegou o livro da mão dele.

— Isso. E daí?

Gabe sabia que Muhammad Yunus era um dos pioneiros do microcrédito moderno — a prática de emprestar pequenas quantias para ajudar pessoas pobres, que não tinham acesso aos empréstimos tradicionais, a abrirem os próprios negócios. Para que aula seria aquele trabalho dela?

Havia mais alguns livros sobre microfinanças em cima da mesa, então Gabe pegou um chamado *The Making of Haiti*. Espera, Haiti? A dra. McGovern tinha designado um país para cada dupla e o projeto deles se concentrava na investigação e concepção de uma estratégia para melhorar o crescimento econômico.

Eles haviam recebido um e-mail no início daquela semana com a lista de países, e o deles era o Haiti.

— Tudo isso é para o *nosso* projeto?

— Sim. — Anna tentou pegar o livro, mas Gabe segurou-o fora do seu alcance. — Ainda estou avaliando. — Ela endireitou os ombros e olhou nos olhos dele. — Mas... sim, acho que deveríamos considerar nos concentrar em microfinanças.

— Hum... — murmurou Gabe, levantando uma das sobrancelhas. — É, não sei.

Ele já tinha algumas ideias para o projeto e o foco em microfinanças não estava em sua lista.

Em uma segunda tentativa, Anna conseguiu pegar o livro da mão dele.

— Ei, não descarte a ideia só porque não é sua.

— A questão não é de quem é a ideia...

— Olha — interrompeu ela. — Vi um monte de projetos dos últimos anos e, na maioria das vezes, eles se concentravam no crescimento econômico nacional, em coisas como levar industrialização e empregos para as cidades.

Sim, aquilo combinava com o que ele andara pensando.

Anna balançou a cabeça como se pudesse ler a mente dele.

— Só que, em um lugar como o Haiti, muitas pessoas vivem em áreas rurais. Não tem como ter acesso a esses empregos, então os mais pobres ainda continuam sem alternativas. — A voz dela ganhou velocidade. — Acho que deveríamos concentrar o nosso plano nas microfinanças, em capacitar as mulheres nas zonas rurais para que elas possam aumentar seus rendimentos por meio de pequenos negócios. Isso vai permitir que garantam educação aos filhos, que assim estarão qualificados para assumir empregos de nível superior, o que resultará em uma classe média estável. — Os olhos de Anna voltaram a encontrar os dele e não vacilaram. — Eu tinha pensado em dar uma olhada em mais alguns livros essa noite e levar um esboço para você amanhã, mas acho que você conseguiu pegar a ideia.

Gabe ficou olhando para aquela garota que, de repente, tinha a carreira acadêmica dele nas mãos, e a palavra que lhe veio à mente foi *apagada*. Ela era magra — magra demais — ou talvez só estivesse sobrando em outra camiseta grande demais e calça jeans larga cujo tecido se acumulava em volta dos tornozelos. As olheiras escuras pareciam mais pronunciadas do que no início daquela semana, e seus cabelos escuros caíam longamente pelas costas, meio que minguando nas pontas, do mesmo jeito que acontecia com sua voz quando ela falava.

Quer dizer, do mesmo jeito que acontecia com sua voz quando ela falava... antes de começar a discorrer sobre o projeto deles.

Gabe pressionou a nuca dolorida. A sugestão dela, bem, fazia sentido. Na verdade, era uma ótima ideia. Seria diferente do que os outros grupos estavam fazendo e os ajudaria a se destacar. Aquele também não era um rumo que ele teria seguido sozinho.

Talvez Anna não fosse tão nervosa e assustada quanto ele tinha achado.

Ele se sentou em uma cadeira e pegou um dos livros.

— Tudo bem. Me conta mais sobre o que você está pensando.

Anna sorriu e se sentou na cadeira ao lado dele.

— Bem...

Ela falou sobre o que havia lido e mostrou várias páginas de anotações a Gabe. Ele fez perguntas, alguns comentários e apresentou algumas das próprias ideias, que ela acrescentou ao caderno.

Os dois ficaram sentados ali, conversando, por mais três horas.

Quando terminaram, já tinham anotado no caderno de Anna um plano completo para o projeto, com uma lista dos próximos passos e um cronograma para concluir tudo.

Gabe se recostou na cadeira e olhou para a garota à sua frente com um respeito relutante. Ela não apenas tinha algumas ideias decentes, mas também era organizada.

Eles concordaram em manter o encontro no dia seguinte, mas a biblioteca não estaria tão vazia no domingo como estava naquela noite, e os dois não poderiam conversar à vontade sem incomodar os outros. Gabe considerou brevemente a possibilidade de usar a sala de estudo na casa da fraternidade, mas levar Anna para lá em um domingo, depois de uma grande festa, estava fora de questão. A casa estaria um desastre, cheia de garrafas de bebida e caixas de pizza espalhadas por todo lado, além de pessoas desmaiadas nos sofás da sala. Anna já achava que ele era um cara irresponsável de fraternidade sem precisar ver aquilo.

Não que ele se importasse com o que ela pensava a seu respeito.

— Podemos trabalhar na casa dos meus pais — sugeriu ele. — Eles moram perto, e o meu pai tem um escritório em casa. Lá a gente vai poder conversar e espalhar as nossas coisas sem ninguém nos incomodar.

Anna mordeu o lábio.

— Na casa dos seus pais? A gente não vai incomodar *eles*?

Nunca havia ocorrido a Gabe que os pais poderiam se importar se ele fosse até lá para trabalhar com uma colega de classe. Ele e os irmãos tinham entrado e saído de casa com um fluxo constante de amigos durante toda a vida. A mãe nem saberia o que fazer sem uma multidão constante para alimentar e entreter.

— Não, claro que não. Eu vou lá todo domingo, de qualquer forma.

— É mesmo? — Anna arregalou os olhos, irônica. — Por quê? A sua mãe lava a sua roupa?

Gabe suspirou. Depois de três horas trabalhando juntos no projeto — de forma muito amistosa —, tivera esperança de que Anna tivesse desenvolvido um pouco mais de respeito por ele.

— Eu lavo a minha própria roupa, obrigado.

Os lábios de Anna se contraíram no que poderia ter sido um sorriso. Ela estava implicando com ele?

— Na verdade, eu vou pra jantar com eles. — Gabe se levantou e arrumou a bolsa. — O meu irmão e as minhas irmãs normalmente também estão lá. O jantar de domingo é uma espécie de tradição familiar. — Ele encolheu os ombros. — E os seus pais? Eles não se importam que você fique fora de casa até... — Ele checou o celular. — Nossa. Uma da manhã?

Anna desviou os olhos para os livros que estava segurando.

— Ah, somos só a minha mãe e eu. E ela normalmente trabalha à noite em uma casa de repouso, então...

Ela deu as costas e levou os livros para um carrinho da biblioteca.

Gabe ergueu as sobrancelhas. Ele e os irmãos tinham um horário rígido para estar em casa na época do ensino médio. E onde estava o pai dela? Ele a seguiu com outra pilha de livros.

— Como você costuma ir pra casa?

— De ônibus. Como é sábado à noite, acho que ainda está passando.

Já que a mãe de Anna trabalhava à noite, talvez não soubesse que a filha estava fora tão tarde. De jeito nenhum ela iria querer que a garota andasse com toda aquela gente estranha que pegava ônibus à uma da manhã.

— Eu levo você.

Anna ergueu os olhos bruscamente.

— Ah, não, não precisa. O ônibus é tranquilo, sério. Eu o pego o tempo todo.

— Olha, menina. Sei que você acha que sou um cara idiota de fraternidade...

— Eu não acho isso!

— ... mas não vou deixar você voltar pra casa de ônibus sozinha à uma da manhã, entendeu?

Anna hesitou, então assentiu.

— Tudo bem. Obrigada.

Eles saíram pelas portas da biblioteca e desceram a rua. A temperatura havia caído cerca de quinze graus desde o pôr do sol, e Anna cruzou os braços na frente da camiseta desbotada. Gabe tirou o moletom com zíper e o ofereceu para ela, que olhou de lado para ele, mas acabou estendendo a mão lentamente para aceitar.

— Obrigada.

Os dois caminharam por alguns minutos antes de Gabe quebrar o silêncio.

— Então, como você conseguiu que a McGovern te aceitasse na turma? Sei que você é a melhor e a mais genial e tudo mais, mas a maioria de nós precisou passar os últimos três anos reunindo os pré-requisitos necessários.

— Ah, sabe como é... — Anna se virou para ele com um sorrisinho torto no rosto. — Eu tive um caso com ela.

Gabe deixou escapar uma risada surpresa. A dra. McGovern se casara com uma das suas ex-assistentes de pós-graduação, e havia rumores de que o envolvimento tinha começado quando a assistente ainda era aluna dela. Ele não teria imaginado que Anna prestasse atenção às fofocas, muito menos que fosse fazer piadas a respeito.

— Aquele sofá xadrez no escritório dela é mais confortável do que parece — brincou Anna.

Gabe balançou a cabeça, ainda rindo.

— Nunca mais vou conseguir olhar para aquela mulher da mesma maneira.

Eles caminharam em silêncio por mais algum tempo, então Anna disse em voz baixa:

— Na verdade, eu li o livro dela.

Gabe parou de andar.

— Agora eu sei que você está mentindo. De jeito nenhum você leu *Os novos princípios da economia*.

O livro da dra. McGovern era lendário entre os estudantes do curso. Muitos tinham tentado ler, inclusive Gabe, mas ninguém que ele conhecia havia passado do segundo capítulo. Com 750 páginas, era uma obra prolixa, incoerente, cheia de termos obscuros e impossível de acompanhar. Naquele momento, o exemplar de Gabe estava sendo usado para manter a janela do quarto dele aberta.

— Eu li, e aí perguntei se a gente podia conversar a respeito. Passei *duas horas e meia* sentada naquele sofá da sala dela. Aliás, retiro o que disse. Ele *não* é mais confortável do que parece.

Gabe sorriu com admiração. Anna já o impressionara só por ter lido aquele livro horrível, mas se dispor a debatê-lo exigia muito mais coragem do que ele tinha imaginado que ela teria.

— Eu *cumpria* alguns dos pré-requisitos, então perguntei se poderia assistir às aulas dela. A dra. McGovern assinou a autorização na mesma hora. — Anna deu uma risadinha, fazendo Gabe se lembrar da irmã mais nova dele, o que foi revigorante. Ela parecia tão séria e reservada que era fácil esquecer que era só uma menina. — Acredite, ter um caso com ela teria sido mais fácil.

Gabe riu.

— Vou me lembrar disso quando tiver que pedir recomendações para a pós-graduação.

Quando chegaram ao carro, Gabe abriu a porta para ela. Anna deu instruções de como chegar no seu bairro, então quis saber sobre a pós-graduação. Ele contou sobre as inscrições e a carta de apresentação que havia escrito. Pela segunda vez naquela noite, Anna o surpreendeu. Era tão fácil conversar com ela, e ela tinha algumas ideias muito inteligentes. A maior parte dos amigos dele na fraternidade era formada em engenharia ou ciências da computação, por isso não tinha muito preparo para falar sobre teorias econômicas. Além do mais, ele e os caras não tinham aquele tipo de relacionamento.

O trajeto de dez minutos até a casa de Anna passou rapidamente. Ao cruzarem a ponte Bloomfield em direção ao bairro de Lawrenceville, em Pittsburgh, Gabe percebeu que havia crescido a poucos quilômetros de onde ela morava, mas nunca tivera um motivo para ir até lá antes. Ele ouvira em algum lugar que, trinta anos antes, Lawrenceville tinha sido um bairro agradável, com casas geminadas de tijolos, sólidas. Mas Gabe sabia que, no momento, a área era conhecida principalmente pelas drogas, pelos crimes e pela prostituição. Ao subir a rua dela, passou por várias janelas fechadas com tábuas e varandas caindo aos pedaços.

Gabe parou o carro e, enquanto Anna tirava o moletom dele para devolver e pegava a mochila, examinou a casa dela. Era uma casa grande em estilo vitoriano, que, anos antes, provavelmente tinha sido o lar de uma família rica, mas, em algum momento, fora dividida em apartamentos, o que era evidente pelo número de caixas de correio desgastadas pregadas na parede de tijolos. A varanda não via uma demão de tinta havia pelo menos três décadas e os degraus que levavam à porta da frente pareciam prontos para serem levados pelo próximo vento forte.

Ele tentou não ser esnobe. Talvez fosse um bom lugar do lado de dentro.

Os dois combinaram que ele a pegaria ali no dia seguinte, e Anna desceu do carro. Gabe continuou onde estava para se certificar de que ela entraria bem em casa. Enquanto Anna se dirigia para a porta, ele a viu pular uma tábua de madeira traiçoeira na escada e desviar de uma velha lata de café instantâneo que parecia estar servindo de cinzeiro. Ela colocou a chave na porta da frente e acenou ao entrar.

Quando ela já estava quase fechando a porta, Gabe abaixou o vidro da janela.

— Ei, menina.

Anna abriu a porta novamente.

— Sim?

Gabe sorriu para ela.

— Você trabalhou bem hoje.

— Você também.

Quando ela relaxava, seu sorriso realmente iluminava o rosto. Gabe a viu desaparecer dentro de casa e foi embora, rindo da história dela sobre o livro de McGovern.

Quando já estava na metade do caminho para casa, ele praguejou baixinho e bateu no volante. Tinha esquecido completamente daquela garota da sororidade que pretendia encontrar.

TRÊS

Menos de vinte e quatro horas depois, Anna estava no carro de Gabe de novo, dessa vez a caminho da casa dos pais dele.

O bairro ficava a apenas quinze minutos do apartamento dela, mas era como viajar para outro planeta. O que as pessoas faziam com todo aquele espaço dentro daquelas mansões gigantes?

Era torturante imaginar o que Gabe devia ter pensado sobre o estado do prédio dela quando a deixara em casa na noite anterior, ainda mais porque ela estava começando a achar que a família dele morava em uma daquelas casas chiques. Poderia ter insistido em pegar o ônibus para que ele não visse o prédio, mas Gabe não parecia disposto a aceitar um "não" como resposta, o que a surpreendeu. Anna teria suposto que ele estava ansioso para se livrar dela e voltar para as festas ou bares que costumava frequentar nas noites de sábado.

Ela cruzou os braços diante do peito e se lembrou da maciez surpreendente do moletom de Gabe e do perfume amadeirado que a envolveu quando ele ofereceu o agasalho. Seria possível que estivesse errada sobre ele? A verdade era que o cara que, apenas alguns dias antes, ela havia descartado como um membro inconsequente de fraternidade tinha se preocupado mais com seu bem-estar na noite anterior do que qualquer outra pessoa em…

Bem, em mais tempo do que ela gostaria de pensar.

Anna não tinha insistido mais para pegar o ônibus porque estava exausta de ficar sempre olhando por cima do ombro, preocupada, com medo. Ao menos uma vez, quis experimentar a sensação de ter alguém se certificando de que ela havia chegado bem em casa.

Gabe entrou com o carro em uma rua lateral tranquila e depois em uma garagem, parando ao lado de uma árvore de bordo enorme. Enquanto ele reunia os livros, Anna examinou o lugar.

A casa de infância de Gabe era uma construção de três andares, de tijolos, em estilo vitoriano, com uma enorme varanda na entrada. Nos canteiros em frente à casa, arbustos e flores cresciam aleatoriamente, como se alguém tivesse jogado um punhado de sementes só para ver o que iria brotar. Mas, depois das próprias tentativas de cultivar uma hera amarelada e flácida em vasos de terracota rachados no pequeno parapeito da janela do apartamento, Anna sabia que, na verdade, alguém havia investido muito tempo e amor para fazer aquele jardim parecer não ter exigido esforço algum.

Ela desceu do carro e seguiu para uma entrada de tijolos vermelhos em forma de espinha de peixe que levava a uma garagem independente nos fundos. Havia uma cesta de basquete presa à parede acima das portas da garagem e uma bola de basquete em um vaso na beira do pátio. Uma bicicleta de menina com fitas amarelas e brancas balançando no guidão estava encostada na parede.

Anna levou um instante para se dar conta do peso que sentia no peito.

Anseio.

Como teria sido crescer daquele jeito?

Aquele não era um estado de espírito ao qual ela se entregava com muita frequência. Pensar no que outras pessoas tinham não lhe fazia nenhum bem. E Anna sabia melhor do que ninguém que uma coisa podia parecer boa por fora, mas quem poderia dizer o que realmente estava acontecendo abaixo da superfície?

Eles subiram os degraus da varanda e seguiram em direção à entrada. Anna não reparou na mulher idosa sentada no sofá de vime até que os diamantes em sua mão manchada pelo tempo cintilaram à luz do sol.

A mulher tinha o olhar perdido no jardim da frente e balançava a cabeça grisalha repetidamente.

— Oi, vó — cumprimentou Gabe, e se inclinou para beijar o rosto enrugado.

A senhora piscou e levantou os olhos para Gabe com uma expressão vazia. Ela piscou mais algumas vezes, então inclinou a cabeça.

— Do que você me chamou?

— Eu te chamei de vó. — Gabe ajeitou uma ponta da manta que estava escorregando do colo dela. — Sou o seu neto, Gabe.

A mulher ficou encarando-o por mais um momento, e Anna teve a sensação de que ela não o estava vendo de verdade. Então ela encolheu os ombros de leve e balançou a cabeça.

— Essa é a minha amiga Anna. — Gabe indicou Anna com um gesto. — Ela está aqui para trabalhar em um projeto da faculdade comigo. Anna, essa é a minha avó, Dorothy.

— Olá, muito prazer.

Dorothy olhou para Anna, assentiu com um leve sorriso e se voltou outra vez para o jardim. Ela oscilava o corpo suavemente para a frente e para trás, como se o sofá fosse um balanço na varanda.

— Nós vamos entrar para começar a trabalhar — avisou Gabe. — Mas vejo você mais tarde, tá?

Ele inclinou a cabeça em direção à porta da frente, indicando que Anna deveria segui-lo.

— Alzheimer? — perguntou Anna, em um sussurro, quando Dorothy já estava fora do alcance da voz.

Gabe assentiu.

— Começou há poucos anos, mas piorou no ano passado. Antes, ela era a avó mais cheia de energia, mais atenciosa... do tipo que sempre assistia aos jogos e peças da escola dos netos e os levava para passar o fim de semana com ela, sabe?

Anna não sabia. Nem imaginava. Mas assentiu mesmo assim.

— Agora ela nem sabe quem a gente é. Tem sido muito difícil para a minha mãe.

— Sinto muito por isso — murmurou Anna, vendo Dorothy puxar alguns fios da manta. — Deve ser como se você já a tivesse perdido, embora ela ainda esteja aqui.

Gabe olhou-a de lado e Anna sentiu o rubor no rosto. Meu Deus, ela devia parar de falar. Tinha sido grosseiro insinuar que a avó dele já havia partido quando ela estava sentada bem na frente deles? Havia passado tanto tempo tentando *não* falar com as pessoas que agora não tinha ideia de como fazer aquilo direito.

— Sim. — Os olhos prateados de Gabe ficaram nublados de tristeza enquanto ele respirava profunda e lentamente. — É exatamente assim. Como você sabe?

Sei porque foi assim que me senti em relação à minha mãe durante anos.

Antes que deixasse escapar aquilo em voz alta, Anna encolheu os ombros e murmurou:

— Ah, eu... eu acho que posso imaginar.

Sim, definitivamente era hora de parar de falar.

Mas, enquanto atravessava a varanda, Anna fez uma pausa e deu uma última olhada em Dorothy. Ela já havia lido um pouco sobre Alzheimer, em um dia em que perdera o último ônibus para casa e ficara presa na biblioteca tarde da noite. Acabou gostando de vaguear pela seção com todos aqueles livros de medicina, divagando sobre a possibilidade de ser médica algum dia. Deveria contar a Gabe o que tinha lido?

— Você vem? — chamou ele.

Anna deixou a ideia de lado. Gabe provavelmente não gostaria que uma garota de dezesseis anos achasse que sabia alguma coisa sobre a condição da avó dele.

Ele abriu a porta da frente e fez um gesto para que Anna entrasse primeiro.

Ela entrou e seus tênis sujos afundaram em um tapete luxuoso estendido sobre um piso de madeira brilhante. Anna tirou os sapatos enquanto absorvia o máximo possível com um olhar casual. À esquerda havia uma sala de estar que ela prometeu a si mesma evitar. Mesmo da porta, já se sentia nervosa por toda a forração impecável dos estofados em creme e azul-claro. Mas talvez até se arriscasse se fosse para conferir as fotografias emolduradas dispostas sobre a lareira, mostrando um Gabe mais novo, provavelmente com os irmãos. Ele *tinha* que ter passado por uma fase desengonçada. Caso contrário, simplesmente não seria justo.

O cômodo à direita, com a enorme mesa de mogno e o computador grande e reluzente, devia ser o escritório do pai dele. Havia uma poltrona em um canto com uma luminária de leitura acima, além de uma estante de livros que ocupava uma parede inteira. Gabe não estava brincando quando disse que os pais tinham espaço de sobra para eles fazerem o trabalho da faculdade.

Ele guiou Anna direto pelo corredor até os fundos da casa, onde chegaram a uma cozinha iluminada e ensolarada, com armários brancos, bancadas escuras e uma ilha cercada por banquetas altas. Grandes janelas davam para o quintal e portas francesas se abriam para um deque. Em um canto, quase escondida, ficava uma copa aconchegante.

A cozinha, além de ser do tamanho do apartamento inteiro dela, era o lugar mais caloroso e convidativo em que já estivera. Ervas frescas e uma tigela colorida de frutas se destacavam em cima da ilha, painéis de vidro cintilavam nos armários superiores, exibindo pilhas organizadas de cerâmica feita à mão, e cortinas de linho ondulavam nas janelas.

Uma mulher loira de meia-idade estava diante do fogão, que poderia muito bem pertencer a um restaurante, mexendo em uma panela com alguma coisa com um cheiro delicioso. Ela levantou os olhos quando os dois se aproximaram e abriu um sorriso.

— Gabriel!

A mulher limpou as mãos em um avental decorado com marcas de mãos de criança e correu para abraçar Gabe.

O filho a abraçou de volta.

— Oi, mãe.

Outro fragmento de anseio se cravou no coração de Anna. Teria dado tudo para voltar para casa e encontrar a mãe esperando, feliz em vê-la...

Gabe soltou a mãe e tocou o ombro de Anna.

— Mãe, essa é a Anna.

Embora a mãe de Gabe estivesse vestida casualmente com uma calça preta de malha, uma jaqueta de ginástica turquesa com zíper e um avental amarrado na cintura, ela se comportava com a elegância de quem estava acostumada a ter dinheiro e se sentir confortável. Não havia nem um toque de cinza em seu cabelo loiro na altura do queixo ou um quilo a mais em seu corpo magro e musculoso. Um colar de ouro envolvia seu pescoço e brincos de diamante cintilavam em suas orelhas.

Anna tocou sem perceber o pingente pendurado no próprio pescoço e puxou o cardigã ao redor do corpo, feliz por ter pensado em vestir sua melhor calça jeans e seu melhor suéter naquela manhã. Mas a mãe de Gabe não pareceu dar a menor importância às roupas da recém-chegada. Seus olhos azul-claros encontraram os de Anna e seu amplo sorriso irradiava acolhimento.

— O Gabriel me contou sobre o projeto de vocês. Seja bem-vinda.

— Obrigada por nos deixar usar seu escritório, sra. Weatherall.

— Ah, pode me chamar de Elizabeth. Fico feliz em ter Gabe e os amigos dele aqui a qualquer hora. Você vai ficar para o jantar, não é?

Anna queria se aconchegar na copa e ficar ali para sempre. Mas havia crescido em um mundo em que as pessoas não a convidavam para nada. Será que Elizabeth estava apenas sendo educada?

— Ah... eu não quero... incomodar.

Gabe sorriu.

— Fica pro jantar. A minha mãe sempre faz comida o bastante pra alimentar um batalhão. E ela adora ter convidados porque assim os meus irmãos desagradáveis têm que se comportar.

— Você quer dizer porque assim o meu *filho* desagradável tem que se comportar. — Elizabeth revirou os olhos para Anna, como se ela estivesse participando da piada. — Por favor, janta com a gente. Temos bastante comida e adoraríamos saber mais sobre esse programa universitário em que você está matriculada.

Um cheiro tentador de alho e tomate emanava da panela no fogão, e Anna ficou com água na boca. A única comida que tinha em casa era uma caixa de cereais e duas latas de atum. Não haveria mais nada até que ela recebesse o pagamento na sexta-feira, então aquele seria o jantar para toda a semana.

— Vou adorar. Obrigada.

Gabe pegou refrigerantes na geladeira e entregou um para Anna.

— A gente vai estar no escritório. Obrigada, mãe.

• • •

Eles se sentaram diante do computador, repassando os detalhes do projeto, pesquisando dados na internet para respaldar suas ideias e, de vez em quando, debatendo algum ponto específico. No momento em que o estômago de Anna começou a roncar e ela desejou que houvesse uma barra de granola ou alguma coisa parecida em casa que pudesse ter colocado na bolsa, Elizabeth entrou na ponta dos pés e colocou uma bandeja de sanduíches e frutas na mesa ao lado deles.

Anna não queria parecer gulosa, então colocou só duas metades de sanduíche e um pequeno cacho de uvas no prato. Mais tarde, no entanto, quando Gabe saiu para ir ao banheiro, ela pegou outro sanduíche, embrulhou-o em um guardanapo e enfiou no fundo da mochila junto com uma maçã.

Ela se recostou na cadeira de leitura e olhou ao redor da sala. Acima do computador, estava pendurado um mapa antigo dos Estados Unidos, e a atenção de Anna foi atraída para o lado esquerdo da moldura, quase, mas não exatamente, para o Oceano Pacífico. *Califórnia.* Toda vez que passava pelo globo terrestre que ficava no saguão da biblioteca, ela o girava, deslizando o dedo até o pontinho preto que marcava a cidade de San Francisco.

Os passos de Gabe ecoaram pelo corredor e Anna endireitou o corpo, voltando a se concentrar no momento presente.

— O que você acha? Já fizemos o bastante por hoje? — perguntou Gabe, voltando a se sentar na cadeira em que estivera antes.

Naquele momento, a porta do escritório foi aberta e uma garota alguns anos mais velha do que Anna entrou intempestivamente.

— Gabe! Mamãe disse que você vai trazer uma *garota* pra jantar! — Só aí é que ela avistou Anna. — Ih, opa... Desculpa.

Anna olhou espantada para os coturnos da garota, as calças largas com estampa de camuflagem e a camiseta preta com as palavras "Girls just wanna have fun-*damental rights*". O cabelo platinado em um corte pixie era quase tão curto quanto o de Gabe e se erguia em pontas cuidadosamente arrumadas. Um grosso delineado preto contornava os olhos azul-prateados e fileiras de minúsculos brincos de argola delineavam as orelhas. Não havia dúvida de que era a irmã de Gabe. Além dos olhos parecidos, a garota tinha a mesma beleza incomum e o mesmo jeito confiante de se comportar.

Gabe indicou a recém-chegada com um gesto.

— Anna, essa é a minha irmã, Rachel. Rachel, essa é a Anna, da minha aula de economia.

— Oi. — Anna prendeu uma mecha de cabelo atrás da orelha e logo se arrependeu do gesto nervoso, deixando a mão cair no colo.

Em vez de cumprimentá-la de volta, Rachel se virou para Gabe, os olhos faiscando, e deu um tapa forte no braço dele.

— Pelo amor de Deus, Gabe!

— Ai! Que diabo é isso, Rachel?

— Qual é o seu problema? Essa garota tem, o quê, catorze anos? Isso é baixo nível demais, até pra você. O que houve, já esgotou o estoque de garotas da sua idade?

Anna ficou olhando de Rachel para Gabe. Ai, Deus. Rachel não sabia que os dois estavam trabalhando em um projeto. Ela achava que estavam *namorando*. Anna balançou o cabelo para esconder o rosto muito corado. Gabe se recostou na cadeira e revirou os olhos.

— Calma, Rachel. A Anna faz um projeto da faculdade em dupla comigo. Inclusive, nós estávamos *trabalhando* nele até você invadir o escritório e nos interromper.

Rachel recuou e examinou os papéis espalhados em cima da mesa e a planilha aberta no computador.

— Ah. — Ela olhou para os dois com um sorrisinho envergonhado. — Bom, a mamãe não mencionou essa parte.

Então, ela se virou para Anna e observou-a de cima a baixo, fazendo-a se remexer sob seu olhar.

— Quantos anos você tem?

— Eu tenho...

— Ela tem dezesseis anos — adiantou-se Gabe.

— É mesmo? — Rachel voltou a encarar Anna. — Você é algum tipo de gênio?

Anna abriu a boca para explicar, mas, antes que conseguisse fazê-lo, Gabe bradou:

— Sim, a Anna é uma criança-prodígio. — Ele acenou com a mão na direção da irmã. — Anna, a Rachel é caloura na faculdade só para meninas em Shadyside. Faz especialização em estudos de gênero, é claro. E o mês que passou lá já serviu para que ela decidisse que eu represento o patriarcado odioso.

Anna endireitou os ombros, determinada a assumir o controle da conversa. Antes que pudesse pensar muito a respeito, deixou escapar:

— Normalmente chamamos de faculdade para mulheres, não para meninas, certo? Não é uma pré-escola.

Rachel soltou uma risadinha de escárnio.

Gabe passou a mão pelo cabelo, bagunçando as laterais, e se virou para a irmã:

— Rachel, como você provavelmente pode perceber, a Anna também tem um profundo desprezo pelos caras da fraternidade e só está trabalhando nesse projeto comigo porque acha que posso ajudá-la a tirar dez na matéria.

Caso contrário, ela não seria vista comigo nem morta. Portanto, vocês duas têm muito em comum.

Sério? Anna ergueu as sobrancelhas.

— Na verdade, *eu* estou ajudando ele a tirar dez na matéria. Mas todo o resto é verdade.

Gabe apoiou a cabeça no encosto da cadeira e suspirou enquanto Rachel se curvava de tanto rir.

— Ah, isso é impagável — disse ela em um arquejo. — Vocês já terminaram aqui? Anna, vem comigo pra varanda. Acho que vamos ser amigas.

Gabe fez um gesto com uma das mãos, liberando-a, e Anna seguiu Rachel até o corredor. Atrás dela, Gabe gritou:

— Rachel, ela é nova demais para o seu bico também, então nem pense!

— Cala a boca, Gabe! — gritou Rachel de volta.

Anna sentiu o rubor no rosto mais uma vez.

• • •

Anna e Rachel se sentaram na varanda e conversaram sobre o curso de Rachel na faculdade, sobre os planos de Anna de se inscrever no próximo ano e sobre todos os livros favoritos que as duas tinham em comum. Em outro mundo, Rachel era exatamente o tipo de garota de quem Anna teria sido amiga. Ela dobrou as pernas embaixo do corpo enquanto as duas fofocavam sobre aulas e professores e se permitiu fingir por um tempo.

Mas logo Rachel perguntou sobre os pais de Anna. Era uma curiosidade comum — de onde ela vinha, em que a mãe e o pai dela trabalhavam —, mas as perguntas arrancaram Anna de sua fantasia. Aquele era o motivo pelo qual evitava relacionamentos mais próximos. Amigos esperavam saber coisas normais sobre a vida um do outro, e nada na vida de Anna era normal. Rachel não se deixou intimidar por suas respostas vagas e murmuradas nem pelas tentativas de mudar de assunto, então Anna fugiu para dentro de casa, dando a desculpa de que precisava ir ao banheiro.

Elizabeth a encontrou vagando pelo corredor e, como se sentisse seu desconforto, perguntou se ela queria ajudar a fazer uma salada, o que Anna aceitou, agradecida. Ela estava parada na ilha da cozinha, cortando cenouras e pimentões, quando um homem que devia ser o pai de Gabe entrou pela porta dos fundos e parou perto do fogão para beijar a esposa.

Os dois conversaram por alguns instantes sobre o jogo de golfe dele, então o homem se virou para Anna:

— O Gabe comentou que traria uma amiga. Meu nome é John. — Ele estendeu a mão para apertar a dela.

Anna ficou surpresa com a formalidade, então deixou a faca na tábua de cortar e estendeu a mão para retribuir o aperto firme de John. Ela tentou não ficar o encarando enquanto ele se acomodava em uma banqueta do outro lado da ilha.

Gabe havia mencionado que o pai era médico, mas John parecia mais um médico de um programa de TV do que qualquer um que Anna já tinha visto na vida real. Ele era tão alto quanto Gabe e só um pouco mais robusto, com aquele tipo de solidez que vem com a idade. Seus olhos azuis eram mais escuros do que os de Gabe, e os cabelos quase pretos exibiam fios prateados, mas o nariz reto e o queixo delineado eram como os do filho. Anna teve a sensação de estar olhando para Gabe dali a trinta anos.

John a fitava atentamente do outro lado da ilha da cozinha enquanto a enchia de perguntas. *Onde você cursa o ensino médio? Que programa da faculdade você está fazendo? Como são suas notas? E como tem se saído nos testes de avaliação para entrar na faculdade? Para quais você está se candidatando?* Ele assentia ao ouvir as respostas que Anna balbuciava. Mais parecia uma entrevista de emprego do que uma conversa em um jantar de domingo, e ela torceu para estar dando as respostas certas.

Depois de alguns minutos de profundo estresse para Anna, John se levantou para pegar uma cerveja na geladeira e disse que ela parecia ter boas perspectivas, o que a fez presumir que tinha passado no teste. De qualquer modo, ela ficou feliz quando Gabe entrou na cozinha e deu em John um daqueles cumprimentos meio abraço, meio tapinha nas costas, tirando os holofotes dela.

— Como está indo com os formulários de inscrição para a pós-graduação? — John pousou a cerveja em cima da bancada.

O sorriso de Gabe se apagou.

— Bem.

— Já terminou a carta de apresentação?

Gabe foi até a geladeira, abriu-a e logo voltou a fechar, sem tirar nada de dentro.

— Gabe? — insistiu John.

Gabe suspirou.

— Escrevi um rascunho ontem.

Anna descascou um pepino e acompanhou-o com o olhar. Ele parecera bastante disposto a falar sobre os formulários de inscrição no caminho de volta para casa na noite anterior; ela se perguntou qual seria o motivo daquela relutância repentina.

John assentiu.

— Bem, não se esqueça de pedir para alguém dar uma olhada nela antes de enviar.

Um lampejo de sentimento alterou a expressão no rosto de Gabe. Irritação, talvez? Então, em um movimento quase imperceptível, ele revirou os olhos.

— É claro.

Anna estava tão distraída tentando compreender aquela conversa que só reparou no homem alto e forte que entrou na cozinha quando ele já estava no meio do cômodo. Ele usava uma camiseta manchada de tinta, calças resistentes e surradas e botas de trabalho marrons. O primeiro pensamento de Anna foi que ele tinha sido contratado para fazer algum serviço na casa. Mas, então, o homem cumprimentou Gabe com um soco no braço e, quando os dois ficaram um ao lado do outro, ela viu a semelhança.

O irmão de Gabe. O visual dele era inesperado, ainda mais quando comparado a John, com sua camisa de golfe, e a Elizabeth, com seus diamantes. Anna se sentiu um pouco melhor a respeito da sua calça jeans e do seu cardigã de brechó. O recém-chegado se inclinou para dar um daqueles meio abraços em John, mas acabou sendo mais um tapinha abrupto nas costas.

— Será que poderia se limpar um pouco antes de entrar na cozinha? — murmurou John em uma voz tão baixa que Anna quase não escutou. — Pelo menos tire essas botas sujas.

O irmão e Gabe trocaram um olhar, e Gabe balançou a cabeça. Elizabeth se aproximou e apertou o ombro do filho recém-chegado.

Antes que Anna tivesse tempo de tentar entender aquela troca, o homem reparou nela atrás da ilha.

— Oi. Meu nome é Matt.

— O meu é Anna. Oi. Estou trabalhando com o Gabe em um projeto para a faculdade — disparou, antes que alguém presumisse que Gabe era algum tipo de pervertido que estava levando adolescentes para casa com ele.

— A Anna está no terceiro ano do ensino médio — acrescentou Gabe rapidamente. — Ela faz parte de um programa especial e tem aulas na faculdade.

Matt torceu o nariz e balançou a cabeça.

— Ah, cara, sinto muito. Você deve ser muito inteligente para fazer parte de um programa desses. Como acabou formando dupla com o cara mais burro da turma?

Anna encolheu os ombros e mordeu o lábio para esconder um sorriso.

— Pois é, perdi no par ou ímpar.

Matt riu enquanto Gabe olhava para ela com uma indignação fingida e virava as palmas das mãos para cima como quem diz *como assim?*

Alguns minutos depois, Rachel entrou na cozinha. Matt agarrou-a em um abraço, envolvendo-a pela cabeça platinada até tê-la em uma chave de braço.

— Anna, você já conheceu a Rachel?

Rachel deu uma cotovelada na lateral do corpo de Matt, que a soltou com um grunhido.

Anna se apoiou na bancada e ficou observando as provocações e brincadeiras entre os irmãos. Sempre desejara um irmão ou irmã, mas havia sido apenas ela e a mãe. Como teria sido crescer com uma família grande, uns cuidando dos outros, em vez de ficar sozinha o tempo todo? Será que as coisas teriam acontecido de forma diferente? Ou será que a mãe teria acabado em circunstâncias ainda mais desesperadoras, com mais filhos para criar?

Ela sentiu um movimento ao seu lado e, quando olhou para baixo, viu uma menina que parecia ter uns onze anos. O cabelo dela combinava com o loiro de Elizabeth e os olhos azuis eram os mesmos do restante da família. Provavelmente era a dona da bicicleta amarela na garagem. Quantos eram os Weatherall? Parecia que toda vez que ela se virava, outra pessoa aparecia, como se fosse uma daquelas famílias gigantes de seriado de comédia no qual coisas malucas aconteciam, mas, no final do episódio de trinta minutos, tudo acabava dando certo.

Talvez, para algumas pessoas de sorte, tudo acabasse *mesmo* dando certo.

— Quem é você? — perguntou a garota.

— Meu nome é Anna. Sou amiga do Gabe.

— Eu sou a Leah. — Ela se afastou e examinou Anna. — Você não parece com as outras namoradas do Gabe.

Anna não tinha certeza se devia rir ou se ofender. Ela se contentou com um sorriso irônico. Leah estava apenas dizendo a verdade.

— É, nós somos só amigos.

A menina assentiu, como se aquilo fizesse mais sentido.

— Leah, meu bem, você pode lavar as mãos e pôr a mesa, por favor? — interrompeu Elizabeth. — O jantar vai ficar pronto em dez minutos.

Anna se afastou da ilha da cozinha.

— Deixa eu ajudar — disse.

Com uma pilha de pratos nas mãos, ela seguiu Leah até a sala de jantar enquanto Gabe e os outros permaneciam na cozinha, servindo bebidas e temperando a salada. Anna ficou grata pelo intervalo. Fora exposta a mais conversas, risadas e barulho na cozinha dos Weatherall nos últimos dez minutos do que na própria casa durante todo o ano anterior. Era uma experiência avassaladora. E maravilhosa.

Ela havia passado o dia se esforçando para fazer e dizer a coisa certa, para ter ideias inteligentes e criativas para o projeto, para acompanhar as piadas dos irmãos de Gabe. Então veio aquele interrogatório de John. Por algum motivo, nas últimas horas, Anna havia desenvolvido um estranho desejo de impressionar Gabe e a família dele, e não fazia ideia de onde tinha surgido aquilo.

Nunca havia se preocupado em fazer parte de um grupo antes. Normalmente, torcia para que ninguém prestasse atenção nela. Quanto mais se camuflasse com o ambiente, menos provável seria que alguém fizesse perguntas sobre quem ela era.

Ou que alguém bisbilhotasse sobre a sua vida e descobrisse o que havia feito.

QUATRO

Tum. Tum.

Anna estava fazendo o possível para se concentrar no livro de economia à sua frente, mas era impossível com Gabe andando de um lado para o outro no escritório e atirando pedaços de papel amassados na lata de lixo.

Tum.

No início daquela semana, quando eles tinham conversado sobre voltar a trabalhar no projeto, Anna sugerira que se encontrassem na biblioteca. Dessa forma eles poderiam terminar o trabalho e seguir cada um o seu caminho sem se envolverem em todas as piadas e assuntos de família na casa dos pais dele. Mas Gabe argumentara que a biblioteca seria desconfortável. Disse que teriam que sussurrar ou acabariam incomodando outros alunos e não haveria lugar para se espalharem.

Uma lista de tarefas descartada bateu na parede e caiu na lata de lixo com outro *tum*. Gabe abriu os braços e saltou, como se tivesse acabado de marcar o ponto da vitória no jogo do campeonato.

Talvez ele estivesse certo sobre a possibilidade de eles incomodarem as pessoas na biblioteca.

— Dá pra se concentrar aqui? — Anna acenou para ele com um livro, e um punhado de papéis amassados voou em sua direção.

— Relaxa, menina — disse ele com um sorriso. — A gente está trabalhando há horas.

Anna encheu as mãos com os papéis amassados e os arremessou de volta. Gabe se abaixou e os papéis passaram direto. Em um movimento rápido, ele se virou e pegou a lata de lixo. Antes que ela pudesse reagir, virou-a sobre a cabeça dela. Bolas de papel choveram lá de dentro e caíram no colo dela.

Anna o encarou boquiaberta.

— Ai, meu Deus!

Os olhos prateados de Gabe brilhavam com o riso, e ela sentiu o próprio coração idiota acelerar.

Nada daquilo teria acontecido na biblioteca. Anna se levantou e deixou os papéis deslizarem para o chão.

— Acho que isso significa que terminamos de trabalhar, né?

Ela pegou a lata de lixo e se agachou, concentrando-se no tapete enquanto recolhia a bagunça.

Ainda rindo, Gabe se aproximou para ajudá-la e seu ombro esbarrou no dela. Anna sentiu o rubor cobrir lentamente o seu rosto. O perfume amadeirado dele a envolveu, e ela se apressou a recolher o último papel que estava no chão e se levantar.

Precisava se recompor e parar de agir como uma adolescente boba apaixonada. Gabe era um cara que caíra na sua dupla do projeto, só isso. E daí que ele era o cara mais inteligente com quem ela já tinha trabalhado e que as ideias dos dois em relação ao trabalho combinavam perfeitamente? Ou que ele ria das piadas idiotas dela e realmente parecia achá-la engraçada? Aquilo não significava que eles eram amigos. Gabe era mais velho, popular e autoconfiante de um jeito que Anna não conseguia nem imaginar. Caras como ele não eram amigos de garotas como ela, e ela sabia que não deveria permitir que ele a distraísse. Faltavam menos de dois anos para a sua formatura do ensino médio, e seria tolice perder aquilo de vista porque um cara bonito qualquer estava sendo legal com ela.

Ou porque ele tinha o tipo de família com o qual ela sempre sonhara.

A mãe de Gabe a convidara para jantar com a família outra vez, e Anna sabia que deveria recusar educadamente e pegar o próximo ônibus para casa. Mas os cheiros que vinham do forno eram tentadores demais para serem ignorados, e logo ela estava de volta à cozinha, rindo com Gabe e os irmãos dele.

A namorada de Matt, Julia, também estava ali, e a recebeu com um sorriso caloroso, murmurando:

— Bem-vinda ao circo, Anna.

E Anna se sentia mesmo bem-vinda, acolhida e confortável de um jeito que não conseguia explicar; era uma sensação que não experimentava desde antes de tudo desmoronar.

Mas ela não pertencia àquele lugar e, enquanto as brincadeiras, as provocações e o pandemônio geral continuavam durante o jantar, um peso se instalou em seu peito. Anna poderia se acostumar com aquilo. E era inteligente o bastante para saber que seria uma péssima ideia.

Depois de lavarem a louça do jantar e de a família se espalhar em grupos menores, Anna saiu da cozinha e atravessou o corredor na ponta dos pés. Ela sabia que encontraria um lugar tranquilo na varanda da frente ao lado do jardim. Gabe havia dito que aquelas flores e arbustos eram obra de Dorothy, que tinha cuidado delas com amor por mais tempo do que a família havia esperado após o diagnóstico. Depois, John e Elizabeth tinham contratado um jardineiro para ir uma vez por semana. Mas Dorothy ainda gostava de se sentar lá à noite, depois do jantar, e ficar contemplando as flores que não conseguia mais se lembrar de ter plantado.

Com aquele pensamento em mente, Anna pegou a mochila no escritório e saiu pela porta da frente em direção ao lugar favorito de Dorothy. Quando conhecera a idosa na semana anterior, uma ideia havia surgido em sua mente e ela vinha pensando naquilo desde então; depois de uma passada rápida na biblioteca naquela manhã, tinha uma espécie de presente para a avó de Gabe.

— Oi. — Anna parou diante de Dorothy, torcendo a alça da mochila nas mãos.

Dorothy se virou para ela, o rosto sem expressão.

— Olá — murmurou, e voltou a olhar para o jardim da frente da casa.

— A senhora gosta de música?

Anna afundou o corpo na cadeira à frente.

Dorothy assentiu, mas Anna não sabia se ela estava respondendo à pergunta ou fazendo aquela coisa de balançar o corpo novamente.

Anna enfiou a mão na bolsa, tirou alguns CDs de músicas antigas e ergueu os estojos de plástico.

— A senhora os conhece? Frank Sinatra? Dean Martin? Ella Fitzgerald?

Dorothy estendeu a mão para um CD e passou o dedo pela imagem do rosto sorridente de Dean Martin. Então, assentiu de leve.

Anna havia comprado um Discman velho em uma liquidação no ano anterior, quando voltava da escola para casa, e tinha valido cada centavo — se ela mantivesse os fones no ouvido enquanto estava no refeitório da escola, podia estudar sem ouvir os comentários dos outros sobre a mochila que carregava desde o ensino fundamental, sobre os sapatos que usava e tinham saído de moda havia dois anos ou sobre os tíquetes a que tinha direito para conseguir almoço grátis.

Aquele tocador de CD a ajudara em muitos momentos de solidão, e ninguém poderia ser mais solitário do que uma idosa presa nas próprias memórias.

— Quer ouvir? — Anna estendeu a mão e ajeitou os fones de ouvido ao redor da cabeça de Dorothy, tomando cuidado para não puxar o cabelo prateado arrumado em um permanente elegante.

As mãos de Dorothy se ergueram rapidamente para tatear as almofadas protetoras em seus ouvidos, mas ela permaneceu em silêncio.

Anna apertou o play do aparelho e as primeiras notas de um piano tilintaram levemente nos minúsculos alto-falantes. Dorothy continuou a pressionar os fones contra os ouvidos e desviou os olhos para o jardim. Depois de um minuto, ela olhou para Anna com um sorriso caloroso.

A garota ficou tão surpresa que se deixou cair na cadeira. Dorothy começou a se balançar para a frente e para trás de novo, mas dessa vez parecia estar se movendo no ritmo da música. Um instante depois, emitiu um som profundo, um cantarolar baixinho e gutural. A música terminou e a próxima começou. Dorothy continuou a cantarolar e, quando a música chegou ao refrão, começou a cantar.

Anna arquejou e cobriu rapidamente a boca com a mão. A voz de Dorothy estava rouca, provavelmente por falta de uso, mas seu tom era cálido e a tonalidade das notas estava correta. Toda a expressão dela mudou enquanto cantava, as bochechas coradas e os olhos brilhando. Anna pressionou as próprias têmporas para afastar a ardência inesperada nos olhos.

Dorothy estava no meio do verso seguinte quando a voz abafada de Gabe dentro de casa puxou Anna de volta à realidade.

— Vocês viram a Anna?

— Ela estava aqui há um minuto — respondeu Elizabeth. — Estão ouvindo alguém cantando?

Os passos de duas pessoas ecoaram pelo corredor. Anna respirou fundo e endireitou o corpo. Elizabeth apareceu na porta de tela, os olhos indo de Dorothy, que ainda cantava, para Anna, e então de volta para Dorothy. Ela ficou perplexa, boquiaberta e agarrou com força a frente do avental.

— Ai, meu Deus!

— Mãe? O que foi? — Passos mais pesados desceram o corredor com pressa e Gabe apareceu ao lado da mãe. Ao ver a avó cantando, seus olhos se arregalaram. — Uau.

Anna olhou para Gabe e Elizabeth enquanto eles abriam a porta de tela e entravam na varanda em um silêncio atordoado. Seu coração batia forte e sua mente girava em busca de uma explicação que pudesse dar a eles, mas não havia nenhuma. Ela não sabia nada sobre a família de Gabe. Só o fato de terem sido tão acolhedores na semana anterior não lhe dava o direito de se intrometer com um parente doente. O que estava pensando?

Gabe se virou para Anna.

— Frank Sinatra?

Anna esfregou as palmas suadas na calça jeans e pegou a caixa do CD com a mão trêmula.

— Achei que talvez fosse da época dela.

Naquele momento, Rachel apareceu na porta.

— Quem está cantando? — perguntou. Então: — *Vó*? — Ela também abriu a porta de tela.

A música de Dorothy chegou ao fim e, por um momento, a varanda ficou em um silêncio absoluto. Nenhum carro passou pela rua, nenhum pássaro cantou em uma árvore. Anna se encolheu na cadeira e desejou que houvesse uma maneira de escapar dali sem que ninguém percebesse. Mas estava encurralada, e a culpa era dela mesma.

Então Dorothy olhou diretamente para Elizabeth, sorriu e disse:

— Você se lembra dessa música, Lizzie? Seu pai e eu costumávamos dançar na sala.

Elizabeth arquejou por trás da mão pressionada à boca e seu rosto se franziu. Lágrimas escorriam de seus olhos quando ela correu até a mãe e se sentou ao lado dela no sofá.

— Sim, eu lembro, mãe — sussurrou, pegando a mão de Dorothy.

— Cacete — murmurou Rachel da porta, e então se virou e entrou depressa em casa, provavelmente para contar ao resto da família.

Anna estava morrendo de vontade de chorar e respirou fundo para se controlar. Talvez fosse por causa do momento inesperado de lucidez de Dorothy ou da maneira como Gabe estava olhando para ela, a expressão indecifrável. Mas o fato é que desejou voltar duas semanas no tempo, antes de ser designada para trabalhar com Gabe, antes de começar a agir como aquela pessoa impulsiva que não reconhecia.

— Talvez seja melhor deixar as duas a sós por alguns minutos, né? — Anna se levantou, passou por Gabe e entrou na casa.

Sentiu que ele a seguia, mas acelerou o passo pelo corredor. Não sabia para onde estava indo — não havia exatamente um lugar onde se esconder. Mas continuou a andar até que ele a pegou pelo cotovelo e virou-a com delicadeza para encará-lo.

— Como você sabia que a música iria despertar a memória dela daquele jeito?

Anna transferiu o peso de uma perna para a outra e olhou para a mão dele em seu braço.

— E-eu não sabia. — Ela se esforçou para controlar o tremor na voz. — Não exatamente. Quer dizer, uma vez li em um livro de neurociência que os receptores do cérebro que se lembram de músicas e reagem a elas são os últimos a se deteriorar quando alguém tem Alzheimer. Então, achei que talvez os CDs pudessem ajudar Dorothy a se conectar com alguma coisa. — Anna abaixou os olhos. Havia um buraco em sua meia que não tinha notado antes.

— Você simplesmente leu a respeito em um livro de neurociência?

Aquilo soou ainda mais esquisito quando falado em voz alta daquele jeito.

— Sim.

Gabe ficou em silêncio e, quando Anna olhou para cima, ele a encarava de um jeito estranho.

— O que foi? — perguntou ela, o tom cauteloso.

— Nada. É só que você é... surpreendente.

Anna não fazia ideia do que Gabe queria dizer com aquilo e estava assustada demais para perguntar. Ela escapou para o escritório a fim de arrumar suas coisas e, quando não dava mais para evitar, saiu para o corredor e foi até a cozinha para se despedir.

A conversa cessou quando Anna entrou. Obviamente estavam falando dela.

Anna ficou parada na porta até Rachel finalmente quebrar o silêncio.

— Aquilo foi muito legal.

Leah começou a pular no lugar.

— Você é igual ao milagreiro do livro que estamos lendo sobre a Helen Keller na escola!

John puxou Anna de lado e disse que ela não tinha ideia do quanto aquilo significava para Elizabeth e que eles nunca esqueceriam.

E, quando Anna e Gabe estavam saindo, Elizabeth a puxou para um abraço apertado, segurou firme sua mão e disse:

— Volte na semana que vem, por favor. Você é sempre bem-vinda aqui.

Anna apertou a mão de Elizabeth, sentindo-se frágil e diáfana, como folhas em um jardim após a primeira geada. Bastaria um vento forte para abrir um buraco nela. Ansiava por voltar na semana seguinte. Ansiava por um lugar onde fosse sempre bem-vinda.

• • •

Gabe permaneceu em silêncio no caminho de volta para o apartamento de Anna. Ela ficou olhando pela janela, roendo a unha do polegar e se perguntando o que ele estaria pensando. Quando Gabe parou o carro, ela se abaixou para pegar a mochila no chão do carro e olhou de relance para ele através do cabelo que caía sobre os olhos.

— Obrigada pela carona — disse, e se virou para sair. Mas se sobressaltou quando ele tocou seu braço.

— Anna.

Ela parou com a mão na maçaneta da porta.

— Sim?

— Obrigado pelo que fez pela minha avó.

— Eu é que agradeço por… — Pelo quê? *Ser legal comigo? Prestar atenção em mim?* Deus, o que o fato de se sentir tão grata por um pouco de gentileza dizia sobre ela? — Por me levar para conhecer a sua família. Eles são incríveis.

— Eles têm seus momentos. — Seus lábios se curvaram em um sorriso irônico. — Todos são grandes fãs *seus*. Quando a gente estava indo embora agora, a minha mãe deixou claro que, se eu não chegar com você no próximo domingo, é melhor nem ir.

Anna sentiu um calor agradável se espalhar pelo seu corpo. *Cuidado*, alertou uma vozinha no fundo de sua mente, mas mesmo antes de a palavra estar totalmente formada, ela abriu a boca para responder:

— Eu adoraria voltar na semana que vem.

• • •

Apesar de ter trabalhado até tarde no mercado na noite de segunda, Anna acordou cedo para encontrar Gabe na biblioteca antes da aula de terça. Eles acharam um canto tranquilo em um dos salões para conversar sobre o projeto e planejar o domingo, quando fariam as pesquisas necessárias na casa dos pais dele antes do jantar com a família.

Os domingos geralmente eram o dia de folga no mercado, e Anna os usava para colocar os estudos em dia, então o tempo que passava com os Weatherall acabava impactando seu outro trabalho. Para compensar, teria que acordar cedo para estudar todo dia, antes da escola, pelo resto da semana. Ela disse a si mesma que não era nada de mais — poderia dormir quando entrasse na faculdade.

Quando chegou à aula com Gabe naquela terça, as meninas com quem ele sempre se sentava acenaram, chamando-o. Ele começou a se adiantar na direção delas, então parou de repente, fazendo com que o aluno atrás dele tropeçasse e tivesse que se desviar para evitar a colisão.

Gabe mirou o único assento no meio do grupo de garotas, então seus olhos se voltaram para Anna, mas logo se desviaram.

Anna ficou parada ao lado dele, constrangida. *Ah, claro.* Mesmo que tivessem um relacionamento cordial enquanto trabalhavam no projeto, não se podia dizer que eram *amigos*. Ainda mais quando havia por perto garotas bonitas da sororidade, com cabelos longos e brilhantes.

Sempre que Anna o via no campus, Gabe estava cercado por pessoas bonitas e estilosas, adjetivos que definitivamente não a descreviam. Embora fosse alta, era magra demais, o peito era praticamente liso e o cabelo castanho-escuro era aparado por ela mesma quando tinha tempo. As maçãs salientes do rosto e os grandes olhos castanhos poderiam até ser atraentes se ela tivesse tempo ou dinheiro para maquiá-los, o que não era o caso. E jamais seria capaz de fazer suas roupas compradas em bazares sequer parecerem com as roupas da moda que as universitárias usavam.

Não que quisesse que Gabe pensasse nela como parte do fluxo constante de garotas com quem ele flertava. *De jeito nenhum.*

Anna balbuciou que o veria mais tarde e se sentou em um lugar vazio do outro lado da sala. Nada daquilo importava. O importante era se sair bem na tarefa que lhes fora designada, tirar um dez e estar um passo mais perto de uma bolsa integral para a faculdade e depois para a residência médica. Um passo mais perto de uma vida melhor.

Antes que ela pudesse evitar, a imagem de uma escada bamba descendo para um porão escuro surgiu em sua mente.

E um passo mais perto de deixar tudo aquilo para trás.

Não iria permitir que Gabe a distraísse.

Anna se sentou e abriu a mochila, fingindo procurar alguma coisa importante, para não ficar tentada a olhar para ele do outro lado da sala.

Alguém empurrou sua perna, trazendo-a de volta à realidade. Anna olhou por cima da mochila e viu Gabe sorrindo enquanto passava por ela e se sentava ao seu lado. O olhar de Anna se desviou para o outro lado da sala e encontrou as expressões chocadas nos rostos dos amigos dele, então ela abaixou a cabeça na direção da mesa à sua frente para esconder o sorriso.

CINCO

Gabe se recostou na cadeira e ficou olhando o cursor girar no computador do escritório de seu pai. *Formulário de inscrição, históricos acadêmicos, pontuações na prova final da faculdade, carta de apresentação.* Com um último clique, lá se foi sua última inscrição para a pós-graduação.

Depois de toda a energia que tinha investido nelas naquele outono, ele esperava ouvir fogos de artifício estourando, música tocando ou alguma coisa parecida. Mas não. Só uma mensagem genérica: *Obrigado pela sua inscrição. Você receberá um e-mail de confirmação em breve.*

Tudo bem. Gabe sabia que veria Anna mais tarde e que ela ficaria devidamente animada por ele. Era engraçado como aquela garota estranha e tímida, com quem ele mal conseguia conversar sem que caíssem em uma discussão, acabara se tornando sua maior apoiadora no que se referia à pós-graduação. Ela tinha lido os textos dele, oferecera algumas sugestões muito inteligentes e até o encorajara a se inscrever nas bolsas de estudo que Gabe sabia que tinha pouca chance de conseguir.

No início, os dois passavam todas as manhãs de terça e tardes de domingo trabalhando no projeto deles. Mas, conforme as pontas começavam a ser amarradas, a verdade era que eles não precisariam mais se encontrar toda semana. Mas estar com Anna tinha se tornado parte da rotina de Gabe, e ele gostava de conversar com ela sobre outros assuntos.

Gabe sabia que os amigos estavam bastante confusos em relação à quantidade de tempo que ele passava com Anna. Os caras da fraternidade gostavam de implicar, chamando-a de *sua namorada* e fazendo piadas sobre ele gostar de garotas mais novas. No geral, Gabe ignorava as provocações porque não estava disposto a dar aos caras a satisfação de vê-lo nervoso.

Anna estava no ensino médio, e nunca, nem em um milhão de anos, ele pensaria nela como qualquer coisa além de uma irmã mais nova. Mas o incomodava que a maioria das pessoas só visse o que estava na superfície — a garota tímida e desalinhada, escondida atrás do cabelo — e não se desse ao trabalho de conhecê-la e descobrir como ela era brilhante e divertida. E se sentia envergonhado por quase ter cometido o mesmo erro.

Gabe afastou a cadeira da escrivaninha para trás e foi até a cozinha pegar um pouco do café que a mãe preparara antes de sair para a caminhada no parque. Ele poderia ter enviado os formulários de inscrição da casa da fraternidade, mas a conexão de internet dos pais era mais confiável, já que eles não costumavam baixar pornografia como seus amigos provavelmente estavam fazendo. Gabe riu baixinho ao pensar naquilo. Pelo menos esperava que os pais não estivessem baixando pornografia.

Ele estava prestes a voltar para o escritório a fim de arrumar seus papéis quando o pai entrou pela porta dos fundos. Gabe não esperava que ele chegasse até de tarde.

O pai estacou ao vê-lo, provavelmente também surpreso ao se deparar com o filho parado ali.

— Gabe! — Ele soltou uma risadinha. — Eu estava esperando encontrar a sua mãe. Achei que você e a Anna só viriam mais tarde.

— Eu vim só para enviar as minhas inscrições para a pós-graduação. Vou buscar a Anna daqui a pouco.

O pai ergueu as sobrancelhas.

— Você vai mandar as suas inscrições hoje?

Gabe suspirou.

— Já mandei. Está feito.

— Você não me disse que ia fazer isso hoje.

— Não? — Gabe franziu o cenho. — Achei que tinha dito. Na semana passada ou...

Sim, aquilo era mentira. Não queria que o pai se preocupasse com as inscrições dele, então tinha ligado antes de chegar naquela manhã para se certificar de que ele já havia saído.

— Bem, parabéns. — O pai lhe deu um tapa camarada nas costas. — Então, qual é o plano agora?

— Como assim, qual é o plano? Agora eu vou esperar para saber se fui aceito.

— E se não for? Que tal dar uma olhada em vagas de emprego? Marcar algumas entrevistas?

Gabe abriu a boca, mas logo voltou a fechá-la. Santo Deus. Ele tinha clicado em "enviar" as inscrições para a pós-graduação havia apenas cinco minutos. O pai achava que ele não iria ser aceito? Ou tinha medo de que, se afrouxasse o controle por um minuto, Gabe começaria a arrancar as tábuas do piso e a instalar paredes de gesso como o irmão? O que seu pai diria aos seus camaradas do golfe se os dois filhos acabassem em empregos da classe operária?

Não era como se Matt andasse vagabundeando por aí. O irmão era dono do próprio negócio, ganhava bem e seu trabalho era muito requisitado. Mas Matt tinha aberto mão de uma oportunidade de seguir carreira na medicina, e o pai nunca superara aquilo.

Para o choque de todo mundo, o irmão escolhera seguir o caminho do trabalho braçal. Já estava com tudo organizado para se matricular no preparatório de medicina da universidade Johns Hopkins, mas então aceitou um emprego de verão instalando armários de cozinha e reproduzindo antigas molduras de gesso em obras de casas em bairros emergentes da cidade. E Matt tinha talento de verdade para o trabalho — Gabe ainda se lembrava de como o irmão estivera feliz naquele verão, sem a pressão constante para tirar nota máxima e ser o melhor nos exames finais do ensino médio pesando sobre seus ombros de primogênito.

Depois que Matt decidira adiar a ida para a faculdade para tocar o próprio negócio, as expectativas recaíram sobre Gabe. De repente, o pai começou a interrogá-lo sobre os estudos para as provas durante o jantar e a querer conversar sobre como o filho via seu futuro. Gabe sabia muito bem que estudar economia na universidade local não estava à altura de fazer medicina na Hopkins, ao menos aos olhos do pai. Mas a mãe tinha ficado feliz por tê-lo perto de casa, e Gabe se candidatara à mesma fraternidade nacional da qual o pai fizera parte em Yale.

O sonho de John Weatherall sempre tinha sido que um dos filhos seguisse seus passos e cursasse medicina. Gabe queria agradar o pai, mas, quando chegara a hora, se vira evitando voltar para casa no primeiro ano e mudando de assunto quando o pai queria falar sobre a formação que escolheria mais adiante.

Então, aquela nota cinco em química orgânica praticamente encerrara a questão. Gabe nunca tinha tirado menos de nove em nenhuma matéria da faculdade antes — nem tiraria depois. Mas, por alguma razão, não conseguia entender aquelas estruturas de ressonância e mecanismos de reações em química orgânica.

Era quase como se ele estivesse *tentando* não se sair bem, dissera o pai ao ver a nota.

Gabe não estava cursando psicologia, portanto não sabia o que Freud diria sobre aquilo.

E o pai voltava ao velho refrão:

— Ainda dá tempo de pensar em refazer aquela matéria de química orgânica no próximo semestre. Só para deixar a opção em aberto.

Gabe precisava dar o fora.

— A Anna está me esperando.

O pai assentiu. Pelo menos ele gostava de Anna.

— Claro. Podemos conversar mais sobre isso em outro momento.

Fantástico. Mal posso esperar.

Gabe foi até a casa de Anna. Como chegou cedo, ficou sentado no carro, esperando. A porta da frente do prédio se abriu e um cara de meia-idade, com cabelos oleosos e barba por fazer, saiu lentamente. Ele acendeu um cigarro e abriu uma lata de cerveja.

Cerveja às onze e meia da manhã.

Gabe semicerrou os olhos e continuou a observar o prédio. O cara provavelmente era outro inquilino. Ele esperava que não fosse o namorado da mãe de Anna ou algo parecido.

O homem voltou para dentro e, alguns minutos depois, Anna saiu. Ela atravessou correndo a varanda e abriu a porta do carro, deixando o ar frio de novembro atingir Gabe enquanto se acomodava no banco do carona.

— Oi.

— Oi. Como foi a sua manhã?

— Boa. — Ela encolheu os ombros. — Só estudando.

Gabe inclinou a cabeça em direção ao prédio.

— Você mora sozinha com a sua mãe aqui?

— Sim. — Ela olhou de soslaio para ele. — Por quê?

— Não sei. É que você nunca fala sobre o seu pai.

Anna desviou os olhos.

— Nunca conheci o meu pai.

Não ter um pai não parecia tão terrível, mas, assim que o pensamento lhe ocorreu, Gabe se sentiu um bosta. O pai era um cara legal e Gabe o amava. Só queria que parasse um pouco de pegar no seu pé.

Anna se virou no assento para encará-lo.

— E como foi a *sua* manhã? Mandou os formulários de inscrição?

Gabe ligou o carro e se ocupou em checar os espelhos. A empolgação que tinha sentido antes havia desaparecido.

— Sim.

— Gabe! Isso é fantástico! Terminou tudo?

— Sim.

— Espera só até *todos* os lugares te aceitarem e você ter que decidir para onde ir.

Viu?, pensou ele. *Por que meu pai não reagiu do mesmo jeito?* Ainda que fosse um pouco otimista demais esperar por aquilo, o pai poderia pelo menos ter demonstrado algum entusiasmo.

— Sim, vamos esperar para ver.

Gabe saiu para a rua e se concentrou no carro à frente. Anna não disse nada, mas ele podia senti-la o observando.

— O que houve? — perguntou ela depois de alguns minutos de silêncio.

— Como assim? Nada.

Anna estendeu a mão e cutucou a dele, que segurava o volante.

— Pode relaxar essa mão, o volante não vai sair rolando.

Gabe parou o carro em um sinal vermelho e se virou para encará-la.

— Mandei todas as inscrições hoje e sabe qual foi a primeira coisa que o meu pai me disse? *E se você não for aceito?*

Anna arquejou, surpresa.

— E a segunda? *Medicina.*

O semáforo ficou verde e ele pisou no acelerador para entrar no cruzamento.

— Quando eu estava avaliando em quais programas me inscrever, ele estava determinado a me convencer de tentar só as melhores faculdades. Nada de me inscrever, só por garantia, em universidades como Penn State ou Michigan. É quase como se ele não quisesse que eu entrasse, porque assim poderia voltar a me pressionar a estudar medicina.

— Ei. — Anna cutucou o braço dele. — Estaciona em algum lugar. Você está muito agitado para dirigir.

Gabe virou o volante para a direita e parou no acostamento. Então passou a mão pelo cabelo.

— Desculpa.

— Sabe de uma coisa? Não vamos pra lá hoje. Pra casa dos seus pais.

— Jura?

Ele não estava mesmo pronto para outra conversa com o pai. O mais provável era que acabasse dizendo alguma merda da qual se arrependeria mais tarde.

— Sim. Você consegue dirigir sem nos matar? Conheço um lugar.

Gabe a olhou de soslaio.

— Aonde a gente vai?

— Você vai ver.

Anna o orientou a seguir na direção da faculdade, mas no último minuto avisou que deveria virar à direita, em uma estrada sinuosa atrás do campus. Quando ela lhe pediu para estacionar, Gabe parou o carro diante de um enorme edifício abobadado de vidro e aço: o Conservatório Phipps, uma estufa e um jardim botânico.

— Você esteve aqui recentemente? — perguntou ela, o tom empolgado.

— Hummmm, não desde a última excursão escolar, lá na quarta série.

— É mesmo? Você sabe que a gente pode entrar de graça com nossas carteirinhas de estudante, né?

Gabe tinha uma vaga noção de que eles tinham acesso a todos os museus, mas geralmente havia outras coisas para fazer no seu tempo livre.

O vento gelado o atingiu assim que saíram do carro. Era difícil acreditar que, na semana anterior, ainda parecia que estavam no outono. Naquele dia, as nuvens cinza no horizonte pareciam anunciar neve para mais tarde. O casaco de Anna não estava fechado, mas ela o apertou ao redor do corpo e eles correram para a entrada do prédio.

Depois que os dois se registraram na recepção, Anna guiou Gabe por um salão cheio de árvores e flores. No centro, jardineiros decoravam árvores de Natal e penduravam poinsétias para as festas de fim de ano.

— Você precisa trazer a sua avó aqui. Aposto que ela vai adorar — comentou Anna.

Gabe parou de andar. Droga. Por que ele não tinha pensado naquilo? Sim, a avó *adoraria*.

— É uma ótima ideia. Você tem que vir com a gente.

— Sério?

Anna e a avó dele tinham formado um vínculo especial desde a música. De um modo geral, Dorothy já havia se refugiado no próprio mundo novamente, mas ficava mais animada quando Anna se sentava com ela na varanda.

— Sim, a gente pode vir na semana que vem.

Ela se voltou para ele com aquele sorriso que iluminava todo o rosto, então o guiou por mais alguns salões até uma porta com uma placa em que se lia *Floresta Tropical*.

Os outros salões estavam frescos, mas a floresta tropical era como uma sauna, e a umidade penetrou no rosto queimado pelo vento de Gabe e nos dedos ainda dormentes de frio. Eles desceram por um caminho ladeado por palmeiras e bananeiras, aves-do-paraíso laranja e roxas carregadas e buganvílias cor-de-rosa. Depois de atravessar uma ponte sobre um lago repleto de algum tipo de junco e de carpas, eles viraram à direita atrás de uma cabana de palha exibindo especiarias tropicais.

Gabe achou que haviam chegado ao fim, mas então Anna lançou aquele sorriso novamente em sua direção e saiu da passagem principal para entrar em uma pequena trilha de terra que levava a um aglomerado de árvores. Ela afastou algumas folhas gigantes e desapareceu atrás delas. Intrigado, Gabe a seguiu.

Depois de abrir caminho através das folhas das palmeiras, ele conseguiu chegar ao outro lado e parou de repente.

Anna estava sentada em um banco de pedra no centro de uma pequena clareira, cercada por flores tropicais. O barulho das obras, os passos dos outros visitantes e os ruídos dos pássaros tropicais transmitidos pelos alto-falantes eram mais fracos ali. Se Gabe não soubesse que estavam no meio da cidade, teria facilmente acreditado que haviam chegado a algum lugar em plena selva.

— Uau.

— Eu sei. É meu lugar favorito. Gosto de vir aqui pra ler.

Ele deixou o corpo cair no banco ao lado dela.

— Obrigado por compartilhar o seu lugar secreto comigo.

— Posso confiar em você, né? — Ela estreitou os olhos. — Não traz nenhuma garota aqui para dar uns amassos, tá?

Ele riu porque era possível que a ideia passasse pela sua cabeça. Mas aquele lugar era especial demais para ser compartilhado com uma pessoa qualquer, e ele não se sentiria bem fazendo aquilo com Anna.

— Nunca. Eu prometo.

Eles ficaram sentados ali por algum tempo no calor e no silêncio. A tensão desapareceu dos ombros de Gabe, e ele inclinou a cabeça para trás, para a extensão de vidro acima. O céu estava cinza, pálido e opaco, mas minúsculos flocos de neve brancos rodopiavam no ar, cintilando quando atingiam o vidro quente, para logo se transformarem em gotas de água.

Depois de alguns minutos, a voz de Anna cortou o silêncio:

— Se serve de consolo, acho que você seria um péssimo médico.

Gabe deixou escapar uma risadinha de surpresa e se virou para encará-la, esperando ver um sorriso brincalhão no rosto dela. Anna o encarou de volta, a expressão neutra. Ela estava falando sério? O lance com Anna é que provavelmente estava. Por alguma razão, a sinceridade dela lhe pareceu hilária.

— Bem, obrigado, eu acho. Não sei se isso me consola de alguma forma, mas agradeço a tentativa. — Seus ombros tremeram no esforço de conter o riso.

— Não quis ofender!

— É claro que não.

— Não mesmo. — Ela cutucou a lateral do corpo dele com o cotovelo. — Para de rir. O que eu quis dizer foi que ser médico é trabalho para uma pessoa introvertida. Sei que é preciso ter jeito para lidar com os pacientes e tal, mas muito tempo da vida de um médico é passado com a cabeça enfiada em livros e prontuários de pacientes. Você consegue se imaginar sentado no subsolo de uma faculdade de medicina, dissecando um cadáver durante oito horas por dia?

Ele estremeceu de forma exagerada.

— Viu? — continuou ela. — Eu reparo no seu jeito quando a gente está em aula. Você fica totalmente à vontade quando pode entrar em um grande debate ou discutir uma teoria ou outra. Se a dra. McGovern diz alguma coisa controversa, você logo vibra de entusiasmo. Seu lugar é em alguma fábrica de ideias econômicas, onde vai ser o especialista que apresenta teorias brilhantes para então debatê-las com os outros especialistas.

Gabe a encarou. *Ora, ora.* Ela estava certa. E ele se sentiu melhor ao se dar conta de que contrariar o pai não significava que não estivesse fazendo a coisa certa.

Ele sorriu e cutucou o braço dela.

— Mas então o que isso diz sobre você? Você quer ser médica, mas adora um bom debate.

Ela o cutucou de volta.

— Eu só adoro debater com *você*. Todo mundo acha que sou a garota quieta que provavelmente se daria muito bem com cadáveres.

Gabe encontrou o olhar dela e os dois começaram a rir. Mas, no fundo, alguma coisa o incomodou. Era quase como se Anna quisesse que as pessoas pensassem daquele jeito. Não a parte dos cadáveres, é claro. Mas, poucos meses antes, ele não tinha ideia de que ela era uma das pessoas mais inteligentes da turma. Anna não era realmente tímida — ela tinha provado isso no primeiro dia, com a bronca que lhe dera —, então por que não falava mais? Por que não era *ela* quem debatia sobre as teorias econômicas ou pelo menos levantava a mão, já que certamente sabia a resposta?

Eles haviam passado muito tempo juntos nos últimos meses e, em algum momento, Gabe tinha começado a considerar Anna uma boa amiga. Em alguns aspectos, ele a conhecia muito bem, mas, em outros, não sabia nada sobre ela. Sua família, por exemplo. Anna disse que não tinha chegado a conhecer o pai, mas raramente mencionava a mãe, a não ser para dizer que estava trabalhando na casa de repouso. E também nunca havia falado sobre amigos de um modo geral ou sobre saídas com pessoas da escola. Será que era tão arredia lá quanto nas aulas da faculdade?

Gabe olhou de relance na direção dela e Anna respondeu com um sorrisinho de lado.

— Que bom que acabamos trabalhando juntos nesse projeto — disse ela.

— Também acho, menina. — Ele esbarrou com o ombro no dela, de brincadeira.

Talvez estivesse vendo coisas onde não havia nada para ver. Anna era superinteligente e concentrada nos trabalhos escolares. Nem todas as adolescentes queriam conversar sobre amigos e festas. Bastava olhar para Rachel, que passava os fins de semana comparecendo a protestos políticos e fazendo trabalho voluntário no abrigo para mulheres.

Se houvesse alguma coisa importante acontecendo na vida de Anna, ela daria alguma pista. Os dois já eram amigos e ela certamente sabia que podia se abrir com ele.

SEIS

Um vento frio atingiu o casaco surrado de Anna, e ela segurou o gorro na cabeça para evitar que fosse levado. Talvez nevasse mais tarde. Quando olhou para as nuvens cinzentas no céu, sentiu um breve arrepio de empolgação. Um verdadeiro banquete de Natal em torno de uma grande mesa, com neve caindo do lado de fora, seria como um filme. Definitivamente não era algo que ela já tivesse experimentado na vida real.

Quando a mãe de Gabe perguntara sobre seus planos para o Natal, Anna tinha ficado tão aturdida que acabara deixando escapar que ela e a mãe estavam planejando um dia tranquilo em casa. Elizabeth convidara as duas para o almoço na mesma hora, e Anna ficara sem saber como dizer não, sem *querer* dizer não, embora devesse.

Outra rajada de vento soprou forte e ela fechou o casaco. As mangas mal alcançavam os pulsos. Logo teria que comprar um casaco novo, e pensar naquilo enfraqueceu um pouco a sua animação com o Natal. Casacos eram caros, mesmo no brechó. Anna suspirou e afastou o pensamento da mente quando o carro de Gabe parou. Ela correu e entrou rápido no banco da frente. O calor do carro e o sorriso dele afastaram seus pensamentos sombrios.

— Feliz Natal!

— Feliz Natal. A sua mãe está descendo?

O sorriso de Anna vacilou.

— Ah. Bem... Não. Sinto muito. A minha mãe não vai poder ir.

Gabe ergueu as sobrancelhas.

— Ah. Ela tá bem?

— Sim. Ela… — Anna abaixou os olhos para as mãos enquanto repassava a desculpa que havia ensaiado mais cedo naquele dia. — Ela precisou ir trabalhar. Alguém da equipe da casa de repouso ficou doente e faltou, então pediram que ela fosse pra lá. Eu me sinto péssima porque seus pais foram muito legais em convidar a minha mãe, e a Elizabeth fez comida a mais…

— Não tem problema. Você sabe que a minha mãe cozinha para um exército, de qualquer maneira. Ela vai mandar você pra casa com uma marmita. — Gabe cutucou o braço dela. — Ei. Fico feliz por você estar indo lá pra casa. Se não, ia acabar passando o Natal sozinha em casa depois que a sua mãe saiu para o trabalho.

— Pois é.

Anna encolheu os ombros. Não queria mais falar sobre a mãe.

A neve começou a cair com força quando eles entraram pela porta dos Weatherall. Elizabeth tinha enfeitado a casa com guirlandas e luzinhas brancas de Natal. Velas brilhavam em cima do console da lareira e uma árvore de três metros ocupava um canto inteiro da sala de estar.

Anna precisou conter um arquejo diante da cena. Realmente parecia um filme. A neve caía em flocos pesados do lado de fora da janela, cintilando nos galhos das árvores e cobrindo o pátio como uma manta branca.

A família se reuniu ao redor da enorme mesa de jantar para compartilhar mais comida do que Anna jamais vira na vida. Depois, jogaram um estridente jogo de mímica que, sendo eles os Weatherall, foi mais competitivo do que teria sido um jogo normal.

Ela se deixou envolver pelo momento, mais feliz do que nunca. Apenas uma vez ouviu uma vozinha em sua cabeça tentando destruir sua alegria, lembrando-a de que algum dia iria se arrepender daquilo. De que seria muito doloroso quando se visse sozinha novamente. Ela afastou a voz. Pelo menos teria lembranças felizes, o que era mais do que poderia dizer antes de tudo aquilo.

• • •

Já era quase meia-noite quando Gabe a levou para casa. Quando pararam o carro, ainda estavam rindo do jogo de mímica. Ao se virar para agradecer a Gabe pelo ótimo Natal, Anna viu alguém sentado na varanda da frente e sua risada desapareceu.

O homem descansava no sofá surrado que alguém tentara fazer passar por mobília de jardim, os pés apoiados em uma caixa de plástico. Anna o viu dar uma tragada no cigarro e apagá-lo lentamente. A fumaça ao redor cintilava sob a luz âmbar da varanda.

Anna sentiu um frio na barriga: era Don, seu senhorio, que morava no apartamento de baixo. Ela fazia o possível para evitá-lo e, algumas vezes, chegava a descer pela saída de incêndio nos fundos do prédio quando ouvia a voz dele no corredor.

Ela lançou um sorriso enorme para Gabe e pegou sua bolsa. Se ela se apressasse, poderia entrar rapidamente antes que Gabe reparasse no homem. Mas, quando ela abriu a porta do carro, Don se levantou, puxou o moletom do time de futebol americano Pittsburgh Steelers para cobrir a barriga e abriu uma lata de cerveja.

— Eu acompanho você até lá — murmurou Gabe, já com a mão na maçaneta da porta.

— Ah, não, não precisa — gaguejou Anna. — É só o nosso senhorio. Ele é inofensivo.

— Tudo bem. Mas vou acompanhar você até lá — repetiu Gabe, o tom firme, e Anna viu que era inútil discutir.

Resignada, ela saiu do carro e subiu os degraus da varanda com Gabe ao lado. Então, abaixou a cabeça e assentiu para Don, cumprimentando-o. Talvez as festas de fim de ano tivessem aquecido seu coração o bastante para que a deixasse em paz.

Mas não, aquilo seria pedir demais. A meio caminho da porta, Don se postou na frente deles.

— Ei, geniazinha, cadê sua mãe? — grunhiu ele, a voz rouca pela fumaça.

Anna o encarou com firmeza.

— Trabalhando.

Don coçou a barriga e tomou um gole da lata de cerveja em sua mão.

— É melhor que ela esteja trabalhando *mesmo*, porque não me pagou o aluguel todo de novo esse mês.

Anna lançou um olhar para Gabe, que assistia à conversa com os olhos semicerrados.

— Eu… — Ela endireitou os ombros e recorreu ao mesmo tom que usava para lidar com clientes irritados no mercado onde trabalhava. — Tenho certeza de que houve algum engano. Vamos pagar o resto até o fim da semana.

Anna tentou contornar Don, mas, antes que pudesse fazer qualquer movimento em direção à porta, ele esticou a mão e segurou-a pelo braço. Ela se encolheu e tentou se soltar. Porém, apesar da dor que sentia no ombro, seu primeiro pensamento foi: *Ai, meu Deus,* não acredito *que isso está acontecendo na frente do Gabe.*

Em menos de um segundo, Gabe já estava entre os dois, afastando Don dela.

— *Não toque nela.*

Don recuou um passo, examinando o casaco e a calça jeans, claramente caros, e os tênis da moda de Gabe. Então, se virou para Anna com uma risada:

— Tô vendo que arrumou um namorado rico da faculdade. Você sempre se achou melhor do que a gente aqui do bairro, né? Bem, ainda me deve o resto do aluguel e eu quero agora. Cem dólares.

Ele estendeu a mão nojenta como se Anna fosse tirar o dinheiro do bolso naquele momento e entregar a ele.

Tudo bem, certo.

Ela não tinha cem dólares e só receberia o pagamento do mercado dali a alguns dias. Enquanto esfregava o braço no ponto onde Don a agarrara, ela olhou para Gabe. Daria qualquer coisa para não ter aquela conversa na frente dele.

— Na sexta a gente já vai ter o seu dinheiro.

— Sexta não serve pra mim. Quero o dinheiro amanhã ou ponho vocês pra fora daqui.

— Mas... é Natal — argumentou Anna, tentando ganhar tempo. Os bancos não estarão abertos. Tenho certeza de que você consegue nos dar mais um dia... — Ou *três*. Mas ela se preocuparia com aquilo mais tarde, quando Gabe não estivesse ali parado, ouvindo tudo.

— Ah, sua trapaceirazinha — respondeu Don.

Gabe enfiou a mão no bolso e pegou a carteira.

— Quanto você disse? Cem?

— Não. — Horrorizada, Anna agarrou o braço de Gabe e tentou afastar a carteira. — Gabe, não preciso do seu dinheiro. Eu posso resolver isso.

Mas Don já estava estendendo a mão para as notas. Ele pegou o dinheiro, fingiu contar e enfiou no bolso.

— Isso deve cobrir o resto do que você deve esse mês. Não atrase de novo mês que vem.

Gabe guiou Anna em direção à porta da frente, e ela se deixou levar, porque o que mais poderia fazer? Arrancar o dinheiro da mão de Don e devolver a Gabe?

— Você não precisava ter feito isso — sussurrou Anna, grata pela raiva que sentia, porque era a única coisa que a impedia de chorar. Ela enfiou a chave na fechadura. — Ele só estava blefando pra se exibir na sua frente. Eu tinha tudo sob controle.

Anna abriu a porta do prédio e o cheiro rançoso de fumaça de cigarro os envolveu. Havia outro cheiro também, forte e azedo. Seu peito se apertou quando ela imaginou como Gabe via aquele lugar. Um papel de parede antigo e descascado cobria o corredor, deixando as paredes com bolhas e calombos, como se tivessem desenvolvido algum tipo de doença de pele. Manchas de água marcavam o teto por causa do inverno em que os canos tinham congelado e explodido, e uma única lâmpada amarelada oscilava para a frente e para trás em um cordão acima deles, lançando sombras misteriosas nas paredes.

Anna subiu as escadas pisando firme, com Gabe logo atrás, e parou no patamar do andar dela.

— Eu te pago na sexta — murmurou.

— Não me importo com o dinheiro. Só não quero aquele cara perturbando você.

Anna o encarou, irritada.

— *Eu tinha tudo sob controle.*

Ela estava sendo grosseira, mas não conseguia evitar. Ser grosseira a salvava de ter que enfrentar o quanto se sentia humilhada.

Antes que Gabe pudesse responder, ela deu as costas e seguiu até a porta do apartamento. Lá, se concentrou na fechadura — que sempre emperrava, mas ela não ia reclamar com o senhorio —, ignorando Gabe, enquanto ele encostava o ombro na parede ao seu lado.

— Olha — disse ele. — Talvez você pudesse resolver a situação sozinha, mas não *precisava*.

Anna se concentrou em virar a chave na fechadura e inclinou a cabeça para que ele não visse seus olhos marejados de lágrimas. Precisava se recompor. Se começasse a chorar ali, aquela, *sim*, poderia ser a coisa mais humilhante que já lhe acontecera. Além do mais, Gabe começaria a fazer perguntas que ela não estava preparada para responder.

Depois de alguns movimentos mais agressivos, a fechadura estalou e Anna abriu a porta. Ela entrou e se virou, mantendo a porta aberta apenas o bastante para encaixar seu corpo.

— Obrigada pelo Natal maravilhoso. — Ela fez uma pausa. — E pela ajuda com o senhorio. Boa noite.

Mas Gabe não aproveitou a deixa para ir embora.

— Não gosto da ideia de deixar você sozinha com aquele idiota lá embaixo. Ele já fez aquilo antes?

— Aquilo o quê?

— Maltratar você daquele jeito.

Anna fechou os olhos. Aquilo era um pesadelo.

— Já, né?

Gabe deu um passo em direção à porta e Anna a puxou mais para junto do ombro, torcendo para que ele não pudesse ver o interior do apartamento.

— Meu Deus, Anna. A sua mãe sabe disso?

— O quê? Não. O senhorio não me *maltrata*. Ele é... — Ele era o quê? Havia alguma explicação razoável para toda aquela cena que não faria com que Gabe chamasse a polícia? — Ele está bêbado e é Natal.

Gabe semicerrou os olhos para ela.

— Isso não faz nem sentido.

— O que estou querendo dizer é que ele não *costuma* estar bêbado. Provavelmente estava comemorando o Natal e bebeu demais. Estou tão surpresa com o comportamento dele quanto você.

Gabe pareceu não acreditar em uma palavra do que ela dizia, e a frustração de Anna só aumentou. Havia se tornado perita em desviar a atenção nos últimos anos. Por que Gabe tinha que ser o único a não se deixar enganar?

— Talvez seja melhor eu ficar até a sua mãe chegar em casa. — Ele se inclinou para encontrar os olhos dela. — Aí a gente pode contar a ela o que aconteceu.

— Não!

Quando Gabe recuou um passo, surpreso, Anna se arrependeu na mesma hora do desespero que deixou transparecer na voz. Mas não havia nenhuma possibilidade de permitir que ele ficasse naquele apartamento decadente esperando a mãe dela.

— A minha mãe vai chegar tarde em casa e eu tô muito cansada. É sério, o senhorio é inofensivo. Mas vou passar a tranca na porta, só pra garantir.

Ao ver que Gabe hesitava, Anna colocou uma expressão calma e neutra no rosto.

Por favor. Por favor, vai embora.

Se Gabe se recusasse a ir, ela não sabia o que faria. Finalmente, ele assentiu e Anna se viu dominada por uma onda de alívio.

— Você vai me ligar se precisar de alguma coisa?

— Claro — confirmou ela, assentindo. — Obrigada mais uma vez. Por tudo.

Antes que ele pudesse mudar de ideia, ela fechou a porta. Através do alumínio barato, Anna o ouviu dar alguns passos, então parar. Ela puxou a corrente e passou a tranca com força extra para que o barulho fosse ouvido por todo o corredor. Então pressionou o ouvido à porta e escutou os passos dele sumirem lentamente escada abaixo.

Com um suspiro, ela colocou o casaco em cima de uma cadeira, vestiu o suéter de lã grossa e calçou as pantufas marrons que usava durante todo o inverno para manter as contas de luz baixas. Então acendeu a luz e olhou ao redor o apartamento sujo. Ali dentro não era muito melhor do que do lado de fora. Ela tentava manter a casa limpa e arrumada, mas não havia nada que pudesse fazer em relação ao carpete dourado desgastado, aos armários de um tom marrom-escuro revestidos com quarenta anos de verniz barato ou às manchas amarelas de fumaça de cigarro nas paredes.

Ela se encolheu, imaginando Gabe ali, tremendo de frio no sofá xadrez cheio de calombos, uma relíquia da década de 1980, enquanto esperava a mãe dela voltar para casa. O que ele pensaria quando comparasse aquilo com a casa acolhedora e convidativa que tinham acabado de deixar? E o que faria quando a mãe dela nunca chegasse?

SETE

Algumas semanas depois, Gabe entrou no saguão da casa dos pais e tirou os sapatos enquanto ouvia a voz do pai vindo da sala de estar:

— Comece a estudar para a prova da residência médica já no primeiro ano da faculdade, assim poderá fazer a prova na primavera.

— Certo — respondeu Anna. — Isso faz sentido.

Gabe entrou pela porta da sala e encontrou os dois sentados juntos no sofá, John com o corpo inclinado para a frente enquanto Anna rabiscava alguma coisa em um caderno. A mãe tinha mandado Gabe ao mercado para comprar cebolas para o jantar daquela noite e, ao que parecia, Anna acabara conversando com seu pai enquanto esperava.

— Em seguida, mande o seu formulário de inscrição principal assim que o portal abrir — continuou John.

— Entendi — confirmou Anna, e anotou aquilo também.

— Depois... Ah, oi, Gabe. Não vi você aí. — O pai o cumprimentou com um aceno de cabeça.

— Como estão as coisas? — Gabe apoiou um ombro no batente da porta.

— Anna e eu estamos conversando sobre a residência médica. Você sabia que ela planeja se inscrever logo depois de terminar a faculdade?

É claro que Gabe sabia. Tinha passado pelo menos dois dias por semana com Anna nos últimos cinco meses, e aquilo era muito importante para ela.

— Sim, acho que ouvi alguma coisa a respeito — respondeu, sem conseguir disfarçar o sarcasmo na voz.

Mas não importava, porque aquele era o assunto favorito de John e ele já havia se voltado novamente para Anna.

— Como eu estava dizendo, logo em seguida você vai receber o formulário para a inscrição secundária.

Anna deu um sorrisinho na direção de Gabe, para indicar que o ouvira, antes de acrescentar as novas informações de John à lista no caderno. Ela obviamente estava apenas sendo educada, porque Gabe sabia que Anna já havia pesquisado tudo sobre o processo de admissão na residência médica. Mas então, um minuto depois, John se ofereceu para repassar algumas perguntas da entrevista com ela e Gabe a viu arregalar os olhos, animada. Bom, talvez ela não estivesse apenas sendo educada.

— Sério? O senhor faria isso por mim? — perguntou Anna, quase ofegante.

— É claro que sim. — O pai de Gabe sorriu para ela. — Acho você muito promissora.

Anna mordeu o lábio e piscou algumas vezes.

— Nossa, ia ser incrível.

John assentiu.

— É só chegar mais cedo no próximo domingo para a gente poder conversar sobre isso. — Ele se levantou e finalmente olhou para Gabe. — Vou deixar vocês voltarem ao projeto agora.

Anna também se levantou, segurando o caderno contra o peito.

— Muito obrigada por isso. Significa... — Ela fez uma pausa e abaixou os olhos para as meias listradas. — Significa muito pra mim.

John saiu e, enquanto pegava a mochila para seguir pelo corredor com Gabe, Anna franziu o cenho.

— Você acha que o seu pai estava falando sério? Sobre querer me aconselhar?

Gabe inclinou a cabeça, surpreso com a pergunta.

— Ele não teria oferecido se não estivesse.

Na verdade, o problema do pai era ser um pouco ansioso *demais* para ajudar quando deveria recuar. Mas Gabe afastou na mesma hora aquele pensamento. Anna não tinha pai, e a mãe dela obviamente trabalhava demais só para conseguir pagar as contas. Ela provavelmente não tinha nenhum adulto em sua vida para ajudá-la com as inscrições ou, se o número de vezes que ele a encontrara estudando na biblioteca à meia-noite fosse alguma indicação, para prestar qualquer atenção nela.

Gabe prometeu a si mesmo que agradeceria ao pai por ajudar Anna. Tinha sido realmente gentil da parte dele. Talvez também mencionasse a cena que assistira com o senhorio dela no Natal. Só para saber a opinião dele a respeito. Nas últimas semanas, desde aquela noite, a lembrança do homem agarrando o braço de Anna deixava o coração de Gabe acelerado toda vez que voltava à sua mente.

— Ei, Anna — chamou Gabe, seguindo-a pelo corredor até o escritório do pai. — Posso te perguntar uma coisa?

— Sim? — Ela deixou a mochila na cadeira.

— O dia primeiro de fevereiro tá chegando. Sei que seu aluguel vai vencer em breve e só queria saber se o senhorio te causou mais problemas.

Anna ficou imóvel, o rosto muito vermelho.

— Não. — Ela se afastou de Gabe, pegou o livro de economia na mochila e o colocou em cima da mesa com força. — Don estava bebendo porque era Natal. Já falei que ele não costuma ser daquele jeito.

— Mas e o aluguel desse mês? Você precisa de aju...

Anna começou a balançar a cabeça antes mesmo que ele pudesse terminar a frase.

— *Não.*

— Tudo bem, mas se você precisar...

Ele tinha muitas economias do trabalho no verão anterior na construtora do irmão. Se aquilo servisse para manter o senhorio longe de Anna, daria o dinheiro a ela com prazer.

— Estamos bem. Tá tudo sob controle.

— Tem certeza? Porque...

Anna se virou para encará-lo, as mãos na cintura.

— Sério, Gabe. Agradeço a sua preocupação. Mas juro que foi só um mal-entendido. A minha mãe já cuidou disso e agora tá tudo bem.

— É mesmo? — Gabe examinou seu rosto. — Então, você contou a ela como Don te encurralou na varanda? E — ele se encolheu — como agarrou o seu braço daquele jeito?

Anna olhou por cima do ombro dele.

— Sim. — Ela finalmente suspirou. — Eu contei pra minha mãe.

— E o que ela fez?

— Falou com ele. — Anna afastou o assunto com um gesto. — Don não vai mais criar problema pra gente.

Gabe não se convenceu. Tinha visto a expressão assustadora nos olhos de Don, ouvira a zombaria em seu tom de voz e nada daquilo era resultado de ele ter bebido alguns drinques a mais no Natal. O cara era um bêbado agressivo e provavelmente também era agressivo quando estava sóbrio. Gabe odiava pensar no que aconteceria se Anna e a mãe atrasassem o aluguel de novo.

— Você tem tudo sob controle esse mês, certo? Mas e o próximo, vai ter o suficiente também?

— Gabe — começou Anna, o tom controlado. — Agradeço a sua preocupação, mas... — Ela olhou ao redor do escritório espaçoso do pai dele. — Tenho a impressão de que você nunca viveu de contracheque em contracheque e que não tem ideia de como é isso. Mas, para nós, é o *normal*. — Ela ficou ainda mais vermelha do que antes, e Gabe percebeu que fora muito difícil para ela admitir aquilo. — Nós sempre conseguimos dar um jeito e não dependemos da ajuda de outras pessoas. Por favor, deixa isso pra lá, tá?

Gabe a viu pressionar as mãos no rosto ruborizado. Anna e a mãe sobreviviam daquele jeito por muito mais tempo do que os poucos meses em que ele passara a fazer parte da vida dela, e talvez Anna estivesse certa. As duas não precisavam que ele tentasse salvá-las. Por isso, depois de um instante, assentiu.

— Tudo bem.

Ele respeitaria a vontade de Anna e deixaria aquilo de lado. Por enquanto. Mas não estava fazendo nenhuma promessa de que deixaria aquilo de lado para sempre. Dali em diante, ficaria de olho em Don e, se aquele idiota se aproximasse de Anna de novo, ele interviria, sim.

Não confiava nada naquele cara.

OITO

Algumas tardes de domingo depois, Anna entrou na cozinha dos Weatherall a fim de se oferecer para ajudar no jantar e encontrou Elizabeth imersa em uma pilha de livros de receitas. A mãe de Gabe levantou os olhos, o cenho franzido.

— Você acredita que a Leah *acabou* de me dizer que precisa levar cookies para a festa de primavera da escola amanhã?

Anna estremeceu exageradamente.

— Amanhã? Não é muito tempo de antecedência.

— Exatamente — concordou Elizabeth com uma risada. — Estou procurando uma receita para dar um jeito nisso.

É claro que Elizabeth nem sonharia em mandar a filha para a festa da escola com cookies comprados prontos, mesmo que só tivesse sido informada a respeito na noite anterior ao evento.

— Como posso ajudar?

Anna se acomodou no banco mais próximo e pegou um livro de receitas, ansiosa para ser útil. Elizabeth havia sido muito gentil nos últimos meses, convidando-a para jantar todos os domingos. Anna ainda não tinha encontrado um jeito de realmente agradecê-la além de se oferecer para ajudar com o jantar. E mesmo aquilo parecia ser mais para o próprio benefício do que para o de Elizabeth, já que não havia muitos outros lugares onde Anna preferisse estar do que naquela cozinha acolhedora e convidativa.

— Você e o Gabe não estão trabalhando?

Anna indicou a porta dos fundos com um movimento de cabeça.

— Matt o arrastou pra jogar basquete na garagem.

— Bem, se você tem certeza de que quer mesmo ajudar. — Elizabeth abriu um dos livros de receitas que segurava e o empurrou na direção de Anna. — Se puder misturar essa massa, posso começar a preparar o jantar.

No mundo de Anna, os cookies vinham em uma embalagem comprada no mercado, por isso, leu e releu a receita gasta e manchada de manteiga e mediu cada ingrediente duas vezes. Por fim, conseguiu preparar uma tigela cheia de massa, que abriu e cortou no formato de flores e pintinhos enquanto conversava com Elizabeth.

— O próximo domingo é de Páscoa — lembrou Elizabeth, picando um monte de ervas. — Estava torcendo para que a sua mãe pudesse jantar com a gente. Você acha que ela vai estar disponível?

— Hum. — Anna olhou para a massa de cookie à sua frente e se concentrou em polvilhar as formas com açúcar colorido. Provavelmente não deveria se surpreender com o convite. Afinal, eles também tinham convidado a mãe dela para o Natal. — Acho que ela provavelmente vai precisar trabalhar. Feriados são períodos agitados na casa de repouso.

Por quanto tempo os Weatherall iam continuar engolindo aquela desculpa?

Elizabeth assentiu.

— Que tal você pedir a ela para dar uma checada na agenda de trabalho e ver se há outro dia em que poderia vir jantar com a gente? Adoraríamos de verdade conhecer a sua mãe. Qualquer domingo serve.

A ideia da mãe ali, rindo junto com os outros ao redor da mesa de jantar dos Weatherall, conhecendo aquela família que tinha se tornado tão importante para ela, provocou um anseio imenso, dolorido, no coração de Anna.

Aquilo nunca aconteceria.

E logo o projeto com Gabe terminaria e os convites para que Anna jantasse com a família chegariam ao fim. Ela odiava pensar naquilo, mas sabia que era melhor assim.

Porque cada vez que ia àquela casa, sentando-se para jantar, permitindo-se chegar um pouco mais perto de ser vista como um membro da família, ela estava colocando seu futuro em risco. Quanto mais prolongava aquela situação, convivendo com os Weatherall como se merecesse a gentileza que eles lhe ofereciam, mais eles queriam saber sobre a vida familiar dela, sobre sua mãe. Mais perguntas faziam.

Perguntas cujas respostas poderiam arruinar a vida de Anna.

Felizmente, um cronômetro apitou no fogão naquele momento, alertando-a de que sua primeira fornada de cookies estava pronta. Ela deixou escapar um suspiro de alívio e correu para o forno depois de afastar uma embalagem de granulado.

— Estão lindos — comentou Elizabeth com um sorriso.

Anna se afastou e examinou os cookies dourados, cintilando com açúcar de confeiteiro cor-de-rosa e amarelo por cima. Ela havia tirado a nota máxima nos exames gerais do ensino médio e tinha mais de uma dúzia de créditos universitários em seu nome, mas estava explodindo de orgulho porque Leah teria lindos cookies para levar para a festa.

Um instante depois, Gabe entrou pela porta dos fundos para lavar as mãos e ajudar a fazer uma salada, rapidamente seguido por Rachel e Leah. Anna preparou mais alguns cookies e torceu para que, com o resto da família se juntando às duas, Elizabeth esquecesse o convite que tinha feito para a mãe dela.

Rachel apoiou o corpo na bancada e examinou os cookies de Anna.

— Estão lindos — disse, pegando um em forma de flor, ainda fumegante, e jogando-o de uma mão para a outra.

Ela deu uma mordida, mas, antes mesmo de começar a mastigar, fez um barulho horrível de engasgo e correu para a pia. Com as mãos apoiadas no balcão, Rachel engasgou e tossiu, cuspindo o cookie, então pegou uma toalha de papel para esfregar a língua.

Anna arregalou os olhos ao assistir à cena.

— Ai, meu Deus! Você está bem? Se queimou?

Elizabeth olhou para a filha com uma expressão de desaprovação.

— Pelo amor de Deus, Rachel. Precisava mesmo desse drama todo?

Rachel ficou parada diante da pia, os ombros tremendo, e Anna temeu que ela estivesse mesmo passando mal. Mas, antes que pudesse se adiantar para checar, a irmã de Gabe se virou e caiu de lado junto à bancada. Aos poucos, Anna percebeu que Rachel estava rindo de se acabar. Ela se virou, confusa, para Gabe, que deu de ombros.

— O que...? — Rachel arquejou e caiu na gargalhada de novo. Então, respirou fundo e tentou novamente. — O que *tem* nesses cookies?

Anna olhou para o tabuleiro em cima da bancada, no qual seus lindos cookies estavam esfriando.

— Como assim? — Gabe foi até a ilha, pegou um cookie e o examinou. Então o levou lentamente à boca e deu uma mordida hesitante. A demonstração de engasgo de Gabe não foi tão dramática quanto a de Rachel, mas ele pegou uma toalha de papel para cuspir a mordida.

— O que foi? Qual é o problema? — Anna levou as mãos ao rosto enquanto um rubor coloria a sua pele lentamente.

Gabe cerrou os lábios e teve a gentileza de esconder o sorriso.

— Hum. É possível que você tenha usado sal em vez de açúcar?

— Não!

Anna revisou mentalmente os ingredientes que havia encontrado em potes de vidro na despensa. O pó branco no pote grande era obviamente farinha e o negócio parecendo areia fina em um pote menor tinha que ser açúcar. Não tinha? Pelo menos parecia açúcar. Mas, pensando bem, ela se deu conta de que não havia provado o suposto açúcar nem checado os outros potes. E o que sabia sobre fazer cookies? Anna levou a mão à boca, horrorizada.

Gabe perdeu a batalha contra o riso e desabou ao lado de Rachel, às gargalhadas. Anna apoiou o corpo contra a bancada oposta e tentou piscar para afastar a ardência das lágrimas nos olhos.

— Muito bem, chega de rir — interrompeu Elizabeth. Ela cruzou a cozinha até Anna e passou um braço tranquilizador sobre o ombro da garota. — Está tudo bem. Não se preocupe com isso.

— Desculpa — murmurou Anna. Todos aqueles ingredientes desperdiçados, sem mencionar que acabara não ajudando Elizabeth em nada. Ela sabia que era ridículo ficar tão chateada por causa de uma fornada de cookies, mas a verdade era que estava arrasada. — Eu deveria ter dito a você que não sei cozinhar. Mas… — Anna secou o rosto úmido. — Eu queria ajudar.

— A culpa é minha. Esqueci de avisar que os potes de sal e de açúcar são parecidos. — Elizabeth apertou o ombro de Anna. — Por favor, não se sinta mal. Poderia ter acontecido com qualquer um.

Leah veio correndo e passou os braços ao redor da cintura de Anna.

— Não fica triste, Anna. Vou te ensinar a fazer uma nova fornada.

Anna deu uma risada chorosa.

— Vai mesmo?

Elizabeth assentiu.

— É uma ótima ideia. Que tal a gente deixar o Gabe e a Rachel limparem essa bagunça e terminarem de fazer o jantar — ela lançou um olhar penetrante para os dois, no outro lado da cozinha — enquanto nós três temos uma aula de culinária?

Anna recuou para encarar Elizabeth.

— Não quero causar mais problemas.

— É claro que você não causa problema nenhum. Nós vamos adorar, não é, Leah?

A menina assentiu com entusiasmo.

— Vai ser divertido!

Anna lavou as mãos e elas começaram a untar assadeiras e medir os ingredientes para uma nova fornada de cookies. E *foi* divertido. Ficar na cozinha com Elizabeth dando dicas de culinária e Leah a ajudando a decorar cookies foi a coisa mais divertida que Anna fez em muito tempo. Aquilo a fazia se lembrar da rotina com a mãe quando eram só elas duas.

Na época, Anna não tinha como prever que a vida poderia mudar em um instante. Mas, naquele momento na cozinha dos Weatherall, ela já sabia.

Anna olhou ao redor na cozinha, determinada a saborear cada instante enquanto podia.

NOVE

Em uma tarde de final de abril, Gabe parou o carro na frente do prédio de Anna e estacionou, correndo os olhos pela varanda. Ele continuara de olho em Don sempre que pegava Anna para trabalhar no projeto e uma ou duas vezes vira o cara fumando no degrau da frente. Mas Anna sempre atravessava a varanda e entrava no carro sem olhar na direção do senhorio, além de garantir que ele não a incomodara mais desde o Natal.

Gabe sabia que, em alguns meses, não estaria mais por perto para cuidar de Anna, por isso esperava que a mãe dela tivesse resolvido de vez aquela situação.

Era estranho pensar que não a veria a cada poucos dias nem saberia o que estava acontecendo com ela. Seis meses antes, Gabe ficara chateado ao descobrir que formaria dupla com Anna no projeto, mas naquele momento quase temia o fim dos debates sobre teorias econômicas e das discussões sobre de quem era a vez de analisar uma planilha. No início daquele mês, ele tinha enviado a documentação de matrícula para a Universidade de Chicago. No outono, começaria o programa conjunto de mestrado e doutorado e trabalharia como assistente de um dos professores mais prestigiados da área. Mas, às vezes, ele se perguntava se encontraria alguém com quem conseguiria trabalhar tão bem quanto trabalhava com Anna.

Com aquele pensamento em mente, ele deu outra olhada na direção da varanda. Como ela não estava esperando no lugar de sempre, Gabe saiu para esperá-la. Ele subiu a calçada, mas parou quando ouviu uma discussão vindo de dentro do prédio.

Alguém estava gritando e a voz parecia muito com a de Anna.

Gabe subiu os degraus e empurrou a porta com o ombro, tropeçando em um livro apoiado no batente. Ele entrou cambaleando e a porta bateu na parede com um estrondo. Anna e o senhorio nem olharam na direção dele.

— Você *sabe* que estava tudo ali dentro! — gritava Anna.

Ela estava parada do outro lado do corredor com as mãos na cintura e uma expressão mortífera no rosto. Don tinha o braço apoiado na parede à frente, bloqueando o caminho de Anna até a porta.

— O que eu *sei* é que tinha só duzentos dólares dentro do envelope. Isso significa que você me deve mais duzentos.

O corpo de Don oscilou para a frente e Anna recuou, batendo na parede atrás.

Gabe desceu pelo corredor e empurrou Don até se colocar ao lado de Anna.

— Ei! O que está acontecendo aqui?

Anna continuou encarando Don, a expressão furiosa.

— Eu vi você abrir o envelope e conferir!

— Sim, mas eu não contei. — A voz de Don saía claramente arrastada. — Quando cheguei em casa mais tarde, contei e vi que faltava parte do dinheiro.

— Você tá mentindo! O dinheiro sumiu porque você *pegou*!

— Ah, é? E como você vai provar isso? — Don deu uma tragada no cigarro e soprou a fumaça na direção dela.

Anna tinha um braço sobre a barriga e o outro pressionado contra a boca. As lágrimas que ameaçavam escorrer por seu rosto pareciam queimar Gabe por dentro.

— Anna. — Gabe tocou o braço dela.

Ela olhou para Don como se não o tivesse ouvido.

— Eu te dei... Nós te demos tudo o que tínhamos. Foi o valor total. Eu... Nós... não podemos te pagar mais nada.

Gabe se virou para Don.

— Isso é sobre o aluguel de novo?

— Isso mesmo. — Então foi como se uma lâmpada se acendesse na cabeça de Don. — Você tem algum dinheiro aí?

Finalmente Anna deu atenção à presença de Gabe e se virou:

— Não se atreva a dar dinheiro a ele! Eu já paguei! Ele tá mentindo!

Gabe olhou para Don, quase certo de que ele estava bêbado. Podia só pagar o que o cara quisesse para que ele deixasse Anna em paz. Mas Anna iria matá-lo se ele pegasse a carteira. Por isso, balançou a cabeça.

— Olha, quando a mãe da Anna chegar em casa, ela vai conversar com você sobre isso.

— É claro que vai. Cadê sua mãe, geniazinha?

— Tá trabalhando!

— Eu não me importo se ela entrou para um maldito circo. Quero o meu dinheiro. E você não pagou tudo esse mês.

— Paguei, sim!

— Bem, parece que a gente tem três opções. — Don contou nos dedos grossos. — Primeira, você pode me pagar o dinheiro que me deve. Segunda, posso te expulsar daqui. Ou terceira… — Ele fez uma pausa enquanto um sorriso se abria em seu rosto muito vermelho.

Gabe tinha uma boa ideia de onde aquilo iria dar. Ele pegou o cotovelo de Anna e a puxou em direção à porta.

— Vamos, Anna.

Don estendeu a mão para agarrar o braço de Anna, mas errou a mira e tropeçou para a frente. O cara não estava só bêbado, estava trêbado.

— Ou terceira — continuou Don, a voz arrastada —, você pode resolver o problema de outra forma. É só aparecer na minha casa mais tarde que eu te mostro um jeito fácil de ganhar algumas centenas de dólares. Espero que a sua mãe tenha te ensinado os truques dela.

Sem parar para pensar, Gabe se virou e jogou Don contra a parede. O cigarro caiu da boca do homem e deslizou pelo chão.

— Você é um maldito de um pervertido? — Gabe pressionou o antebraço no peito de Don, prendendo-o contra a parede. — Ela tem dezesseis anos!

— Gabe! Para!

Anna puxou o braço dele, mas Gabe se desvencilhou dela e não arredou pé.

— Me solta! — gritou Don, e começou a se debater. Gabe pesava uns vinte quilos a menos do que Don, mas tinha cerca de vinte centímetros a mais e estava muito mais em forma.

— Fica longe dela — alertou Gabe em voz baixa, inclinando-se ainda mais para a frente.

— Gabe, para com isso. — Anna deu outro puxão no braço dele. — Gabe! *Por favor.*

Algo no jeito como ela disse "por favor", como se mal estivesse conseguindo respirar, o fez virar a cabeça em sua direção.

— Por favor. Só vamos embora — sussurrou Anna, parecendo arrasada como ele nunca vira. Gabe sentiu um aperto estranho no peito e assentiu.

Com um último empurrão forte, ele se afastou de Don e pegou o braço de Anna.

— Vamos.

Gabe a guiou rapidamente pelo corredor e saiu pela porta.

Don pegou o cigarro e os seguiu, cambaleando até a balaustrada da varanda.

— É melhor você me dar o meu dinheiro, senão eu mesmo vou buscar.

A ameaça na voz dele era bem clara.

Eles entraram no carro e Gabe arrancou o mais rápido possível, descendo a rua. Poucos quarteirões adiante, ele desviou para o acostamento e pisou no freio.

— Anna. — Gabe se virou no banco para encará-la. Ela estava sentada com os braços cruzados e os ombros muito magros erguidos até as orelhas. — Anna — tentou de novo, o tom mais gentil. — Sei que a sua mãe trabalha muito, mas por que não é ela quem está cuidando dessas coisas? Você é só uma menina. Isso não deveria ser problema seu.

O peito dela estremeceu.

— *Não* sou "só uma menina".

— Você tem dezesseis anos. Não deveria ter que lidar com as merdas daquele cara.

— As merdas daquele cara não chegam nem *perto* da maior parte das merdas com que já tive que lidar. — Ela finalmente o encarou. — Eu *nunca* fui "só uma menina".

Gabe examinou atentamente o rosto de Anna, tentando encontrar uma pista do que ela queria dizer.

— O que tá acontecendo aqui, Anna?

Claramente era alguma coisa sombria e angustiante. Mas ela se afastou dele e desviou os olhos para a janela lateral.

— Nada. Deixa pra lá.

O que quer que estivesse acontecendo, Gabe odiava ver que ela estava tendo que lidar com aquilo sozinha.

— Ei. — Ele estendeu a mão e pegou a dela.

Anna alegava não ser só uma menina, mas naquele momento parecia exatamente aquilo: uma menininha perdida. Ela era tão magra que as roupas estavam praticamente penduradas no corpo, e havia medo em seus olhos.

Gabe se sentiu péssimo pelo modo como a agarrara e a arrastara para longe de Don mais cedo. Poderia tê-la machucado.

Anna se desvencilhou dele.

— Podemos, por favor, parar de falar sobre isso? Eu dou um jeito, tá? Vamos conversar sobre o nosso projeto.

— Eu não dou a mínima para o nosso projeto.

— Mas eu dou! Terminar nosso projeto é *tudo* que me importa. Deixa o resto pra lá.

Gabe abriu a boca para argumentar, mas logo voltou a fechá-la. Anna o encarava com uma expressão irritada, os braços cruzados na frente do corpo, e ele a conhecia bem o bastante para saber que não adiantaria nada discutir mais naquele momento. Ele balançou a cabeça e ligou o carro. Ela não voltou a falar no caminho até a casa dos pais dele.

Quando chegaram, Anna ligou o computador sem dizer uma palavra e repassou as várias páginas da apresentação deles. Os dois acertaram algumas pequenas alterações no layout, mas a voz dela estava o tempo todo distante e sem emoção, como se não se importasse de verdade. Assim que eles terminaram, Anna saiu apressada do escritório para conversar com Rachel e Gabe foi para a cozinha ajudar a mãe com o jantar.

• • •

Gabe levou Anna para casa e ficou aliviado ao ver que o senhorio não estava ali. Ele insistiu em acompanhá-la até o apartamento e a fez prometer que trancaria a porta e conversaria com a mãe sobre o que acontecera mais cedo. Talvez fosse perda de tempo — falar com a mãe dela claramente não estava ajudando, e Gabe tinha a sensação de que havia muito mais na história de Anna do que ela estava revelando.

Ele passara mais tempo com ela nos últimos dois semestres do que com qualquer outro amigo, mas ainda não sabia muito sobre a vida dela em casa. Era bastante óbvio que era uma menina pobre. Além dos desentendimentos com o senhorio por causa do aluguel, o prédio em péssimo estado era um grande indício, além do fato de que ela trabalhava quase todas as noites no mercado e ainda dava conta das tarefas escolares.

A família dele nunca chegara a conhecer a mãe de Anna, já que ela não pudera comparecer à ceia de Natal. Haviam convidado outras vezes, mas Anna sempre dava alguma desculpa. Era estranho que a mãe não se importasse com o fato de a filha de dezesseis anos ficar fora até altas horas da noite ou que não quisesse conhecer o universitário com quem Anna passava tanto tempo.

E havia o problema com o senhorio. A maneira como ele intimidava e assediava Anna já era perturbadora, mas as ameaças e os comentários sexuais nojentos pareciam indiscutivelmente perigosos.

Enquanto voltava de carro para casa, Gabe se perguntou se não deveria ter chamado a polícia mais cedo. Afinal, o senhorio estava bêbado e tinha ameaçado Anna, uma menor. Mas seria a palavra do senhorio contra a deles, e nenhum crime havia sido realmente cometido. Gabe não queria irritar ainda mais o cara e colocar Anna no radar dele na próxima vez em que voltasse para casa sozinha, tarde da noite.

Não, ele não precisava da polícia.

Precisava de respostas. Respostas que o ajudassem a garantir que Anna estava segura e que teria alguém para tomar conta dela depois que ele deixasse a cidade.

• • •

Na manhã seguinte, Gabe estacionou o carro em frente à casa de repouso na qual Anna tinha dito que a mãe trabalhava. Ela só mencionara o nome do lugar uma vez, quando Elizabeth levantara a possibilidade de ser o mesmo que haviam cogitado brevemente para a avó dele. Por alguma razão, Gabe achara importante decorar aquela informação.

E ali estava ele.

Gabe passou pelas portas de vidro até o saguão e sorriu para a mulher na recepção. Ela devia estar na casa dos cinquenta anos, tinha cabelos curtos e grisalhos e usava uma calça cáqui elegante e um cardigã azul-claro. A mulher desligou o telefone e ajeitou o cabelo quando ele se aproximou. Gabe alargou o sorriso.

— Aposto que as pessoas dizem o tempo todo que a cor do seu suéter destaca o tom dos seus olhos — disse ele, apoiando a lateral dos quadris no balcão e se encolhendo um pouco por dentro diante da própria atitude descarada. Mas situações extremas exigem medidas extremas.

A mulher soltou o que só poderia ser chamado de uma risadinha adolescente e o sorriso de Gabe se alargou ainda mais.

— Queria saber se você poderia me ajudar.

— Bem, com certeza eu vou tentar, meu bem.

— Estou procurando uma mulher que trabalha aqui. Acho que ela é auxiliar de enfermagem. Seu sobrenome é Campbell.

— Campbell? — Uma ruga surgiu entre as sobrancelhas da mulher. — Tem certeza? Não conheço nenhuma auxiliar de enfermagem chamada Campbell. Ela é nova aqui?

Gabe não tinha ideia.

— Bem, me deixa dar uma olhada na lista de contatos da equipe. Talvez eu esteja esquecendo de alguém. — Ela tirou uma pasta de baixo do balcão e deslizou o dedo por uma lista de nomes. — Hummm, vamos ver… Callahan… Cataldo… Não, não tem ninguém com sobrenome Campbell aqui.

Ele não esperava por aquilo.

— Tem certeza?

— Desculpe, meu bem. Todos os funcionários estão aqui. — Ela deu um tapinha no fichário.

— Eu tinha certeza de que era aqui que ela trabalhava — murmurou Gabe.

— Bem, qual é o primeiro nome dela? Ou talvez essa mulher esteja registrada com o nome de solteira?

Gabe também não tinha ideia. Talvez devesse ter pensado naquilo antes de ir até ali sem qualquer informação. Mas Anna era tão fechada, tão reservada sobre sua vida, que ele não tivera muita escolha.

O sorriso até então paquerador da mulher se transformou em um sorriso de pena.

— Você se importa se eu perguntar por que está procurando por uma mulher de quem não sabe nem o primeiro nome?

— Hummm. Ela é mãe de uma amiga. Talvez uma das auxiliares de enfermagem tenha mencionado ter uma filha chamada Anna? De dezesseis anos? — Era um tiro no escuro.

A mulher balançou a cabeça.

— Desculpe. Não me lembro de nada disso.

Gabe suspirou.

— Bem, obrigado de qualquer forma.

Frustrado, ele se virou para sair. Talvez a mãe de Anna tivesse um sobrenome diferente. Ou talvez ela nem trabalhasse ali. Aquilo não levaria a lugar nenhum, a menos que ele encontrasse uma forma de arrancar um pouco mais de informações de Anna.

É, boa sorte com isso.

Quando Gabe já estava se encaminhando para a porta da frente, a mulher atrás do balcão o chamou. Ele se virou e ela apontou para outra mulher de meia-idade, usando uniforme, que empurrava um senhor idoso em uma cadeira de rodas.

— Talvez a Barbara possa te ajudar. Ela trabalha aqui há quase vinte anos e conhece todo mundo.

Gabe deu alguns passos apressados na direção de Barbara.

A mulher atrás do balcão apontou para Gabe.

— Esse rapaz está procurando a mãe de uma amiga. O sobrenome é Campbell. Ela tem uma filha chamada... — Ela parou e se virou para que ele completasse.

— Anna.

Barbara franziu o cenho.

— Você não está se referindo a Deb Campbell, está?

Sim! Talvez. Gabe se inclinou para a frente, cada vez mais ansioso.

— Ela tem uma filha?

A funcionária assentiu e coçou o queixo.

— A Deb tem uma filha chamada Anna.

Gabe finalmente respirou aliviado.

— Ela está trabalhando hoje?

Barbara balançou a cabeça.

— Sinto muito, você deve ter se confundido. A Deb não trabalha mais aqui há cinco ou seis anos. A filha dela, Anna, devia ter uns dez anos naquela época.

Espera aí. Como assim?

— Cinco ou seis *anos* atrás?

Barbara assentiu.

Gabe podia jurar que Anna havia dito o nome daquele lugar, mas talvez ele tivesse entendido errado.

— Bem, você sabe para qual casa de repouso ela foi depois que saiu daqui?

A mulher pareceu espantada.

— Ah, não. Deb não conseguiu outro emprego como auxiliar de enfermagem depois... — Ela olhou para o paciente na cadeira de rodas e em seguida para a mulher atrás do balcão.

— Depois do quê?

Barbara franziu o rosto e as linhas finas ao redor dos seus olhos se aprofundaram.

— Por favor — pressionou Gabe. — É muito importante que eu a encontre.

Ela hesitou por mais um momento, então suspirou e balançou a cabeça.

— Acho que não é segredo. E tudo aconteceu há muito tempo. Deb não conseguiria outro emprego como auxiliar de enfermagem depois de ter sido demitida por roubar analgésicos dos pacientes.

Gabe sentiu os músculos do corpo se enrijecerem.

— Ah. Uau.

Barbara franziu o cenho.

— Na verdade, nós éramos amigas desde o ensino médio. O negócio com os comprimidos não foi a primeira vez. Deb tinha um problema com drogas. Tentei convencê-la a entrar em um programa de apoio, mas a pessoa precisa querer mudar, sabe?

Gabe assentiu, ainda tentando processar tudo. A mãe de Anna havia sido viciada em comprimidos. Ou talvez ainda fosse, e Anna tivesse escondido isso o tempo todo. Ele sentiu um aperto no peito ao pensar nela voltando para casa todos os dias e tendo que lidar com aquela situação. Tendo que lidar com tudo sozinha. E desejou que Anna tivesse confiado nele o bastante para desabafar.

— Nós mantivemos contato por um tempo. — Barbara olhou para o outro lado do saguão. — Mas, pelos últimos rumores que ouvi na vizinhança, a Deb se mudou. Para algum lugar no oeste? Para a Califórnia, talvez? Isso foi há algum tempo. Não tive notícias dela desde então, mas torci para que fosse um recomeço para ela. — A mulher fez uma pausa, os olhos fixos no rosto de Gabe. — A filha dela está com algum tipo de problema?

A mãe de Anna estava na *Califórnia*? Como assim? Como aquilo era possível?

Mas a verdade era que fazia sentido. Aquilo explicava por que ela nunca estava por perto, por que deixava Anna lidar sozinha com o senhorio, por que não se importava com o fato de a filha ficar na biblioteca até uma da manhã com um universitário. Porque ela tinha ido embora! E aquilo explicava também por que Anna era tão reservada em relação à sua vida em casa. Ter uma mãe viciada em drogas era uma coisa, mas não ter mãe alguma — ou pai — por perto era um problema ainda maior. Como Anna estava morando lá sozinha? Quem pagava o aluguel e as contas?

Barbara pigarreou. Ela o estava encarando, provavelmente porque Gabe continuava parado ali, praticamente murmurando para si mesmo. A mulher havia perguntado se Anna estava com algum problema. *Sim.* Mas Gabe não tinha ideia do tamanho do problema ou de que outros segredos Anna estava escondendo dele.

— Ah, não. A Anna não está com nenhum problema. Eu só queria conversar com a mãe dela sobre... — Ele abriu seu sorriso mais encantador para Barbara e deu a primeira desculpa que conseguiu inventar: — É bobagem. O aniversário da Anna está chegando e a gente estava planejando uma surpresa. — Ele forçou uma risada. — Obrigado pela informação. Agora preciso ir. Tenho uma aula daqui a pouco.

Aquilo pareceu satisfazer Barbara.

— Claro. Ei, se você falar com a Deb, pede pra ela me ligar. Queria muito saber como ela está.

— Ah, pode deixar. Com certeza. Obrigado mais uma vez.

Gabe atravessou o saguão. Ele acenou para Barbara, tentando parecer casual, mas então se virou e por pouco não esbarrou em um vaso de planta. Com um sorriso, contornou o vaso e acelerou o passo em direção à porta.

DEZ

Assim que Anna entrou em seu apartamento escuro como breu, percebeu que a eletricidade havia sido cortada de novo. Ela praguejou, saiu cambaleando na escuridão e bateu com a cabeça em um armário enquanto procurava uma vela embaixo da pia da cozinha.

Depois de acender a vela e colocá-la em cima da mesa de centro, Anna ouviu uma batida na porta. Seu coração afundou no peito quando a figura do senhorio surgiu em sua mente. No caminho para casa, pagara o dinheiro que Don alegava que ela devia, embora *soubesse* que já tinha quitado na primeira vez. Mas não havia como provar, e não ter eletricidade por um tempo não era nada em comparação a ser despejada. Ela não teria para onde ir.

Anna respirou fundo. Don provavelmente estava em casa se regozijando com o dinheiro inesperado que recebera. Ele a deixaria em paz por algumas semanas, pelo menos até que o aluguel vencesse novamente.

Ao ouvir outra batida, Anna sentiu um aperto no peito tão forte que chegou a doer. Antes que pudesse se conter, sua mente se voltou rapidamente para a mãe.

Não. A mãe dela não iria bater, iria? Mesmo depois de todo aquele tempo? Provavelmente era só a sra. Janiszewski, a senhorinha do andar de cima. Às vezes, Anna a ajudava com algumas coisas, e a sra. Janiszewski gostava de lhe levar cookies como agradecimento. Cookies seriam muito bem-vindos, já que ela não tinha quase nada para comer. Além de servir para pagar a conta de luz atrasada, a maior parte do dinheiro da comida tinha ido para Don naquele mês.

Anna abriu a porta e um choque percorreu seu corpo.

Não era a sra. Janiszewski.

A silhueta de Gabe estava marcada na porta, a luz fluorescente fraca do corredor atrás dele deixando seu cabelo escuro em um tom preto-azulado. O que ele estava fazendo ali?

— Gabe! Como você entrou no prédio? — Ela se apoiou no batente da porta e puxou a porta contra o ombro.

— Alguém deixou a porta lá embaixo aberta com um livro outra vez — murmurou ele. — Eu te diria para falar com o senhorio que isso não é seguro, mas tenho a impressão de que ele não vai dar a mínima. Posso entrar?

— Hum… — *Ai, Deus. Não.* Anna olhou para trás. A única vela tremulava na mesa. Ela *não* queria que ele entrasse, ainda mais naquele momento. — Não é uma boa hora.

— É a hora perfeita — disse ele simplesmente e, antes que Anna pudesse impedi-lo, passou por ela e entrou no apartamento.

Ela respirou fundo, e a cambalhota em seu estômago não foi por não ter comido nada.

Gabe parou no meio da sala, piscando para se ajustar à escuridão. Uma das vantagens de cortarem a eletricidade era que pelo menos ele não conseguiria ver o lixo que era aquele lugar.

— Por que está tão escuro aqui? — Ele foi até a parede e procurou um interruptor de luz. Quando achou, mexeu nele, mas nada aconteceu. Então, tentou acender uma luminária na mesinha lateral. — Por que não tem eletricidade?

— Vai voltar daqui a alguns dias.

Ou no próximo mês. Graças a Deus era primavera, senão ela morreria congelada.

— Por que está sem agora?

Anna cruzou os braços e o encarou. Que direito ele tinha de aparecer no apartamento dela, bradando perguntas? Gabe encontrou os olhos dela e a encarou de volta, com a mesma expressão irritada, até que — *maldito fosse* — ela finalmente desviou os olhos.

— Não consegui pagar a conta, tá? Tive que pagar ao senhorio o dinheiro que ele disse que eu devia ou ele ia me despejar.

— Despejar *você*? E a sua mãe?

Certo.

— Eu quis dizer expulsar *a gente*.

— Sei. — Gabe foi até o quarto, parou na porta e ficou olhando para a escuridão. — E agora ela está no trabalho?

— Sim — respondeu ela, o tom cauteloso.

— Na casa de repouso?

— Hum. Isso.

— É mesmo? — Ele se virou e a encarou novamente. — Engraçado, porque eu passei lá e me disseram que ela não trabalha lá há anos.

Anna sentiu o sangue se esvair da cabeça e segurou com força as costas do sofá para não cair.

— *Você o quê?*

— Cadê a sua mãe? — perguntou Gabe em voz baixa.

— Ela... Isso não é da sua... — balbuciou Anna. — *Que direito você tem de ficar investigando a minha vida?*

— Anna. Cadê ela?

A voz de Gabe era gentil naquele momento, o que, por algum motivo, tornou tudo ainda pior. Anna desviou os olhos. *Ele sabia*. Não fazia sentido negar.

— Não sei, tá?

— Como assim, não sabe?

Ele a encarou com firmeza. Será que realmente iria fazê-la admitir? Anna fez um gesto com as mãos, se rendendo.

— Ela foi embora. Sumiu. A última coisa que eu soube foi que ela estava na Califórnia.

— Quando foi isso?

— Já faz um tempo.

Anna pressionou as têmporas, sentindo a cabeça começar a latejar. *Isso não está acontecendo.*

Gabe ficou parado ali, de braços cruzados, sem recuar. Ela suspirou.

— Dois anos atrás.

Ele recuou um passo.

— Então você mora aqui sozinha *há dois anos*?

Anna encolheu os ombros.

— E o aluguel, as contas e tudo mais? — continuou ele.

— Eu trabalho no mercado desde os treze anos. Eles me pagam por baixo dos panos.

— Meu Deus, Anna.

Ela obviamente não tivera escolha. Por que Gabe a estava encarando como se aquilo fosse culpa dela?

— Por que você se importa? Nós vamos tirar dez no nosso projeto. Não precisa se preocupar com minha vida de merda. Até agora, nunca atrapalhou o meu desempenho.

Gabe estreitou os olhos.

— Não estou preocupado com a *nota*.

— Então por que você se importa? — O tom dela estava ficando mais alto.

— Neste momento, nem eu sei direito.

Anna bateu nas costas do sofá.

— Bom, então para com isso! A minha vida não é da sua conta!

— Passa a ser da minha conta quando um cara bêbado te ameaça e eu tenho que me meter pra fazer ele se afastar.

— Ninguém te pediu pra fazer isso!

Gabe estava andando de um lado para o outro na sala.

— Sabe, para uma garota tão inteligente, você está sendo muito burra.

— Porque eu não quero que você fique agindo pelas minhas costas e revirando as coisas! Se alguém descobrir que a minha mãe… — Anna baixou a voz. As paredes daquele prédio velho não eram tão grossas. — Escuta, a minha mãe foi embora, e estou vivendo sozinha. Como você acha que essa situação iria terminar? Onde você acha que *eu* iria terminar?

Gabe parou de andar de repente.

— Eu não sei, Anna. Mas você não pode continuar vivendo desse jeito.

Ela o encarou sem acreditar. Ele vivia em uma redoma?

— Está falando sério? O que você sugere que eu faça? Quais são as minhas alternativas aqui, Gabe?

— Você não tem mais ninguém da família a quem recorrer?

Anna se lembrou de repente do dia em que eles foram designados como dupla de projeto, quando pensara nele como um garoto rico mimado que não fazia ideia das dificuldades da vida.

— A minha mãe fugiu da família abusiva dela quando tinha dezesseis anos. E quanto ao meu pai… — Ela riu, porque até a ideia de ter um pai era absurda. — Bem, você pode escolher. Ele pode ter sido um médico casado com quem a minha mãe teve um caso quando trabalhava na casa de repouso. Ou talvez um dos muitos namorados parasitas que entravam e saíam da vida dela. Ou eu poderia ser filha do traficante de drogas dela. Quem sabe?

Gabe a encarou por um momento.

— Eu aposto no médico.

— Bom, obrigada. Isso ajuda muito.

Eles ficaram se encarando, carrancudos, cada um de um lado da sala, até que Gabe deu as costas, pegou a vela da mesa e saiu pisando firme em direção à cozinha. Ele abriu a porta da geladeira. Anna pensou em gritar para que parasse, mas seria inútil. Ela ficou parada onde estava, impotente, enquanto Gabe examinava a geladeira vazia, então abria e fechava alguns armários cheios de pratos descombinados e panelas amassadas.

Ele parou quando encontrou uma única lata de ervilhas e uma caixa de macarrão com queijo de uma marca qualquer.

— Você está sem eletricidade. E essa é toda a comida da casa?

Anna cerrou os lábios e desviou os olhos para a vela tremulando, que se refletia na janela.

— E ainda tem o senhorio — continuou ele. — Vai saber o que pode acontecer uma noite dessas quando você chegar tarde em casa, sozinha? Você não está segura aqui.

— Vou ter bastante comida quando receber o pagamento, daqui a alguns dias. — Mas aquilo não era exatamente verdade. Ela precisaria economizar a maior parte do dinheiro para conseguir pagar o aluguel do mês seguinte. E a conta de luz. Anna afastou o pensamento. — E a falta de eletricidade é apenas temporária.

— E o senhorio?

— Eu *consigo* lidar com o senhorio.

— E como você vai fazer isso? Pagando toda vez que ele tentar te enganar? Ou fazendo os "favores" que ele sugeriu em troca do pagamento? — Ele usou os dedos para desenhar aspas no ar, a voz cheia de nojo.

Como Gabe se atrevia a usar aquele tom debochado quando não tinha ideia do que era necessário para alguém sobreviver por conta própria? *Ele não tinha a menor ideia.*

— Talvez! Se for necessário! — Se a voz dela ficasse mais alta, os vizinhos ouviriam, mas Anna não se importava. Não seria a primeira vez que ouviriam uma briga naquele apartamento. Normalmente, eles apenas aumentavam o volume das TVs para não ouvir. — Só falta um ano. *Um ano.* E aí vou ter quase dezoito anos e já vou ter terminado o ensino médio. Se eu conseguir atravessar esse ano, sei que posso conseguir uma bolsa integral para completar a faculdade. Essa é a minha única chance. — A voz de Anna se tornou fria e ela estreitou os olhos para Gabe. — Mas você não tem ideia de como é nada disso. Nunca teve que trabalhar para nada. Por isso, não me venha com sermões sobre a *minha* vida quando vive a sua com os seus pais te entregando tudo de bandeja.

Gabe recuou um passo.

— Uau.

A raiva transbordou antes que Anna pudesse contê-la.

— Pode parar de me tratar como seu maldito projeto de caridade agora. Eu não preciso de você. Tomei conta de mim mesma durante toda a minha vida.

— É sério isso? — A voz de Gabe também estava aumentando de volume. — Acha mesmo que só passo o tempo que passo com você porque você é algum tipo de "projeto" pra mim?

— Não sei. E não me importo. Só quero que me deixe em paz.

— Anna...

Ela se virou para ele e gritou:

— Vai embora agora ou juro por Deus que vou chamar a polícia!

Anna estava mentindo. De jeito nenhum chamaria a polícia. A primeira coisa que eles fariam seria perguntar onde estava a mãe dela. Gabe obviamente também sabia daquilo, mas não discutiu. Ficou apenas parado ali, com o punho cerrado e um músculo se contraindo no maxilar. Então, pousou a vela na mesa de centro e saiu pisando firme do apartamento, batendo a porta atrás de si.

Ela se deixou cair no sofá, o jantar esquecido, o apetite perdido. O latejar na sua cabeça se transformou em uma enxaqueca completa conforme ela assimilava totalmente a gravidade do que havia acontecido. Além de Gabe ter descoberto sobre a mãe, Anna nem imaginava o que ele iria fazer com aquela informação.

E se fizesse alguma coisa idiota como entregá-la para a assistência social, achando que, assim, estaria cuidando dela? Gabe não fazia ideia de que aquilo iria literalmente arruinar a vida dela. Legalmente, ela ainda era menor de idade, então eles a mandariam para o programa de acolhimento familiar e ela acabaria morando com uma família que não conhecia e em quem não poderia confiar. Mas aquela nem era a pior parte.

A pior parte era o que poderia acontecer se alguém começasse a remexer o passado da mãe dela. O passado de Anna.

E os segredos terríveis que poderiam descobrir.

• • •

Meia hora depois, Anna continuava no mesmo lugar no sofá, o olhar fixo na vela que tremulava na mesa, a mente ainda funcionando a pleno vapor. Ela se sobressaltou quando alguém bateu na porta. Gabe já teria chamado a polícia? Ou talvez um vizinho tivesse reclamado com o senhorio da gritaria de antes.

Não havia onde se esconder. Ela não passara a tranca na porta, não tinha nem certeza se tinha virado a chave na fechadura, então quem quer que estivesse batendo poderia simplesmente entrar. Anna se levantou com as mãos trêmulas e arrastou os pés até a porta.

Gabe estava parado no corredor com duas sacolas de compras nas mãos.

Anna se preparou para outra briga, mas ele simplesmente colocou as sacolas nos braços dela, se virou e foi embora sem dizer uma palavra.

Ela ficou parada ouvindo os passos dele descendo as escadas e a porta da frente ser aberta e fechada. Só então fechou a própria porta e a trancou. Ela afundou no sofá e, à luz fraca das velas, tirou os alimentos das sacolas e colocou-os em cima da mesa. Um pacote de pão de fôrma. Uma caixa de biscoitos salgados. Três potes de manteiga de amendoim. Cerca de uma dúzia de latas de sopa, de feijão e de legumes. Um saco de maçãs.

Recostando-se nas almofadas do sofá, ela olhou para a comida que cobria a mesa de centro sem nem se dar ao trabalho de enxugar as lágrimas que escorriam pelo rosto.

ONZE

No dia seguinte, Gabe estava na mesa de sempre da biblioteca, esperando que Anna aparecesse. Ele repassou algumas anotações sem realmente olhar para elas e conferiu duas vezes a hora no celular. Quando deu o horário de ir para a aula, ela ainda não tinha aparecido, e a preocupação começou a apertar o peito dele. Anna também não atendeu quando ele ligou, e não havia como saber se ela não estava em casa ou se o telefone velho também havia sido desligado, como tinha acontecido com a eletricidade.

Ela jamais faltaria à aula uma semana antes do prazo para a entrega do projeto. Gabe viu os outros alunos entrarem na sala, mas não havia sinal dela. Quando a dra. McGovern foi até a frente da sala para começar a aula, Gabe ficou se remexendo na cadeira, inquieto, desejando que Anna aparecesse.

A garota sentada ao lado lhe lançou um olhar estranho, então ele respirou fundo e tentou se concentrar na aula.

Depois do que pareceu uma eternidade, a dra. McGovern parou de falar um pouco e liberou a turma para uma pausa de cinco minutos. Gabe fechou o caderno, pegou a bolsa e foi a primeira pessoa a sair. Ele pegou o celular e ligou novamente para o número de Anna.

Sem resposta.

Depois de olhar rapidamente para trás em direção à sala de aula para onde deveria voltar, Gabe tomou uma decisão e seguiu em direção à saída do prédio.

Então, já na calçada do lado de fora, ele parou de repente depois de quase colidir com a pessoa que procurava.

— Anna — falou em um arquejo, tentando recuperar o fôlego.

— Oi. — Os enormes olhos castanhos dela estavam sombreados por olheiras e fizeram Gabe se lembrar de um animal selvagem assustado. — Por que você não tá na aula?

— Por que *você* não tá? — Ele ergueu as palmas das mãos em um gesto questionador. — Você não apareceu hoje cedo.

— É. Eu, hum. Desculpa. — Anna chutou uma pedra no caminho com o tênis rasgado. — Eu só precisava de um tempo pra pensar.

— E não passou pela sua cabeça me ligar e avisar? — Ele cruzou os braços diante do peito. — Para que eu não me preocupasse com você?

Anna ergueu a cabeça, quase como se ouvir aquilo a surpreendesse.

— Achei que estivesse com raiva de mim por eu ter mentido pra você. E pelas coisas que eu disse ontem à noite.

— Só pra constar, estou, sim, com um pouco de raiva. — Gabe detestava o fato de Anna ter mentido para ele, de não ter confiado nele o suficiente para contar a verdade. Mas ele seria muito cruel se não compreendesse o motivo. — Mas isso não significa que eu não me importe com você.

Anna se aproximou, avançando um passo.

— Eu devia ter dito que não ia vir agora de manhã. É sério, eu só... — Ela enfiou as mãos nos bolsos do casaco de moletom.

— Você só o quê?

Anna cerrou os lábios. Quando voltou a falar, sua voz saiu em um sussurro:

— Só não estou acostumada a ter alguém se preocupando comigo.

A última gota de raiva de Gabe evaporou.

— Cacete — murmurou ele baixinho.

— Então, o que a gente faz agora que você... — Anna manteve a cabeça baixa, murmurando na direção da calçada. — Agora que você sabe sobre mim.

— A gente pode sentar e conversar?

Ele olhou ao redor. Um muro baixo de pedra se estendia ao longo do outro lado do gramado, longe das calçadas que cruzavam o campus. Ninguém iria incomodá-los ali.

Anna assentiu e o seguiu pelo gramado. Eles largaram as mochilas e se sentaram lado a lado no muro. Ela abaixou os olhos, deixando o cabelo cair sobre o rosto para esconder a expressão abalada.

Gabe se inclinou para a frente para conseguir ver os olhos dela.

— Anna, a sua situação é muito mais delicada do que eu pensava. Preciso entender o que realmente está acontecendo.

Ela apoiou os cotovelos nos joelhos e esfregou a testa como se pressentisse uma dor de cabeça chegando. Para alguém tão fechada, ela podia ser absurdamente transparente. Era óbvio que estava avaliando suas opções e decidindo o quanto revelar.

— Preciso da história *verdadeira* — avisou Gabe, antes que ela pudesse inventar outra versão ficcional da própria vida, como a que vinha contando para ele há meses.

Os ombros de Anna se curvaram para a frente.

— Ela não é uma pessoa ruim, sabe?

— A sua mãe?

— Sim. Um pessoal da escola a chamava de drogada, viciada, coisas assim. Eu ouvia os cochichos quando passava pelos corredores.

Ela ajeitou o colar de ouro que trazia ao redor do pescoço. Gabe nunca havia perguntado o significado daquela joia antes, mas naquele momento conseguia imaginar.

Anna deixou as mãos caírem no colo.

— Mas a pior parte era o jeito como falavam, como se a minha mãe fosse um monstro e, por consequência, eu também.

Adolescentes podiam ser tão cruéis. Gabe não fora o tipo de cara que fazia bullying durante o ensino médio, mas, olhando para trás, percebeu que provavelmente também não tinha feito muito para intervir e defender pessoas como Anna. E, naquele momento, sentiu uma pontada dolorosa de arrependimento por isso.

— Mas ela não era um monstro. Ela não *é* um monstro — continuou Anna. — A minha mãe tem um vício. É uma doença. Os pais *dela* é que eram monstros de verdade. Não foi à toa que acabou do jeito que está. Tinha um monte de cicatrizes nos braços e um dia me disse que, quando os pais ficavam bravos com ela, queimavam seu corpo com cigarros. Ela nunca fez nada assim comigo.

Gabe sentiu o horror revirar seu estômago. Que experiência terrível a mãe dela vivera. Ele não conseguia nem imaginar uma coisa daquelas. Mas também se deu conta de que, em algum momento ao longo do caminho, o padrão de Anna para avaliar a própria infância passara a ser: *Pelo menos eu não fui queimada com cigarros.* A mãe havia fugido, a abandonara, e Anna ainda se apressava para defendê-la.

— Como eram as coisas quando a sua mãe estava com você? Ela passava o tempo todo chapada ou… — Ele se conteve, perplexo com a raiva que sentia. A última coisa de que Anna precisava era que alguém a fizesse se sentir uma merda em relação à própria vida. — Quer saber, você não precisa responder. Não importa.

Anna ficou em silêncio por tanto tempo que Gabe se perguntou se ela teria ouvido. Finalmente, ela se virou e o encarou.

— Não. Ela não passava o tempo todo chapada. Não no começo. Depois que fugiu dos pais horríveis, a minha mãe se esforçou para dar um rumo à própria vida. Ela terminou o ensino médio e estudou para ser auxiliar de enfermagem. Então engravidou de mim. Meu pai nunca fez parte da nossa vida. Mas ela era uma boa mãe. Era *mesmo.* — Seus olhos pareciam implorar para que ele acreditasse. — Mesmo que neste momento não pareça. E eu sei que ela me ama.

Ele ficou espantado com o uso do tempo presente. *Ela me ama.* A certeza no rosto de Anna foi como uma faca no coração de Gabe, que não teve coragem de apontar todas as evidências do contrário.

— É claro que ama — disse ele, mais desejando que fosse verdade do que realmente acreditando naquilo.

— Tenho muitas lembranças boas da minha mãe. Ela sempre lia pra mim antes de dormir. — Anna desviou os olhos para o campus. — Organizava festas de aniversário com bolo coberto de granulado. Me levava ao zoológico… — Ela levou a mão de novo ao pingente que usava no colar, e Gabe conseguiu ver que ele tinha o formato de um semicírculo com um padrão floral gravado na superfície. — Minha mãe me deu isso e ficou com a outra metade. E ela nunca o tira do pescoço. As duas metades se encaixam como peças de um quebra-cabeça.

Gabe teve vontade de passar o braço ao redor dela, mas, como não sabia se aquilo pareceria esquisito, se contentou em se inclinar e roçar o ombro no de Anna.

— Não sei bem quando ela começou a usar drogas. Eu devia ser nova demais pra perceber o que estava acontecendo a princípio. — Ela balançou rapidamente a cabeça. — Eu devia estar na terceira ou quarta série quando ela machucou as costas ajudando um paciente a sair de uma cadeira de rodas, mas a casa de repouso não quis nem saber. Simplesmente demitiram a minha mãe porque ela não podia trabalhar.

Ele foi pego de surpresa com aquilo. Anna parecia não saber que a mãe tinha sido demitida por roubar analgésicos dos residentes da casa de repouso. Não dava para magoá-la ainda mais contando a verdade naquele momento.

— A minha mãe conhecia um cara, Rob, que levava remédios para suas dores nas costas. Mas ela nem sempre conseguia pagar pelos remédios, então às vezes fazia coisas por ele. Favores ou... Você sabe. — Um rubor intenso cobriu o rosto de Anna, descendo até a gola da blusa. — Eles ligavam a TV bem alto e desapareciam no quarto. — Ela mudou de posição no muro para se afastar um pouco. — A dor a deixava desesperada. E a verdade era que poucas pessoas se importavam em ajudar uma mãe solteira pobre e viciada em oxicodona. Ela não é uma pessoa ruim.

Gabe a segurou pelo ombro (meu Deus, ela estava tão magra) e a puxou gentilmente mais para perto de novo até estarem frente a frente.

— Anna, não estou julgando, tá?

— Gabe, como poderia não julgar? Você vem daquela família perfeita e seus pais são maravilhosos. Se eles soubessem... — Ela fechou os olhos e balançou a cabeça. — Se eles soubessem de tudo... Eu não os culparia se nunca mais me deixassem entrar na casa deles.

Gabe apertou o ombro dela com mais firmeza.

— Anna, você não pode estar falando sério. Você foi jogada no meio de um monte de circunstâncias de merda. Ninguém te culpa por isso. — Gabe tinha a impressão de sentir no próprio corpo o peso de tudo pelo que ela havia passado. Ele não conseguia nem imaginar como Anna devia se sentir depois de passar por aquilo. — Estou impressionado com o modo como você conseguiu manter tudo sob controle por tanto tempo. Não há nada que possa me dizer que vá fazer com que eu me sinta de outro jeito.

Anna se recostou e olhou para Gabe de lado, como se quisesse acreditar no que ele estava dizendo, mas não conseguisse.

— Acho que você não tem noção do que tá dizendo.

Gabe semicerrou os olhos, tentando decifrar a expressão no rosto dela.

— Tem mais alguma coisa que você não tá me contando?

Ela desviou rapidamente o olhar.

— Não. Só estou querendo dizer que a minha vida deve parecer muito sórdida.

Mas Gabe não estava convencido. As mãos de Anna tremiam e ela não o encarava.

— Pode se abrir comigo, Anna. Tem alguma coisa a ver com a sua mãe? — O coração dele se apertou. — Ou aconteceu mais alguma coisa com o senhorio?

Ela balançou a cabeça.

— Não, eu não vi mais o Don.

Ele ainda se lembrava do hálito quente e com fedor de cerveja que sentira quando empurrara Don contra a parede, afastando-o de Anna.

— Você sabe que é só uma questão de tempo, né? Ele não vai te deixar em paz. Ainda mais se souber que você está morando sozinha naquele apartamento.

— Ele não sabe.

Gabe também não estava convencido daquilo.

Anna respirou fundo e soltou o ar lentamente.

— A questão é... — Ela finalmente o encarou. — Rob não era o único cara que aparecia lá em casa. Minha mãe tinha um monte de namorados. Eles levavam dinheiro e drogas. Os caras eram bem brutos e rolavam umas brigas pesadas quando eles estavam chapados. Ou então a minha mãe apagava e eu ficava sozinha no apartamento com aqueles homens estranhos.

Gabe podia literalmente ouvir o sangue pulsando em suas veias, subindo até sua cabeça.

— Eles... Você foi... — O suor escorria por suas costas enquanto ele tentava formar as palavras.

Na época, Anna devia ter mais ou menos a idade da sua irmã mais nova. Imaginá-la como uma menina, como Leah, largada sozinha com o tipo de homem assustador que a mãe provavelmente levava para casa, fez Gabe ter vontade de chutar o muro de pedra em que estava sentado.

— Não. — Anna balançou a cabeça enfaticamente. — Não. Gabe, não estou contando isso pra fazer você pensar... — Ela fez uma pausa e pressionou as palmas das mãos contra as têmporas. — Estou contando porque quero que você entenda que eu *consigo* lidar com caras como o Don. Tomo conta de mim mesma há muito tempo. Sei que o meu bairro não é o mais seguro...

Ela parou de falar abruptamente quando duas garotas da aula de economia global passaram. Elas acenaram para Gabe, que as cumprimentou com um breve aceno de cabeça e desviou os olhos para não as incentivar a parar para conversar. Ele nem conseguia se imaginar jogando conversa fora sobre as festas do fim de semestre ou qualquer outro assunto. De repente, todas as coisas da faculdade que tinham consumido tanto do tempo e da energia dele pareciam incrivelmente superficiais e bobas em comparação à vida que Anna estava vivendo.

Anna ficou olhando para as garotas até elas sumirem dentro do prédio de economia, então continuou:

— Gabe, eu tenho tudo sob controle. Sei como chegar em casa à noite, por quais ruas andar e quem evitar. Ando com spray de pimenta na mochila. O meu senhorio normalmente está bêbado demais para sequer conseguir andar em linha reta. O Don é inofensivo e consigo lidar com ele.

Gabe ficou olhando para Anna, sentada ali no muro com a cabeça baixa e o cabelo caindo no rosto. Ela não estava exagerando quando dissera a ele que nunca tinha sido "só uma menina". Anna podia parecer mansa e tímida a princípio, mas era a pessoa mais forte que ele conhecia. E Gabe não duvidava nem por um segundo de que ela conseguiria lidar com tudo aquilo. Mas... *merda*. Ele não queria que ela tivesse que lidar mais com tudo aquilo. Pelo menos não sozinha.

— Você tem alguma ideia do motivo pelo qual a sua mãe foi embora?

— Eu...

Os ombros de Anna ficaram tensos. Ela segurou novamente o colar e virou a cabeça.

Foi como se um buraco se abrisse no peito dele. Anna *não* estava lhe contando a história toda.

— Anna? — chamou Gabe com gentileza. — Você pode me contar. Seja lá o que for.

Ela prendeu o cabelo atrás da orelha e Gabe pôde ver a tristeza em seus olhos. Quando ela finalmente falou, sua voz saiu rouca e hesitante:

— Em algum momento, não eram só comprimidos que a minha mãe estava usando. — Anna estremeceu. — Todo o nosso dinheiro estava indo para as drogas dela e a gente estava totalmente falida. Ela tinha um namorado que ajudava a pagar o aluguel e a comprar um pouco de comida. Mas sempre havia um preço...

Ela abraçou o próprio corpo, como se os braços magros fossem protegê-la da dor.

Gabe se aproximou mais. Eles estavam em frente ao prédio de economia e havia pessoas que ele conhecia por todo o campus. Qualquer um dos caras da fraternidade poderia passar e vê-los. E Gabe sabia que era possível que ouvisse muita merda por causa daquilo. Mas não se importava. Ele passou o braço ao redor dos ombros de Anna e a puxou junto ao corpo. Ela se inclinou na direção dele e seu corpo relaxou.

— Uma noite eu cheguei em casa e... — A voz dela falhou no fim da frase. — E minha mãe tinha feito uma mala e me disse que estava indo para a Califórnia. Que tinha conseguido um emprego lá, uma oportunidade de ganhar dinheiro o bastante para que a gente não precisasse mais depender de caras assim. — Anna respirou fundo e soltou o ar lentamente. — Ela falou que estava indo para a Califórnia para cuidar de nós, mas que ia voltar.

Gabe podia até imaginar o tipo de trabalho que tinha atraído a mãe de Anna para a Califórnia. Os empregos de assistente de enfermagem com certeza não pagavam muito. E, se a mulher permitia que traficantes frequentassem sua casa enquanto a filha menor de idade estava lá, ele poderia apostar que ela aceitaria um emprego fazendo alguma coisa ilegal.

Anna voltou a respirar fundo e soltar o ar lentamente.

— Algumas semanas se passaram e minha mãe não voltou. Ela ligou algumas vezes, prometendo mandar um dinheiro que nunca chegou. E aí... — Ela deixou a cabeça pender para a frente, como se não suportasse o fardo de sustentá-la. — E aí as ligações pararam.

— Você acha que ela está... — Gabe se interrompeu bruscamente. *Que ela está o quê?* Ele não tinha ideia de como formular a pergunta. Ou mesmo o que estava perguntando. *Morta? Na prisão? Ainda morando na Califórnia sem você?* Não havia nenhum cenário que não fizesse seu coração se partir por Anna. Depois de algum tempo, ele retomou a pergunta: — Você tem alguma ideia do que aconteceu com ela?

— Não. — Anna passou a mão pelas bochechas molhadas. — Eu checo os registros de prisões e mortes o tempo todo. Nunca apareceu nenhum sinal dela. Mas não posso reportar o desaparecimento dela antes de completar dezoito anos, senão alguém pode descobrir a meu respeito. — Ela estremeceu. — Se isso acontecer, vão me mandar para o programa de acolhimento familiar.

Gabe sabia que o programa de acolhimento familiar costumava ter uma reputação ruim, mas devia haver muitas famílias legais por aí. E a situação de Anna naquele apartamento degradado, com um senhorio perigoso no andar de baixo, não podia ser uma opção melhor.

— Ela ainda pode voltar — insistiu Anna, a voz hesitante. Uma lágrima escorreu pelo seu rosto. — Eu só preciso manter as coisas como estão por mais um tempo.

O coração de Gabe ficou ainda mais apertado. Apesar de tudo, Anna ainda acreditava que a mãe voltaria para casa. Pelo bem dela, Gabe queria que aquela história tivesse um final feliz. Mas não acreditava nem por um segundo que aquilo aconteceria.

Gabe a puxou com mais firmeza para o seu lado e algo se acendeu em seu peito, um sentimento intenso e primitivo. Um instinto de proteger aquela garota misteriosa que tinha se tornado tão importante para ele. Quando a ouviu respirar fundo de novo, ele soube que Anna estava tentando se controlar e ser forte, como sempre. Ele queria dizer a ela que não havia problema em desmoronar. Que ela não estava mais sozinha.

Mas hesitou, por enquanto. Antes de fazer qualquer promessa, precisava descobrir como seria capaz de cumpri-las. Porque, apesar de Anna insistir em dizer que tinha tudo sob controle, o fato de saber que ela precisava carregar spray de pimenta na bolsa e que mudava sua rota para evitar esbarrar em algum estranho da vizinhança o corroía por dentro. Que não havia ninguém esperando para se certificar de que ela chegaria bem em casa. Que ela estava pele e osso por ter que decidir entre pagar o aluguel e comprar comida.

Ele iria embora para a pós-graduação em alguns meses, e não havia como deixá-la sem ter certeza de que ela estaria segura de verdade.

DOZE

Anna se apoiou mais em Gabe e inspirou o perfume amadeirado já tão familiar. Se pudesse ficar ali, ao lado dele, com o braço dele passado ao redor dos seus ombros, tudo ficaria bem. Só por um tempinho.

A voz dele ressoou contra o rosto dela.

— Sinto muito, Anna. Eu não fazia ideia.

— Ninguém faz. Ninguém pode saber.

— Você sente falta dela?

Anna sentiu a respiração ficar presa na garganta e as lágrimas arderem no fundo dos olhos. Ela sentia falta da mãe a cada minuto de cada dia. Da voz dela, do sorriso, de como colecionava piadas bobas dos residentes da casa de repouso para fazer Anna rir. Mesmo depois que ela começara a usar drogas, havia bons momentos, pelo menos no início. Como naquele dia em que Anna faltara à escola porque estava doente, e ela e a mãe tinham passado horas no sofá tomando sorvete e assistindo a filmes antigos. Ou nas noites em que caminhavam pelos trilhos da ferrovia para atirar pedras no rio.

Anna segurou com força o pingente no colar ao redor do pescoço.

Jamais esqueceria o aniversário em que ganhara aquele colar. A mãe tinha dito que ela e Anna sempre pertenceriam uma à outra, assim como as duas metades do pingente. Ali, ao lado de Gabe, Anna abaixou os olhos para o pingente. Às vezes, aquele colar era a única coisa que mantinha a escuridão afastada nas noites frias e solitárias no apartamento.

— Sim. Eu sinto falta dela.

Anna ainda acordava todas as manhãs torcendo para que aquele fosse o dia em que a mãe voltaria para casa. E todas as noites, antes de ir para a cama, ela pensava: *Talvez amanhã ela volte.*

Mas um ano tinha se passado, e então dois. Era uma agonia, todos os dias, se perguntar o que tinha acontecido com a pessoa mais importante da sua vida — e a única família que ela já havia conhecido. Era uma agonia imaginar que a mãe poderia estar em qualquer lugar, ferida ou com medo.

Quando o vício assumira de vez o controle, os papéis das duas tinham se invertido. Anna passara a cuidar da mãe, ajudando-a a ir para a cama, preparando o banho. Ela revirava a bolsa da mãe na esperança de encontrar notas soltas para comprar latas de sopa no mercadinho local. A mãe nunca queria comer muito, mas Anna se sentava com ela no sofá, encorajando-a gentilmente a experimentar pelo menos um pouco. Mesmo quando a mãe estava totalmente fora de si, ela murmurava sobre o quanto apreciava Anna, sobre como não sabia o que faria sem a filha.

— Eu vou encontrar a minha mãe — declarou Anna. — Ela precisa de mim.

Os músculos de Gabe ficaram tensos e ele a olhou de soslaio.

— E quanto ao que *você* precisa? Você fica falando que nada disso é culpa dela. Mas está morando sozinha há dois anos, Anna. De quem é a culpa, então?

Minha. É minha culpa.

Anna cerrou os lábios para não dizer aquilo em voz alta. Porque, ao ver a preocupação estampada no rosto de Gabe, ao sentir seu braço forte a apoiando, ela teve vontade de fechar os olhos e chorar aos berros contra o peito dele, como uma garotinha. De tirar dos ombros aquele fardo que carregava e deixar Gabe segurá-lo por algum tempo.

Mas aquilo seria muito perigoso, e Anna sabia que não deveria se arriscar. Já havia revelado mais do que deveria. Se Gabe soubesse que de jeito nenhum ela merecia seu cuidado, sua preocupação… Anna balançou a cabeça e se afastou com relutância, então desceu do muro e ficou parada na frente dele.

— O que eu preciso é que você confie em mim quando eu disser que tenho a minha vida sob controle. Você não vai contar a ninguém sobre isso, vai?

— Eu…

Gabe se encolheu um pouco e desviou os olhos para um ponto acima do ombro dela. Anna sentiu uma pontada de pânico.

— Gabe. Por favor. — Ela odiava se ouvir implorando, odiava que seu futuro estivesse nas mãos dele. — Você sabe o quanto eu venho me esforçando. Se eu puder continuar do jeito que estou, sei que vou conseguir uma bolsa de estudos para a faculdade. Aí vou poder me mudar para os alojamentos em pouco mais de um ano. Mas se alguém descobrir sobre mim agora, quem sabe para onde tentariam me mandar?

— Eu sei, Anna. Mas...

— Gabe, eu sei que você quer me proteger, mas eu juro que sou capaz de lidar com a situação. Promete que não vai contar. *Por favor.*

Gabe recuou de novo e esfregou a nuca. Ele abriu a boca para dizer alguma coisa, mas logo voltou a fechá-la.

Anna sabia que estava perdendo o controle, e aquilo a aterrorizava.

Depois de um longo tempo, ele suspirou e passou a mão pelos cabelos.

— Anna, a gente ainda não terminou de falar sobre isso. Sei que você acha que o senhorio está blefando, mas sinceramente, depois dos desentendimentos que tive com o cara, acho que não.

— Vou ser mais cuidadosa. Prometo.

Gabe também desceu do muro.

— Escuta, a gente já perdeu mesmo a maior parte da aula, então por que não saímos daqui? Podemos ir até a casa dos meus pais, dar os retoques finais no projeto e jantar.

Anna sentiu o corpo relaxar de alívio. Era exatamente daquilo que eles precisavam. Voltar à antiga rotina e esquecer toda aquela conversa.

— Sim. Vamos fazer isso.

Gabe fez um gesto para que ela fosse na frente, na direção da casa da fraternidade onde ele costumava estacionar o carro. Anna começou a descer pela calçada, mas depois parou e se virou para encará-lo.

— Gabe?

Ele inclinou a cabeça para olhar para ela.

— Oi?

— Obrigada.

Gabe abriu um sorriso e assentiu. Anna se virou e começou a andar. Ele era o melhor amigo que ela já tivera. Podia confiar nele para guardar aquele segredo.

• • •

Naquela tarde, eles trabalharam no projeto pela última vez. Só o que faltava era apresentá-lo à turma na semana seguinte. Mas Anna não tinha pressa para que aquilo acabasse, por isso continuou no escritório de John repassando os mínimos detalhes. Como tinha sido Gabe quem sugerira mais uma revisão — a terceira —, talvez ele também não estivesse com pressa.

Quando eles não conseguiram encontrar mais nada para ajustar, Gabe foi até a cozinha fazer alguns sanduíches e Anna se sentou na cadeira de leitura no canto. Ela olhou ao redor do cômodo que tinha se tornado tão familiar nos últimos meses. Aquela poderia ser uma das últimas vezes em que ela se sentaria ali. O projeto deles estava concluído e não haveria mais desculpas para ela ir jantar naquela casa. Gabe iria embora para fazer a pós-graduação em Chicago dali a alguns meses e ela se concentraria nas provas finais do ensino médio e nas inscrições para faculdades. Sem falar no trabalho no mercado e no esforço para continuar juntando dinheiro suficiente para pagar as contas todos os meses. Anna afundou o corpo na cadeira sob o peso de tudo aquilo.

Trabalhar naquele projeto havia sido uma fuga inesperada da vida real para ela, mas tinha acabado. O ano seguinte se estendia diante de Anna, sem as manhãs de terça-feira trabalhando com Gabe e sem os jantares de domingo com os Weatherall.

Ela havia passado grande parte da vida sozinha, mas não tinha percebido como se sentia solitária até aquele momento.

Anna estava tão perdida em pensamentos que se passaram dez minutos antes de perceber que Gabe não voltara para o escritório. Talvez a mãe e o pai dele tivessem voltado do trabalho pela porta dos fundos. Ele provavelmente se distraíra conversando com eles na cozinha. Ela suspirou e se levantou para cumprimentar os dois. *Chega de remoer tristeza por hoje.* Estava determinada a aproveitar os últimos dias com os Weatherall. Haveria muito tempo para ficar triste depois.

Anna saiu do escritório e seguiu pelo corredor em direção à cozinha, ouvindo o timbre baixo da voz de Gabe e os murmúrios de John e Elizabeth. Parecia que ela estava certa: eles estavam em casa. Ela parou quando ouviu a palavra "preocupada" de Elizabeth e "problema" de John. O que quer que estivessem conversando parecia sério e ocorreu a Anna que talvez não devesse interromper.

Já estava prestes a voltar para o escritório quando ouviu Gabe dizer seu nome.

Anna estacou. Estavam falando sobre *ela*. Em silêncio, ela se aproximou da porta da cozinha deslizando lentamente os pés calçados com meias.

— Acho que o Gabe provavelmente deveria contar a ela — disse Elizabeth em voz baixa.

— Eu concordo — acrescentou John. — Vai ser mais fácil se for ele a falar.

— Ela precisa saber que não vai conseguir manter a situação atual. — A voz de Elizabeth ecoou pelo corredor.

Anna arquejou e se apressou a cobrir a boca. Sabia exatamente do que se tratava. Eles estavam planejando emboscá-la. Havia confiado em Gabe, mas ele virara as costas e contara tudo para os pais. Ela fitou o chão, sentindo as lágrimas ameaçando transbordar. A traição doía quase tanto quanto a constatação de que estava prestes a perder tudo pelo que havia trabalhado tanto.

— Com certeza, de certa forma, isso vai ser um alívio para ela — continuou Elizabeth.

Um alívio? Ah, Deus. Pronto, tinha chegado o momento em que iam começar a falar sobre assistência social e sobre o programa de acolhimento familiar como se não fosse nada de mais, como se fosse um destino seguro.

Como se não fosse o fim de tudo.

Confiar em Gabe tinha sido o maior erro que ela poderia ter cometido na vida. Na verdade, seu maior erro tinha sido confiar em qualquer um deles. E o pior era que sempre soubera disso.

Anna deu meia-volta e correu o mais silenciosamente que pôde pelo corredor até o escritório. Ela fez uma pausa ali, absorvendo tudo pela última vez. O computador em cima da mesa continuava aberto na apresentação em que ela e Gabe estavam trabalhando momentos atrás.

Todos os sacrifícios que havia feito, as inúmeras horas de trabalho que dedicara ao projeto, achando que poderia ser a passagem para o seu futuro, para bolsas de estudo e para a chance de uma vida melhor. Uma vida como a que os Weatherall tinham.

Que irônico serem justamente eles que destruiriam tudo.

Ela não estaria presente para fazer aquela apresentação. Seria reprovada na matéria, e todo o esforço, todas as noites em claro, todas as horas dormindo em cima de pilhas de livros na biblioteca, teriam sido em vão. O problema não era só a matéria de economia global, mas tudo pelo que ela havia trabalhado nos últimos anos. Se sumisse naquele momento, seria uma sem-teto, uma fugitiva, uma estudante que abandonara o ensino médio. Que faculdade iria querer uma garota assim?

Estaria tudo acabado.

Mas, se ficasse ali, estaria tudo acabado também. Ela seria levada embora e mandada para o programa de acolhimento familiar, morando com uma família e depois outra e depois outra, sem ter ideia de onde iria parar. Anna viraria estatística em um sistema que não se importava com pessoas pobres como ela ou a mãe. Porque, caso se importassem, alguém teria se prontificado a ajudá-las muito antes.

De repente, Anna sentiu o coração apertado ao fazer outra terrível constatação. E se os policiais aparecessem e começassem a fazer perguntas? Alguém talvez conseguisse ligar os pontos, relacionando ela e a mãe àquela tarde...

Anna balançou a cabeça como se aquilo fosse apagar o pensamento da sua mente. *Se descobrirem o que eu fiz, vão fazer algo muito pior do que me mandar para o programa de acolhimento familiar.* Sendo assim, não importava o caminho que ela escolhesse: estaria tudo acabado de qualquer jeito. Mas, se fugisse, talvez pudesse pelo menos ter uma chance.

Anna pegou a mochila e a jogou por cima do ombro. Suas mãos tremiam e suas pernas ameaçavam ceder, mas ela tinha que continuar. Precisava seguir em frente.

Como você sempre fez.

Anna abriu a porta da frente o mais silenciosamente possível e saiu da casa dos Weatherall. De vez.

Já na rua, ela saiu correndo, dobrou a primeira esquina em que chegou e disparou por uma ruela onde era menos provável que fosse vista caso fossem procurá-la. Continuou seguindo sem um destino em mente, correndo pelo labirinto de ruelas até os pulmões arderem e as panturrilhas implorarem por alívio. Ofegante, ela cambaleou até parar e se deixou cair contra a garagem de alguém. Por alguns instantes, só o que conseguiu fazer foi abraçar a parede de tijolos e respirar fundo. Finalmente, quando sua frequência cardíaca começou a retomar um ritmo normal, Anna se sentou na calçada e se forçou a se concentrar.

E agora?

Não poderia voltar para o seu apartamento. Seria o primeiro lugar onde a procurariam. Na verdade, não a surpreenderia se já tivessem percebido que ela havia sumido e estivessem indo para lá naquele exato momento.

Anna passou os braços ao redor da cintura, tremendo de frio de repente, apesar do suor que escorria pelas costas por causa da corrida recente. Teria que deixar aquele apartamento para trás para sempre? Podia ser um lugar velho e pobre, mas era o único lar que conhecia. Todas as coisas que possuía estavam lá. A maior parte não tinha valor algum — a mãe havia vendido qualquer coisa de valor anos antes —, mas o que restava era dela. Seus livros favoritos, seu tocador de CD, o coelhinho de pelúcia com o qual costumava dormir quando era pequena. Além disso, tinha as fotos de sua mãe. Não muitas, mas algumas antigas que alguém havia tirado antes de Anna nascer.

Será que dava para arriscar se esgueirar para dentro de casa e pegar aquelas coisas?

Era perigoso demais. Simplesmente teria que deixar tudo para trás. Por sorte, havia aprendido muito tempo antes que nunca deveria se apegar demais às coisas materiais. Se tivesse conseguido aplicar aquele mesmo princípio às pessoas, não estaria naquela confusão.

Concentre-se. Para onde você pode ir?

Ela não tinha ninguém. *Ninguém.*

A não ser…

Anna segurou o pingente no colar.

Então, pegou a mochila na calçada e procurou no bolso lateral até encontrar um pedacinho de papel dobrado. Ele já fora branco, mas, depois de ter ficado rolando de um lado para o outro na mochila durante os últimos dois anos, tinha desbotado para um cinza fosco e desgastado nas dobras. Mas Anna ainda conseguia ler o endereço escrito ali. E, de qualquer forma, o tinha decorado havia muito tempo.

Capp Street, 1908, San Francisco, Califórnia

TREZE

— Há um ônibus noturno saindo para Chicago em cerca de duas horas. — A mulher de meia-idade atrás do balcão digitou alguma coisa no computador. — Vai querer uma passagem?

Anna olhou por cima do ombro. Qualquer que fosse o ônibus que pudesse levá-la para fora da cidade mais rápido, era naquele ônibus que ela queria estar. De Chicago, poderia facilmente comprar uma passagem para San Francisco. Ela pegou a bolsinha de tecido surrada que sempre carregava consigo — era mais seguro do que deixar em casa, onde o senhorio poderia encontrar. A bolsinha guardava 518,92 dólares. Todo o dinheiro que ela possuía no mundo, mas Don não receberia o dinheiro dele naquela semana e talvez nunca mais.

— *Quero* — respondeu ela rapidamente. Será que soara ansiosa demais? Será que a mulher desconfiaria de que ela não tinha idade para comprar uma passagem? Anna endireitou o corpo, dirigiu seu sorriso mais confiante para a mulher e deslizou seu crachá da faculdade por cima do balcão. — Aqui está a minha identidade. — Ninguém esperaria que uma estudante universitária tivesse menos de dezoito anos.

A mulher mal olhou para ela enquanto pegava a carteirinha e digitava as informações no computador. Enquanto esperava, Anna se virou e deu outra inspecionada no terminal rodoviário, colocando uma expressão casual no rosto. Havia uma mãe jovem sentada ao lado da máquina de venda automática, olhando para o celular enquanto o filho tentava alcançar a máquina e pegar os doces. Uma pessoa em situação de rua cochilava em um banco ao lado de um carrinho de compras em que estavam todos os seus pertences. Em uma cabine do outro lado do salão, um segurança folheava uma revista. Ninguém parecia nem um pouco interessado em Anna, e era exatamente assim que ela queria que fosse.

Mais duas horas e ela iria embora para sempre.

Quando Anna pegou a passagem com a atendente, seu estômago roncou. Fazia horas que não comia nada. Ela se aproximou da máquina de venda automática e a mãe do menino estendeu a mão para ele.

— Vem cá, meu bem. Vamos sair do caminho da moça.

O menino, que parecia ter três ou quatro anos, se virou para a mãe:

— Posso comer M&M's? — perguntou ele, o rostinho esperançoso.

A mãe se levantou e o pegou no colo, apoiando-o no quadril.

— Agora não, meu amor. — Ela suspirou, passando a mão pelos olhos cansados e avermelhados. — Não tenho dinheiro pra isso. — A mulher balançou a cabeça, e as horrorosas lâmpadas fluorescentes no alto pareceram aprofundar as linhas de preocupação ao redor da boca. — Sinto muito — sussurrou ela, ajeitando o filho no colo e estendendo a mão para afastar uma mecha de cabelo do rosto dele. — Talvez quando a gente chegar na casa da vovó, ela tenha um docinho pra você. — A voz da mulher era tranquilizadora, mas seu rosto parecia tenso, preocupado.

O olhar de Anna se fixou brevemente nos sapatos gastos da mulher, então subiu para o moletom cinza desbotado e voltou para a criança nos braços dela. Em vez de fazer a birra que Anna esperava, o menino apoiou a cabeça no ombro da mãe e assentiu, quase como se estivesse resignado.

— Tá tudo bem, mamãe.

A mãe abriu um sorriso triste e acariciou novamente a cabeça do filho. O coração de Anna se apertou. Alguma coisa em toda aquela cena lhe era dolorosamente familiar. A mãe exausta tentando se controlar, a criança tranquilizando a mãe para que ela não se sentisse tão triste. Anna pegou o pingente em seu pescoço. *Dez anos antes, poderia ter sido a minha mãe e eu.* Assim como aquele menino, ela também sabia que a mãe estava passando por dificuldades, que cada dia era uma batalha. E fez tudo o que pôde para tornar as coisas mais fáceis, mas não foi o suficiente.

Mas talvez ela tivesse a oportunidade de encontrar a mãe e consertar tudo. Pelo menos, era assim que ela gostava de imaginar que seria. Doía menos do que a alternativa.

Anna tocou sua bolsa de dinheiro outra vez. Precisava de cada centavo. Mas vinha conseguindo sobreviver havia anos, e alguns poucos dólares não fariam muita diferença.

— Posso dar um presente pro seu filho? — perguntou baixinho à mulher, e o menino se animou.

A mulher a encarou boquiaberta.

— Ah, você não precisa...

— Por favor? — insistiu Anna.

Ela se virou para a máquina de venda automática, inseriu o dinheiro e comprou os M&M's, uma barra de Snickers e um saco de batatas chips.

— Toma — disse, entregando os dois chocolates para a mulher.

Então, antes que pudesse mudar de ideia, Anna enfiou uma nota de cinco dólares na mão da mulher, o pacote de batatas no bolso do próprio casaco e atravessou o salão.

Ela encontrou um assento contra a parede oposta, comeu as batatas e se recostou no vinil barato para esperar. A exaustão a atingiu como uma onda e ela fechou os olhos.

Estava começando a cochilar quando o toque estridente de um telefone do outro lado do salão a acordou. Anna endireitou o corpo na cadeira e abriu os olhos.

O segurança deixou de lado seu exemplar da revista *People* e pegou o fone de um telefone preto antigo. Anna estava longe demais para ouvir a conversa, mas o viu assentir uma vez e depois outra. Então, o homem levantou os olhos de repente e olhou diretamente para ela. O coração de Anna saltou no peito e ela se recostou na cadeira como se aquele minúsculo espaço extra entre eles fosse ajudá-la a escapar da atenção do homem.

O guarda assentiu para o que quer que a pessoa do outro lado da linha estivesse dizendo, então colocou o telefone lentamente de volta no gancho, ainda encarando-a de longe.

Anna se levantou e disparou por um corredor, seguindo uma placa que indicava os banheiros. Quando estava em segurança no banheiro feminino, ela cruzou os braços e se encostou na parede dos fundos. Aquele guarda sabia quem ela era? Por isso aquele olhar incisivo? Ou ela estava só sendo paranoica?

A porta do banheiro se abriu e o coração de Anna disparou novamente até ela ver que eram apenas a mãe e o filho que havia conhecido antes. A mulher sorriu para ela e empurrou o filho para dentro de um dos reservados.

— Com licença. — Anna estendeu a mão. — Por acaso você viu aquele segurança do lado de fora do banheiro quando entrou?

A mulher pareceu surpresa por um momento, então seu rosto se suavizou e ela pareceu compreender. Provavelmente sabia que, quando se está sozinha, nunca se pode baixar a guarda.

— Ele estava na cabine há um minuto. — A mulher abriu a porta do banheiro e espiou o corredor. — Não tem ninguém lá agora.

Anna soltou um suspiro profundo.

— Obrigada.

Ela provavelmente *estava* apenas sendo paranoica. Aquele telefonema poderia ter sido de qualquer pessoa. Talvez a esposa do segurança quisesse que ele comprasse uma caixa de leite no caminho para casa. Não havia razão para achar que estava no radar do homem. Anna checou o relógio. Mais trinta minutos e estaria dentro de um ônibus para Chicago. E de lá para San Francisco, onde ninguém jamais pensaria em procurá-la.

Anna saiu do banheiro e seguiu pelo corredor. Na entrada da área de espera, deu uma olhada de esguelha na direção da cabine de segurança. O guarda estava ali, recostado tranquilamente na cadeira, os olhos mais uma vez na revista. Ela relaxou os ombros.

Com certeza estou sendo paranoica.

Ela parou na máquina de venda automática para pegar uma garrafa de água para a viagem de ônibus. No momento em que guardava a garrafa na bolsa, sentiu a aproximação de alguém às suas costas. Antes que pudesse reagir, a pessoa agarrou-a pelo braço e puxou-a para trás.

CATORZE

— Ai! Me solta! — gritou Anna, debatendo-se para tentar se libertar. Dedos firmes se cravaram em sua pele através do casaco fino e, de repente, ela estava sendo arrastada pelo terminal rodoviário. — Socorro! — gritou de novo, e começou a se debater com mais força ainda. Ela se virou para ver melhor quem era e vislumbrou uma braçadeira dourada em uma manga azul-marinho.

O segurança *tinha* ficado esperando por ela aquele tempo todo.

O homem agora se elevava acima dela, com seu um metro e oitenta de músculos, e por um momento Anna se perguntou se ele iria arrancar o braço dela enquanto a puxava em direção à cabine de segurança. Com o coração acelerado, ela mudou de tática e, em vez de se afastar, jogou todo o próprio peso com força na direção do homem, acertando uma cotovelada na altura das costelas dele. O guarda grunhiu e, por um momento, afrouxou a mão. Anna aproveitou a oportunidade, se desvencilhou do homem, girou o corpo e acertou um chute forte na canela dele.

— Mas que merda! — bradou o homem e, antes que Anna se desse conta do que estava acontecendo, ele mergulhou em sua direção.

Ela voou e caiu de lado, batendo com o ombro no chão de concreto com tanta força que o osso estalou. Sem fôlego, Anna apoiou as mãos no chão, desesperada, tentando se sentar, esforçando-se para sair do alcance do guarda. Mas ele estava em cima dela, prendendo-a no lugar.

Anna arquejou, tentando respirar.

— Sai de cima de mim. Por favor, sai de cima de mim. — Era demais. O peso do homem em cima dela. A sensação de desamparo. Era tudo familiar demais. Anna quase conseguia ver a escada que descia para aquele porão tantos anos antes, quase conseguia sentir a umidade penetrando sua pele febril pela porta aberta. — Por favor.

Não consigo respirar.

— Ei! — ecoou uma voz firme de algum lugar do outro lado do salão, trazendo-a de volta ao presente. No instante seguinte, Gabe estava lá, empurrando o guarda para longe dela, colocando-a de pé. — Você está bem?

— Não. — Anna cambaleou para trás, para longe dele, o corpo todo tremendo. — Não, não estou bem. Foi você que mandou esse cara atrás de mim?

Ela se apoiou em uma cadeira, arfando, mas o movimento provocou uma pontada de dor em seu ombro.

— Anna. — Gabe se aproximou devagar. — O que deu em você pra fugir daquele jeito?

Anna se levantou abruptamente. A ardência no corpo por ter sido agarrada com tanta força pelo segurança estava se transformando em um incêndio que parecia irradiar por todo o seu ser. Fúria. Uma fúria selvagem e abrasadora.

— *O que deu em você pra contar os meus segredos pra sua família?*

— Eu tinha que fazer isso. Você sabe que eu tinha.

— Você não tinha que fazer *nada*. — As lágrimas brotaram novamente, o que só serviu para atiçar ainda mais as chamas da fúria que a dominava. Anna enxugou o rosto molhado com a palma da mão, respirou fundo e olhou Gabe diretamente nos olhos. — Eu te odeio, Gabe. Eu te odeio e nunca vou te perdoar por isso.

Para sua grande satisfação, ele se encolheu ao ouvir aquilo.

Ótimo. Ela queria magoá-lo. Queria enfiar a mão dentro do peito dele e arrancar seu coração como ele tinha feito com o dela. Mas, para isso, precisaria significar alguma coisa para Gabe. E ninguém que realmente gostasse de uma pessoa a teria traído daquela maneira.

O segurança se adiantou e estendeu a mão para segurá-la de novo.

— Escuta, eu não sei o que está acontecendo aqui, mas me disseram que os responsáveis dessa garota estavam vindo buscá-la.

— Não se atreva a encostar em mim — sibilou Anna para o homem.

— Eles vão chegar a qualquer momento. — Gabe se colocou na frente do guarda. — Estão estacionando o carro.

— Anna! — gritou uma voz feminina muito conhecida do outro lado do terminal.

Anna ergueu o olhar e viu John e Elizabeth correndo em sua direção.

— Querida, você está bem? — Elizabeth a segurou pelos braços, examinou-a da cabeça aos pés e, antes que Anna soubesse o que pensar, puxou-a para um abraço.

Por um breve instante, Anna fechou os olhos e se deixou envolver. Estava tão cansada. *Tão cansada.* Mas então, outra pontada aguda atingiu seu ombro e ela se lembrou por que eles estavam ali. Assim, se desvencilhou do abraço.

— Vou continuar fugindo. Vocês vão ter que me manter trancada até eu completar dezoito anos. E ainda assim vou continuar fugindo.

— Anna, só me escuta, tá?

Gabe estendeu a mão, sinalizando para ela se acalmar, mas o gesto a fez sentir o oposto da calma. Como o odiava!

O segurança se virou para John:

— Vocês são os responsáveis?

John assentiu.

— Somos.

— Tem certeza de que está tudo certo para vocês levarem a garota?

Um lampejo de dúvida passou pelo rosto do guarda e uma onda de pânico subiu pela espinha de Anna. De repente, ficar sob os cuidados dos Weatherall não parecia tão ruim quanto ter que ficar com aquele cara. E se ele a agarrasse novamente? E se ela não conseguisse fugir? O guarda poderia insistir em arrastá-la até a delegacia para resolver o problema. Na verdade, eles poderiam mantê-la presa até ela completar dezoito anos.

Ou mais.

Ah, meu Deus, ela não podia deixar que a polícia investigasse sua vida.

Mas antes que Anna pudesse entrar em pânico, John estendeu a mão, pegou a do segurança e a apertou com firmeza.

— Muito obrigado pela ajuda. Eu e a minha esposa ficamos realmente muito gratos. Nós assumimos a partir daqui.

Vindo de qualquer outra pessoa, a afirmação talvez não tivesse tido o mesmo efeito. Mas, vindo de um homem como John — alto, notável e acostumado a conseguir exatamente o que queria —, ninguém iria discutir.

Muito menos aquele segurança, que estava mancando por causa do chute que tinha levado de Anna e provavelmente estava ansioso para que ela passasse a ser problema de outra pessoa.

— Tudo bem — disse o guarda, e confirmou as suspeitas de Anna erguendo as mãos como se aquela situação fosse um vazamento tóxico e ele não quisesse chegar nem perto. — Boa sorte com ela.

O homem deu as costas e voltou para a cabine de segurança.

— Querida. — A voz de Elizabeth era gentil, mas deixou todo o corpo de Anna tenso. As pessoas só falavam daquele jeito quando estavam prestes a dizer algo que a pessoa não queria ouvir. — É óbvio que você já descobriu que o Gabe nos contou sobre sua mãe ter ido embora e você estar morando sozinha.

Anna comprimiu os lábios e só assentiu, porque naquele momento não confiava na própria voz.

— E você pode imaginar que ficamos muito preocupados. — Elizabeth pousou a mão no braço de Anna. — Além do fato de você ser uma menina muito nova, morando sozinha, também soubemos que teve alguns problemas com o senhorio do prédio onde está morando.

Anna afastou o braço.

— Gabe não sabe nada sobre isso. Eu tinha tudo sob controle até ele aparecer.

— Anna — grunhiu ele em resposta, encostando-se na parede com os braços cruzados. — Será que pode simplesmente *escutar*?

Ela lançou um olhar rígido na direção dele.

— Você é uma garota inteligente — disse John em voz baixa. — Sabe que não pode continuar vivendo nessas condições.

— Vocês não são meus pais. Não são vocês que decidem o que acontece comigo.

— Bem, não parece que seus pais estejam disponíveis para tomar esse tipo de decisão — observou John.

Anna ficou horrorizada ao perceber que seus olhos estavam marejados de novo.

— John — repreendeu Elizabeth, cutucando-o com o cotovelo. — Isso não ajuda.

Gabe se afastou da parede.

— Posso falar a sós com a Anna por um minuto? — bradou.

Não foi exatamente uma pergunta, e a voz autoritária do pai nem se comparava à de Gabe. Anna teria ficado impressionada se não o odiasse tanto. John e Elizabeth trocaram um olhar, então Elizabeth assentiu.

— Estaremos bem ali.

Gabe ficou olhando até os pais se acomodarem em um banco perto da máquina de venda automática, então apontou para a cadeira de vinil mais próxima.

— Senta.

— Não me diga o que fazer.

Ele suspirou profundamente, fechou os olhos por um instante e passou a mão pelo cabelo.

— Tudo bem. *Por favor*, senta.

— Tudo bem.

Anna desabou na cadeira e Gabe se sentou bem ao lado, tão perto que ela poderia ter se esticado e dado um tapa naquele rosto lindo. Ele se virou para encará-la.

— Pra onde você achou que estava indo?

— Não é da sua conta.

— Tá bom, então — disse ele. E, antes que Anna pudesse impedi-lo, se inclinou por cima dela e pegou a passagem de ônibus do bolso lateral da mochila. Então virou-a nas mãos. — Chicago? O que tem em Chicago?

Anna tentou pegar a passagem de volta, mas ele a segurou fora do seu alcance. Ela não sabia nem por que tinha se dado ao trabalho. Não havia mais como conseguir entrar naquele ônibus agora. Mas aquele pedaço de papel idiota, amassado nas mãos de Gabe, parecia sua última esperança. Ela curvou os ombros para a frente.

— Eu ia procurar a minha mãe.

Gabe a encarou, surpreso.

— A sua mãe está em Chicago? Achei que estivesse na Califórnia.

— Ela está. Eu acho. Não sei. — Anna abaixou a cabeça, olhando para as mãos. — Acho que pode estar em San Francisco.

— Então você ia pegar um ônibus para Chicago e de lá para San Francisco?

Ela assentiu.

— E ia fazer o que depois? Você planejou ficar só vagando pela cidade procurando por ela?

Anna levantou rapidamente a cabeça.

— O quê? Não. Eu não sou uma idiota. Tenho um endereço.

Gabe ergueu as sobrancelhas.

— É mesmo?

Ela puxou a mochila para o colo e tirou o pedaço de papel gasto do bolso.

— Minha mãe costumava me ligar. Logo depois que foi embora. E esse número aparecia no mostrador do telefone. Anotei e fiz uma pesquisa reversa do número. As ligações vinham de uma casa no Mission District, em San Francisco.

Ele estendeu a mão, pegou o papel com gentileza e o desdobrou, alisando os vincos.

— Capp Street.

Anna assentiu. Quantas vezes já havia pesquisado aquele endereço no Google e ficado olhando para o pontinho no mapa, se perguntando se ele marcava mesmo o lugar onde a mãe morava? Eram pouco mais de quatro mil quilômetros do seu prédio em Pittsburgh até a Capp Street, em San Francisco.

— E o que você esperava que acontecesse caso a encontrasse? — perguntou Gabe, dobrando o papel e devolvendo-o.

— Eu esperava conseguir algumas respostas sobre onde ela esteve e por que sumiu. — Anna mordeu o lábio. Parecia certo. Ela realmente queria respostas. Mas também queria muito mais. — Eu esperava…

Esperava poder consertar a confusão que eu criei e resolver tudo.

Mas acabou apenas encolhendo os ombros e completando:

— Não sei. Se ela ainda estivesse usando drogas, talvez eu pudesse ajudar de algum jeito. Talvez pudesse convencer a minha mãe a voltar pra casa.

Talvez ela fosse mesmo uma idiota. A expressão de ceticismo que passou pelo rosto de Gabe sem dúvida indicava que sim. Ele provavelmente presumia o mesmo que todo mundo: que a mãe dela era uma viciada que não valia a pena salvar. Mas Gabe não a conhecia como Anna.

E ele não sabia que a mãe dela nunca teria ido embora se não fosse por Anna.

— Escuta, a minha mãe foi para a Califórnia porque estava em busca de uma oportunidade que nos daria uma vida melhor. Não sei o que aconteceu depois disso, mas preciso acreditar que ela ainda está por aí. Que ainda há uma chance de tê-la de volta. — Ela apoiou o peso no braço da cadeira. — E se fosse sua mãe que desaparecesse? O que *você* faria?

Anna sabia que Gabe iria atrás da mãe até o fim do mundo.

— Tudo bem. — Ele passou a mão pelo cabelo. — Mas e se não conseguisse encontrá-la quando chegasse lá? O que você faria nesse caso?

— Eu...

Anna desviou os olhos.

— Seu planejamento não chegou tão longe, né?

O rosto de Anna ficou muito vermelho. Ela *realmente* não havia pensado tão longe. Ou talvez houvesse, mas apenas tivesse afastado da cabeça a ideia de que a mãe poderia não estar lá. Porque, durante anos, contara com aquele endereço, com aquela casa na Capp Street, em San Francisco, a pouco mais de quatro mil quilômetros de distância.

Mas não devia qualquer explicação a Gabe — especialmente não a ele. O cara a havia traído e faria aquilo de novo. Anna ficou de pé em um salto.

— Se me der licença, eu realmente preciso ir ao banheiro.

Gabe teve a coragem de rir antes de dizer:

— Boa tentativa, menina. — Ele a pegou pelo pulso e puxou-a de volta para a cadeira. — Ainda não vou deixar que saia da minha vista.

Anna se desvencilhou da mão dele.

— Você não pode me manter aqui contra a minha vontade pra sempre.

— Anna, não estou tentando te manter aqui contra a sua vontade. — Gabe se virou para encará-la. — Estou tentando dizer que você não precisa do programa de acolhimento familiar. Os meus pais querem que você vá morar com eles.

Anna levantou rapidamente a cabeça e segurou os braços da cadeira com força porque, de repente, precisava se ancorar em alguma coisa.

— Eles... o quê? — perguntou em um arquejo.

— Eles têm muito espaço em casa, e você pode continuar assistindo às aulas na faculdade. Nada teria que mudar, a não ser pelo fato de que você estaria segura com eles.

— Os seus pais querem que eu vá morar com eles — repetiu Anna. Nunca, nem em um milhão de anos, teria imaginado aquilo. — Eu...

Anna não fazia ideia do que dizer, e o silêncio se estendeu pelo espaço estreito entre eles. Ela olhou do outro lado do terminal para Elizabeth e John, então de volta para Gabe.

— Por que os seus pais iriam querer que eu fosse morar com eles? — conseguiu murmurar finalmente.

A expressão de Gabe se suavizou.

— Eles gostam de você, menina. Todos nós gostamos. — Ele deu um sorrisinho irônico. — Não que você esteja tornando isso muito fácil pra gente agora.

Anna tentou engolir o nó na garganta. Ela nunca quis tanto acreditar em alguma coisa quanto queria acreditar no que Gabe estava dizendo naquele momento. Era o que havia passado tanto tempo desejando secretamente no ano anterior. Uma família como a de Gabe. Um lar de verdade.

Ela deveria estar se sentindo como se tivesse ganhado na loteria.

Mas a verdade era que mais parecia estar à beira do precipício.

Porque os Weatherall não eram a sua família de verdade, e Anna sabia que não deveria se envolver naquela fantasia de novo. Tinha conseguido sobreviver porque aprendera a nunca confiar em ninguém além de si mesma, e quando cometera a estupidez de se permitir, olha só o que tinha arrumado.

Anna lançou um olhar para Gabe. Ele achava que a estava protegendo. Mas, quando levava a mão ao ombro dolorido, ela ainda conseguia sentir o guarda segurando-a contra o piso de concreto, prendendo-a embaixo dele como se ela fosse um animal selvagem. Ela se balançou na cadeira, tentando afastar a imagem da mente. Mas aquele momento ficaria gravado para sempre e ela nunca perdoaria Gabe por aquilo.

Sua situação naquele apartamento estava longe de ser perfeita, mas era dela. Tinha conquistado o direito de decidir o que acontecia com si mesma. E Gabe o roubara quando a entregara aos pais.

— Anna, vá morar com eles. — Gabe se inclinou para a frente. — Você não precisa sempre fazer tudo sozinha. Sei que pensa que sim, mas não precisa. Pode confiar neles. E sei que está com raiva de mim agora. Mas também pode confiar em mim.

Aqueles olhos prateados estavam atravessando as barreiras de defesa de Anna, e ela deslizou para trás na cadeira para escapar deles. *Confiar.* Era muito fácil para Gabe dizer aquilo. Ele havia crescido com uma família amorosa que o adorava. Mas ela era uma vira-lata que tinha rondado a casa deles por tanto tempo que acabaram se sentindo mal e começaram a alimentá-la.

Os Weatherall não a queriam de verdade. E por que iriam querer? Ela fora responsável por ter sido abandonada pela própria mãe.

Gabe a observava com uma intensidade silenciosa que a fazia se sentir nua e exposta. Anna se contorceu, desconfortável, e desviou o olhar para a parede acima do ombro dele. Nunca, jamais confiaria em Gabe ou na família dele. Mas, se não fosse com eles, os assistentes sociais apareceriam e chamariam a polícia. E se acabassem ligando a mãe dela àquele cara?

E se descobrissem que Anna estava lá naquele dia?

Ela se sobressaltou quando Gabe estendeu a mão e tocou seu braço.

— Essa é a sua melhor opção, menina.

Anna sabia que era. Ela não tinha dinheiro o bastante para fugir correndo e cometera a estupidez de dizer a Gabe onde procurá-la se fizesse isso. As lágrimas que vinha contendo até ali finalmente transbordaram.

— Não acredito que você me traiu desse jeito — sibilou Anna enquanto secava as lágrimas do rosto. — Nunca vou te perdoar por isso, Gabe. *Nunca.*

Ele se inclinou para a frente e a olhou nos olhos.

— Eu não ligo se você vai me perdoar ou não. Só quero que você fique em segurança.

Pronto. Fim de jogo.

Ele estendeu a mão.

— Vamos falar com os meus pais? Pensar em como fazer para pegar as suas coisas?

Pela primeira vez, a realidade de se mudar para a casa de John e Elizabeth foi absorvida por Anna. Sem poder ir até San Francisco — talvez levasse anos até que conseguisse chegar àquela casa na Capp Street —, o prédio quase em ruínas onde morava era o único vínculo que ainda tinha com a mãe.

Anna se afastou da mão estendida de Gabe.

— E a minha mãe?

Gabe inclinou a cabeça, examinando o rosto dela.

— Anna, você não pode pegar um ônibus para San Francisco. Sabe disso, não é?

Ele estava com pena dela.

— É claro que sei disso. Mas... — Anna torceu a alça da mochila nas mãos. — Mas e se ela voltar? — Ela odiou o tom ofegante em sua voz, o modo como aquilo revelava um pouquinho de esperança.

Gabe a olhou de soslaio e, que inferno, Anna sabia o que ele estava pensando. A mãe dela não dava notícia havia dois anos. Ele não achava que ela voltaria. *Mas ele não tem como ter certeza.*

A mãe dissera que voltaria.

Vou ficar longe por pouco tempo. Vou aceitar esse trabalho e ganhar dinheiro o bastante para que ninguém nunca mais possa nos machucar. Não se preocupe, meu amor. Eu vou cuidar da gente.

Ela ainda estava em algum lugar por aí. Se não estivesse, Anna saberia. Ela sentiria.

— Se a minha mãe voltar, como vai me encontrar? Não é como se eu pudesse deixar um endereço de contato com o senhorio, concorda?

— Bem… — Gabe arrastou a palavra, e Anna soube que ele estava tentando agradá-la.

Anna sentiu o rosto corar. A mãe de Gabe nunca teria que deixá-lo, por isso ele não sabia o que era ficar esperando que ela voltasse. Não conhecia a agonia de ficar imaginando o que poderia ter acontecido com ela.

Ele tamborilou com a ponta dos dedos no braço da cadeira.

— Que tal algum vizinho no prédio?

— A sra. Janiszewski. Ela mora no andar de cima.

— Tudo bem, a gente deixa o número dos meus pais com a sra. Janiszewski quando formos pegar suas coisas.

E foi assim. Simples assim, toda a vida de Anna foi decidida por ela. Durante anos, tinha sentido uma vontade desesperada de sair daquele apartamento decrépito e ir para bem longe do senhorio horrível. Mas deveria ter sido nos próprios termos. Não nos de Gabe. Anna já tinha tão pouco controle sobre a própria vida e ele estava tirando o pouco que lhe restava. Se não fosse morar com os pais de Gabe, eles ligariam para os serviços de assistência social. E então ela seria levada de um lugar para outro como se fosse uma bagagem jogada no compartimento embaixo do ônibus.

Anna sabia que, se a escolha era entre morar com os Weatherall ou acabar no sistema de acolhimento familiar, seria estúpida se não escolhesse os Weatherall. Daquele jeito, pelo menos poderia continuar frequentando as aulas e, dali a um ano, iria para a faculdade e se afastaria daquele lugar para sempre. E aí talvez realmente pudesse ir para San Francisco, encontrar a mãe e consertar o estrago que tinha feito.

Iria morar com os Weatherall, mas jamais perdoaria Gabe ou confiaria na família dele novamente. Porque era inteligente o bastante para saber que, caso se permitisse se apegar a eles de novo, poderia sair muito mais ferida do que se caísse nas mãos de um senhorio ameaçador qualquer ou mesmo se fosse parar em um lar adotivo.

QUINZE

Gabe se sentou em uma poltrona forrada de tecido azul em um dos lados da sala de estar dos pais e fingiu estar concentrado em um livro qualquer que tinha pegado na estante. Na verdade, estava observando Anna virar as páginas de um álbum antigo, encadernado em couro, enquanto a avó apontava o dedo enrugado para uma fotografia em tom sépia, com um sorriso curvando seus lábios e aprofundando as linhas ao redor da boca.

— Benjamin — disse Dorothy, a voz rouca pela falta de uso.

— Pelo jeito como a senhora está sorrindo pra ele na foto, dá pra ver que era o seu irmão favorito.

Anna alisou a fotografia ondulada, e Gabe conseguiu distinguir a imagem de uma garotinha com vestido de marinheiro e meias até os joelhos ao lado de um garoto de terno de tweed e boné combinando. Ele já tinha visto aquela foto uma dezena de vezes ao longo dos anos, mas nunca lhe ocorrera sentar e perguntar à avó a respeito. Mas Anna fez isso. Ela perguntara a Dorothy sobre todas as fotos do álbum e aprendera mais sobre a história dela em alguns meses do que ele havia descoberto em toda a vida.

Gabe ainda estava surpreso por Anna ter dedicado seu tempo de estudo para descobrir como tirar a avó da concha daquele jeito. Mas, se fosse realmente sincero a respeito, talvez aquilo não se devesse tanto às informações que ela havia tirado de um livro de neurociência.

Talvez fosse apenas Anna.

Quando fora morar com os pais dele, alguns meses antes, Anna havia desenterrado alguns álbuns de fotos antigos, e ela e Dorothy estavam examinando-os devagar, reunindo as histórias da infância da senhorinha. Embora a avó raramente reconhecesse a família no presente, Anna descobrira que ela guardava lembranças vívidas de pessoas do passado. E, embora Dorothy não falasse muito, de algum jeito Anna simplesmente conseguia se comunicar muito bem com ela.

Dorothy começou a puxar o tecido da própria saia, um sinal de que estava ficando cansada e logo se recolheria para dentro do seu mundinho. Anna percebeu imediatamente e fechou o álbum de fotos.

— Vamos continuar mais tarde, tá?

Dorothy deu um tapinha na perna de Anna, e a fileira de anéis de diamante cintilou em sua mão envelhecida e com manchas de sol. Ela vinha fazendo muito aquilo nos últimos tempos: dar tapinhas na perna de Anna, apertar sua mão, afastar o cabelo do rosto dela. Dorothy estava se apegando, mesmo que não soubesse quem era a garota. E era evidente, pelo anseio no rosto de Anna, que ela sentia o mesmo.

Gabe voltou novamente a atenção para o livro, surpreso com a emoção que comprimia seu peito. Era um grande alívio ver Anna parecendo confortável e relaxada — feliz, até —, e não esgotada, como sempre parecia quando a conhecera. Desde que tinha ido morar com seus pais, ela ganhara um pouco de peso, as olheiras sob os olhos tinham desaparecido e seu sorriso surgia com muito mais facilidade.

Bem, com muito mais facilidade para todos, menos Gabe.

Para ele, Anna oferecia apenas silêncios, olhares furiosos e uma hostilidade declarada. De certa forma, Gabe entendia. Tinha sido ele quem acendera o fósforo para incendiar a antiga vida da amiga. Apesar das evidências claras em contrário, Anna ainda acreditava que tinha toda aquela merda com o senhorio sob controle, e não havia como argumentar com ela a respeito. Ela prometera nunca perdoar Gabe e estava realmente inclinada a cumprir a promessa. Ele estava na mesma sala havia dez minutos e ela nem sequer reconhecera sua presença.

Mesmo assim, Gabe continuou tentando.

— Ei, menina, como vai o seu curso de verão? — perguntou, deixando o livro de lado.

Ele tinha se formado na faculdade na primavera anterior e partiria para a pós-graduação no mês seguinte, mas Anna estava fazendo outra aula na faculdade. Normalmente, ela teria conversado com Gabe a respeito, pedido conselhos sobre o trabalho de meio de semestre ou algo assim. Mas, até o momento, não tinha dito nada.

— Por que você se importa? — Anna cruzou os braços e olhou irritada para ele.

Sorrindo, Gabe se levantou e atravessou a sala para se aproximar.

— Sabe, é melhor você tomar cuidado com essas expressões antipáticas. Seu rosto pode acabar ficando paralisado desse jeito. Aí você vai se arrepender.

Os lábios de Anna se curvaram em um meio-sorriso e Gabe sentiu uma pontadinha de triunfo. Aquela era, de longe, a reação mais promissora que conseguira arrancar dela durante todo o verão. Ela levou rapidamente a mão à boca para esconder o sorriso, mas era tarde demais. Ele sabia que havia conseguido abrir uma pequena rachadura na armadura dela. Gabe girou os ombros para trás e se alongou em movimentos teatrais, exagerados, como se tivesse acabado de vencê-la na queda de braço.

— Sabia que você sentia falta das minhas piadas.

— Tanto faz. — Anna revirou os olhos e aquela barreira imperou novamente entre eles.

Gabe a fitou por um momento, então se sentou na poltrona do outro lado da mesa de centro.

— Anna, escuta. Quero conversar sobre uma coisa com você. Falei com a minha nova orientadora na Universidade de Chicago e ela sugeriu que eu participasse da conferência de Hastings sobre economia e justiça social nesse outono.

Na verdade, a sugestão foi para que ele participasse de uma das diversas opções de conferências. E Gabe tinha escolhido aquela por um motivo muito específico.

Anna deu de ombros.

— Aham. — O tom dela parecia dizer: *Por que você está me contando isso?*

Ela era mesmo uma especialista em guardar rancor. Gabe até a admiraria por tal talento se toda aquela raiva não fosse dirigida a ele. E se não sentisse tanta falta da antiga amizade dos dois.

— A conferência vai ser em San Francisco.

Ela levantou rapidamente a cabeça. Ele finalmente prendera sua atenção.

— É mesmo? — perguntou em um arquejo.

— Sim. Então pensei que talvez você pudesse me dar o endereço que tem da sua mãe. Eu poderia ir até lá e dar uma olhada.

Em um breve instante, um arco-íris inteiro de emoções passou pelo rosto dela: choque, terror e, por fim, esperança.

— Jura? É sério? Faria mesmo isso por mim? — Ela ergueu muito os ombros e apertou nervosamente as mãos.

Por que Anna parecia tão surpresa? Será que realmente acreditava que ele tinha revelado o segredo aos pais porque não se importava com ela? Será que não entendia que só tinha feito aquilo exatamente porque se importava?

— Claro que sim, Anna — explodiu Gabe. — Você acha o quê? Que eu tô fazendo uma brincadeira de mau gosto com você?

Anna o encarou, confusa.

— Não. Eu… — Seus ombros se curvaram. — Desculpa. Eu sei que você não faria isso. Só não consigo acreditar. Achei que levaria anos até que eu conseguisse ir até lá procurá-la.

Gabe esfregou a nuca. Ele tinha suas reservas a respeito disso. Para alguém sempre tão perspicaz em relação às outras pessoas, Anna parecia ter um enorme ponto cego quando se tratava da mãe. Do ponto de vista de Gabe, a mulher tinha abandonado a filha — ponto final. O que quer que estivesse pretendendo conquistar quando partira para a Califórnia, não era uma vida melhor para Anna. Ele tinha dúvidas de que aquela viagem resultaria em algo remotamente parecido com boas notícias. Mas Anna havia completado dezessete anos e se formaria no ensino médio em menos de um ano. Talvez fosse melhor que descobrisse logo a verdade para poder seguir em frente com a própria vida.

— Eu devo conseguir um intervalo entre as sessões da conferência — explicou Gabe. — Ligo pra você assim que chegar lá.

— Obrigada, Gabe. De verdade. Isso é muito importante pra mim.

E então ela abriu o primeiro sorriso de verdade que ele recebia dela em meses.

• • •

Gabe se levantou das cadeiras dobráveis de plástico enfileiradas na sala de conferências do hotel e checou a agenda. Tinha um intervalo de duas horas antes de o jantar começar, às seis, e o concierge, na recepção, lhe dissera que seriam cerca de trinta minutos a pé do centro de San Francisco até o Mission District. Parecia que aquela era a oportunidade para ir até lá de uma vez.

Por que ficara nervoso com aquilo de repente? Talvez fosse a expressão que vira nos olhos de Anna, cheia de expectativa e esperança, ao lhe entregar o endereço, cuidadosamente copiado em um cartão junto ao nome *Deborah Campbell*. Gabe já sabia o nome da mãe dela por causa da investigação que tinha feito na casa de repouso na primavera anterior. A última vez que se envolvera naquela história, havia desenterrado uma bomba-relógio. Gabe torcia para que os resultados fossem diferentes desta vez.

Trinta minutos mais tarde, ele descia a Mission Street, onde o bairro parecia estar em plena gentrificação. Condomínios modernos e cafés descolados conviviam lado a lado na calçada com restaurantes mexicanos e brechós que pareciam estar ali desde que as roupas lá dentro eram novas. Será que a mãe de Anna andava por aquela mesma rua, comprando tacos no restaurante cheio de murais coloridos e roupas de segunda mão no brechó Yesterday's News?

Para ser sincero, ele realmente não esperava encontrar a mãe de Anna em casa, no endereço que tinha no bolso. Mas tinha esperança de conseguir descobrir alguma coisa que pudesse pelo menos ajudar Anna a encerrar de alguma forma aquela história. Então, no cruzamento da Mission com a 19th Street, Gabe virou à esquerda e continuou descendo o quarteirão até chegar a um poste de metal que sustentava uma placa de rua em preto e branco com as palavras *Capp St*.

Gabe checou o endereço, então ergueu o olhar para os prédios ao redor. Do mesmo lado do quarteirão havia um pequeno mercado com flores e frutas expostas em vasos ao longo da calçada. O toldo vermelho sobre a loja dizia *1906* em letras desbotadas, então o endereço que Anna lhe dera — *1908* — devia ser logo na esquina.

Ele passou pelo mercado, virou na Capp Street e parou na calçada. À sua frente havia uma cerca temporária de metal ao redor de uma casa cinza de três andares que parecia estar abandonada. Gabe se aproximou, entrelaçando os dedos no arame e olhando para o prédio. A casa em estilo espanhol parecia estar em bom estado, mas era praticamente a única coisa inteira ali. A porta da garagem do primeiro andar estava inclinada como se tivesse sido arrancada do trilho, tábuas de compensado cobriam a maior parte das janelas do andar de cima e uma série de rachaduras subia pelos degraus de concreto que levavam ao batente de madeira despedaçado e à porta desbotada.

De repente, a porta foi aberta e um homem de meia-idade saiu lá de dentro. Ele estava em boa forma e usava uma camisa xadrez azul enfiada em uma calça social cinza. Gabe ficou confuso. Não sabia o que estava esperando, mas não era aquele cara. O homem trancou a porta e desceu a escada, observando cuidadosamente onde pisava.

— Com licença — chamou Gabe quando o homem se aproximou da calçada.

Ele ergueu os olhos, fixando-os em Gabe.

— Posso ajudar?

— Espero que sim. — Gabe pigarreou. — Você é o dono dessa casa? Eu queria saber se poderia me contar alguma coisa sobre ela. Estou procurando, hum, uma amiga que acho que pode ter morado aqui.

Foi a vez do homem parecer surpreso.

— Você tinha uma amiga que morava nessa casa? Acho difícil de acreditar.

Gabe enfiou a mão nos bolsos da calça social, lembrando-se de que estava vestido para fazer networking em uma conferência de economia e não para bisbilhotar prédios abandonados. Ele tentou pensar em uma boa explicação para o que estava fazendo ali e se decidiu pela verdade.

— Na verdade, estou procurando a mãe de uma amiga. Ela desapareceu há alguns anos. Minha amiga acha que esse lugar é o último endereço conhecido da mãe. Eu estava na cidade e disse a ela que passaria por aqui.

— Ah. — O homem assentiu como se aquilo fizesse muito mais sentido. Ele deu alguns passos para a esquerda e abriu o portão preso à cerca. — Entra. — Ele fez um gesto, indicando que Gabe passasse pela abertura do outro lado da calçada, depois estendeu a mão para cumprimentá-lo. — Cliff Desmond.

— Gabe Weatherall.

— Não sou o proprietário, sou corretor de imóveis — explicou Cliff. — A venda dessa casa deve ser fechada amanhã. Estou aqui só para fazer a vistoria final.

O olhar de Gabe se desviou para a casa.

— Há quanto tempo esse lugar está assim?

— Isso eu realmente não sei responder. — Cliff deu de ombros. — Claramente ninguém faz qualquer tipo de manutenção ou paga as contas há anos. Eu me envolvi quando a minha cliente comprou o imóvel em um leilão na cidade. Ela o manteve por cerca de um ano, até os preços dos imóveis tornarem a venda tentadora demais.

— Quem vai comprá-lo amanhã?

— Uma empreiteira local.

— Vão reformar a casa?

— Acredito que estão planejando demolir e construir lofts.

Gabe não ficou surpreso.

— Ouvi dizer que isso está acontecendo muito em San Francisco ultimamente.

— Sim. — Cliff abriu um sorriso de dentes muitos alinhados e brancos. — Não posso reclamar. É ótimo para os negócios.

— Existe alguma maneira de descobrir alguma coisa sobre as pessoas que moravam aqui antes de a cidade assumir o controle do prédio?

— Ouvi dizer que havia pessoas em situação de rua morando aqui. E com certeza é o que parece, pelo estado da casa.

— Isso mesmo — disse uma voz atrás deles. — Sem-teto.

Gabe se virou e viu o homem baixinho e de cabelos grisalhos que estava varrendo a calçada em frente ao mercado pouco antes.

— É mesmo? Você pode nos contar alguma coisa sobre eles?

O homem se apoiou na vassoura.

— Só o que sei é que esse lugar costumava ser uma boca de fumo.

Gabe ergueu as sobrancelhas.

O comerciante balançou a cabeça, o rosto crispado de desprezo.

— Só havia drogas e prostitutas entrando e saindo. Me roubando e morrendo de overdose na rua. — Ele fez um gesto de desdém. — E já foram tarde.

— Com base nas condições do lugar e no que havia lá dentro, posso confirmar isso — disse Cliff, o tom mais gentil. — Sinto muito pelo que isso pode significar para a sua amiga.

Ao contrário do comerciante, Cliff parecia lamentar a situação. Gabe dirigiu um olhar agradecido ao homem.

O comerciante bateu com a vassoura no chão.

— Não estou dizendo que vou adorar ouvir o barulho ou ter os veículos da obra por aqui, mas saber que a construtora vai colocar aquela casa abaixo e construir um loft novinho em folha vai ser a melhor coisa que já aconteceu nesse bairro. Temos famílias jovens, crianças morando aqui. Não era seguro.

— Por acaso você conhecia alguma das pessoas que costumavam entrar e sair dali?

Gabe enfiou a mão no bolso e pegou a foto que Anna havia lhe dado. O papel já estava desbotado, a imagem amarelada. A jovem na foto usava uma jaqueta jeans estonada e os cabelos tinham um permanente típico dos anos 1980. Aquela foto provavelmente fora tirada antes mesmo de Anna nascer. Gabe sabia que era improvável que Deb Campbell ainda se parecesse com a pessoa da foto depois de duas décadas e de uma vida muito difícil, mas era tudo o que ele tinha.

— O nome dela é Deb.

O comerciante mal olhou para a foto.

— Eu só prestava atenção nessas pessoas quando elas estavam sendo levadas em um camburão ou em uma ambulância a caminho do necrotério.

Gabe respirou fundo, mas antes que pudesse responder, Cliff interrompeu:

— Obrigado pela ajuda. — Ele dirigiu um breve sorriso ao comerciante, então lhe deu as costas. — Olha só, rapaz, não sei nada sobre essa situação, mas você parece ser uma boa pessoa, já que veio até aqui procurar a mãe da sua amiga.

— Obrigado. — Os ombros de Gabe se curvaram. — Ela tinha esperanças de finalmente conseguir algumas respostas.

— Você acha que o que descobriu vai ajudar?

— Não. — Gabe suspirou. — Acho que só vai levantar mais dúvidas.

Cliff gesticulou em direção aos degraus arruinados.

— Bem, se isso ajudar, você pode dar uma conferida na casa. Vi alguns itens pessoais que foram deixados para trás e que os construtores com certeza não vão querer. Inclusive, já contrataram um caminhão de entulho para vir até aqui depois de amanhã.

— Sério? E é seguro entrar lá?

— Bem… — Cliff levantou a mão. — Já te aviso que não é uma cena bonita. Mas, em termos de estrutura, é perfeitamente segura. Vem.

A casa estava escura, as janelas fechadas com tábuas e apenas alguns pequenos raios de luz entrando pelas frestas. Um cheiro de queimado pairava no ar, não de fumaça de cigarro, mas de algo mais forte. Conforme se avançava para o interior da casa, o ar ia parecendo mais azedo, como se alguém tivesse derramado leite nos sofás velhos e manchados da sala de estar e deixado lá por semanas — ou talvez por anos.

Gabe podia ver que a casa já fora linda um dia, com pisos de madeira e molduras nas portas originais, mas ele provavelmente devia estar no ensino fundamental quando alguém limpara alguma superfície ali pela última vez.

Depois de subirem uma escada estreita, Cliff mostrou a Gabe três quartos, cada um com alguns móveis de madeira encostados nas paredes e colchões cobertos por lençóis sujos no chão. Havia roupas espalhadas junto com garrafas de cerveja e outros tipos de lixo. Os dois entraram no primeiro quarto, evitando cuidadosamente a cama, e Gabe foi até uma escrivaninha embaixo da janela enquanto Cliff seguia até a cômoda.

— Como era mesmo o nome da mãe da sua amiga? — perguntou Cliff, vasculhando uma pilha de papéis.

— Deborah Campbell.

Cliff deixou as folhas de lado.

— Tem alguns recibos aqui, contas antigas, mas nada com esse nome.

Enquanto Cliff abria a tampa de uma caixa de sapatos, Gabe vasculhou as gavetas da escrivaninha. Não havia muita coisa ali, a não ser mais alguns papéis, um punhado de clipes empoeirados e canetas com a tinta seca. Todas aquelas coisas talvez estivessem ali há décadas. Ele checou a data em uma fatura — *1990*. Muito antes de a mãe de Anna chegar.

Eles passaram para o quarto seguinte, e Cliff foi novamente até a cômoda enquanto Gabe examinava a escrivaninha. Era mais do mesmo. Só um monte de lixo que os construtores ficariam felizes em ver dentro de um caminhão de entulho. Mesmo assim, Gabe continuou procurando e abriu a gaveta embaixo do móvel. Então, se afastou rapidamente com um arquejo.

— Jesus.

Cliff se virou.

— O que foi?

Gabe ficou olhando para as colheres tortas e escurecidas, os sacos plásticos vazios e as agulhas destampadas no fundo da gaveta.

— É... Nossa. Acho que era aqui que alguém costumava injetar drogas.

Cliff assentiu.

— Sim, também tem um pouco disso no banheiro.

Gabe curvou os ombros.

— Eu nem sei o que estou procurando aqui. Quer dizer, não acho que uma mulher que abandonou a filha adolescente para morar em um lugar como esse fosse guardar fotos de família ou, sei lá, um diário ou coisa parecida. — Ele fechou a gaveta com força. — Se a mãe da Anna *esteve* aqui, provavelmente foi por causa de drogas ou... — Os olhos de Gabe se voltaram para o colchão. Ele não queria pensar na outra opção. Pelo bem de Anna.

Os dois deram uma olhada rápida no último quarto, mas não encontraram muito mais do que roupas velhas, lençóis manchados e lixo. De volta à rua, Gabe estendeu a mão para Cliff.

— Muito obrigado por me deixar dar uma olhada no lugar. Fico realmente grato.

Cliff apertou a mão dele.

— Sinto muito que não tenha conseguido descobrir nada.

Gabe encolheu os ombros.

— Bem, até mesmo nada é mais informação do que a gente tinha antes.

Cliff pousou a mão em seu ombro.

— A sua amiga tem sorte de ter você.

Gabe voltou pela 19th Street e dobrou a esquina na Mission Street, onde se encostou em uma parede de tijolos embaixo da placa de uma loja de penhores.

— Droga — murmurou para si mesmo, passando a mão pelo cabelo. — Como vou contar isso a ela?

Anna estivera tão esperançosa. Mas ela provavelmente tinha noção o tempo todo de que era um tiro no escuro.

Ele pegou o celular no bolso e apertou o botão de discagem rápida do novo celular de Anna. Ela atendeu no primeiro toque.

— Alô?

O coração de Gabe se apertou quando ouviu a expectativa na voz dela. Será que ela estava esperando aquela ligação com o celular já na mão?

— Oi, menina. É o Gabe.

— Oi. Como vão as coisas?

Ele enfiou a mão livre no bolso para esquentá-la, pois o vento estava ficando mais forte.

— Alguém se esqueceu de dizer a San Francisco que tecnicamente ainda é verão.

— Ah, coitadinho de você — brincou ela.

Gabe a imaginou revirando os olhos e sorriu, apesar de tudo.

— Como está a conferência? — perguntou Anna.

— Anna. — Ele mudou o peso do corpo de um pé para o outro. — Fui até a Capp Street procurar pela sua mãe.

— E? — A voz dela era praticamente um sussurro.

Gabe respirou fundo, pronto para contar tudo a ela: a casa em ruínas, o lixo, a parafernália de drogas. Mas, quando abriu a boca, não conseguiu dizer as palavras. Se a mãe de Anna *realmente* tivesse morado naquela casa, era quase certo que tinha se envolvido em todo tipo de atividade ilícita que estivesse acontecendo no local. O comerciante dera a entender que muitas pessoas que moravam lá tinham acabado presas... ou mortas. Mas era tudo especulação. Não havia realmente nenhuma evidência de que Deb Campbell alguma vez tivesse estado naquela casa, muito menos naquela cidade. Uma pesquisa no Google por um número de telefone não era uma ciência exata.

Anna tinha passado por muita coisa, e aquilo só dificultaria ainda mais o fato de não saber o que acontecera com a mãe. Ela imaginaria o pior.

— Sinto muito, Anna — disse Gabe, o tom gentil. — A casa foi vendida para uma empreiteira. Está vazia. Ninguém mais mora lá.

— Ah... — Ela pareceu desapontada. — Tudo bem.

— Sinto muito — repetiu ele.

— Bem, lá você viu...? — Anna se interrompeu e soltou um suspiro. — Deixa pra lá.

— O que você ia perguntar?

— Você viu alguém lá pra quem poderia ter perguntado sobre ela? Talvez um vizinho que a conhecesse? Chegou a mostrar a foto dela pra alguém?

Gabe se desencostou da parede, desceu a calçada em frente à loja de penhores, então voltou para a esquina.

— Conversei com um cara de um mercado local, mas ele não se lembrava dela. — Não era exatamente uma mentira. O comerciante não se lembrava da mãe de Anna. — Ao que parece, a casa está vazia há anos. — Também não era mentira.

Ele passou mais uma vez pela exposição de tesouros de outras pessoas na vitrine da loja de penhores — dois violões, uma bandeja espelhada cheia de relógios, muitas joias antigas, tudo sob um letreiro em néon, piscando, que dizia: *Compro ouro*. Não havia nada naquela casa que alguém fosse conseguir salvar, menos ainda vender. Era melhor mesmo para a vizinhança que derrubassem tudo e recomeçassem do zero.

Gabe desceu mais uma vez a calçada e voltou novamente para onde estava. Anna ficou em silêncio por tanto tempo que ele começou a se perguntar se a ligação teria caído.

— Anna? Você ainda tá aí?

Finalmente, ele a ouviu respirar fundo.

— A gente sabia que era um tiro no escuro.

— É, sabia. Mesmo assim, eu sinto muito.

Uma bandeja forrada de veludo azul na vitrine da loja de penhores chamou a atenção de Gabe, as joias de ouro cintilando.

— Obrigada por ir até lá, Gabe.

— Não me agradeça. Eu não fiz nada.

— Fez, sim. Você não tem ideia do quanto isso significa pra mim. — A voz dela falhou no final e ela pigarreou.

Então, de repente, Gabe sentiu o coração disparar. Porque ali, na vitrine da loja de penhores, havia um colar que lhe parecia muito familiar. Ele se aproximou. Seria possível? O pingente tinha o mesmo formato de meia-lua com uma gravação semelhante na superfície. Mas a vitrine estava suja demais para ele conseguir ver direito.

— Anna — disse ele, tentando manter a voz calma —, preciso voltar para a conferência.

— Claro. Obrigada de novo, Gabe.

Assim que desligaram, ele abriu a porta da loja de penhores e entrou. Uma mulher idosa, grisalha e usando um moletom do time de futebol americano San Francisco 49ers ergueu o olhar.

— Posso ajudar?

— Sim, por favor. — Gabe apontou para a vitrine. — Eu gostaria de ver um colar que está ali.

A mulher tirou a bandeja forrada de veludo da vitrine e a pousou em cima do balcão.

— Pronto. Em qual deles você está interessado?

Gabe estendeu a mão e levantou delicadamente o pequeno colar de ouro. Com o coração batendo forte, ele colocou o pingente na palma da mão para ver melhor. *Tinha que ser*. Não havia outra explicação. Não poderia ser coincidência que em uma loja de penhores, na esquina de onde a mãe de Anna poderia ter morado, houvesse uma imagem espelhada do colar que Anna usava todos os dias.

— É lindo, não é? Ouro de verdade — garantiu a mulher.

Ele passou o dedo pelo pingente. Havia um padrão floral gravado na superfície, e ele tinha certeza de que o contorno combinaria com as linhas daquele que Anna usava.

— De onde ele veio? Quem vendeu para a senhora?

A mulher balançou a cabeça.

— Eu não faço perguntas.

Como aquilo havia acabado em uma loja de penhores? Mas Gabe tinha a sensação de que já sabia. Ele se lembrou das agulhas e dos outros vestígios de uso de drogas que vira na gaveta da escrivaninha. As pessoas fariam qualquer coisa se o desespero fosse grande demais. Venderiam até mesmo sua joia mais preciosa.

Até mesmo aquela que se encaixa na da filha.

A mão de Gabe se fechou ao redor do colar.

— Quanto quer por isso?

A mulher examinou as roupas muito bem passadas que ele escolhera para usar na conferência.

— Cem dólares.

— Eu pago cinquenta.

— Fechado.

O fato de a mulher ter aceitado a oferta tão prontamente de alguma forma tornava tudo pior. Aquele colar valeria mesmo tão pouco para a mãe de Anna a ponto de vendê-lo por quase nada?

A mulher puxou um bloco de nota fiscal com o nome da loja em cima, fez algumas anotações sobre o colar, o preço, então destacou o papel. Ela enfiou a nota fiscal no fundo de uma pequena caixa de veludo e colocou o colar por cima.

Um instante depois, Gabe estava do lado de fora da loja, na calçada, segurando a caixinha barata. Precisava ligar para Anna e contar a ela. Mas algo o impediu. Quantas vezes já tinha visto a amiga pegar aquele pingente e esfregar o polegar na superfície gravada? Em geral, ela o fazia quando estava nervosa ou chateada com alguma coisa, e o colar era obviamente um conforto. Era sua conexão com a mãe. As gravações na superfície se encaixavam como um quebra-cabeça e, todo aquele tempo, Anna vinha procurando pela metade desaparecida.

Como poderia ligar para ela e dizer que a mãe tinha vendido a sua metade para uma loja de penhores? Que a joia que era tudo para Anna significava tão pouco para Deb Campbell? Ele não poderia dar aquele tipo de notícia por telefone.

Gabe enfiou a caixinha de veludo no bolso e seguiu pela Mission Street, de volta para o hotel. Ele tinha começado seu curso de pós-graduação na Universidade de Chicago no início daquele mês e só voltaria para casa nas férias de inverno, o que seria só dali a alguns meses. Seria melhor levar o colar para casa e entregá-lo pessoalmente a Anna. Então poderia contar a ela tudo o que descobrira sobre Deb Campbell.

DEZESSEIS

Anna bateu com o lápis no livro de cálculo e olhou para o relógio. O avião de Gabe, vindo de Chicago, havia pousado naquela manhã e ele passaria uma semana inteira em casa nas férias de inverno. Faltava só mais um tempo de aula e ela o veria pela primeira vez desde que ele partira para a pós-graduação. Anna havia ganhado um celular naquele outono e eles trocavam mensagens de texto o tempo todo, geralmente observações aleatórias sobre o dia ou histórias para fazer o outro rir. Coisas que já costumavam conversar quando estavam trabalhando juntos no projeto no ano anterior. Era quase como se Gabe ainda estivesse lá.

Quase.

Anna revirou a mochila, fingindo procurar um lápis, e clicou no celular para ler a troca de mensagens de texto da véspera.

Anna

Então, estou ajudando a sua mãe a limpar seu antigo quarto para deixar tudo pronto pra sua visita. Encontrei uma pilha de catálogos antigos da Victoria's Secret e uma garrafa de Jim Beam pela metade debaixo da cama, vestígios da sua adolescência depravada. Acho que vai gostar de saber que consegui jogar tudo fora antes que ela visse. Você ainda é o menininho perfeito da mamãe. De nada.

Gabe
Obrigado por limpar a minha barra, menina. Você deveria ter ficado com o Jim Beam. Nunca se sabe quando pode precisar.

Anna
Não se preocupa, confisquei muitos tesouros, como a sua foto da escola do oitavo ano do ensino fundamental que encontrei em uma gaveta (aquela em que você estava de aparelho e com o cabelo em um corte mullet). Só pro caso de eu precisar te chantagear em algum momento.

Gabe
Graças a Deus você não encontrou as fotos do primeiro ano do ensino médio, quando passei pela fase do macacão sem camisa.

Anna
Ah, eu encontrei, sim. O Matt e a Rachel estão disputando pra ver quem fica com elas.

Gabe
Droga. Fico fora por um semestre e você se volta contra mim rápido desse jeito.

Anna ergueu o olhar e encontrou o professor de cálculo lhe encarando, mal-humorado. Ela cerrou os lábios para esconder o sorriso, empurrou o celular para o fundo da mochila e fez o possível para fingir que estava concentrada na aula.

Quando Gabe contara aos pais que ela morava sozinha, Anna tinha se sentindo tão traída que jurara nunca mais falar com ele. Mas precisava admitir que ir morar com John e Elizabeth acabara sendo muito... bom. Pela primeira vez, ela ia para a cama à noite sem se preocupar em como pagaria o aluguel ou em como juntaria dinheiro para a conta de luz. Já não precisava mais prestar atenção aos barulhos estranhos do lado de fora de casa nem sair da cama no escuro para conferir as fechaduras. E tinha conseguido reduzir suas horas de trabalho no mercado para se concentrar mais nos estudos.

Mas o que finalmente a amansara em relação a Gabe fora a ida dele àquela casa em San Francisco. Anna nunca esqueceria o carinho na voz dele ao contar que a casa estava vazia e que a demoliriam em breve. Por um segundo, ela perdera o ar, sem acreditar que o endereço ao qual se agarrava havia anos, sua única esperança de encontrar a mãe, havia se mostrado um beco sem saída. Mas então a voz de Gabe voltara aos seus ouvidos, dizendo que sentia muito, como se aquilo também fosse importante para ele.

Pela primeira vez, Anna tivera a sensação de que mais alguém se importava com o que havia acontecido com a mãe dela. Foi como se não estivesse mais sozinha em sua busca.

E aquilo significara o mundo para ela. Como poderia ficar brava com Gabe depois?

E ele estaria lá de verdade quando ela voltasse da escola. Anna tinha cerca de um milhão de coisas que queria contar a ele, histórias que vinha guardando para quando o visse pessoalmente. Além disso, tinha tomado uma grande decisão sobre a faculdade no próximo ano, e se havia alguém com quem queria compartilhar aquilo, era Gabe.

O mais provável era que a novidade não o surpreendesse. A viagem de Gabe até a casa na Capp Street tinha mostrado a Anna que ele entendia por que ela precisava fazer aquilo.

Finalmente, o sinal de fim de aula tocou. Ela se levantou de um pulo e foi logo em direção à porta, sem nem se preocupar em vestir o casaco.

Anna correu até o ônibus, pisando na grama congelada do pátio da escola enquanto os primeiros flocos de neve do ano giravam ao seu redor.

• • •

Quando Anna chegou à casa dos Weatherall, já ouviu a voz de Gabe reverberando pelo corredor. Ela correu para a cozinha e parou, o coração batendo forte ao vê-lo sentado com Elizabeth e Leah ao redor da ilha.

Gabe olhou para cima e a viu.

— Anna!

Ele se levantou rapidamente da banqueta, foi até a porta e puxou-a para os braços. Anna retribuiu o abraço, relaxando enquanto sentia os últimos quatro meses de saudade se dissipando.

— Temos muito o que colocar em dia, menina — disse Gabe, recuando para poder olhá-la nos olhos.

Anna sorriu.

— Quero saber tudo sobre a pós-graduação.

Ele assentiu.

— Sim, e eu preciso que você me atualize sobre as inscrições para a faculdade. Mas tem outra coisa que quero falar com você. É importante...

O resto da frase foi interrompido por uma voz no corredor.

— Já podem começar a festa. Eu cheguei. — Rachel fez uma pose na porta, com um sorriso largo no rosto. — Ei, irmão mais velho. Seja bem-vindo ao lar.

— Já podem começar a festa. *Eu* cheguei. — Matt apareceu na porta atrás de Rachel e esbarrou com o ombro no dela, brincalhão.

Rachel revidou cravando o cotovelo na lateral do corpo do irmão, e Matt estendeu uma das mãos com a óbvia intenção de bagunçar o cabelo dela. Mas ela se desviou e ergueu a mão.

— Espera um pouquinho! Por que a gente tá implicando um com o outro se podemos fazer isso com o Gabe agora?

Matt inclinou a cabeça e esfregou o queixo em um gesto exagerado, como se estivesse pensando a respeito.

— Excelente argumento, irmã.

Anna se afastou do caminho enquanto Matt e Rachel cercavam Gabe, socando-o de brincadeira.

— Ai! Socorro, Anna! Leah! — Ele estendeu a mão.

Anna lançou um olhar para Leah.

— Devemos ajudar?

Leah soltou um suspiro que pareceu sair dos lábios de uma velha que lidava com aquele absurdo havia cinquenta anos.

— Acho que sim.

Anna e Leah seguraram uma das mãos de Gabe cada uma para arrastá-lo para um lugar supostamente seguro. Na confusão de braços, pernas e irmãos, ele tropeçou em alguma coisa e acabou caindo em cima de Anna. O perfume amadeirado de Gabe — o mesmo que tinha se tornado tão familiar ao longo do ano anterior, e que ainda permanecia no moletom velho que ela havia roubado do antigo quarto dele no andar de cima — a envolveu. Por um momento, Anna sentiu as pernas bambas, e não pela força de ser derrubada de lado. Ela manteve a cabeça baixa, mas olhou para Gabe por entre os cílios, reparando como toda aquela agitação tinha iluminado seus olhos azul-prateados.

Anna sempre achara Gabe lindo. Mas, ao contrário do resto da população feminina, ela geralmente era imune àquilo. Ele não se importava em impressioná-la como fazia com as garotas da idade dele, por isso, ao longo do ano anterior, não tivera motivos para esconder dela seus hábitos irritantes. Como a mania insuportável de ficar clicando a caneta repetidamente quando estava resolvendo um problema. Ou a voz dolorosamente desafinada quando cantava acompanhando o rádio do carro. Desde que Anna caíra na gargalhada com a história da paixão embaraçosa que Gabe nutrira pela babá quando estava na quinta série, a aparência dele tinha deixado de ser a primeira coisa em que ela reparava.

No entanto, às vezes — quando ele sorria para ela do banco do motorista ou se recostava na cadeira, os músculos forçando a camiseta —, a beleza dele ainda a nocauteava.

Anna foi para o outro lado da ilha da cozinha. Cercada pelo caos entre os irmãos, ela se concentrou em ligar a chaleira elétrica e preparar uma xícara de chá, que levou para a copa, onde Dorothy gostava de se sentar quando o tempo estava frio demais para ficar na varanda.

Dorothy sorriu e deu um tapinha na mão de Anna, que pousou o chá na sua frente. A energia tranquila da senhorinha sempre a acalmava quando ela se sentia agitada. Anna nunca se imaginara fazendo amizade com uma mulher de oitenta anos — não chegara a conhecer as avós, nem conhecera mais de perto alguém muito mais velho do que ela — e ficava fascinada por toda a vida que Dorothy já tinha vivido.

Quando levantou os olhos, Anna viu Gabe se sentando no banco à frente.

— Oi, vó. — Ele se virou para Anna. — Então, como estão indo as coisas para a inscrição na faculdade, menina?

Do outro lado da sala, Leah dava pulinhos, batendo palmas.

— Conta pra ele, Anna!

Gabe cutucou a mão dela.

— Me conta, Anna.

— Bem…

Ela abaixou os olhos para a mesa. A dra. McGovern tinha escrito uma carta de recomendação incrível para ela, e a faculdade oferecera uma bolsa integral para o programa conjunto de escola preparatória e residência médica. A carta havia chegado no início daquela semana, e todos tinham ficado muito felizes por ela.

É claro que presumiram que ela aceitaria a oferta e ficaria em Pittsburgh.

Mas Anna não tinha contado a ninguém sobre a outra carta.

A oferta que realmente planejava aceitar.

Talvez eles ficassem decepcionados. Anna temia que John, especialmente, ficasse chateado, pois ele demonstrara muito entusiasmo em relação ao plano dela de fazer o programa acelerado. Muitos colegas dele no hospital eram professores lá. Os Weatherall talvez não entendessem.

Mas Gabe entenderia. Ele provara isso quando fora procurar a mãe dela. Mas Anna não podia contar sua decisão a ele ali, na frente de todo mundo.

— Hum. — Ela abaixou os olhos para a mesa. — Passei na faculdade e me ofereceram uma bolsa integral.

— *Caramba* — disse Gabe, seus lábios se curvando em um sorriso. — Que notícia incrível. O programa deles é o melhor, né?

Anna assentiu fracamente.

Rachel empurrou Gabe para se sentar ao lado dele no banco.

— Ofereceram uma ajuda de custo para comprar livros, além de alojamento e alimentação grátis no dormitório de honra. — Ela lançou um sorriso para Anna. — Querem *mesmo* a Anna lá.

Elizabeth se juntou a eles e deu um tapinha na mão de Anna.

— Você sabe que adoraríamos que a Anna ficasse aqui conosco em vez de ir para o dormitório, se ela quisesse.

Anna ergueu os olhos. *É sério?* Seu olhar se deslocou ao redor da mesa para aquele grupo aglomerado nos bancos pequenos, sorrindo, rindo, se empurrando. Então se voltou para Dorothy, que tinha a mão pousada em cima da dela. E se aceitasse a oferta de Elizabeth? E se dissesse sim e simplesmente… ficasse ali?

Gabe piscou para ela.

— Ela tem que ir morar nos dormitórios. Caso contrário, como vai ficar bêbada e voltar cambaleando pra casa depois das festas da fraternidade?

Anna voltou à realidade. É claro que não poderia ficar com os Weatherall. Eles já haviam feito muito por ela. Além disso, tinha um plano a seguir.

— Sim, mal posso esperar — brincou. — Adoro ficar em porões úmidos bebendo cerveja quente e barata em copos de plástico.

Gabe bufou com uma risada e balançou a cabeça.

— É melhor que aqueles caras da fraternidade tenham classe o bastante pra te oferecer um drinque mais elegante. — Então seu rosto ficou mais sério. — Parabéns. Você conseguiu, menina.

Anna engoliu em seco, lembrando-se de uma época, não muito tempo antes, em que entrar na faculdade parecia um sonho distante. Sua hora estava chegando. Havia tantas coisas que gostaria de dizer a Gabe sobre o quanto fora importante ter passado o último ano e meio com ele e sua família...

Principalmente porque ela iria embora e não sabia quando voltaria.

DEZESSETE

Na manhã seguinte, Anna acordou em uma casa silenciosa e foi até a cozinha preparar um bule de café. Ela pegou uma caneca do armário e estava se virando quando a porta dos fundos se abriu e Gabe entrou, parecendo um garoto-propaganda de artigos esportivos usando Adidas azul. O suor havia ondulado e escurecido seu cabelo ao redor das têmporas e, quando ele tirou o agasalho de corrida e o jogou no banco perto da porta, a camiseta úmida de suor estava colada em seu peito.

Meu Deus.

Anna foi para trás da ilha da cozinha para esconder a calça de pijama e a mesma camiseta manchada de tinta que estava usando no dia em que os dois se conheceram. Mas Gabe parecia completamente alheio à aparência dela enquanto lhe lançava um sorriso e pegava uma caneca para si no armário. É claro que ele não estava reparando em sua aparência. Gabe não pensava nela assim.

— Saiu pra correr? — perguntou Anna, confirmando o óbvio.

— Você não tem ideia de como o clima de Pittsburgh é ameno se comparado ao de Chicago.

Anna viu a abertura de que precisava para falar e resolveu aproveitar.

— Sim, eu não saberia. Só saí de Pittsburgh uma vez, para uma excursão da escola à Virgínia Ocidental.

Ela não mencionou que o mais perto que havia chegado de realmente deixar a cidade tinha sido naquela tentativa fracassada de fuga para a Costa Oeste, na primavera anterior. A mesma fuga que o próprio Gabe e um segurança que poderia trabalhar como zagueiro de futebol americano interromperam.

— Você vai. — O café ficou pronto e Gabe serviu uma caneca, acrescentou um pouco de leite e entregou a Anna. — Ainda tem vontade de trabalhar em um desses programas médicos internacionais algum dia? Como a Cruz Vermelha, Médicos Sem Fronteiras ou algo assim?

Anna tomou um gole do café. Estava exatamente como ela gostava. Gabe se lembrava bem de todas as reuniões matinais trabalhando no projeto.

— Com certeza. Mas... — Ela hesitou. — Gabe, eu vou ter uma chance de viajar antes disso.

— É mesmo? — Ele pegou a outra caneca e se serviu. — Alguma viagem com a escola?

— Não. Mas tem a... faculdade. — Anna apoiou a caneca na bancada e o encarou. — Gabe, me inscrevi na UCSF. E consegui entrar.

Ele pousou lentamente a própria caneca.

— U-C-S-F. Você está falando da... Universidade da Califórnia. Em San Francisco.

— Essa mesmo! — exclamou Anna, com sua melhor voz exagerada de apresentadora de programa de auditório, balançando o braço para apontar para ele. Mas a brincadeira não pareceu sequer ser notada.

— Por quê?

— Por que o quê?

— Por que você iria querer ir pra lá?

Se Anna não o conhecesse, teria achado que seu rosto estava impassível. Mas ela o conhecia. E havia aquela pequena contração em seu maxilar. Não era bem a reação que ela esperava.

— Porque é uma boa oportunidade, e eles também me ofereceram uma bolsa de estudos, hospedagem e alimentação.

— Mas eles não têm um programa acelerado, certo? Você teria que fazer todo o bacharelado e depois ser aceita na residência médica.

— Eles... Bem, é verdade. — Anna segurou a caneca com força. — Mas é um bom programa. E sei que consigo entrar na residência.

Gabe se afastou da bancada e cruzou os braços.

— Quer dizer que você conseguiu entrar no melhor curso, em uma cidade onde há pessoas que se importam com você, e decidiu ir para um curso inferior, a mais de três mil quilômetros de distância, onde vai precisar começar do zero. Vou te perguntar mais uma vez: por quê?

— Eu não teria que começar do zero — protestou Anna. — Eles aceitariam a maior parte dos meus créditos de transferência. E não é um curso inferior. É só diferente. — Ela abraçou o próprio corpo. Como se enganara tanto em relação ao apoio de Gabe? *Ele estava só querendo me agradar, no outono, quando me ajudou a procurar minha mãe?* — Talvez eu queira fazer uma coisa diferente, explorar o mundo. Já pensou nisso? Não, não pensou. Está ocupado demais determinando o que devo fazer da minha vida sem me consultar antes. — Anna lançou um olhar furioso para Gabe. — *De novo.*

Ele a encarou sem piscar por tanto tempo que Anna começou a arrastar os pés, sentindo-se desconfortável. Finalmente, Gabe balançou a cabeça e suspirou.

— Anna, a sua mãe te deixou. Você não vai encontrá-la em San Francisco.

Ela sentiu todo o corpo se aquecer.

— Não é por isso que estou escolhendo a UCSF… — Mas ela estava mentindo, e é claro que ele sabia disso.

— É claro que é por isso. — Ele se acomodou na banqueta à frente. — Olha, não estou tentando determinar o que você deve fazer da sua vida.

Eu poderia jurar que está.

— Só estou tentando evitar que cometa um erro por achar que está indo atrás de uma coisa que não vai encontrar. — Gabe passou a mão pelo cabelo suado. — Anna, preciso te confessar uma coisa. Não contei a história toda do que aconteceu quando fui até o endereço que você me deu.

O coração de Anna disparou.

— Quando conversei com aquele comerciante, ele me disse que antes de a casa ser abandonada, ela era… — Gabe se interrompeu e desviou os olhos.

— O quê? — As mãos de Anna começaram a tremer. — Me fala.

— Era um… O comerciante disse que a casa era basicamente um antro de usuários de drogas e prostitutas. Eu entrei lá, Anna. — Uma sombra passou pelo rosto dele. — Foi… difícil.

— Por que você não me contou? — perguntou Anna em um sussurro.

— Não quis contar por telefone. E a gente não tem como ter certeza de que a sua mãe morava mesmo lá. Não sabemos *nada* sobre o que aconteceu com ela depois que foi embora, a não ser que ligou pra você de um número que pode ou não estar ligado àquela... — Gabe estremeceu. — ... àquela casa na Capp Street.

Anna segurou o colar ao redor do pescoço. Era um reflexo.

— Não é segredo que a minha mãe era viciada em drogas.

Os olhos de Gabe se fixaram na mão dela, que esfregava com o polegar a figura gravada no ouro. Anna abaixou as mãos para o colo.

— Eu sei — disse ele. — E é por isso que estou preocupado. Se ela tiver morado naquela casa... se ela *não* tiver morado naquela casa... De qualquer forma, não quero que você jogue fora a sua melhor oportunidade para ir atrás de uma coisa que talvez só exista na sua cabeça.

Como ela poderia explicar aquilo a Gabe? A casa em que estavam no momento era a casa dele — nunca houve um minuto na vida em que ele não pertencesse àquele lugar. Os Weatherall a haviam acolhido porque ela não tinha outro lugar para ir. Anna fixou os olhos no fundo da xícara. A mãe dela estava em algum lugar lá fora, e depois de todos aqueles anos de agonia sobre o que poderia ter acontecido com ela, Anna chegara finalmente a um momento da vida em que poderia descobrir. Onde talvez, apenas talvez, pudesse ter a mãe de volta.

— Se a minha mãe *tiver* morado naquela casa, se ela estiver em perigo, se ainda estiver usando... Bem, isso é mais uma razão para eu ir até lá — murmurou Anna. — Para ajudá-la.

Gabe olhou para ela de soslaio.

— Para ajudar a sua mãe, você teria que encontrá-la primeiro. Como vai fazer isso? E você sabe que só pode ajudar alguém que quer ser ajudado.

Anna levantou rapidamente a cabeça.

— Talvez você devesse seguir o seu próprio conselho.

— O que quer dizer com isso?

— Quero dizer... quem pediu a *sua* ajuda?

Gabe se encolheu.

— Você não pareceu ter nenhum problema com isso quando eu estava perambulando por San Francisco olhando bocas de fumo. Mas, de repente, não quer os meus conselhos.

Anna prendeu a respiração. *Bocas de fumo*. No fundo, era assim que ele pensava na mãe dela. Ela já esperava que os alunos da escola usassem termos horríveis e depreciativos como aquele. Mas nunca Gabe. Deveria ter imaginado que uma pessoa como ele, com uma família como os Weatherall, nunca poderia entender de verdade.

— Eu queria o seu *apoio*, Gabe. Mas obviamente estava errada em esperar isso.

— Bem, se você tivesse pelo menos um bom motivo para ir para a UCSF, teria o meu apoio.

Como se a própria mãe não fosse uma razão boa o bastante. Não se ela tivesse o tipo de vida sórdida e degradante que Gabe parecia pensar que era o caso. Anna balançou a cabeça.

— Sabe de uma coisa? Você está falando exatamente como o seu pai.

— Como assim?

— Não é como se *eu* estivesse planejando me mudar para uma boca de fumo, Gabe. Tenho uma bolsa integral para a UCSF. É um bom curso. Mas isso não é o bastante. Você não consegue imaginar por que eu não iria querer seguir o caminho perfeito que você determinou para mim.

O rubor da corrida desapareceu do rosto dele.

— Depois de tudo o que eu te contei sobre o meu relacionamento com meu pai, não posso acreditar que você está dizendo isso.

— Depois de tudo o que eu te contei sobre a minha mãe, não acredito que você está sugerindo que eu a apague da minha vida, como se ela não merecesse os meus cuidados ou a minha preocupação.

— Mas que merda, Anna! — Gabe bateu com a palma da mão na bancada com força, sobressaltando-a. — Não quero que apague sua mãe da sua vida! Só quero que priorize a si mesma, e ao seu futuro, em vez de colocar em primeiro lugar essa pessoa que nem se importou com você o bastante para se fazer presente.

Anna arquejou. Gabe se afastou da ilha, praguejando baixinho. Ele abriu a boca para dizer mais alguma coisa, mas antes que conseguisse fazer isso, ela ergueu a mão trêmula para impedi-lo.

— Talvez minha decisão não seja realmente sobre a minha mãe. — Anna se esforçou para manter a voz calma, apertando a mão cerrada contra o peito. — Talvez eu queira um novo começo. — Ela empurrou a caneca de café para o lado e desceu da banqueta. — Talvez eu só queira dar o fora daqui e essa seja a minha oportunidade, finalmente.

Ela passou por ele, mas em vez de deixá-la ir, Gabe estendeu a mão e a segurou pelo braço.

— Anna, espera.

O aroma familiar dele a envolveu, ainda mais potente depois da corrida, criando mais uma rachadura em seu coração. Anna se afastou antes que pudesse fazer alguma coisa estúpida como ceder.

— Me deixa em paz, Gabe.

Ele recuou.

— Tudo bem, então. A gente pode voltar a conversar sobre isso mais tarde…

— Não. Não quero conversar mais tarde. — Ela respirou fundo. — Não quero conversar com você. *Nunca mais.* Isso aqui — ela indicou o espaço entre eles com a mão —, isso aqui acabou.

E então Anna se virou e saiu.

Daquela vez, Gabe a deixou ir, e ela ficou grata por ele ter deixado. Porque ele nunca entenderia. E Anna nunca poderia contar a ele que era tudo culpa dela.

Não poderia contar que tinha sido uma decisão que ela havia tomado, em um dia fatídico, que acabara afastando a mãe.

Gabe achava que ela devia tocar a própria vida e deixar aquilo para trás. E, enquanto ela permitisse que ele fizesse parte da sua vida, ele continuaria a voltar ao assunto, de novo e de novo. Aquilo apenas provava que ela estava tomando a decisão certa ao ir estudar em San Francisco. Porque não pertencia ao mundo de Gabe.

E jamais pertenceria.

DEZOITO

De volta ao seu antigo quarto, Gabe abriu a mala e pegou a caixinha de veludo com o colar que tinha comprado na loja de penhores em San Francisco. Ele examinou as flores gravadas no ouro. Desde que Anna chegara em casa na tarde da véspera, Gabe vinha tentando discretamente checar o colar que ela usava. Não havia dúvida de que o pingente em sua mão era a imagem espelhada do dela. Será que Anna se dava conta de que, toda vez que falava sobre a mãe, sua mão ia automaticamente para o colar?

Gabe havia planejado convidar Anna para tomar um café mais tarde e dar a ela o segundo colar. Tinha prometido a si mesmo que contaria a verdade sobre tudo o que descobrira na viagem a San Francisco — desde a busca na casa abandonada até a loja de penhores. Ela ficaria magoada, com o coração partido. Mas Gabe esperava que, depois daquela conversa, Anna finalmente fosse capaz de seguir em frente com a própria vida e encerrar aquela história.

Naquele momento, a ideia parecia absurda.

Anna estava tão longe de encerrar aquela história quanto Gabe de ceder ao desejo do pai de que se formasse em medicina. Não tinha acreditado quando ela começara a falar sobre *se mudar* para San Francisco. Por um momento, Anna havia até tentado alegar que não tinha nada a ver com a mãe, mas claramente tinha *tudo* a ver. Ela acreditava de verdade que iria encontrar a mãe e... Gabe soltou uma risada incrédula.

E *salvá-la*.

A mulher que abandonara a filha de catorze anos, que a deixara para trás sem pensar duas vezes. Aquele colar idiota era só mais uma prova do abandono e da traição da mãe de Anna. Ela havia penhorado o amor da filha para ficar chapada.

Mas Anna não veria daquela forma.

Gabe balançou a cabeça. Não podia entregar aquele colar para ela. Talvez ela estivesse certa e ele estivesse tentando ajudar alguém que não queria ser ajudado. Mas, mesmo que ela o odiasse, mesmo que nunca mais falasse com ele, Gabe sabia que estava fazendo a coisa certa.

Aquele colar era uma prova sólida de que a mãe dela *havia* estado naquela casa em San Francisco e que Anna estivera no caminho certo o tempo todo. Se um número de telefone pesquisado no Google era o suficiente para fazê-la desistir do melhor curso universitário, deixar para trás as pessoas que realmente se importavam com ela e se mudar para o outro lado do país... O que se sentiria inspirada a fazer se soubesse sobre aquele colar? Por quanto tempo mais continuaria perseguindo o fantasma da mãe?

E o que sacrificaria ao longo do caminho?

PARTE II

DEZENOVE

TRÊS ANOS DEPOIS

— Anna, ei, espera — chamou uma voz masculina grave quando Anna já saía pela porta da aula de biologia avançada.

Sofia, a parceira de laboratório e colega de quarto de Anna, olhou por cima do ombro e cutucou Anna com o cotovelo. Anna se virou e viu outro colega de classe, Sam Briggs, se aproximando. Ele parou alguns metros à frente e ela teve que inclinar a cabeça para trás para encontrar seus olhos. Sam era alto — bem mais de um metro e oitenta, a julgar pela forma como se elevava acima dela — e tinha ombros largos, pele marrom escura e olhos da mesma cor.

— Bom trabalho lá dentro — elogiou Sam, com um sorriso, mostrando uma fileira de dentes brancos perfeitamente alinhados.

Anna sabia que ele estava se referindo ao experimento de laboratório que ela havia apresentado à turma mais cedo.

— Obrigada.

Ela retribuiu o sorriso com confiança. Já no último ano da graduação na UCSF e esperando receber as cartas de aceitação da residência médica a qualquer momento, Anna não se incomodava em tentar parecer modesta. Ela e Sam viviam competindo pelo primeiro lugar nas aulas que frequentavam juntos e, embora fosse uma rivalidade camarada, ela se via obrigada a admitir que gostava de sair na frente.

— Então — continuou Sam, passando a mochila de um ombro para o outro —, tem alguma chance de você estar livre neste sábado? Pensei que de repente a gente podia sair e conversar sobre alguma coisa que *não* fosse divisão celular, pelo menos uma vez.

Sofia cravou o cotovelo na lateral do corpo de Anna mais uma vez.

— Hum. — Anna mordeu o lábio. — Vou ter que checar o meu horário de trabalho.

— Beleza, tranquilo. Me manda uma mensagem — disse ele, e levantou a mão em um aceno. — Até mais tarde.

Assim que ele desapareceu em um canto, Sofia se virou para Anna:

— Eu sabia que ele gostava de você! — Ela ergueu as sobrancelhas. — Vai sair com ele?

Anna mordeu o lábio.

— Talvez.

— Bem, você *gosta* dele?

Hesitantes, os lábios de Anna se curvaram em um sorriso.

— Talvez.

Sam era alto e musculoso, com feições perfeitamente definidas que faziam até os professores pararem e olharem de novo quando ele dava a resposta correta a uma pergunta na aula, o que acontecia com frequência. O cara era obviamente inteligente e se inscrevera para quase todas as mesmas residências médicas que Anna, então os dois tinham aquilo em comum. Mas não era apenas o horário de trabalho que a impedia de sair com ele. Havia algo em Sam, uma autoconfiança que beirava a arrogância, que a fazia se lembrar de alguém. Alguém que Anna passara os últimos três anos tentando esquecer.

Ela seguiu Sofia para fora do prédio onde haviam acabado de ter aula e as duas pararam no cruzamento das calçadas que atravessavam o campus. Era onde costumavam se separar, seguindo direções diferentes, depois da aula de biologia avançada.

— Te vejo no jantar, né? — perguntou Sofia. — É terça, dia de tacos.

— Claro.

San Francisco era famosa por sua comida mexicana, e ela e Sofia estavam determinadas a experimentar o maior número possível de restaurantes mexicanos na cidade. Tudo começou quando estavam na primeira aula de biologia que fizeram juntas, e Sofia tinha admitido durante um experimento de laboratório que sentia saudade da comida da mãe, no Texas. Ao longo dos anos seguintes, as duas haviam transformado aqueles jantares em um ritual semanal.

— É a sua vez de escolher o lugar — lembrou Anna.

— Vamos a algum lugar em Mission. — Sofia revirou os olhos, mas sua risada deixou claro que ela estava brincando. — Já que esse é o seu bairro *favorito*.

Era verdade que Anna geralmente preferia a região de Mission quando era sua vez de escolher um restaurante para jantar. Era de fato onde tinha a melhor comida mexicana da cidade. E era o melhor lugar para observar pessoas. Ainda mais quando se estava procurando uma pessoa em particular.

Mas Sofia não sabia nada sobre aquilo.

— Perfeito — confirmou Anna. — Te encontro em casa às seis.

Sofia seguiu para a próxima aula dela e Anna foi em direção à biblioteca. Nem dez segundos se passaram quando ouviu a voz de Sofia chamando-a de novo:

— Ei.

Anna se virou para olhar para a amiga.

— Sim?

— Você deveria aceitar o convite do Sam. Ele é um gato.

Anna riu. Então se virou, com um aceno evasivo da mão, e continuou andando. Sofia era uma boa amiga, mas Anna não sabia como explicar por que se sentia relutante em sair com Sam. Nenhum dos seus colegas de faculdade sabia sobre Gabe ou sobre os Weatherall. Anna dissera a todos que a mãe havia falecido e que um parente distante a criara. Era mais fácil do que explicar a verdade. Ela continuou andando e, na metade do caminho para a biblioteca, seu telefone vibrou com uma nova mensagem.

Sam
Já checou a sua agenda para sábado? Que tal eu te buscar às sete?

Anna sorriu. Que autoestima, hein? Mas ela precisava admitir que o interesse dele era lisonjeiro. Sam *era* um gato, e seria tolice rejeitá-lo só porque ele a fazia se lembrar de Gabe.

Mesmo depois de tantos anos de silêncio.

Anna ainda mantinha contato com os outros Weatherall e sabia que Gabe estava trabalhando em sua dissertação de doutorado na Universidade de Chicago. Mas eles não se falavam desde o último ano do ensino médio. Desde que ele se recusara a apoiá-la em sua escolha de ir para a UCSF e procurar a mãe.

Mas Sam não era Gabe, e Anna não era mais uma adolescente com uma paixão não correspondida. *Sam não vai me tratar como uma menininha, nem agir como se soubesse o que é melhor para mim, nem tentar me dizer o que fazer. Ele não vai trair a minha confiança.* E se traísse, aquilo não a pegaria de surpresa, porque ela nunca se permitiria se apegar demais. Anna tinha aprendido aquela lição havia muito tempo.

Antes que pudesse pensar demais, ela começou a digitar:

Anna
Tá livre pra jantar essa noite? Que tal comida mexicana?

Sam
Adoro. Te vejo mais tarde.

Anna sorriu e voltou a guardar o celular na bolsa. Estava ansiosa para sair com ele. E ter Sofia junto ajudaria a quebrar o gelo.

Mas, antes disso, havia uma prova para a qual precisava estudar.

Ela estava subindo os degraus em direção à biblioteca quando sentiu o celular vibrar novamente. Daquela vez, não foi só a vibração curta de uma mensagem, mas vários tremores longos de uma chamada recebida. Seria Sam ligando para ela? Talvez quisesse saber o endereço do restaurante.

Mas, quando Anna checou o número na tela, viu que não era Sam. Ela parou abruptamente nos degraus e agarrou o corrimão para se equilibrar. Era o último número que esperava ver.

Embora tivesse excluído intencionalmente seu contato, não tivera coragem de bloqueá-lo. E, por mais que tentasse esquecer, reconheceria aquele número em qualquer lugar. Gabe enviara mensagens de texto por meses depois que Anna parara de falar com ele, mas acabara desistindo quando ela permanecera em silêncio. Agora, só enviava uma mensagem por ano, no aniversário dela, em junho.

Gabe
Espero que você tenha um aniversário maravilhoso. Sinto saudades.
Ainda.

Mas aquele dia era uma terça-feira aleatória de setembro, e ali estava Gabe, ligando para ela. Talvez tivesse apertado sem querer a tecla de chamada programada. Anna devia deixar cair no correio de voz e ir para a biblioteca estudar para a prova de química. Em vez disso, ficou parada ali, olhando para aquele número iluminando a tela do celular. Porque a verdade era que ela também sentia saudades. A perspectiva de ouvir a voz de Gabe fazia seu coração disparar.

Quando ela estava prestes a apertar o botão para atender, o celular parou de tocar. Anna abaixou a mão com um suspiro. Parte dela desejava ter atendido a ligação, só para poder dizer a Gabe como estava indo bem ali e como ele estivera enganado. Ela adorava a faculdade, tinha amigos, como Sofia, e ótimos professores como mentores. Tinha até sido convidada para participar de viagens médicas voluntárias com alguns professores e alunos da residência médica da UCSF durante as férias escolares. Eles tinham ido a partes do mundo que precisavam desesperadamente de cuidados médicos e montado clínicas temporárias de saúde da mulher para oferecer exames e outros serviços básicos. Tinha sido uma oportunidade incrível de ganhar experiência e uma honra ser convidada ainda sendo estudante de graduação.

Como a UCSF aceitara os créditos de Anna do seu programa do ensino médio, ela havia conseguido pular um ano do bacharelado. Assim, começaria a residência médica no ano seguinte e nem estava tão atrasada em relação ao ponto onde estaria se tivesse feito o programa acelerado em Pittsburgh.

San Francisco foi a escolha certa, queria dizer a Gabe. Mesmo que ainda não tivesse localizado a mãe. Em San Francisco, ninguém sabia que por muito pouco ela não tinha sido uma sem-teto. Ninguém sabia de nada além do que ela queria que soubessem.

Anna balançou a cabeça. Mas por que contar aquilo a Gabe? A amizade deles terminara havia muito tempo e ela deixara aquilo para trás. No caminho até as largas portas de madeira da biblioteca, ela conseguiu se convencer a esquecer a ligação dele. E então, um passo antes de entrar, o celular tocou de novo.

Anna atendeu no primeiro toque.

— Alô? — atendeu, o tom cauteloso.

— Oi, meni… — Gabe pigarreou e se interrompeu antes que pudesse chamá-la daquele antigo apelido. — Hum, quer dizer, Anna. É o Gabe.

— Oi. — Será que ela soava tão sem fôlego quanto se sentia?

— Estou surpreso que você atenda ligações de estranhos.

— Embora você seja *mesmo* estranho, eu sabia que era você.

A meia-risada dele ecoou pela linha.

— Tudo bem. Só estou surpreso por você não ter me excluído dos seus contatos.

Anna cerrou os lábios. Não estava disposta a admitir que o havia excluído, mas continuava a reconhecer o número do celular dele. Ou que aquela risada familiar estava provocando todo tipo de estrago em seu sistema nervoso. Ela endireitou o corpo.

— Tem algum motivo pra você estar ligando?

— Na verdade, tem, sim. — Do outro lado da linha, Anna o ouviu respirar fundo. — Anna, é a minha avó. Queria te avisar que ela faleceu hoje de manhã.

— Ah… — Os olhos de Anna ficaram marejados. — Ai, Gabe. Sinto muito.

Dorothy estava em declínio havia muito tempo e, nos últimos anos, tinha se retraído por completo em seu próprio mundo. Nem mesmo os telefonemas de Anna conseguiam atraí-la. Mais recentemente, a família a internara em uma clínica para doentes terminais, por isso Anna não estava sendo pega de surpresa. Ainda assim, a realidade do fato quase a derrubou. Ela engoliu um soluço.

— O velório será no sábado — informou Gabe. — Queria muito que você pudesse ir.

Anna se encostou na parede de tijolos, grata por ter algo tão sólido por perto em que pudesse se apoiar. Queria prestar sua homenagem à Dorothy e estar presente para apoiar Elizabeth e o resto da família. Mas as emoções que sentia quando pensava em voltar a Pittsburgh, ao local da sua antiga vida, não eram apenas conflitantes; eram uma verdadeira guerra dentro dela.

— Hum. — Ela empacou.

— Por favor? Significaria muito pra minha mãe ter você aqui. — Gabe hesitou. — E pra mim também. Quer dizer, não que você se importe com a última parte.

Anna se afastou da parede.

— É claro que me *importo*, Gabe. Sempre me importei. Foi você que... — Ela fechou a boca. Dorothy tinha acabado de falecer e não era hora de ter aquela conversa. — Deixa pra lá.

— Olha, menina — começou ele, e... droga, Anna odiava se dar conta de como gostava de ouvir aquele apelido bobo saindo da boca de Gabe. — A Leah preparou seu antigo quarto. Venha ao velório da minha avó, passe o fim de semana aqui e brigue comigo pessoalmente. Pelos velhos tempos.

Ela secou o rosto molhado.

— Bem, quando você coloca desse jeito...

Ele riu de novo.

— Até logo, Anna.

• • •

Anna não estava preparada para as emoções que a dominaram quando finalmente viu os Weatherall. Ela chegou de táxi do aeroporto bem a tempo para o jantar na noite de sexta-feira e, quando entrou naquele caos antigo e familiar na cozinha, eles se reuniram ao seu redor, em uma comoção tamanha que um estranho olhando pela janela poderia pensar que ela havia acabado de voltar da guerra. O que tinha na cabeça para ficar longe dali por tanto tempo?

Depois que Rachel a abraçou e Matt a levantou no colo, John quis saber tudo sobre as inscrições para a residência médica e Elizabeth mandou Rachel pegar uma bebida e fazer um prato para Anna. Em seguida, Leah, que agora estava quase tão alta quanto Anna, se aproximou para contar a ela tudo sobre o próximo baile da escola.

Finalmente, então, Anna se virou para encarar Gabe, que estava no fogão preparando o jantar.

— Oi, menina. — Ele limpou as mãos no avental velho da mãe, amarrado na cintura.

— Oi.

Ela encontrou os olhos azul-prateados dele, a cor muito parecida com a da névoa que pairava acima da baía de San Francisco nas corridas matinais que costumava fazer. Anna tinha passado a correr em outro lugar, o Golden Gate Park, quando a lembrança daqueles olhos começara a doer demais.

— Estou muito feliz por você ter conseguido vir — disse ele.

Anna inspirou com força, a respiração trêmula.

— Sinto muito pela sua avó. — Ela olhou para a copa, onde Dorothy costumava se sentar. — Ela era uma mulher incrível.

— Era mesmo. — Gabe assentiu, triste. — E pensava a mesma coisa de você.

Anna pressionou a mão na boca para conter um soluço, o peito apertado com as lembranças que a cercavam naquela cozinha. Em três segundos, Gabe estava diante dela, e em mais um, ela estava em seus braços, envolvida pelo seu corpo, pelo perfume familiar. Ela se inclinou e apoiou o rosto no peito sólido dele. E, por mais que odiasse admitir, por mais que não quisesse que fosse verdade, era inegável a sensação de finalmente estar em casa.

• • •

Anna passou a mão pela saia do vestido de crepe preto, tentando sem muito empenho alisar os vincos que marcavam o tecido depois do trajeto entre a funerária, a igreja e o túmulo naquele clima excepcionalmente quente. Parecia certo que o enterro de Dorothy acontecesse em um belo dia de outono, com os pássaros cantando nas árvores e as últimas flores de verão desabrochando no jardim. O clima estava absurdamente parecido com o daquele dia de final de setembro em que Anna conhecera Dorothy, e o cheiro de grama cortada que pairava no ar quando o caixão fora abaixado levara novas lágrimas aos olhos dela.

De volta à casa dos Weatherall, ela passou pelos convidados que tinham se reunido para celebrar a vida da avó de Gabe, ouvindo trechos de conversa aqui e ali sobre o trabalho de Dorothy como voluntária para políticos locais e como soprano no coral da igreja que frequentava. Anna teria adorado parar e ouvir mais, mas era uma estranha entre a família e os amigos de Dorothy. Alguém ali sabia sobre aquela garota abandonada pela própria mãe que os Weatherall tinham acolhido por um ano?

Sob o pretexto de lavar algumas taças de vinho que achou largadas pela casa, Anna se refugiou na cozinha. Lá, encontrou Elizabeth, elegante e cheia de classe em um vestido de lã preto, com o cabelo loiro preso em um coque francês. Um observador qualquer poderia ter presumido que ela estava perfeitamente composta. Mas Anna percebeu o fio puxado na meia-calça e a argola faltando na orelha esquerda. Sua preocupação aumentou conforme Elizabeth passava mais tempo parada diante da porta aberta da geladeira, olhando sem realmente ver o que havia ali dentro. Anna se aproximou dela e fechou a porta da geladeira com cuidado.

Elizabeth piscou, como se estivesse voltando a si.

— Ah, Anna, querida. Eu nem ouvi você entrar.

— Posso pegar alguma coisa pra você? Quer que eu faça um prato?

Ela balançou a cabeça.

— Estou bem. Só um pouco cansada.

— É claro que você está cansada. — Anna passou um braço ao redor dos ombros de Elizabeth e levou-a até uma banqueta na ilha da cozinha. — Por que não descansa um pouco?

Elizabeth se sentou pesadamente e deu um tapinha no assento ao seu lado.

— Me faz companhia, por favor. Estou tão feliz por você ter conseguido voltar pra casa.

Os lábios de Anna se curvaram em um sorriso triste.

— Eu também. A Dorothy era uma mulher incrível. Eu me sinto muito grata por ter tido a oportunidade de conhecê-la.

— Ela adorava você.

De repente, os olhos de Anna voltaram a arder com lágrimas e ela ergueu a mão para enxugá-las. Tinha lido em algum lugar que, ao perder alguém, nunca se deve buscar consolo nas pessoas mais próximas de quem faleceu, apenas fora do círculo mais íntimo. Por mais que quisesse desmoronar, Anna não era parte do círculo mais íntimo de Dorothy.

Assim, seu luto podia esperar até ela escapar para o quarto ou, melhor ainda, até embarcar em um avião de volta para San Francisco. Só então poderia mergulhar na tristeza pela perda de um dos únicos relacionamentos em sua vida ao qual realmente havia pertencido. Onde se sentira... segura.

Dorothy nunca chegara a saber do passado de Anna nem se importava com suas origens. Apenas confiava suas lembranças a Anna, sem nunca tentar mudá-la... ou salvá-la. De certa forma, aqueles momentos com Dorothy a faziam se lembrar dos primeiros dias com a mãe, antes de ela voltar a usar drogas. Antes de tudo desmoronar.

— Eu também adorava ela — conseguiu sussurrar.

Elizabeth a fitou com um sorriso triste e estendeu a mão para prender uma mecha de cabelo atrás da orelha de Anna. *Exatamente como Dorothy costumava fazer.* Seu coração quase se partiu.

— Eu ia fazer isso mais tarde — disse Elizabeth, e desceu da banqueta —, mas já que você está aqui agora... Queria te dar uma coisa.

Ela abriu uma gaveta no armário do outro lado da cozinha e pegou uma pequena caixa de veludo. Então, voltou a se sentar ao lado de Anna e pousou a caixinha na bancada à sua frente.

Anna não tinha a menor ideia do que havia ali... Ou por que Elizabeth lhe daria aquilo logo naquele dia. Ela pegou a caixinha e levantou lentamente a tampa.

E viu, aninhado no interior de veludo preto, um anel de diamante que logo refletiu a luz acima, cintilando. Anna o reconheceu imediatamente. Desde que conhecera Dorothy, a senhora usava aquele anel antigo na mão direita. Ao ver fotos antigas, Anna descobrira que tinha sido um presente do marido dela no primeiro aniversário de casamento dos dois.

Anna pousou a caixinha no balcão e ergueu rapidamente os olhos para encarar Elizabeth.

— Não estou entendendo.

Elizabeth disse que queria dar alguma coisa a ela. Com certeza ela não estava se referindo àquele anel, estava?

Mas Elizabeth indicou a caixinha com a mão.

— Ela gostaria que você ficasse com ele.

Uma parte de Anna queria pegar aquela linda antiguidade, apertá-la junto ao peito e guardá-la para sempre. Em vez disso, ela balançou a cabeça; não sabia nada sobre joias, mas tinha certeza de que o anel era valioso.

— Ah, Elizabeth. Não posso aceitar. — Ela empurrou com delicadeza a caixinha na direção de Elizabeth.

— É claro que pode. — Elizabeth pegou a caixa e a estendeu para Anna. — Você não tem ideia de como foi importante pra mim você ter passado tanto tempo com a minha mãe, trazendo-a de volta para nós quando ela parecia estar se afastando cada vez mais. — A voz dela falhou, e Anna sentiu as próprias lágrimas brotarem novamente pela centésima vez naquele dia.

Anna pegou o anel, fitou-o por um longo tempo e tudo voltou à sua mente: o toque de uma mão frágil e manchada pelo tempo pressionando a sua, o cheiro de lilases pairando na varanda da frente, as vozes de Frank Sinatra e Dean Martin. Aqueles momentos tinham significado muito para ela.

Mas então Anna reparou nas olheiras sob os olhos de Elizabeth e nos vincos de tristeza ao redor dos lábios. Ali estava uma mulher que tinha acabado de perder a mãe após uma longa doença. Estava exausta, vulnerável e, o mais importante, não estava conseguindo pensar com clareza. Se Anna aceitasse aquele anel, nunca seria capaz de olhar para ele sem se perguntar se Elizabeth havia se arrependido do presente.

— Muito obrigada por pensar em mim, mas eu realmente não posso aceitar.

— Aceite o anel, Anna. — A voz de Gabe ressoou do outro lado da cozinha.

Ela se sobressaltou, virou o corpo e o viu parado na porta com os braços cruzados. Ele indicou a caixinha com um movimento do queixo.

— Ela realmente iria gostar que você ficasse com ele.

Anna balançou a cabeça mais uma vez. Aquele anel era uma valiosa herança de família, e ela não era da família. Sua mão buscou automaticamente o pingente de ouro que estava sempre ao redor do pescoço. Aquela meia-lua gravada era o seu legado. Talvez fosse uma joia mais modesta do que um diamante antigo, mas a outra metade estava em algum lugar. Ela não tinha desistido de encontrá-la — assim como não tinha desistido de encontrar a mãe.

— Obrigada, de verdade, mas realmente não posso aceitar, Elizabeth. Esse é um anel especial e você deve dá-lo a uma das suas filhas.

Elizabeth abriu a boca para protestar, mas Anna fechou a caixinha com firmeza.

— Por favor. Dê a Leah ou a Rachel.

Com um suspiro, Elizabeth pegou a caixinha.

— Talvez esse não seja o melhor momento para discutir isso. Vou guardar esse anel no cofre, caso você mude de ideia.

— Não vou mudar.

— Anna. — O tom de Gabe era carregado de desaprovação, e Anna lhe lançou um olhar firme para que ele entendesse que ela não iria mais falar sobre o assunto.

Gabe sempre tinha tanta certeza de que sabia o que era melhor para ela. Mas só porque ele ainda pensava nela como uma menina, não significava que ela ainda fosse.

— Com licença — disse Anna. Ela desceu da banqueta e escapou para a sala antes que Gabe pudesse voltar a argumentar.

Anna passou ao redor da mesa de centro, arrumando as bandejas de petiscos, juntando migalhas na palma da mão e fazendo o possível para se manter ocupada.

Pelo canto do olho, viu uma mulher mais ou menos da idade de Elizabeth cumprimentar uma garota em idade universitária com cor de cabelo e traços semelhantes. A mulher mais velha provavelmente era a mãe da garota ou talvez uma tia. Vendo as duas se abraçarem, ocorreu a Anna que não havia ninguém em sua vida que se parecesse com ela ou que se lembrasse de uma única história de sua infância. Ninguém que a conhecesse por mais do que alguns poucos anos. Uma parte dela sabia que era inútil sentir tanta tristeza pela ausência da mãe depois de tantos anos, mas não conseguia evitar.

Cedo naquela manhã, antes que alguém da casa acordasse, Anna tinha saído da cama, vestido uma legging e calçado o tênis. Se alguém da família tivesse descido e a encontrado saindo porta afora na ponta dos pés, ela teria dito que estava indo caminhar. Em vez disso, correra até a avenida Forbes e pegara um ônibus até Lawrenceville. Lá, caminhara lentamente pelo antigo bairro, em parte curiosa e em parte preparada para o impacto das lembranças. A antiga farmácia, que antes pertencia a uma família, virara uma farmácia de rede, e o mercado onde ela havia trabalhado passara a pertencer a um casal de hipsters que tinha montado um bar de smoothies nos fundos.

Anna não sabia o que esperava ao se dirigir ao seu antigo prédio, mas ficara surpresa ao descobrir que havia sido fechado com tábuas e ninguém mais morava ali. A sra. Janiszewski já tinha mais de oitenta anos quando Anna a conhecera. Talvez tivesse ido para uma casa de repouso ou falecido. E Anna não conseguia imaginar onde o senhorio, Don, teria ido parar.

Na prisão, se houvesse um mínimo de justiça no mundo. Mas, embora ela soubesse que provavelmente era melhor que a construção tivesse sido condenada — aquele lugar não era nada além de mofo, amianto e risco de incêndio —, aquele era mais um fio que a ligava à mãe se desprendendo com lentidão. Anna sabia que as chances de encontrá-la diminuíam a cada ano que passava.

Três anos em San Francisco não tinham revelado qualquer vestígio dela, embora Anna tivesse ido à delegacia para reportar o desaparecimento assim que o avião pousara na cidade. Ela já havia tentado de tudo, desde bater de porta em porta na Capp Street até ir a abrigos para pessoas em situação de rua e distribuir a foto da mãe. Quantas vezes tinha olhado para rostos de estranhas na rua procurando alguma semelhança? Quantas mulheres de meia-idade tinha seguido dentro de alguma loja?

— Ei.

A voz de Gabe a arrancou de seus pensamentos, e ela se virou e o viu parado à sua frente.

— Podemos conversar?

— Gabe, não vou aceitar o anel.

Ele ergueu as mãos como se quisesse mostrar que estavam vazias.

— Não estou aqui para te perturbar em relação ao anel. Estou oficialmente sem me meter na vida dos outros.

— Isso não se parece nada com você — debochou ela.

Gabe riu baixinho, pegou-a pelo cotovelo e guiou-a até um canto tranquilo.

— Quero falar sobre nós dois.

Anna recuou um passo.

— Talvez falar sobre o anel fosse mais inteligente.

— Anna. — O rosto dele ficou sério. — Já se passaram três anos desde que conversamos pela última vez. Quero te pedir desculpas. E eu estava errado, naquela época, em relação às suas escolhas. Soube pelo meu pai que a UCSF foi realmente uma ótima opção pra você.

Anna assentiu.

— Desculpa por não ter te apoiado quando decidiu ir pra lá ou por não ter te dado espaço pra decidir o que é melhor pra você. — Uma sombra passou por suas feições enquanto ele esfregava a mão na testa. — Eu me arrependi disso tantas vezes nos últimos três anos...

Ao ver a tristeza no rosto de Gabe, Anna se lembrou das mensagens que ele tinha enviado. *Sinto saudades. Ainda.* Por que ela não tinha respondido? Vendo-o parado ali na sua frente, tudo parecia tão mesquinho...

— Desculpa por nunca ter respondido quando você tentou entrar em contato.

Gabe abaixou a cabeça para encará-la.

— Eu adoraria saber mais sobre a faculdade. Por você mesma, agora.

Anna ainda não tinha encontrado nada parecido com a amizade que tivera com Gabe durante aquele período do ensino médio, quando eram sempre só os dois discutindo e rindo por causa do projeto. Talvez tivesse reagido de forma exagerada quando o cortara da sua vida. Se não tivesse feito aquilo, será que eles teriam tido aqueles últimos três anos como amigos em vez do silêncio?

— Vou adorar te contar tudo.

— Jura? — Um sorriso iluminou o rosto dele, fazendo seus olhos prateados cintilarem. — E a sua mãe? Já conseguiu alguma informação sobre ela?

Anna balançou a cabeça, a saída daquela manhã ainda fresca em sua mente. Aquela casa fechada com tábuas, as ruas do passado.

— Não — murmurou. — Não consegui.

— Sinto muito.

Ela estava procurando havia três anos, sem qualquer resultado. E, aos vinte anos, estava sozinha havia cerca de seis anos. A mãe se fora. Por que ela ainda se importava tanto? Por que não conseguia deixar aquilo pra trás? Tinha dito aos amigos da faculdade que a mãe havia morrido. E provavelmente era verdade. Porém, até que soubesse com certeza o que tinha acontecido, não conseguiria seguir em frente.

— Quer conversar sobre isso? — perguntou Gabe.

Até que soubesse com certeza o que tinha acontecido, ela sempre seria a menina de catorze anos que tinha feito a mãe ir embora.

Anna forçou um sorriso.

— Não. Isso é passado. Na verdade, acho melhor a gente combinar de nunca mais falar sobre a minha mãe.

Ele franziu o cenho. Por um momento, pareceu prestes a dizer alguma coisa, mas pensou melhor.

— Beleza. Nada de me meter na vida dos outros — disse ele, como se estivesse tentando se convencer. — Não precisamos falar sobre a sua mãe, mas *estamos* nos falando de novo, né? — Gabe abriu aquele sorriso lindo, o que ela nunca tinha sido capaz de resistir.

Anna sentiu o coração apertado. Seria aquele o verdadeiro motivo pelo qual não estava mais animada com a oportunidade de sair com Sam?

— Sim — respondeu por fim. — Estamos nos falando de novo.

Mas permitir que Gabe voltasse à sua vida não significava que confiaria completamente nele. Nem que lhe entregaria seus segredos. E — Anna respirou fundo — jamais seu coração.

VINTE

TRÊS ANOS DEPOIS

Quando o táxi de Gabe desacelerou, ele viu que a casa estava iluminada como se fosse Natal e que a festa já estava a todo vapor. Havia carros estacionados por todo o quarteirão e se aglomerando na entrada da garagem, por isso o táxi teve que deixá-lo várias portas antes da casa dos pais.

A mãe e o pai haviam convidado para um drinque todos que chegaram cedo à cidade para o casamento de Matt e Julia, e parecia que a maior parte das pessoas havia aceitado.

Como padrinho do irmão, Gabe deveria ter chegado mais cedo naquele dia para ajudar a organizar a festa, mas seu voo vindo de Washington tinha sido cancelado. Ele estava irritado por ter se atrasado para o grande evento do próprio irmão. Parte do motivo pelo qual ele havia aceitado o cargo de pesquisador sênior no Instituto Hastings era poder estar mais próximo da família.

Estava prestes a desistir de um voo mais tarde e disposto a fazer a viagem de quatro horas até Pittsburgh de carro quando Anna mandou uma mensagem.

Anna
Ainda está na fila do aeroporto Reagan?

Gabe
Infelizmente, sim.

Anna
Não teve sorte flertando com a pessoa
no embarque para conseguir furar a fila?

Gabe
Ele tem sessenta e dois anos e aparentemente quatro netos.

Anna
Haha. Bem, sei que tá chateado por não estar aqui pra ajudar, mas a Rachel e eu temos tudo sob controle. Ela está polindo prataria, e eu me ofereci pra ir até aquela loja de vinhos do outro lado da cidade e comprar uma caixa do Cabernet favorito do seu pai.

Gabe
Ele morreria se servisse um bom e velho Merlot?

Anna
Acho que é bem provável, sim.

Gabe
Que bom que você tá aí, menina.

Anna
Relaxa, bebe alguma coisa no bar do aeroporto e logo, logo a gente se vê.

Gabe tinha avançado na fila, sorrindo ao ver as palavras de Anna no celular. Quase podia ouvi-la falando com aquele tom irônico e provocador. Falou sério quando disse que estava feliz por ela estar na casa dos pais dele — e não apenas porque Anna era uma presença calma no meio do caos do casamento. Já tinham se passado sete anos desde que ele e Anna haviam formado dupla naquele projeto para a aula, e Gabe nunca tivera outra amiga como ela. Anna era alguém com quem ele podia conversar, que o fazia rir, que o entendia e que pegava no seu pé. Era quase como uma irmã. E aquilo significava muito, considerando como era próximo de Matt, Leah e Rachel.

Mesmo assim, com seu novo emprego em Washington e Anna no terceiro ano da residência médica em Stanford, ele não a encontrava havia anos. As conversas deles aconteciam tarde da noite, por telefone, quando Gabe estava indo para a cama e ela dava uma pausa nos estudos. Não a via pessoalmente desde o velório da avó. Anna ainda era voluntária em viagens médicas internacionais durante os intervalos dos períodos e não voltara mais a Pittsburgh. Ele chegara a ficar preocupado com a possibilidade de ela não poder comparecer ao casamento de Matt.

Às vezes, Gabe se perguntava se Anna se mantinha afastada de propósito da família dele, se seu trabalho voluntário era em parte uma desculpa para evitar passar feriados e eventos familiares com eles. Talvez sua infância naquela cidade ainda a assombrasse. Ou talvez ela só quisesse deixar seu passado para trás. Gabe torcia para que aquilo não significasse que também queria deixar a família dele para trás.

— São quarenta dólares.

A voz do motorista do táxi interrompeu seus pensamentos. Gabe entregou uma nota de cinquenta dólares ao homem e saiu para a calçada. Enquanto caminhava na direção da sua casa de infância, o crepúsculo caía sobre o quintal e as luzes da rua se acendiam. Mais ou menos na metade do caminho para a casa, Gabe desacelerou o passo quando viu uma pessoa sentada sozinha no balanço da varanda, com as costas apoiadas no braço do banco e o corpo virado para a casa. Ele parou na entrada e semicerrou os olhos, tentando identificar quem era na luz fraca. Parecia uma mulher — talvez próxima da idade dele, pelo que conseguiu distinguir na escuridão crescente —, mas desconhecida.

A mulher estava com uma perna dobrada embaixo do corpo enquanto a outra balançava na lateral do banco que empurrava com o pé descalço. O movimento suave tinha feito o vestido subir pela coxa, revelando pernas longas e torneadas. E então a mulher se mexeu no balanço e uma cortina de cabelos volumosos e ondulados caiu por cima do ombro.

Gabe teve uma vontade súbita de enfiar as mãos naquele cabelo.

Seria alguma amiga da Julia, convidada para o casamento? Eles já teriam se visto em algum outro evento? Gabe nunca se sentira tão desconcertado diante de uma completa estranha, ainda mais uma estranha que nem conseguia ver direito.

Ele balançou a cabeça. *Devo estar cansado.* Tinha sido um dia longo, e ainda haveria horas de socialização com os convidados da festa pela frente.

Ajeitando a gravata, Gabe subiu pela entrada da garagem. Quando chegou aos degraus da varanda, parou.

— Oi? — murmurou.

A mulher ergueu o olhar quando a voz dele cortou o silêncio. E a constatação de quem era atingiu Gabe com a força de um caminhão.

— Anna? — conseguiu balbuciar.

Ela se levantou, os olhos arregalados.

— Gabe! — O rosto dela se iluminou com um sorriso radiante. — Achei que você só conseguiria chegar mais tarde.

Por um instante, tudo o que ele conseguiu fazer foi encará-la. Por algum motivo, tinha a sensação de estar vendo Anna pela primeira vez. Como era possível que fosse exatamente a mesma e ainda assim estivesse completamente diferente? Quando a vira no balanço, subindo a rua, não se dera conta de que era a menina esquisita que considerava uma irmã. Aquilo só deixava claro o fato de que Anna não era mais uma menina, que não tinha mais nada de esquisita e que com certeza *não* era sua irmã.

Gabe tentou afastar aquele pensamento de volta para o lugar de onde tinha saído.

— Eu, hum… consegui lugar em um voo mais cedo. Anna, você está… — Ele se interrompeu.

Anna abaixou os olhos para o vestido e alisou um vinco na saia.

— O quê? — Ela mordeu o lábio e Gabe sentiu um aperto no peito.

Você está… linda.

Gabe balançou a cabeça para clarear as ideias. Meu Deus. Aquela era a Anna. *Se controla.*

— Você está bonita — completou Gabe, sem jeito. Não conseguia tirar os olhos dela.

— Valeu. — Anna sorriu e prendeu uma mecha de cabelo brilhante atrás da orelha. Por um segundo, ele não conseguiu respirar.

E então o sorriso dela se alargou.

— Você está horrível, como sempre.

Ele conteve uma risada, e o mundo voltou ao normal.

— Ainda estou esperando para ver se fico mais bonitinho quando crescer — brincou Gabe, com um encolher de ombros exagerado.

Anna se apoiou no parapeito da varanda e balançou a cabeça fingindo tristeza.

— Sim, fazer o quê. Sempre esperei que você desenvolvesse uma personalidade que compensasse a aparência.

Ele soltou uma risada, subiu os degraus da varanda e a abraçou.

— Também é muito bom ver você, menina.

• • •

Gabe passou todo o fim de semana do casamento lançando olhares furtivos para Anna quando ela não estava prestando atenção. No jantar de ensaio na noite seguinte, ela estava tão impressionante quanto no coquetel, só que em um vestido fresco cor-de-rosa e sandálias de tiras. Mas não eram só as roupas. Ele se viu atraído até pela visão dela usando uma calça de pijama xadrez e uma de suas camisetas antigas, na cozinha dos pais dele, na manhã do casamento. Quando se deu conta de que a estava encarando, Gabe deu o fora da cozinha e subiu para tomar um banho.

Quando desceu de novo, Anna e as irmãs dele já haviam saído para o casamento, e Gabe não voltou a vê-las antes da cerimônia. Àquela altura, estava ocupado garantindo que o irmão e os outros padrinhos estivessem em seus lugares e que o pajem, de cinco anos, não deixasse as alianças caírem dentro do vaso sanitário sem querer.

O casamento de Matt e Julia aconteceu em um antigo celeiro de pedra, com tetos altos sustentados por colunas e vigas, pisos rústicos de pinho e enormes portas de celeiro que deixavam entrar a brisa do início do verão. A cerimônia começou, e Gabe engoliu um nó na garganta ao ver a expressão de Matt enquanto Julia caminhava em sua direção. Ela estava linda vestida de noiva, os longos cabelos escuros presos em um penteado elaborado, mas Matt sorria com tanta afeição que Gabe desconfiou que a cunhada poderia estar usando um saco de papel e o irmão não teria nem reparado. Ao se aproximar, Julia sorriu para Matt como se os dois estivessem envolvidos em alguma piada interna.

Aquele era o exemplo que o irmão mais velho estabelecia para ele. Um relacionamento em que a pessoa que era a sua parceira de vida também era a sua melhor amiga.

Gabe desviou os olhos para os convidados nos bancos. Ele viu Anna e, como se sentisse seu olhar, ela o encarou sem piscar. Gabe sentiu o ar escapar dos pulmões. Um instante se passou, então outro, e foi como se uma manada de cavalos galopasse lentamente pelo seu peito.

Felizmente, o celebrante deu um passo à frente para iniciar a cerimônia, e os dois desviaram o olhar. Gabe respirou tão profundamente que o padrinho à sua esquerda lhe lançou um olhar estranho.

Durante o restante da cerimônia, ele manteve os olhos em Matt e Julia enquanto eles declaravam seus votos e trocavam alianças. Após as fotos e o jantar, Gabe dançou com a mãe e, depois, com todas as senhoras mais velhas, que riram e levaram as mãos ao coração enquanto ele as conduzia até a pista de dança. Em seguida, ele se meteu no meio da dança de Leah com um dos primos adolescentes de Julia. Como também era uma adolescente, Leah agiu como se Gabe a envergonhasse, embora ele soubesse que a irmã secretamente adorava tê-lo em casa.

Enfim, conseguiu escapar sem ser visto para pegar uma cerveja e ter um minuto para si mesmo. Gabe encostou o ombro em uma coluna de madeira que sustentava o telhado centenário. Na pista de dança, Matt e Leah dançavam ao som de uma música antiga dos anos 1980, e no bar, Rachel e sua nova namorada — uma colega do curso de direito chamada Aaliyah — estavam virando shots flamejantes de alguma coisa.

Ao avistar a mãe e o pai na pista de dança também, Gabe não pôde deixar de rir. A mãe parava toda hora para se curvar, com a mão no peito, de tanto rir dos passos de dança horrorosos do pai. Quanto mais ela ria, piores se tornavam os passos de John, até os dois estarem rindo demais para dançar. Era raro ver o pai agindo de forma tão descontraída e boba, mas Gabe sabia que a mãe era a única pessoa capaz de despertar aquele lado dele.

Naquele momento, lhe ocorreu que os pais sempre tinham sido outro exemplo de relacionamento sólido e feliz. O que significaria ele ter chegado aos vinte e oito anos sem estar nem perto de encontrar alguma coisa parecida? Quando a música terminou, o pai se aproximou e lhe deu um tapa caloroso nas costas.

— Belo discurso de padrinho, hein?

Gabe sentiu um brilho cálido se espalhar pelo seu corpo. Tinha ensaiado aquele discurso por semanas e sabia que acabara acertando em cheio — arrancara algumas risadas no início e lágrimas na parte mais sentimental no fim. Mas às vezes voltava a ser aquele garoto que queria a aprovação do pai.

— Obrigado. Significa muito.

— Seu irmão parece feliz.

— Parece mesmo.

Gabe se perguntou o que o pai pensava daquilo. Mais de uma década depois de Matt ter abandonado a faculdade de medicina, era difícil imaginá-lo fazendo outra coisa que não construir casas. Será que o pai ainda lamentava pelo que poderia ter sido? Ele parecia ter abrandado desde que Anna realizara seu sonho de ser médica.

Tomando outro gole de cerveja, Gabe procurou entre os convidados até encontrar Anna sentada sozinha à uma mesa, a poucos metros da pista de dança. Ela havia tirado os sapatos de salto alto e mexia os dedos dos pés como se estivessem finalmente livres.

Droga. Ela não tinha voltado a ser uma adolescente esquisita naquelas poucas horas em que ele estivera olhando em outra direção. Gabe desejou que fosse o caso, porque os sentimentos que estava tendo por Anna eram desconfortáveis… e estranhos… e talvez um pouco intrigantes.

— Você deveria voltar para a pista de dança — disse John, indicando Anna com a cabeça.

Gabe sentiu o rosto esquentar. Será que o pai desconfiava que ele estava tendo aqueles sentimentos por Anna? Seria assim tão óbvio?

Não, disse Gabe a si mesmo. O pai sempre tinha sido protetor em relação à Anna e provavelmente dissera aquilo por tê-la visto sentada sozinha. Ele teria feito a mesma coisa por Leah.

Os últimos acordes da música pop silenciaram e as primeiras notas de uma música lenta flutuaram pela sala. John deu outro tapinha nas costas de Gabe e atravessou a sala até onde estava a esposa.

O corpo de Gabe se moveu na direção de Anna antes que seu cérebro registrasse completamente o que ele estava fazendo. Mal tinha percorrido cinco metros antes de estacar de modo abrupto na passagem entre duas mesas. Outro primo de Julia — Kyle ou Cal ou alguma coisa parecida — parou na frente da cadeira de Anna, inclinou-se e disse algo que a fez rir. E então o fulano estendeu a mão e ela aceitou, deixando Kyle-ou-Cal conduzi-la até a pista de dança. Ele se inclinou para sussurrar alguma coisa em seu ouvido e ela riu mais uma vez.

Gabe tinha falado rapidamente com aquele primo de Julia, que conhecera no coquetel da outra noite. Analisando de modo objetivo, ele supunha que o cara fosse bonito, se a pessoa gostasse daquele visual loiro e limpo de jogador de lacrosse. Kyle-ou-Cal contara a Gabe que tinha frequentado a UCLA e estava fazendo MBA para trabalhar na empresa do pai. Gabe tentou se lembrar que tipo de negócio era — contabilidade, talvez? O cara parecia um pouco chato para alguém tão interessante quanto Anna, mas que seja.

Como um idiota, Gabe ficou parado onde estava, lutando contra os sentimentos que se agitavam dentro dele. Tudo bem, talvez estivesse com um pouco de ciúme. Nunca tinha visto Anna com um cara antes. Nunca tinha pensado nela daquele jeito. Ela provavelmente havia namorado quando estava na faculdade e, depois, na residência médica, mas aquele era um assunto sobre o qual eles nunca falavam nos telefonemas e mensagens que trocavam.

E, além do ciúme, havia surpresa e talvez um pouco de alívio. O que ele estava pensando, indo convidá-la para dançar uma música lenta na frente de toda a sua família? Meu Deus. Eles teriam pegado muito no pé dele. Só porque estava tendo um momento de insanidade temporária em relação à Anna, não significava que fosse uma boa ideia tomar alguma atitude a respeito.

Naquele instante, alguém esbarrou nele por trás. Ele se virou e se deparou com uma linda mulher de cabelos escuros já agarrando seu braço para se firmar. Ela se apresentou como Nadia, amiga da faculdade de Julia, e depois se aproximou um pouco mais para elogiá-lo pelo discurso que havia feito mais cedo.

Gabe desviou os olhos para Anna. Ela ainda estava com os braços ao redor do pescoço do fulano enquanto dançavam. Então, ele se voltou para Nadia, reparando em seus olhos escuros e lábios carnudos.

Gabe passou o resto da recepção dançando com Nadia e *não* olhando para Anna e Kyle-ou-Cal conversando em um canto escuro. Matt e Julia partiram para a lua de mel e os convidados começaram a ir para seus carros. Gabe pegou a mão de Nadia enquanto eles saíam e parou brevemente na varanda para que ela pudesse procurar as chaves do carro na bolsa. Naquele momento, Anna abriu a porta e saiu.

— Gabe! A Rachel e eu estávamos procurando por você. Você vem com a gente ou vai com seus pais?

Será que o fulano teria pegado o número de Anna? O cara seria um idiota de não pegar. Naquele momento, Nadia encontrou as chaves e se colocou ao lado dele.

— Pode deixar. — Gabe pigarreou. — Eu tenho uma carona.

Os olhos de Anna foram de Gabe para Nadia e voltaram ao rosto dele.

— Ah. Certo. — Mesmo na penumbra, Gabe pôde ver as bochechas de Anna ficarem um pouco mais rosadas. Ela deu um sorriso formal. — Divirta-se. — Então, assentiu para Nadia e seguiu pelo caminho iluminado em direção ao estacionamento sem dizer mais nada.

Gabe ficou observando-a por mais um instante antes de se virar para a mulher ao lado. Era melhor assim.

VINTE E UM

TRÊS ANOS DEPOIS

Quando Anna desceu a escada do seu apartamento no segundo andar e abriu a porta da frente, foi como se uma descarga elétrica a atingisse bem no peito. Porque ali, no degrau da frente, absurdamente bonito em uma calça jeans e uma camisa social com as mangas arregaçadas, estava Gabe.

Ele sorriu para ela e ela perdeu o equilíbrio, tropeçando no capacho da entrada. Gabe estendeu a mão para firmá-la e, no instante seguinte, ela se viu colada ao peito dele, envolvida por aquele perfume tão familiar. Anna soltou o ar em um suspiro trêmulo.

— Ei — disse ele com um sorriso. — Sei que já faz um tempo, mas você não precisa se jogar aos meus pés.

Três anos. Fazia quase três anos desde que ela tinha visto Gabe no casamento de Matt e Julia. Aparentemente, ele não havia mudado nada. Deus, como tinha sentido falta dele! Não se dera conta do quanto até tê-lo ali, parado à sua porta, fazendo as piadinhas de sempre.

Não que eles tivessem ficado tanto tempo sem se ver de propósito. Mas Gabe vinha ascendendo constantemente em sua carreira como pesquisador no Instituto Hastings e estava sempre viajando para algum lugar para prestar consultorias ou apresentar sua pesquisa em conferências. E Anna trabalhava cem horas por semana como residente de ginecologia e obstetrícia na UCSF. Ela mal tinha tempo de lavar o cabelo, muito menos de agendar uma visita à Costa Leste.

No entanto, com Gabe parado na frente dela com aquele sorriso de lado tão familiar no rosto, ela não conseguia pensar em uma única razão para os dois terem esperado tanto tempo para se verem. Gabe havia sugerido algumas visitas no passado, mas Anna não tinha conseguido conciliar sua agenda com a dele. Então, quando ele ligara na semana anterior se oferecendo para fazer uma viagem em cima da hora para o aniversário dela, e Anna se dera conta de que, pela primeira vez, teria alguns dias de folga consecutivos, ela tinha aceitado.

E então... ali estava ele.

Anna o pegou pelo braço e o puxou para dentro do prédio.

— Entra. Tá cansado do voo?

— Não, eu tô bem. Acostumado a viajar. — Ele a seguiu escada acima e entrou no apartamento dela. — Lugar legal — comentou, girando lentamente o corpo para examinar o piso de madeira brilhante e o teto alto de três metros e meio de altura. — Isso tudo é original, certo? — Ele estendeu a mão para tocar a moldura ao redor da porta, impressionado.

— Sim. A casa foi construída em 1880.

Enquanto tentava ver a sala pelos olhos de Gabe, Anna se lembrou brevemente de outra época, quando ele a seguira escada acima de um outro prédio. Naquela época, tinha se sentido absolutamente horrorizada por ele ver onde ela morava.

Aquilo parecia ter acontecido em outra vida.

Naquele momento, Anna dividia o ensolarado apartamento de um prédio vitoriano de três andares com outra residente do curso que, por causa dos horários irregulares, ela não via com muita frequência fora do trabalho. Mas as duas faziam questão de jantar juntas quando podiam, e Anna a considerava uma amiga. A maior parte do apartamento era mobiliada com peças de segunda mão dos residentes do hospital que haviam morado lá antes delas, mas Anna tinha enchido o parapeito da janela saliente com vasos de flores. Todas as manhãs, quando se sentava ali para tomar o seu café, as flores a faziam se lembrar de Dorothy.

O apartamento não tinha nada de sofisticado, mas era aconchegante e convidativo e, o mais importante, era muito diferente daquele apartamento decadente em Lawrenceville, onde havia se sentido tão impotente e solitária.

Ela ficou olhando Gabe pousar a mala de viagem no chão, ao lado do sofá. Era difícil acreditar que já fazia dez anos que ele estava em sua vida. Mesmo que não o visse pessoalmente havia muito tempo, os dois conversavam com frequência ao telefone enquanto ela caminhava para o hospital para o turno da noite e — três horas mais tarde, na Costa Leste — ele estava indo dormir. Falavam sobre tudo o que estava acontecendo em suas vidas e, apesar da distância, parecia que nada entre eles havia mudado.

Gabe ergueu o olhar da mala e seus olhos de tempestade pareceram mais escuros, com uma expressão que ela não conseguiu interpretar. Anna sentiu aquela eletricidade percorrê-la novamente.

Bem, quase nada.

Às vezes, durante os momentos mais sinceros de suas conversas, ela se perguntava se algum dia falariam daqueles longos olhares que haviam trocado no casamento de Matt e Julia.

Longos olhares... mais ou menos como o que estavam trocando naquele momento.

Gabe passou a mão pelo cabelo, deixando-o arrepiado daquele jeito familiar, e o coração de Anna deu um salto. Embora ela tivesse namorado outros caras, ninguém jamais lhe provocara tanto frio na barriga quanto Gabe. Mas seria imaginação sua achar que ele sentia o mesmo? Talvez fosse, porque, no instante seguinte, Gabe se virou de costas para ela e tirou um casaco da bolsa.

— Vamos jantar? Ouvi dizer que a comida mexicana daqui é ótima.

Anna deu meia-volta e pegou o próprio casaco no gancho perto da porta. Gabe a seguiu até a rua e ela o guiou pelo quarteirão.

O apartamento de Anna estava localizado ao norte do Panhandle do Golden Gate Park, em um belo bairro residencial frequentado por famílias jovens e casais que passeavam com cães pela estreita área gramada do outro lado da rua. Ficava a cerca de um quilômetro e meio do Centro Médico da UCSF, e ela costumava ir a pé para o trabalho.

Gabe sabia que, quando tinha um turno noturno, Anna geralmente saía depois de escurecer, e era naquele momento que ele ligava. Apesar de ele nunca ter comentado nada, Anna sabia que ele ficava apreensivo com o fato de ela andar sozinha. Dez anos depois, ele ainda se preocupava com ela, embora tivesse aprendido a se conter em relação a lhe dizer o que fazer. Talvez finalmente tivesse entendido que ela não era mais uma menina.

Anna olhou de relance para ele, lembrando-se daqueles longos olhares e, com um sobressalto, percebeu o quanto torcia para que Gabe realmente entendesse que ela não era mais uma menina. Enquanto caminhavam, Anna contava a ele sobre os bairros e apontava algumas atrações do lugar — a esquina da Haight com a Ashbury, o Castro Theatre — e logo eles cruzaram o Dolores Park e chegaram à 19th Street.

— É o melhor lugar para comer comida mexicana — declarou ela enquanto o conduzia em direção ao coração de Mission.

Eles estavam quase chegando ao restaurante que Anna havia escolhido quando Gabe parou abruptamente na calçada. Ela voltou até parar ao lado dele.

— Tudo bem aí?

Gabe se afastou dos cafés e lojas vintage que ladeavam a rua principal para olhar para uma rua lateral perpendicular. Seus olhos pousaram em uma placa diante de uma ruela no meio do quarteirão. É claro, Anna logo entendeu. *Capp Street.* O mesmo mercado continuava a funcionar na esquina, com um toldo novo balançando com suavidade por causa da brisa. Provavelmente para marcar a ascensão geral do bairro desde que as "bocas de fumo" saíram e os construtores chegaram.

Anna morava na Bay Area havia anos. Ela já não se deixava abalar por aquela esquina, por aquelas ruas, pela importância daquele lugar. Um loft moderno de cromo e vidro se erguia onde antes ficava a antiga casa da Capp Street. Ela já havia passado por ali uma centena de vezes e nem pensava mais naquilo.

Mas Gabe também havia estado ali, muito tempo antes. E ele obviamente se lembrava. Por um segundo, ele hesitou, e ela pensou que ele iria se virar e seguir pela rua lateral. Em vez disso, ele se voltou para ela com um sorriso excessivamente animado seguido por um encolher de ombros exagerado.

— Tá tudo bem.

Eles nunca falavam sobre a busca de Anna pela mãe. Ela tinha lhe pedido para que não tocasse no assunto e Gabe respeitava a sua vontade. Mas ele estava obviamente pensando naquilo.

Se Gabe soubesse como havia pouco a contar...

Eles continuaram pela Mission Street, passando por mais algumas lojas, e então Gabe estacou novamente. Daquela vez, Anna se virou e o pegou olhando para a vitrine de uma loja de penhores. Ela examinou a vitrine, mas não conseguiu imaginar o que poderia estar chamando a atenção dele. Um par de guitarras? Uma fileira de relógios de ouro? Uma caixa de veludo exibindo joias antigas?

— O que foi?

Gabe balançou a cabeça como se estivesse tentando espantar seus pensamentos.

— Nada.

Anna examinou o rosto dele. As ruguinhas finas ao redor dos olhos se aprofundaram e ele cerrou o maxilar.

— Tem certeza de que não está cansado demais do voo? Talvez a gente devesse ter pedido comida em casa.

Gabe se afastou da vitrine da loja de penhores.

— Eu tô bem. — Ele colocou a mão dela na dobra do braço e brindou-a com outro dos seus sorrisos excessivamente reluzentes. — Mal posso esperar para provar aqueles tacos de que você me falou.

VINTE E DOIS

— Então — disse Gabe enquanto se acomodavam em uma mesa ao ar livre na Mission Street. — Aluguei um carro pra gente fingir que é turista e visitar alguns pontos turísticos. — Ele manteve os olhos fixos em Anna para não se sentir tentado a olhar para a loja de penhores no fim do quarteirão. — Bem, pra *você* fingir que é turista. Acho que eu realmente sou.

Anna riu.

— Acho que também sou. Tenho vergonha de dizer, mas não explorei a cidade tanto quanto deveria. A gente nunca visita os principais pontos turísticos até alguém de fora da cidade chegar e nos dar um empurrãozinho.

— Ora, é sempre um prazer te dar um empurrãozinho.

— E talvez um dia desses eu retribua o favor e vá ser turista em Washington.

Gabe se perguntou se ela estava falando sério. Ele sabia que Anna era muito ocupada. Uma residência em obstetrícia não era brincadeira, mesmo para alguém tão brilhante quanto ela. Mas às vezes as desculpas que Anna dava pareciam, bem, desculpas.

— Você sabe que é sempre bem-vinda.

Ela correu o dedo por uma marca na mesa surrada e murmurou, quase como uma confissão:

— Eu realmente não sei por que a gente passa tanto tempo sem se ver.

Não sabia? Gabe tinha se oferecido para ir a San Francisco meia dúzia de vezes até Anna finalmente concordar. O relacionamento dos dois parecia voltar sempre ao mesmo velho refrão. Cada vez que ele chegava perto demais de Anna, uma barreira se instalava, como uma daquelas portas de ferro que os comerciantes baixavam para se protegerem dos ladrões.

Como aquela proibição de falar sobre a mãe dela. O assunto estava sentado ali com eles, como um elefante gigante à mesa, e a maldita Capp Street ficava logo ali, virando a esquina. Eles deveriam estar conversando a respeito. Gabe queria saber se Anna já havia encontrado algum vestígio do paradeiro da mãe. Queria saber como ela se sentia sobre aquilo. Queria passar os braços ao seu redor para protegê-la de qualquer tristeza que a mãe ainda pudesse estar causando.

Gabe *detestava* ser excluído.

E detestava guardar segredos de Anna. Aquele colar da loja de penhores estava no fundo de sua gaveta de meias havia quase uma década. Mas Anna parara de falar com ele por três anos, e tinha sido horrível. Se contasse a ela sobre o colar, será que ela algum dia voltaria a falar com ele?

Mas e se *não* contasse, ela não acabaria ainda mais magoada quando finalmente descobrisse? Anna merecia saber a verdade, mas se não falava com ele sobre a mãe, como Gabe poderia saber se ela queria a verdade?

Gabe olhou para o outro lado da mesa, para o rosto que o deixara de pernas bambas desde o momento em que ela abrira a porta da frente. Não tivera nada a ver com a forma como Anna tinha tropeçado e caído em seus braços. Ao longo dos últimos anos, ele conseguira se convencer de que seus sentimentos por ela no casamento do irmão tinham sido fruto da imaginação. Mas, assim que a vira de novo, Gabe soubera. E soubera que Anna sentia o mesmo também.

Uma mecha de cabelo escuro e ondulado caiu no rosto de Anna e, antes que parasse para pensar, Gabe estendeu a mão e a prendeu atrás da orelha dela. Ela levantou a cabeça, o sorriso desaparecendo lentamente. Quando seus olhos se encontraram, aquela faísca já conhecida estalou entre eles. Gabe desviou rapidamente os olhos e se ocupou em ajeitar os talheres ao lado do prato.

Até contar a verdade a ela, estou condenado a fingir que isso não está acontecendo.

E se eu contar a ela, vou perdê-la.

Gabe pigarreou.

— Bem, é melhor você fazer logo essa viagem a Washington, porque só vou continuar lá por mais alguns meses.

Anna ergueu as sobrancelhas.

— Pra onde você vai?

— Consegui um emprego na Universidade de Pittsburgh. Professor titular do departamento de economia.

— Gabe! — Um sorriso iluminou o rosto dela. — Isso é maravilhoso! Os seus pais devem estar tão felizes!

— Também estou muito feliz. Estar tão perto da minha família...

Na época da faculdade, enquanto os outros caras dormiam até tarde para curar a ressaca de sábado à noite, ele ia para a casa dos pais, para o jantar de domingo. E não teria feito diferente. Tinha passado uma década longe para construir sua carreira, mas já podia escolher para onde ir, e sua escolha era uma passagem só de ida para casa.

Anna se inclinou por cima da mesa.

— Eles sempre foram tudo pra você.

Obviamente, se alguém podia entender aquilo, era Anna. Ela fazia parte daquela família, mesmo que nem sempre parecesse acreditar nisso. Ela levantou seu copo de água em um brinde.

— Parabéns pelo novo emprego, dr. Weatherall. Agora que vai ser colega da professora McGovern, talvez finalmente consiga terminar de ler o livro chato dela.

Gabe riu ao se lembrar daquela conversa com Anna, assim que eles começaram a trabalhar no projeto juntos. Não parecia ter passado tanto tempo. Anna o surpreendera na época, e continuava a fazê-lo.

— Sem chance. Você vai ter que resumir pra mim.

— Ai, Deus, acho que reprimi qualquer lembrança a respeito — disse Anna, revirando os olhos. — Mas se *você* escrever um livro chato, prometo ler tudo e depois me sentar no sofá desconfortável do seu escritório para conversar a respeito.

— Valeria a pena escrever um livro só para ter você no meu sofá. — Gabe se recostou na cadeira quando percebeu como aquilo tinha soado. — Hum. Não quis dizer... — Tudo bem, ele *quis* dizer... mas ah, *nossa*.

Anna não respondeu. Quando Gabe finalmente criou coragem para levantar os olhos, se deu conta de que ela não estivera prestando atenção.

Os olhos dela estavam fixos em algum ponto acima do ombro dele, e seu sorriso desaparecera. Para o que estaria olhando?

Ele se virou na cadeira, mas nada pareceu fora do comum. As pessoas andavam tranquilamente por ali, de mãos dadas ou checando os celulares e, além da calçada, os carros paravam e voltavam a seguir de acordo com o semáforo na esquina. Gabe se virou de volta e viu os olhos arregalados de Anna.

— Anna, o que foi?

— É... Eu... — gaguejou ela.

E antes que Gabe se desse conta do que estava acontecendo, ela se levantou rapidamente da mesa e disparou pela calçada.

— Anna... espera! — chamou Gabe, mas ela continuou a andar apressada, driblando as pessoas no caminho, como se estivesse seguindo alguém em particular. — Ei! — Ele se levantou para segui-la, mas naquele momento o garçom apareceu com as bebidas que tinham pedido. — Ah, desculpe — balbuciou. — Eu... Nós não estamos tentando sair sem pagar. Vamos voltar logo. — Gabe enfiou a mão no bolso para pegar algum dinheiro enquanto se esforçava para ficar de olho em Anna. Ela já estava na metade do quarteirão e estava...

O quê?

Anna estava estendendo a mão para tocar o ombro de uma mulher de meia-idade com longos cabelos grisalhos.

O que ela está fazendo? E quem é aquela mulher?

Gabe abaixou os olhos para deixar o dinheiro na mesa e, quando os levantou novamente, Anna e a mulher tinham sumido. Ele desceu correndo pela calçada. No fim do quarteirão, parou no ponto em que vira as duas e olhou em volta, procurando por Anna.

— Ei — disse uma voz tão baixa que Gabe quase não ouviu.

Era Anna, encostada na parede de tijolos do prédio de um banco. A mulher misteriosa não estava mais à vista.

— Ei — disse ele, parando para recuperar o fôlego. — Você está bem?

Ela assentiu.

— O que foi isso?

Anna se afastou da parede.

— Não foi nada. É melhor a gente voltar. — Ela começou a andar de volta na direção do restaurante. — Desculpa ter saído daquele jeito.

— Anna, espera. — Gabe a segurou pelo braço e a virou para que o encarasse. — Quem era aquela mulher?

Os olhos de Anna se desviaram novamente por cima do ombro dele, mas daquela vez, em vez de estarem buscando na multidão, estavam sombrios, insondáveis.

— No fim, não era ninguém.

— Tá, e quem você *achou* que era?

Anna respirou fundo, trêmula, então soltou o ar lentamente.

— A minha mãe.

A mãe dela? Gabe deu um passo para trás, surpreso.

— A sua mãe está morando aqui? Você falou com ela?

— Não. Eu não tenho ideia de onde ela está. — Anna cerrou os lábios com força. — Só achei... — Ela fez uma pausa e chutou uma pedra do cascalho na calçada com a ponta do tênis.

— Isso acontece com frequência? Você sair perseguindo pela rua alguém que se parece com a sua mãe?

— Não. — Anna balançou a cabeça. — Nunca tinha acontecido. — Mas ela continuou sem encará-lo.

— Eu queria que você tivesse me contado que ainda estava procurando por ela.

— Não estou.

Gabe indicou com o queixo o ponto na calçada em que Anna abordara a estranha.

— Tem certeza?

— Sim, tenho certeza.

Ele abaixou as mãos para os ombros dela, desejando que Anna o encarasse.

— Anna, fala comigo.

Ela se desvencilhou dele, mas não antes que Gabe visse a dor em seus olhos.

— Deixa pra lá, Gabe.

Ele balançou a cabeça. Fazia mais de uma década que a mãe de Anna a abandonara. Gabe sempre tinha imaginado que ela não queria falar sobre o assunto porque tinha desistido de procurá-la. Porque tinha deixado aquela história para trás e trazê-la à tona só serviria para reabrir antigas feridas. Mas aquelas feridas estavam sangrando esse tempo todo.

Ela não seguiu em frente.

Vendo a expressão de Anna se tornar cada vez mais sombria, Gabe precisou reconhecer que, no lugar dela, talvez ele também não tivesse seguido. Como seria não ter ideia se a própria mãe estava viva ou morta? Como seria viver se perguntando se a mãe estava com algum problema sério... ou ferida... ou se simplesmente se importava tão pouco com a filha que seguira adiante com a própria vida? *O que aquilo faria com uma pessoa, pensar naquelas coisas todos os dias?*

Não era de espantar que Anna fosse tão fechada a respeito.

E, ao se dar conta daquilo, Gabe sentiu um peso enorme oprimir seu peito. Se era daquela forma que Anna reagia ao ver uma mulher que se parecia com a mãe na rua, que efeito teria nela saber sobre o colar?

• • •

Quando eles acordaram na manhã seguinte, Gabe não mencionou o que tinha acontecido no dia anterior, e Anna também não. Era o aniversário de Anna, e Gabe havia planejado atravessarem a ponte Golden Gate no carro alugado para explorarem o condado de Marin. Anna dissera que só havia estado lá algumas vezes e, enquanto seguiam pela Highway 1, ele adorou ver o caleidoscópio de empolgação e espanto passando pelo rosto dela ao ver as sequoias e os penhascos pairando acima do Oceano Pacífico.

Depois de uma caminhada pelas árvores centenárias em Muir Woods, eles seguiram mais para o norte, até a praia de Stinson Beach, onde caminharam até a água e se sentaram em um tronco que atracara ali, cravando os dedos dos pés na areia. Era uma noite excepcionalmente quente para o norte da Califórnia, e a lua cheia se refletia na água. A não ser por um casal que passeava com um cachorro puxando a coleira, os dois tinham a praia só para si.

— Então — começou Gabe devagar. — Por que está passando o seu aniversário comigo e não com o seu novo namorado?

Ele soubera por Leah que Anna estava saindo com outro residente do hospital. Não que Anna tivesse mencionado o cara. Mas Gabe também nunca mencionava as mulheres com quem namorava. Ao longo dos anos, eles tinham conversado sobre quase tudo, menos aquilo. De certa maneira, era mais fácil assim.

Anna pegou um punhado de areia e observou-a deslizar entre os dedos.

— Ele não é exatamente meu namorado. É só um cara com quem eu saio quando a gente tem tempo, o que não acontece sempre.

Algo se agitou no peito de Gabe.

— Ele não se importou que você abrisse mão de um dos seus raros dias de folga para ficar comigo?

Anna deu de ombros, e Gabe teve a sensação de que o cara se importava, sim.

— Meu melhor amigo do mundo sempre tem prioridade em relação a um quase-namorado. — Ela olhou para ele com um meio-sorriso. — Eu não teria perdido isso por nada. Foi um aniversário incrível.

— Feliz aniversário, menina. — Gabe esbarrou com o ombro no dela. — Vinte e seis anos é um marco, você sabe.

Anna franziu a testa e olhou para ele de soslaio.

— Talvez de algum ponto de vista astrológico ou lunar. Mas tenho certeza de que, no meu calendário normal, vinte e seis é um aniversário bastante comum.

Ele riu.

— Você realmente acha que eu leio horóscopo?

— Sempre acreditei que você tinha profundezas ocultas.

Ela sorriu de lado para ele e, pela centésima vez naquele dia, Gabe ficou impressionado com o efeito que Anna estava causando nele.

Era como se alguém tivesse acendido a luz em um quarto escuro e ele finalmente conseguisse vê-la com nitidez. Como levara tantos anos para perceber o brilho de seus enormes olhos escuros?

Gabe balançou a cabeça.

— Vinte e seis é um marco porque eu te conheci quando você tinha dezesseis.

Os lábios de Anna se curvaram lentamente em um sorriso, como se ela estivesse se lembrando daqueles dias. Será que se lembrava, com o mesmo carinho, daquela época em que trabalharam juntos no projeto da faculdade? Será que se sentia tão grata quanto ele por aquilo ter levado os dois até aquele momento?

— Eu detestava ser a mais nova naquela época — comentou Anna, o tom pensativo. — Mas olha só pra gente agora. — Ela soltou uma meia-

-risada. — Eu ainda estou no meu auge. Enquanto *você* — ela curvou os ombros dramaticamente — agora é um homem idoso.

Gabe se levantou, puxando-a com ele.

— Ah, você vai se arrepender disso.

— É mesmo? O que você vai fazer comigo? — desafiou Anna.

Ele indicou com o queixo as ondas quebrando na praia.

— Já entrou no mar desde que chegou a San Francisco?

Ela balançou a cabeça lentamente.

— Não.

Ainda segurando-a com delicadeza pelos cotovelos, Gabe começou a andar, puxando-a em direção à água.

— Não acha que já está na hora?

— Gabe — disse Anna calmamente, como se estivesse tentando argumentar com uma criança —, você sabe que esse é o Pacífico? No norte da Califórnia?

— E daí?

— E daí que estamos falando de cerca de doze graus de temperatura, se tivermos sorte.

Ele pareceu imperturbável e a puxou mais alguns passos para perto da água.

— Vamos entrar bem rápido.

— Vamos ter uma *hipotermia*.

Os ombros de Gabe se sacudiam de tanto rir quando uma onda quebrou atrás deles, respingando água gelada e ondulando ao redor dos seus pés descalços. Anna gritou e recuou, tentando voltar com ele para a areia, mas Gabe se manteve firme onde estava. Quando ela percebeu que não chegaria a lugar nenhum com aquilo, parou de lutar e o encarou com a cabeça inclinada e as sobrancelhas erguidas, em um desafio silencioso. No momento em que Gabe se deu conta do que estava acontecendo, ela já estava lançando o corpo para a frente, mirando o ombro direto no peito dele.

— Ai.

Gabe perdeu o equilíbrio, mas conseguiu se virar para a esquerda, evitando por pouco que o peso dela o jogasse para trás na água. O ombro de Anna passou por ele e — *ah, merda!* —, no último segundo, ele percebeu que ela estava prestes a cair nas ondas. Gabe estendeu a mão e passou um braço ao redor dela para puxá-la de volta para o seu peito.

— Boa tentativa, menina — falou, mantendo-a ali.

Mas a risada logo morreu em sua garganta. Porque Anna estava pressionada contra o corpo dele, com o rosto a centímetros de distância.

Ela o encarou com aqueles olhos grandes e a atmosfera entre eles ficou mais densa. Gabe podia sentir um coração batendo forte, mas não tinha ideia se era o dele, o dela ou de ambos. Ela mordeu o lábio inferior, e então uma agitação percorreu o corpo de Gabe como nunca antes em relação à Anna. Dali a um instante, se continuasse pressionada contra ele daquele jeito, ela também iria sentir.

O calor dela pareceu aquecer o ar fresco do mar, e Gabe a segurou com mais força, os olhos fixos naquele rosto lindo. Ele estendeu a outra mão para tocá-lo. As bocas dos dois se aproximaram.

E então Gabe se lembrou. Do assunto que vinha evitando intencionalmente desde a véspera, quando estavam na rua. Que evitava havia quase uma década.

Não podia fazer aquilo. Não com aquele segredo enorme entre eles.

Gabe soltou o ar que estava prendendo e baixou a mão.

— Anna — começou, esforçando-se para que a sua voz voltasse ao normal. — Eu não posso...

Ela arregalou os olhos e cambaleou para trás, afastando-se dele, o rosto muito vermelho.

— Ai, meu Deus. É claro que você não pode. Isso não... Nós não...

Gabe atravessou o espaço entre eles.

— Anna, espera. Não é você. Não somos nós. É que eu preciso conversar com você sobre uma coisa. Sobre a sua mãe. — Ele passou a mão pelo cabelo. — Ontem na Mission Street... — *Tem uma loja de penhores. E um segredo que nunca te contei.*

Ela levou a mão ao rosto muito quente.

— Por favor, o que quer que você vá dizer, só... não diga.

— Anna, eu tenho que dizer.

— Não, não tem, Gabe.

Anna abraçou o próprio corpo e Gabe pôde ver que ela tremia. Seria por causa do ar fresco do mar ou daquela conversa? Tudo que ele mais queria era abraçá-la e prometer que tudo ficaria bem. Que eles iam resolver tudo juntos. Mas não sabia se aquilo era verdade.

— Sei como devo ter parecido desequilibrada — disse ela. — Correndo atrás daquela pobre mulher na rua. O que quer que você vá me dizer, eu já sei.

— Acho que não sabe.

— Sei que estive perseguindo um fantasma durante todo esse tempo. A minha mãe ou morreu em uma boca de fumo, ou refez a própria vida e nunca se deu ao trabalho de entrar em contato comigo. De qualquer forma, estou melhor sem essa informação.

Anna olhou além dele, para as ondas quebrando na praia.

Gabe fitou seu rosto, o coração apertado com a angústia que via ali. Se fosse realmente assim que Anna se sentia, de jeito nenhum ele contaria a ela sobre aquele colar. Só a faria sofrer mais.

Ela voltou para a areia. Ele seguiu logo atrás.

— Sei que preciso superar isso. Que preciso seguir em frente. — Anna parou no banco improvisado deles no tronco e se abaixou para pegar os sapatos na areia, deixando o cabelo cair no rosto para que ele não pudesse ver seus olhos. Gabe viu um lampejo da Anna adolescente quando ela se afastou dele. — E é por isso que estou indo embora.

— Indo embora? — O coração dele falhou por um instante. — Como assim?

— Vou me mudar, Gabe. — Anna ergueu o corpo e finalmente olhou para ele. — Recebi uma oferta de um dos meus orientadores para me mudar para a Jordânia e trabalhar nos campos de refugiados sírios de lá. Assim que o meu programa de residência terminar, eu vou.

— Você vai morar... — Ele engasgou com as palavras. — ... no Oriente Médio?

Anna assentiu.

— Já está na hora de sair daqui e seguir com a minha vida.

— Você sabe que pode sair de San Francisco e seguir com a sua vida sem se mudar para o outro lado do planeta, né? — Ele se aproximou até parar na frente dela. — Por que você não volta pra casa?

— Porque lá vai ser a mesma coisa que aqui. Vai ser ainda pior. Vou passar o tempo todo desconfiada.

— Anna. Isso não é seguir com a sua vida. É fugir. — Gabe estendeu a mão para pegar a dela, mas Anna chegou sutilmente para trás, evitando seu toque. O coração dele pareceu pesado no peito. — Por favor, a gente pode conversar sobre isso?

— Não tenho mais nada para falar, Gabe. Essa conversa acabou.

Ela o encarou diretamente, mas seus olhos estavam sombrios, distantes, em algum lugar que ele sabia que nunca alcançaria.

E foi então que Gabe soube que *realmente* havia acabado.

Anna estava indo embora. E só o que ele podia fazer era vê-la partir.

VINTE E TRÊS

UM ANO DEPOIS

Anna guardou as últimas roupas na mochila de viagem e checou a bagagem de mão para se certificar de que estava levando o passaporte e a passagem. Passaria mais uma noite em Pittsburgh, hospedada na casa dos Weatherall, antes do voo das sete da manhã que a levaria a Nova York, depois a Paris e finalmente a Amã, na Jordânia. De lá, pegaria alguns ônibus até chegar a Irbid, uma pequena cidade do norte, onde se encontraria com outros médicos que prestavam cuidados obstétricos e assistência ao parto a refugiadas sírias.

Mas, por enquanto, estava em casa. O que quer que a palavra significasse.

Anna havia prometido a Gabe que reservaria um longo fim de semana para passar com a família dele antes do seu voo para a Jordânia. Afinal, aquela não seria só uma viagem médica voluntária durante o recesso de primavera. Seria uma mudança para o outro lado do mundo, deixando todos que amava para trás. Eles obviamente manteriam contato, mas os serviços de telefonia e internet seriam esporádicos e não seria fácil voltar se acontecesse alguma coisa séria.

Por alguns breves instantes, Anna se sentiu tentada a arranjar um emprego em Pittsburgh, voltar para casa e ficar perto de todos, como Gabe havia sugerido. Mas ele sempre tinha sido o cara inteligente e popular, com uma infância feliz e uma família amorosa. Não tinha ideia de como era estar em um lugar que o lembrava constantemente de um passado que queria esquecer. Não conseguiria nem imaginar por que um lugar onde ninguém sabia nada sobre ele seria atraente.

Anna checou a mochila uma última vez e desceu a escada, nervosa demais para dormir. Gabe e o resto da família tinham aparecido para jantar mais cedo e já haviam ido embora. Naquele momento, John e Elizabeth estavam dormindo e a casa estava escura, a não ser pelo brilho de uma pequena luz acima da pia da cozinha que Elizabeth sempre deixava acesa. Anna desceu o corredor, ainda sabendo de cor os contornos das paredes e portas da sua adolescência.

A onda de melancolia contra a qual vinha lutando durante toda a noite finalmente veio à tona quando ela saiu pela porta da frente para a noite fria de primavera. A varanda dos Weatherall sempre a fazia se lembrar de Dorothy, ainda mais naquela época do ano, com o jardim desabrochando e o perfume intenso das flores pairando no ar. Anna fechou os olhos e voltou mentalmente àquele dia em que tinha conseguido se conectar com a senhorinha através de uma música de Frank Sinatra. Na época, ela não tinha ideia de que aquele relacionamento com Dorothy e o resto da família mudaria a sua vida tão profundamente.

Anna afundou o corpo no sofá de vime e ficou olhando para a escuridão sombreada do pátio da frente. O ar vibrava com a descarga elétrica de uma tempestade de primavera e, ao longe, ela ouviu trovões ribombando. Um par de faróis cortou a escuridão quando um carro passou lentamente pela rua silenciosa. Ela se endireitou quando o viu desacelerar na frente da casa e entrar na garagem.

Quem seria, à meia-noite?

A pessoa ao volante desligou o motor, deixando Anna em relativa escuridão. Ela piscou algumas vezes para ajustar os olhos e prendeu a respiração quando reconheceu o veículo.

Era de Gabe.

Ele saiu do carro e subiu pela entrada da casa. Anna não pôde deixar de admirar a fluidez com que ele caminhava, de jeans e camiseta, totalmente confortável na própria pele. Sempre o achara bonito, e aquilo não mudara. Vê-lo ali naquele momento, na véspera de sua viagem para o outro lado do mundo, a fez engolir em seco para conter as lágrimas. Como iria atravessar o próximo capítulo da sua vida sem as trocas constantes de mensagens ou o som da voz dele no celular sempre que ela quisesse ouvir?

— Oi — disse Anna, a voz rouca. — Esqueceu alguma coisa?

Mais cedo naquele dia, quando a reunião com a família tinha terminado, ela desejara ter conseguido passar alguns minutos a sós com Gabe. Talvez ele tivesse sentido o mesmo.

— Não, não esqueci nada. — Gabe parou no último degrau da escada. — Só achei que talvez você ainda estivesse acordada.

Anna abriu um sorriso torto para esconder os olhos marejados.

— Não consegui dormir. Quer se sentar?

Gabe se sentou no pequeno sofá e ficou olhando para ela por um longo momento. Finalmente, deu um sorrisinho de lado e se inclinou para esbarrar com o ombro no dela.

— Dra. Anna Campbell, de partida para mudar o mundo. Quem teria imaginado isso quando você era aquela garota chata do ensino médio que mal conseguia sobreviver na aula de economia global até eu aparecer pra te salvar?

Ela revirou os olhos.

— Até parece, preguiçoso. Você ainda estaria tentando passar naquela matéria se não fosse por mim. Sorte sua ser tão bonito, porque é burro como uma porta.

Gabe riu, balançando a cabeça.

Eles ficaram sentados ali em silêncio, observando o relâmpago ao longe. Depois de um momento, Gabe pegou a mão dela e a apertou. Um calor inesperado subiu pelo braço de Anna e se acomodou em seu peito. Quando ele falou, sua voz já não tinha qualquer tom brincalhão.

— Estou muito orgulhoso de você, Anna.

Gabe continuou segurando a mão dela, e Anna passou o polegar pelas calosidades da palma da mão dele. Talvez fosse porque estava indo embora e não sabia quando o veria novamente, mas precisava que Gabe entendesse o que ele significava para ela.

— Gabe, quando a gente se conheceu, você também era muito novo. A maior parte dos caras da faculdade não teria prestado atenção em uma garota antipática como eu. Mas você prestou. Você mudou toda a minha vida.

Ele balançou lentamente a cabeça.

— Eu não fiz nada, Anna. Só torci por você. Você fez tudo. Você criou essa vida para si mesma.

Foi a vez de Anna balançar a cabeça. Às vezes, quando estava quase adormecendo, ela acordava sobressaltada, lembrando-se daquele apartamento nojento e daquele senhorio desprezível. O que teria acontecido se Gabe não tivesse descoberto a verdade sobre ela? Será que ela teria sobrevivido mais um ano naquele lugar, com Don atrás dela para conseguir mais dinheiro e a eletricidade sendo desligada no auge do inverno? Não sendo mais uma garota desesperada, ela já tinha plena noção da situação perigosa em que se encontrava na época.

Anna sentiu o olhar de Gabe nela, mas não conseguiu encará-lo.

— Ei. — Gabe levou a mão ao rosto dela e o virou gentilmente para que ela o encarasse. — Ei. Você é a pessoa mais forte e resiliente que eu já conheci. E eu *sei* que, não importa o que tivesse acontecido, você chegaria onde está agora.

Ela o olhou, deixando-se mergulhar naqueles olhos prateados. Gabe expirava enquanto ela inspirava, e foi como se o resto do mundo desaparecesse e o espaço entre eles fosse o único lugar na Terra.

Quando Anna revisse mentalmente aquela cena mais tarde — o que, é claro, ela faria um milhão de vezes —, nunca teria certeza se a iniciativa tinha sido de Gabe ou dela.

Mas, de repente, eles estavam se beijando.

Foi um beijo gentil a princípio, quase hesitante. E então Anna abriu a boca e se aproximou mais. Gabe passou os braços ao redor dela, puxando-a para mais perto. Ela segurou a nuca dele e agarrou a gola da sua camisa enquanto o beijo se aprofundava. Tudo em Gabe era tão familiar — seu cheiro, o tom grave da voz. Mas, ao mesmo tempo, os braços que a puxavam mais para perto e o calor dos lábios contra os dela eram novos, desconhecidos e emocionantes.

Os dois ficaram daquele jeito, se beijando, pelo que pode ter sido um minuto ou uma hora — Anna perdeu qualquer noção de tempo e espaço. Então, Gabe se recostou no braço do sofá e a puxou para cima dele.

Ela o beijou novamente, com urgência, enquanto se atrapalhava com os botões da camisa dele. Gabe tirou do caminho o cardigã que Anna usava e deslizou a mão por baixo da camiseta dela. Ela arquejou ao sentir a palma dele percorrendo sua pele, que parecia arder. Os lábios de Anna deslizaram da boca dele para o queixo, e então para o pescoço. Gabe deixou a cabeça pender para trás, apoiada no sofá, e murmurou o nome dela com a voz rouca.

O som trouxe Anna de volta à realidade.

Se não parassem *naquele exato momento*, não iriam parar mais. Ela se afastou rapidamente para o lado oposto do sofá, a respiração ainda ofegante. Em seguida, fechou os olhos e virou o rosto, como se aquilo a impedisse de encará-lo, pressionando uma das mãos nos próprios lábios onde, pouco antes, estavam os lábios de Gabe. O roçar da barba por fazer em seu rosto tinha deixado a pele rosada.

— Anna... — A voz de Gabe ainda estava rouca.

— Ai, meu Deus. Por favor. Não diz nada.

Ela saiu do sofá e foi até o meio da varanda para colocar algum espaço entre os dois. Então cruzou os braços e estremeceu, sentindo falta do calor dos braços de Gabe ao seu redor.

Não. Para com isso.

Ela ia embora no dia seguinte. Estava se mudando para o outro lado do planeta. Como pudera deixar aquilo acontecer?

Gabe se sentou na beira do sofá com os cotovelos apoiados nos joelhos e passou a mão pelos cabelos. Ele levantou a cabeça e Anna se forçou a não desviar o olhar.

— Eu... preciso ir para a cama — falou, a voz hesitante. Então deu alguns passos em direção à porta da frente. — Chamei um carro para me levar ao aeroporto às quatro da manhã.

Gabe se levantou e, em um instante, estava perto demais. Atraente demais com o cabelo despenteado e a camisa meio desabotoada. Anna recuou outro passo.

— Deixa eu vir te pegar amanhã e levar você para o aeroporto — pediu ele.

Ela balançou a cabeça.

— Já tá tudo organizado.

Eles ficaram ali sem dizer nada, e foi horrível. Insuportável. Gabe enfiou as mãos nos bolsos de trás como se não soubesse mais o que fazer com elas. Anna tinha a sensação de que alguém enfiara uma faca em seu peito e que o ar estava sendo sugado lentamente dos seus pulmões. Precisava sair logo dali antes que não conseguisse mais ir embora.

Não. Aquilo era uma despedida. Tinha que ser uma despedida.

Anna se jogou nos braços dele e o abraçou com força.

— Adeus, Gabe — sussurrou.

Os braços dele se fecharam ao seu redor.

— Se cuida — murmurou Gabe no cabelo dela.

As lágrimas contidas deixaram a garganta de Anna apertada, e ela sabia que não seria capaz de falar novamente sem chorar.

Por isso, se afastou e entrou correndo na casa, fechando a porta ao passar. Ela encostou a testa no batente e fechou os olhos. Houve o ribombar de outro trovão.

Anna afastou a cortina da janela e espiou o lado de fora. Quando um relâmpago cintilou no céu, conseguiu ver Gabe voltando para o carro. Ele parou e olhou para trás, para a casa, e então abriu a porta do carro e entrou. Os faróis cintilaram através da janela, iluminando a sala enquanto ele saía da garagem. Quando a luz desapareceu na rua, a chuva começou a cair.

PARTE III

VINTE E QUATRO

QUATRO ANOS DEPOIS

Anna já estava exausta quando atravessou o mercado aberto até chegar à porta da frente do prédio, e os quatro andares da escada estreita que levava até seu apartamento pareciam uma provação. Subir aquela escada era como descer ao inferno, só que ao contrário. A temperatura subia pelo menos cinco graus a cada andar, sufocando-a lentamente até ela entrar cambaleando no apartamento, suada e ofegante.

Costumava deixar a porta da varanda estreita aberta, por isso, embora o apartamento ainda parecesse um forno, estava um pouco mais fresco ali do que no corredor. Quando ligou o ventilador de teto, sentiu a temperatura abaixar mais alguns graus, e, se tirasse a blusa e desabasse no sofá sem se mover, quase conseguiria recuperar o fôlego.

Ficou sentada ali, de olhos fechados, tentando desligar a mente. No quarto andar, havia os sons dos balidos das cabras, dos homens discutindo diante de tabuleiros de gamão e das mulheres barganhando para comprar ou vender qualquer coisa — de galinhas a tapetes persas —, tudo se misturando em um ruído de fundo que entrava pela porta aberta da varanda. O cheiro forte de cebola frita misturado ao incenso queimado vindo do apartamento ao lado era pungente, mas reconfortante depois das últimas semanas nos campos de refugiados, onde o acesso a saneamento básico era sempre uma batalha.

Embora Anna estivesse fixa em um hospital em Irbid, na Jordânia, que atendia refugiados sírios, todos os médicos se revezavam na viagem até a fronteira sul, onde trabalhavam em tendas improvisadas nos campos de refugiados. Aqueles turnos eram cansativos e, no início, voltar para o apartamento sufocante tinha sido um alívio. Mas, ultimamente, aquilo só parecia deprimi-la.

O trabalho de Anna era ajudar a trazer bebês a um mundo em que era constantemente lembrada de como as pessoas eram capazes de fazer as coisas mais terríveis umas com as outras. Na maior parte do tempo, ela abaixava a cabeça, continuava a trabalhar e tentava não pensar naquilo. Seus colegas eram confrontados pelas mesmas tragédias diárias que ela, e sobrecarregá-los com a própria tristeza não faria bem a ninguém.

Anna desejou poder conversar com Adrien. Eles estavam namorando havia mais de um ano — se é que se podia chamar de *namoro* aqueles poucos jantares por semana, dormindo juntos depois. Mas Adrien era um cirurgião que tinha construído a própria carreira trabalhando em zonas de guerra. Dez anos depois, ele via as pessoas como séries de órgãos a reparar e mal registrava a tragédia que o cercava.

Parecendo sentir a exaustão dela, Gabe perguntara a respeito no último telefonema dos dois. Mas Anna não poderia contar o tipo de coisa com que estava lidando, não com ele a quase dez mil quilômetros de distância. Não teria como falar sobre as mulheres cujos maridos haviam sido presos ou assassinados, fazendo com que precisassem fugir de casa com vários filhos a tiracolo e mais bebês a caminho. Ou sobre aquelas que tinham sido raptadas e violentadas pelos grupos terroristas antes de conseguirem escapar e chegar ao campo de refugiados. Ou sobre todas as mães e bebês que perdera — mulheres e crianças que teriam facilmente sobrevivido aos partos complicados se tivessem acesso a intervenções médicas comuns nos Estados Unidos, mas que Anna não conseguira salvar com as limitadas instalações cirúrgicas e neonatais disponíveis ali.

Ela abriu os olhos e fitou o ventilador girando no teto. Até parece que conseguiria desligar a mente. Anna se sentou, deixou escapar um suspiro pesado e se levantou devagar do sofá para pegar o celular na bolsa. O wi-fi estava funcionando bem ultimamente, e um alerta apareceu na mesma hora. Três chamadas de vídeo seguidas de Gabe, todas perdidas. Ela passou para as mensagens e clicou na que tinha o nome dele no topo. E então sentiu o ar desaparecer de seus pulmões.

Gabe
Anna, me desculpe por estar contando isso por mensagem. Meu pai teve um ataque cardíaco. Ele estava jogando golfe com um antigo colega de faculdade e desmaiou. Felizmente, o amigo é médico e começou as compressões torácicas imediatamente. Os paramédicos chegaram em cerca de três minutos. Ele está em cirurgia agora. Te dou notícias assim que soubermos de alguma coisa.

Com as mãos trêmulas, Anna apertou o botão para ligar para Gabe, mas o sinal devia ter caído, porque a ligação não foi completada. Ela se levantou, andou pelo apartamento em busca de sinal e tentou de novo. Nada ainda.

O pânico a invadiu, e Anna se sentiu como se também estivesse tendo um ataque cardíaco. Estava a quase dez mil quilômetros de distância e a internet não estava funcionando. Ela mandou uma mensagem para Gabe pedindo que ele entrasse em contato assim que soubesse de alguma coisa, mas a pequena barra azul na parte superior do aparelho, que mostrava o progresso do envio da mensagem, parecia estar travada em cinquenta por cento. Queria estar lá com ele.

Queria estar lá com ele.

Anna andou de um lado para o outro pelo apartamento mais uma vez, checando obsessivamente o celular e tentando não surtar. Nada, nada, nada.

Talvez devesse ligar para Adrien. Não havia muito que ele pudesse fazer, a não ser ficar sentado ao seu lado, mas pelo menos ela não estaria sozinha. Estava prestes a digitar o número dele quando parou. Ter que explicar tudo a ele — quem eram todos, por que o que acontecera era tão importante — parecia exaustivo demais.

Contara a Adrien sobre os Weatherall, é claro. Mas, na época, ficara com a sensação de que ele não estava realmente ouvindo. Se ligasse para Adrien, ele provavelmente iria recitar uma lista de perguntas sobre o ataque cardíaco. *O John perdeu a consciência? Qual foi o intervalo de tempo entre os sintomas? Foi a artéria descendente anterior esquerda ou direita?* Perguntas para as quais Anna não tinha respostas e que não ajudariam em nada quando tudo o que ela queria era alguém para abraçá-la.

Ela não podia falar com Adrien quando tudo o que queria era Gabe.

Finalmente — *graças a Deus* —, o telefone notificou uma mensagem.

Gabe
Acabamos de conversar com o médico. Ele teve uma obstrução completa da artéria coronária e fizeram uma angioplastia com balão. Disseram que vai ser um longo caminho, mas que meu pai vai ficar bem. Ele acabou de acordar e a minha mãe está com ele. Eu te mantenho atualizada.

E então, logo depois da primeira mensagem, apareceu uma segunda.

Gabe
Sinto tantas saudades de você.

Anna respirou fundo algumas vezes, ofegante, tentando acalmar o coração acelerado.

Anna
Eu também sinto.

Ela desligou o celular e se preparou para dormir.

Naquela noite, sonhou que estava na cozinha dos pais de Gabe, cercada pela família. Dorothy estava sentada ao seu lado na copa e, do outro lado da cozinha, Gabe olhou para ela e sorriu.

Quando acordou, Anna se sentia mais descansada do que se sentira em meses.

• • •

Vários dias depois, Anna estava fazendo o mesmo caminho calorento escada acima, cheia de suor, quando seu telefone começou a tocar insistentemente. Gabe havia enviado algumas mensagens dando notícias de John nos últimos dias, mas o sinal instável do celular dificultava a comunicação.

Anna tirou o celular do bolso, esperando ver o nome de Gabe na tela, mas era um número desconhecido.

Um número de San Francisco.

Ela subiu os últimos degraus com o dobro da velocidade, parou diante da porta do apartamento e atendeu à chamada, ofegante.

— Alô?

— Olá — respondeu uma voz masculina desconhecida. — Estou procurando por Anna Campbell.

Os ombros de Anna murcharam. Tantos anos depois e uma pequena parte dela ainda esperava ouvir a voz da mãe. Será que algum dia realmente desistiria?

— Aqui é a Anna — disse ela, só levemente curiosa. Pelo código de área, provavelmente era alguém da UCSF. Ela recebia e-mails de arrecadação de fundos da associação de ex-alunos todos os anos. Talvez estivessem só dando retorno em relação à doação dela.

— Srta. Campbell, aqui quem fala é o policial Deacon, da Delegacia de Polícia de San Francisco.

Anna agarrou com força a maçaneta da porta do apartamento para se apoiar. Não era a mãe dela. Mas será que seria a outra ligação pela qual tinha esperado a vida inteira?

— Sim? — conseguiu dizer finalmente, a voz engasgada.

— A senhorita esteve aqui muitos anos atrás para fazer um relatório de desaparecimento de Deborah Campbell, certo? Acredito que seja sua mãe.

— Sim. — A visão de Anna ficou turva. — Isso mesmo. O senhor tem alguma novidade para mim?

— Bem, não tenho certeza de que tenho. — O policial Deacon respirou fundo de forma audível. Eu estava dando uma olhada em alguns arquivos antigos de mortos não identificados e talvez tenha encontrado alguma coisa. Tivemos o caso de uma mulher cujo corpo foi encontrado em um parque no bairro de Tenderloin anos atrás. Sem identificação, mas que corresponde à descrição em seu registro de pessoa desaparecida. A mesma idade aproximada que a sua mãe teria na época, ascendência caucasiana, cabelos e olhos castanho-escuros.

Anna se encostou na porta e deslizou o corpo até o chão.

— Como poderíamos descobrir se é ela?

— A senhorita pode enviar uma amostra de DNA para que possamos tentar identificá-la.

O cheiro de incenso que vinha do apartamento ao lado fez Anna se lembrar de que estava a milhares de quilômetros de distância.

— Não estou em San Francisco no momento. Como eu faria isso?

— Posso lhe passar os dados, há laboratórios em todo o país. Eles farão o teste e aí podemos comparar com a amostra que foi colhida quando a mulher não identificada passou pelo necrotério.

O necrotério.

A mãe dela tinha estado no necrotério? E onde será que estaria naquele momento? Provavelmente em uma cova anônima em algum lugar.

— Srta. Campbell? — A voz do policial Deacon interrompeu seus pensamentos.

— Sinto muito, mas não estou no país no momento. — Anna pressionou as têmporas. — Eu trabalho no exterior.

— Pretende voltar ao país para uma visita em breve? Férias, talvez?

Anna pensou no ataque cardíaco de John. No sonho com a cozinha de Elizabeth e John. No sorriso de Gabe. Será que poderia tirar algumas semanas de folga?

— Vou precisar verificar.

— Muito bem. Tenho o seu endereço de e-mail aqui. Vou lhe enviar as informações sobre o teste, então pode me avisar quando for o caso.

Eles já haviam se despedido, mas, pouco antes de desligarem, Anna pressionou o telefone de volta ao ouvido.

— Só mais uma coisa.

— Sim?

— Como ela morreu? A mulher no parque?

Anna ouviu o farfalhar dos papéis do outro lado da linha.

— Aqui diz, hum, parada cardíaca.

Ela endireitou o corpo.

— Não… não foi uma overdose de drogas?

— Não. Havia uma pequena quantidade de opiáceo no organismo dela, mas o relatório diz que é compatível com a dosagem normal para controle da dor. Mas essa não foi a causa da morte.

— Quando ela foi encontrada? Qual foi a data?

O policial analisou o relatório à sua frente por mais um instante.

— Hum, vamos ver.

E então ele disse uma data.

Era apenas algumas semanas depois de a mãe dela ter ido embora. Bem na época em que ela havia deixado de entrar em contato.

Anna sentia a pulsação latejando nos ouvidos. Se a mãe tivesse morrido de parada cardíaca, será que aquilo explicava por que nunca tinha voltado? Talvez não tivesse nada a ver com drogas ou qualquer outra coisa terrível que Anna imaginara ao longo dos anos. Talvez a mãe *realmente* tivesse planejado trabalhar no que quer que a levara para San Francisco e depois voltar para Anna. E, em uma terrível reviravolta do destino, acabara morrendo no parque, sem qualquer identificação, e não houvera como Anna saber.

Talvez... talvez a mãe nunca tivesse tido a intenção de ficar longe de Anna para sempre.

VINTE E CINCO

Anna abriu os olhos e se virou para checar o relógio: oito da manhã. Ela não conseguia se lembrar da última vez em que tinha dormido até tão tarde.

Todas as manhãs, durante quatro anos, acordava pouco antes do nascer do sol ao som do *adhan*, o chamado islâmico à oração, transmitido pelos alto-falantes da mesquita local. Logo depois, os ruídos da cidade que despertava começavam a entrar pela janela: a vizinha mexendo na panela ao preparar o café da manhã para a família, o vizinho batendo um tapete na estreita varanda do apartamento, os comerciantes arrumando seus produtos no mercado abaixo.

Anna se sentou na cama e prestou atenção aos sons, mas, além de um carro passando de vez em quando pela casa dos Weatherall ou do canto dos pássaros em uma árvore, só ouviu o silêncio. Ela sentia falta da comoção, principalmente do chamado diário para oração cinco vezes por dia. Não tinha sido criada com nenhum tipo de tradição religiosa ou espiritual, mas, durante o chamado, se via parando o que estivesse fazendo e enviando um agradecimento silencioso a Deus, Jesus, Alá ou quem quer que estivesse por ali e pudesse estar tomando conta dela.

Anna fez uma daquelas breves preces naquele momento, grata por ter chegado em casa em segurança e por ter sido acolhida pelos Weatherall. Depois de surpreendê-la no aeroporto, Gabe a levara para a casa dos pais. O antigo quarto dela continuava do mesmo jeito que era na época do ensino médio.

Ela fez mais uma prece, daquela vez para a mãe. Onde quer que ela estivesse, Anna esperava que soubesse que a filha nunca a esquecera, nunca desistira dela. Ela levou uma das mãos ao pingente de ouro ao redor do pescoço. Por mais que lhe partisse o coração pensar que a mãe realmente havia morrido, Anna também encontrava algum conforto naquilo. A pior parte sempre tinha sido a dúvida. O não saber. E todos os cenários terríveis que havia imaginado.

Talvez ela finalmente estivesse prestes a encontrar as respostas que passara metade da vida procurando.

Depois de rolar para fora da cama, Anna escovou os dentes e desceu a escada. Quando Gabe a deixara ali na noite anterior, já passava das duas da manhã e John e Elizabeth estavam dormindo. Elizabeth havia deixado um bilhete instruindo-a a acordá-los quando chegasse em casa, mas como o ataque cardíaco de John tinha sido apenas alguns meses antes, Anna sabia que eles precisavam descansar.

Ela parou na porta da cozinha e viu os dois sentados um ao lado do outro nas banquetas diante da bancada, as cabeças inclinadas juntas sobre as palavras cruzadas do jornal. John sempre fora tão forte e estável que era difícil acreditar que quase tivesse morrido dois meses antes. Ele havia se recuperado em tempo recorde do ataque cardíaco e ainda parecia dez anos mais jovem do que seus sessenta e cinco anos. Mas a realidade era que tanto ele quanto Elizabeth estavam ficando mais velhos e mais frágeis. Além de ter sofrido o ataque cardíaco, John havia se aposentado do trabalho como cirurgião um ano antes por conta da sua visão, que não era mais a mesma. E Elizabeth havia caído e quebrado o braço havia alguns meses. Ela ainda usava uma tala na mão esquerda.

Anna sentiu o coração apertado ao vê-los.

Estava de volta a Pittsburgh para fazer um teste de DNA e tentar conseguir algumas respostas sobre a mãe. Mas, se fosse realmente sincera a respeito, também estava em casa por eles. Os Weatherall significavam muito para ela — John, Elizabeth e toda a família —, mesmo depois de todo aquele tempo e distância. A perspectiva de perder a mãe — perder de verdade — havia trazido aquilo à tona.

Ela engoliu em seco e entrou na cozinha.

— Oi.

John largou o jornal de lado e Elizabeth se levantou em um pulo, atravessando a cozinha apressada para abraçar Anna.

— Ah, meu bem, graças a Deus você finalmente está em casa — disse Elizabeth. Ela prendeu o cabelo de Anna atrás da orelha, segurou seu rosto entre as mãos e se afastou para examiná-la. — Olha só pra você. Está tão magrinha. John, pega um rolinho de canela pra Anna.

— Ela está perfeita — disse John, passando um braço protetor no ombro de Anna. — Deixa pelo menos a menina sentar antes de começar a se preocupar. — Ele se inclinou e sussurrou: — Elizabeth se tornou uma especialista em se preocupar demais nos últimos meses.

Anna riu.

— E isso não é uma sorte pra você?

John soltou um suspiro exagerado.

— Achei que pelo menos *você* ficaria do meu lado.

O rosto de Anna ficou sério.

— Sei que nós, médicos, somos sempre os últimos a cuidar de nós mesmos. Então, é melhor que você esteja fazendo exatamente o que te disseram pra fazer.

Ele balançou a cabeça.

— Eu sabia que deveria ter encorajado você a ser advogada.

— Ah, para com isso. — Elizabeth deu um tapinha brincalhão em John. — Não dê ouvidos a ele. Significa muito você ter voltado para casa para ver o John depois do ataque cardíaco. Ele só não gosta de bancar o sentimental em relação a isso.

Anna abaixou os olhos para as mãos. Não tinha contado a nenhum dos Weatherall sobre o outro motivo da viagem. Nem mesmo a Gabe. Os dois não falavam sobre a mãe dela desde aquele dia na praia, tantos anos antes. E Anna também nunca levantava o assunto com o restante da família. Sempre tivera medo das perguntas que fariam… e de como reagiriam se algum dia descobrissem as respostas.

No entanto, ao longo dos últimos meses, sua própria visão do passado havia começado a mudar. Talvez a mãe sempre a tivesse amado, e talvez aqueles anos de separação tivessem sido consequência apenas de um ataque cardíaco e de uma terrível tragédia.

Talvez ela pudesse finalmente começar a se perdoar por sua participação no desaparecimento da mãe e seguir em frente.

Elizabeth atravessou a cozinha e colocou um rolinho de canela na frente de Anna.

— Tenho certeza de que você ainda está exausta depois de uma viagem tão longa. Além disso, você está cuidando de todo mundo sem parar há quatro anos. Agora relaxa e me deixa cuidar de você enquanto estiver aqui.

Anna sentiu um alívio intenso e profundo ao ouvir aquilo: uma tensão que abrigava havia anos. Décadas, talvez. E se sentiu tentada a se jogar nos braços de Elizabeth e agradecer a ela por todo o carinho que já lhe oferecera.

Naquele momento, vários passos ecoaram pelo deque dos fundos. A porta se abriu e Matt e Gabe entraram, vestindo camisetas velhas e shorts respingados de tinta.

— Ann-a-a-a-a-a-a-a — entoou Matt, envolvendo-a em seus braços musculosos.

Quando o irmão finalmente a soltou, Gabe se inclinou para oferecer um abraço um pouco menos esmagador.

— O que vocês estão fazendo aqui tão cedo? — perguntou Anna. Ela examinou as roupas de trabalho dos dois. — E parecendo as páginas de junho e julho de um calendário sexy com trabalhadores da construção civil.

Gabe sorriu enquanto servia uma xícara de café, acrescentava a quantidade certa de leite e entregava a ela. Era engraçado como, tantos anos depois, ele ainda se lembrava de como ela gostava do café com leite.

— Um galho caiu daquela velha árvore no jardim da frente durante uma tempestade forte há alguns dias. E causou alguns danos no telhado. Viemos consertar.

— O que você vai fazer hoje? — perguntou John a Anna.

— Pensei em sair para alugar um carro que eu possa usar nas próximas semanas.

— Não se esqueça de pedir seguro extra — aconselhou Matt do outro lado da ilha da cozinha.

Gabe deu uma risadinha e Anna revirou os olhos. Matt a ensinara a dirigir quando ela morava com os Weatherall, durante o último ano do ensino médio. E Anna tinha certeza de que ele nunca deixaria ninguém esquecer como ela chegara muito perto de bater em uma cerca.

John ignorou as risadas dos filhos e concentrou sua atenção em Anna.

— Quem vai com você até a locadora? A Rachel?

— Não, acho que a Rachel disse que vai estar no tribunal hoje.

John franziu o cenho.

— Não sei se é uma boa ideia você ir sozinha. Sabe como são aqueles caras que lidam com carros, ainda mais quando veem uma jovem sozinha. Eles vão tentar arrancar todo o seu dinheiro. — Ele esfregou o queixo. — Talvez seja melhor eu ir com você.

Antes que ela pudesse responder, Matt e Gabe começaram a gesticular descontroladamente atrás de John. Gabe assentiu, encorajador, dizendo apenas com o movimento dos lábios: "Aceita".

Ela voltou os olhos novamente para John.

— Bem, se você não se importar de ir comigo, seria ótimo.

— Acho que provavelmente é o mais inteligente a se fazer — disse Matt.

— Sim, não queremos que Anna seja enganada — acrescentou Gabe.

John se virou para os filhos.

— Vocês, rapazes, acham que dão conta do telhado sozinhos?

Matt colocou uma expressão séria no rosto.

— Acho que a gente consegue dar conta, sim — disse o homem que construía casas havia quase vinte anos.

Gabe deu de ombros exageradamente.

— Sim, vamos ficar bem.

John assentiu.

— Tá certo, vou me trocar.

Ele desapareceu no corredor e Anna se virou para Matt e Gabe.

— Ele estava planejando ajudar vocês a consertarem o telhado?

Matt pegou um rolinho de canela da bandeja em cima da bancada e arrancou um pedaço.

— Eu sei. O homem teve um ataque cardíaco há dois meses.

Elizabeth suspirou.

— Ele só tinha permissão para supervisionar.

— O que pode ser ainda pior do que ajudar. — Gabe balançou a cabeça. — Obrigado por deixar ele ir junto com você.

— Claro.

Na verdade, Anna adorou ter a companhia de John. Ele estava tão empenhado em ajudá-la que ela não teve coragem de lembrá-lo de que não passaria a próxima década com aquele carro, de que era apenas um aluguel de curto prazo. John insistiu que ela testasse todos os carros do estacionamento, fez um milhão de perguntas ao vendedor sobre o consumo de combustível e depois andou ao redor do veículo chutando os pneus e examinando embaixo do capô.

Era exatamente o tipo de coisa que ela imaginava que o pai poderia ter feito se algum dia o tivesse conhecido. Nas profundezas de sua mente, Anna sempre havia dito a si mesma que, um dia, a mãe lhe daria mais informações sobre quem fora seu pai. Porém, se a mãe tivesse morrido mesmo, Anna provavelmente perdera aquela oportunidade também. Provavelmente perdera qualquer conexão com quem era e de onde viera.

Assim como acontecera com Elizabeth na cozinha mais cedo, Anna se viu dominada por uma vontade súbita de pegar a mão de John e agradecer a ele por estar ali para ajudá-la. Ela sabia que o interesse dele não era realmente encontrar um bom carro para alugar. Aquela era sua maneira de mostrar que se importava, e aquilo significava o mundo para Anna.

— Acho que é esse — disse John, dando tapinhas no teto de um confiável sedã Honda. — O que acha?

Anna sorriu com carinho para ele.

— Acho que, se você aprova, então é perfeito.

John assentiu para o vendedor.

— Vamos ficar com ele.

Anna deu o braço a John e eles entraram para assinar os papéis.

• • •

Quando Anna e John estacionaram na garagem naquela tarde, havia uma escada apoiada na casa e Gabe e Matt estavam no telhado. O sol de julho estava alto no céu e os irmãos tinham tirado as camisas, que estavam largadas na grama abaixo.

Anna levou a mão à testa para proteger os olhos da luz forte enquanto esticava o pescoço para checar o progresso. Os dois homens estavam ajoelhados no telhado, os músculos dos braços e das costas se flexionando e se contraindo enquanto martelavam pregos nas telhas novas.

A temperatura tinha subido uns dez graus de repente? Anna se abanou com a papelada do carro alugado e pegou sua bolsa no banco da frente do BMW de John. Quando se virou, Gabe estava pulando os dois últimos degraus da escada e aterrissando na frente dela.

— Oi — disse ele, tirando o cabelo da testa e deixando as pontas suadas arrepiadas. — E aí, como foi?

Anna manteve os olhos fixos no rosto dele.

— Foi bom. Vão entregar o carro alugado amanhã.

John apareceu ao lado dela e contou a Gabe sobre o Honda que Anna havia escolhido, descrevendo a eficiência de combustível e outras características técnicas. Enquanto os dois conversavam, Anna deixou seu olhar distraído se desviar do rosto de Gabe e acompanhar o contorno dos músculos fortes nos ombros e braços. Ele estava bronzeado pelo trabalho ao ar livre, e uma trilha de pelos castanhos se espalhava pelo seu peito e descia em direção ao umbigo. Ela apreciava aquele abdômen firme e liso de um homem que se mantinha ativo e se exercitava, mas não levava aquilo a sério demais a ponto de ter um tanquinho cuidadosamente esculpido.

Anna sentiu a respiração falhar e um calor se espalhar pelo corpo. Depois de todos aqueles anos, Gabe ainda conseguia deixá-la sem fôlego. Ela desviou os olhos do torso dele para se concentrar novamente no rosto... e se sentiu ainda mais quente.

Porque Gabe a fitava com uma expressão que dizia que, qualquer que fosse a atração que Anna estava sentindo, era recíproca.

• • •

Anna se sentou em uma banqueta na cozinha ensolarada dos pais de Gabe, onde toda a família tinha se reunido para lhe dar as boas-vindas, e se sentiu tomada por uma sensação de paz. Ela ficou olhando enquanto Gabe pegava no colo Henry, o filho de três anos de Matt, e, de brincadeira, ameaçava jogá-lo na lata de lixo. Henry estava pendurado pelos pés, gritando de tanto rir. Gabe levantou a cabeça, pegou-a observando e deu uma piscadinha. Matt entrou galopando na cozinha, relinchando como um cavalo enquanto seus dois filhos mais velhos se agarravam às suas costas.

— Muito bem, agora é hora desse cavalo ir para o pasto.

Julia riu enquanto tirava os meninos das costas do pai e os acomodava na copa, onde se dedicaram a devorar uma pizza.

Uma taça de vinho apareceu diante de Anna e, quando ela levantou os olhos, viu Rachel se sentando ao seu lado.

— A Aaliyah quer marcar um jantar assim que voltar de Londres.

— Essa mulher viaja mais a trabalho do que eu — comentou Anna com um sorriso. — Algum avanço nos planos de casamento?

Rachel agitou a mão como se estivesse enxotando uma mosca.

— Ah, você sabe... Vamos chegar lá.

Aaliyah fizera o pedido quando ela e Rachel haviam se formado na faculdade de direito, mas era o noivado mais longo da história. Rachel se destacara como uma advogada de divórcio que garantia enormes acordos para seus clientes — geralmente mulheres. Anna tinha a forte desconfiança de que aquele trabalho a tinha deixado um pouco alerta em relação à instituição do casamento. Ela já parecia satisfeita apenas com o noivado. Leah se acomodou em uma banqueta do outro lado de Anna.

— Eu queria que a Rachel se decidisse e se casasse logo — comentou.

Leah tinha vinte e seis anos e se casara com o namorado do ensino médio, Josh, no verão anterior. Anna estava na Jordânia na época do casamento e não teria sido prático voltar só para passar o fim de semana. Ela mandara um presente. Mas o sentimento de culpa a atormentava. Ela e Leah sempre tinham sido próximas, e Anna sabia que Leah a admirava. Deveria ter estado presente no casamento.

— Eu adoraria planejar outro casamento — continuou Leah, com um tom de anseio.

Anna olhou para o vestido fresco com cintura marcada que Leah vestiu.

— Em breve você vai estar ocupada demais para planejar qualquer coisa. Um bebê ocupa muito tempo.

Leah olhou para Anna, boquiaberta. E levou rapidamente as mãos ao abdômen.

— Mas... mal está aparecendo! Como você sabia?

— É meu trabalho saber. — Ela estendeu a mão para a barriga ligeiramente arredondada de Leah. — Posso?

Leah assentiu e Anna pressionou algumas vezes com delicadeza.

— Vinte e sete semanas?

— Vinte e seis e meia!

Josh se juntou a elas e Anna ergueu os braços para abraçá-lo. Aquele era o primeiro bebê de Leah e Josh, e eles irradiavam alegria. Leah seria uma mãe incrível — ela certamente tinha a melhor referência possível em Elizabeth.

Anna sentiu o coração apertado quando pensou na própria referência. A mãe a amara, muito tempo antes. Ou talvez sempre a tivesse amado. Anna queria acreditar naquilo de todo o coração.

— A gente esperou pra contar pessoalmente porque queríamos te perguntar uma coisa. — Leah passou a mão pela barriga. — Estamos tão felizes por você ter podido tirar algumas semanas para vir nos ver...

Anna assentiu, os pensamentos se voltaram para o teste de DNA que faria assim que conseguisse agendar. Ela poderia ter voltado ao país semanas antes, feito o teste, dado meia-volta e ido embora novamente. Mas, ao pensar na logística da viagem, Anna decidira ficar mais tempo na Jordânia para organizar sua agenda e poder passar algumas semanas em Pittsburgh. Pela centésima vez desde que acordara na casa de John e Elizabeth naquela manhã, se sentiu grata por ter tomado aquela decisão.

— Bem, teria algum jeito de você ficar um pouco mais? — Leah mordeu o lábio, nervosa. — Não sei, talvez... um trimestre, mais ou menos? — Ela olhou para Josh. — Nós queríamos muito que que você estivesse aqui para fazer o parto do bebê.

— Ah, meu bem — disse Anna, engolindo em seco.

Leah ergueu a mão.

— Sei que é pedir muito. Sei mesmo. Mas não há mais ninguém que eu gostaria de ter comigo na sala de parto.

Josh fingiu pigarrear. Leah deu um tapinha na perna do marido.

— Além de você, amor, obviamente. Embora eu ainda não esteja cem por cento convencida de que você não vai desmaiar.

Matt se aproximou e deu um soquinho brincalhão no braço de Josh.

— Cara, você vai ficar bem. Eu sofri durante três partos e sobrevivi.

— *Você* sofreu? — gritou Julia do outro lado da sala. — Continue falando assim e vou me certificar de que você saiba o que é sofrimento.

Matt sorriu.

— O segredo é ficar de pé perto da cabeça dela, aí vai ficar tudo bem. Nunca desça até... Você sabe... — Ele indicou com um gesto a área geral do ventre.

— Desculpa, não entendi. Até... o quê? — perguntou Anna, rindo. Já tinha visto muitos maridos sensíveis em seu ramo de trabalho.

Matt limpou a garganta.

— O médico sempre incentiva a gente a olhar quando o bebê está nascendo, mas nunca, jamais, faça isso. — Matt olhou de relance para Julia, que tinha voltado para a copa com os três filhos, e murmurou para Josh: — Confia em mim. Sei por experiência própria.

Josh esfregou o queixo e assentiu.

— Entendi. Nada de olhar.

Anna balançou a cabeça.

— Você tem ideia de quantos maridos juram que nunca vão olhar, e aí, quando o bebê está em coroamento, acabam com os olhos fixos no que está acontecendo, totalmente maravilhados?

— Quantos?

— Praticamente todos eles. — Ela riu da expressão de choque no rosto de Josh.

Rachel se aproximou e deu um tapinha no braço de Matt.

— Eca! Pessoal, vocês podem, *por favor*, parar de falar sobre as partes íntimas femininas? Se eu tiver que ouvir meus irmãos conversando sobre isso por mais um minuto, vou vomitar. Estou falando sério.

Matt sorriu e esfregou o braço onde ela bateu.

— Ah, qual é, Rach. Você gosta de partes íntimas femininas tanto quanto nós.

Gabe riu e fez um "toca aqui" com Matt. Rachel olhou entre os irmãos, horrorizada.

— Ai, meu Deus. Mãe! — gritou ela para o outro lado da cozinha. — O Gabe e o Matt estão sendo nojentos de novo!

Do outro lado da sala, Elizabeth sorriu.

— Parem de brigar, crianças — repreendeu em uma voz monótona, sem se preocupar em tirar os olhos da salada que estava fazendo.

Anna se acomodou melhor na cadeira, estranhamente reconfortada pelas brigas familiares. Sempre tinha sido assim com os Weatherall. Estar cercada pelo calor, pelas risadas e pelas discussões bem-humoradas sempre servia para ajudá-la a se esquecer de que havia um mundo lá fora onde coisas ruins aconteciam às pessoas.

Deus, como tinha sentido falta de todos eles! Saber que a mãe talvez tivesse morrido a fazia querer se agarrar àquele tempo com as pessoas de quem gostava, as pessoas que ainda poderiam estar ali com ela.

Ela pensou no pedido de Leah. Seu supervisor a incentivara a tirar férias mais longas quando ela pedira aquele tempo de folga. O esgotamento era algo comum em seu ramo de atuação, e Anna não tirava mais do que um fim de semana prolongado havia séculos. E, no carro, John mencionara que estavam sempre procurando por médicos para o hospital. Será que ela poderia conseguir uma posição temporária em ginecologia e obstetrícia e ficar ali pelo tempo necessário para fazer o parto do bebê de Leah? Considerando que a polícia já tinha algumas pistas sobre o desaparecimento da sua mãe, ela também poderia estar por perto se houvesse algum avanço no caso.

Anna deu outra olhada ao redor da cozinha. A verdade era que, se a mãe dela *realmente* tivesse morrido de ataque cardíaco naquele parque em San Francisco, tantos anos antes, ela gostaria de estar ali — cercada pelos Weatherall — quando recebesse a notícia. E gostaria de estar com Gabe. Ele era a única pessoa que ela gostaria que a abraçasse enquanto chorava.

VINTE E SEIS

Gabe ficou vendo Anna rir com a sua família e sentiu uma sensação de calma se instalar no peito, uma sensação que não experimentava desde que ela partira para o Oriente Médio. Quando perguntara sem meias-palavras sobre a segurança dela lá e que tipo de riscos corria, Anna só respondera que estava bem e mudara de assunto, o que não o surpreendera nem um pouco. Ela sempre insistia que era capaz de tomar conta de si mesma. E ele sabia que, se aquilo era verdade para alguém, aquele alguém seria Anna. Mesmo assim, algumas coisas não estavam sempre sob o controle dela.

A leitura obsessiva das notícias sobre a guerra na Síria e o trabalho humanitário no Médio Oriente não lhe dizia exatamente que ela estava fora de perigo. Só nos últimos meses, dois hospitais tinham sido bombardeados e manchetes sobre trabalhadores desaparecidos, provavelmente raptados por terroristas, apareciam em seu feed de notícias com uma frequência alarmante.

A noite anterior tinha sido a primeira vez em quatro anos em que ele havia conseguido dormir sem uma vaga sensação de pavor oprimindo seu peito. Depois que Anna fora embora, houve muitas noites em que Gabe desistira completamente de dormir, indo até a varanda de casa para olhar o céu noturno e se perguntando se conseguia ver as mesmas estrelas que ela via do outro lado do mundo.

Gabe viu Anna pegar uma fatia de pizza e se sentar na mesa da copa com Julia e os meninos.

— Oi, Henry. — Ele ouviu a voz dela vindo do outro lado da cozinha. — Toc, toc.

— Quem é? — perguntou Henry em sua vozinha infantil.

— É a vaca que interrompe.

— Vaca que inte...

— Muu!

Gabe soltou uma risadinha abafada, mas Henry riu tanto que caiu da cadeira e derramou o suco no braço de Julia.

— Henry! — Julia deu um pulo e pegou os guardanapos no centro da mesa.

Anna fez uma careta.

— Desculpa.

Gabe riu de novo.

— Quer uma? — disse uma voz ao lado de Gabe. Ao levantar os olhos, ele viu o pai parado ao seu lado, segurando duas cervejas.

— Claro. Obrigado. — Ele pegou uma cerveja, e o pai se sentou na banqueta ao lado e virou a outra garrafa. — Você deveria estar bebendo isso? — Gabe apontou para a cerveja.

— Eu me sinto melhor do que antes do ataque cardíaco. E a sua mãe já não me deixa comer mais nada gostoso. Não tente tirar a minha cerveja também. — Ele tomou outro gole, então indicou a direção da copa com a cabeça. — É bom ter toda a família reunida novamente.

Gabe olhou para Anna, depois de volta para o pai.

— É mesmo.

— Estou muito orgulhoso dela.

Gabe assentiu.

— Finalmente você tem a sua médica na família.

As palavras saíram da sua boca antes que ele se desse conta do que dizia. Aquele era um assunto que não surgia havia muito tempo e no qual ele não pensava muito. A verdade era que aquela história já tinha ficado no passado. Gabe estava a poucos anos de conseguir um cargo permanente na faculdade, recebia convites para palestras em todo o país e havia publicado sua pesquisa em todas as principais revistas acadêmicas. Mas, ao que parecia, ainda guardava um pouco de... Não amargura exatamente, mas uma chateação, talvez, pela pressão para ser médico quando era mais jovem.

O pai o encarou por um longo momento.

— Estou feliz por termos Anna na família. Mas, sabe, não teria sido o fim do mundo se não tivéssemos um médico.

Gabe ergueu as sobrancelhas. O pai provavelmente havia batido com a cabeça durante o ataque cardíaco, porque aquela atitude branda não era bem do seu feitio.

John pigarreou.

— Sei que não falo muito sobre isso, mas não poderia estar mais orgulhoso de você. Desculpe se eu não deixei isso claro quando você era mais jovem. — Ele fez uma pausa e apertou a nuca como se suas palavras estivessem provocando uma dor física. — A minha família não tinha muito dinheiro quando eu era criança e a minha mãe nos criou com dificuldade. Depois que o meu pai morreu, não éramos apenas da classe trabalhadora. Éramos pobres. A minha mãe trabalhava em três empregos e, ainda assim, às vezes não havia comida suficiente em casa e íamos dormir com fome. Eu queria que vocês seguissem profissões nas quais eu sabia que não teriam dificuldades. Mas talvez eu tenha deixado isso sair do controle.

Gabe se recostou no assento. Ele sabia que o avô paterno tinha sido metalúrgico e que morrera jovem. Mas nunca havia parado para pensar em como deveria ter sido para o pai crescer com uma mãe que o criara sozinha e que tinha poucas habilidades profissionais. O pai nunca falava sobre isso. No tempo em que Gabe convivera com a avó, ela sempre parecia estar satisfeita.

Naquele momento, ocorreu a Gabe como a avó tivera que trabalhar duro para alcançar aquela tranquilidade. A voz do pai interrompeu seus pensamentos:

— Sei que fui duro com você e mais ainda com o Matt. Já disse isso a ele e agora estou dizendo a você. Desculpe.

Gabe passou a mão pela testa, tentando fazer o cérebro acompanhar aquela mudança de perspectiva.

— Você não precisa se desculpar. Eu não estaria onde estou se você não tivesse me pressionado.

O pai inclinou a cabeça.

— Bem, então espero que você perdoe um cara que recentemente viu a vida passar diante de seus olhos por lhe dar mais um empurrãozinho. — Ele ergueu o queixo na direção de Anna. — Ela não vai ficar por aqui por muito tempo.

O coração de Gabe acelerou. Seu olhar foi atraído novamente na direção de Anna que, como se sentisse que estava sendo observada, levantou os olhos e abriu aquele sorriso que iluminava seu rosto para ele. De algum lugar distante, Gabe ouviu o pai dizer:

— A menos que alguém lhe dê um bom motivo para isso.

Gabe se virou rapidamente para encarar o pai, que encontrou seu olhar sem vacilar e continuou:

— Acredite em mim. A vida pode mudar em um segundo. Não perca a sua oportunidade.

Gabe abriu a boca, mas logo voltou a fechá-la. Então não conseguiu evitar. Ele riu. Como sempre, lá estava o pai, achando que sabia o que era melhor para todo mundo. Dando um empurrãozinho sutil, ou não tão sutil, em um dos filhos, na direção que ele achava que deveria seguir. Mas, daquela vez, Gabe não poderia ficar bravo com aquilo. Porque, daquela vez, desconfiava de que o pai estivesse certo.

— Obrigado pelo conselho.

O pai apertou seu ombro e desceu da banqueta. Gabe ficou observando-o atravessar a cozinha e se aproximar da esposa no fogão, estendendo a mão por cima dela para pegar um cogumelo de uma das pizzas. Elizabeth deu um tapinha na mão dele, e John riu e passou o braço em volta dela, aproveitando para lhe dar um beijo no rosto.

Gabe tomou um bom gole de cerveja enquanto o caos da família girava em torno dele: os sobrinhos rindo de alguma piada, Leah e Julia debatendo nomes de bebês, a risada baixa do pai enquanto flertava com a mãe.

Como era possível que houvesse crescido em um ambiente em que a família era tudo e nunca tivesse encontrado alguém com quem compartilhar a vida? O olhar de Gabe parou em Anna. Talvez porque tivesse passado a maior parte de sua vida adulta comparando cada mulher que conhecia com uma pessoa.

VINTE E SETE

Gabe estava olhando para os dados da sua última pesquisa havia tanto tempo que já começava a ficar vesgo. Então, quando seu celular apitou na mesa, ele ficou grato pela distração. Desviou o foco dos preços das moradias e dos níveis de renda, levantou a cabeça e viu uma mensagem de Rachel.

Rachel
Vou encontrar a Anna no Tram's às oito. Quer jantar com a gente?

Gabe checou a hora no relógio do computador: eram sete e meia. Ele olhou para sua planilha e novamente para o celular.

Não precisava nem pensar.

Vinte minutos depois, estava passando de carro por Lawrenceville, o antigo bairro de Anna. Ao parar em um sinal vermelho na Butler Street, viu um grupo de jovens de vinte e poucos anos checando seus iPhones enquanto esperavam do lado de fora de um restaurante mexicano lotado. Duas portas adiante, crianças faziam fila ao lado dos pais na frente de uma sorveteria local.

Ele já estivera em Lawrenceville dezenas de vezes nos últimos anos, mas, pela primeira vez em muito tempo, se dava conta de como o lugar havia se transformado desde que Anna tinha morado lá. Primeiro, artistas haviam se mudado para a vizinhança, atraídos pelos preços baixíssimos dos aluguéis e pelas lojas de rua vazias que converteram em galerias de arte. Em seguida, tinham aparecido as boutiques, bares e restaurantes modernos de chefs promissores que nunca poderiam ter arcado com o preço de abrir o próprio negócio em regiões maiores e mais caras. E, finalmente, o lugar chamara a atenção das famílias jovens, que haviam começado a comprar os imóveis renovados mais rápido do que as construtoras conseguiam lançá-los. Matt tinha um escritório em Lawrenceville e sua empresa de construção era conhecida por ter feito algumas das reformas de maior qualidade do bairro.

Gabe entrou com o carro na Main Street e estacionou no alto da colina. À sua esquerda, as nuvens se transformavam em faixas rosadas e alaranjadas por trás do horizonte da cidade, e à direita, o sol poente se refletia nas janelas novas e cintilantes das casas geminadas de tijolos.

O que será que Anna pensaria quando passasse por aquele lugar que a assombrara, naquele momento limpo e coberto por camadas de tinta fresca? A infância dela não tinha sido do tipo que, depois de um tempo, se desvanecia em uma névoa cor-de-rosa de lembranças, como a dele. Era do tipo que perdurava na memória, como o cheiro acre de fumaça de cigarro em uma camisa que nunca fica limpa, por mais que se lave.

Será que o mesmo pôr do sol que as pessoas estavam pagando centenas de milhares de dólares para ver de seus novos terraços faria Anna se lembrar do pavor que costumava sentir com o cair da noite, quando precisava redobrar a atenção no caminho de volta para casa? Será que ela passaria por aquelas ruas cheias de crianças e famílias jovens e descoladas e ainda se encolheria por dentro nos cruzamentos onde os traficantes de drogas costumavam assediá-la?

Ele não fazia ideia do que tinha acontecido com o antigo prédio de Anna — se ainda estava em ruínas, administrado pelo mesmo senhorio explorador bêbado, ou se alguma empreiteira o havia reformado, transformando-o em uma casa para uma única família e colocando à venda por um milhão de dólares. Anna provavelmente evitava aquela parte específica do bairro, assim como evitava falar sobre a mãe. Será que a mudança para o outro lado do mundo a ajudara a enfim aceitar sua infância? Ou ela ainda examinava a multidão em busca de mulheres com características familiares?

Gabe sabia que o tempo em que poderia permanecer em silêncio sobre o colar da mãe dela estava se esgotando. Mesmo que Anna não quisesse falar sobre a mãe, mesmo que não quisesse saber sobre o colar, ele tinha que contar a verdade. Não poderia pedir a ela para ficar na cidade com aquele segredo pairando entre os dois. Mesmo que aquilo significasse que ela poderia se virar e ir embora.

Ele desviou os olhos da vista e caminhou meio quarteirão até o Tram's, um restaurante vietnamita que, apesar da ascensão substancial do bairro, havia preservado suas origens.

O lugar estava lotado quando ele abriu a porta e entrou. Anna estava sentada sozinha à mesa, examinando o cardápio. Ela levantou rapidamente a cabeça quando ele se sentou em uma cadeira à sua frente.

— Gabe! Oi! Não sabia que você vinha também.

— A Rach achou que você não se importaria.

— É claro que não me importo.

Gabe se ajeitou na cadeira e olhou para ela do outro lado da mesa.

— É muito importante para a minha família que você tenha voltado para casa depois do ataque cardíaco do meu pai.

Era muito importante para ele também.

Ele tinha ficado bastante surpreso ao receber aquela mensagem dizendo que ela finalmente planejava visitá-los. Já havia quase perdido a esperança depois que o tempo dela no Oriente Médio se estendera por três anos, e depois quatro. Ao que parecia, Anna tinha começado a namorar um cirurgião — Adrien ou alguma coisa parecida. Um domingo, no jantar, ele tivera que ouvir Leah falando sobre querer conhecer o cara durante uma ligação com Anna por Zoom.

Mas, naquele momento, Anna estava ali, e o tal cirurgião estava lá.

E tudo o que Gabe precisava fazer era convencê-la a ficar.

— É muito bom estar em casa para uma visita — admitiu Anna, servindo o vinho da garrafa que estava em cima da mesa.

Uma visita.

— Você está lá há quatro anos. Isso é muito tempo. Já pensou em sossegar?

— O que significa "sossegar"? — Ela semicerrou os olhos para ele. — Voltar para os Estados Unidos?

— Voltar para *casa*. Para Pittsburgh. — Gabe se inclinou para a frente na cadeira. — E se casar, ter filhos, todas essas coisas.

Anna endireitou o corpo na cadeira.

— Não sei. Não cresci brincando de boneca nem sonhando com o meu casamento. Meus sonhos sempre foram ser médica, ter uma vida longe... Bem, longe desse bairro, na verdade.

— Sim, mas você conseguiu tudo isso. Há muito tempo. E quanto a novos sonhos?

— Não sei se tive as melhores referências em relação a casamento e maternidade.

Ela começou a arrumar os talheres em cima do guardanapo. Aquilo era o mais próximo que Anna chegara de falar sobre a mãe em anos. Gabe cerrou os lábios, torcendo para que seu silêncio a levasse a continuar falando.

Finalmente, Anna encolheu os ombros.

— Não sou muito confiável no que diz respeito a fazer um relacionamento funcionar ou cuidar de pequenos seres humanos.

Gabe a encarou. Ela estava falando sério? Como podia pensar uma coisa daquelas?

— Você é uma excelente médica, e não é só porque é inteligente. É por quem você é, pela sua paciência, pela sua atenção com as pessoas. Tipo com a minha avó, na época em que você passava horas examinando álbuns de fotos com ela. Ou com a Leah, que sempre te admirou tanto. Sabe, ela chorou quando descobriu que estava grávida porque achou que você não estaria aqui para fazer o parto.

O rosto de Anna se contraiu de tristeza.

Gabe respirou fundo.

— E ainda tem eu.

— Você?

— Você é a melhor amiga que eu já tive. Não consigo imaginar a minha vida sem você. — Ele se inclinou mais para a frente, com uma intensidade repentina. — Anna, pensa na possibilidade de ficar em Pittsburgh.

Ela virou a colher nas mãos.

— Gabe, eu tenho toda uma vida lá...

— Você tem toda uma vida *aqui* — começou a retrucar Gabe, enfático, mas então parou e respirou fundo. — Pelo menos fique pelo tempo necessário para fazer o parto do bebê da Leah. — Ele ficou impressionado com o quanto queria que ela dissesse sim. — E depois disso...

Gabe estendeu a mão e a repousou sobre a de Anna para acalmar o movimento nervoso dela com os talheres. Ela levantou a cabeça ao sentir a pressão suave da mão dele e os olhares dos dois se encontraram.

— Depois disso, pense na possibilidade de ficar por mim.

Anna não respondeu, mas também não desviou o olhar. O ar parecia vibrar enquanto os dois se encaravam acima da mesa, mas então, antes que Gabe pudesse dizer qualquer outra coisa, uma voz o interrompeu.

— Desculpa o atraso!

Antes que Gabe conseguisse piscar, Anna tirou a mão de baixo da dele.

Rachel estava parada diante da mesa, usando um terninho cinza conservador e sapatos pretos de salto alto. Ela tirou o blazer e o pendurou nas costas de uma cadeira, revelando uma blusa sem mangas que mostrava as seis ou sete tatuagens espalhadas pelos braços. Rachel se sentou na cadeira ao lado de Anna e se serviu de um pouco de vinho.

— O trânsito na 28 é sempre péssimo.

Mas Gabe mal a ouviu, porque seu coração estava martelando ao ver o sorriso minúsculo e esperançoso que curvava os lábios de Anna.

VINTE E OITO

— Dra. Campbell? — chamou uma voz atrás de Anna, que descia o corredor azul-claro da maternidade do hospital. Ela se virou e viu Constance, uma das enfermeiras da obstetrícia, se aproximando. — A paciente do quarto 321 já está acomodada. Contrações com três minutos de intervalo.

— Obrigada. — Anna sorriu para a nova colega. — Pode me chamar de Anna.

Ela estava acostumada a uma interação mais informal com as pessoas por conta do seu trabalho nos campos de refugiados. Levaria algum tempo para se reajustar às formalidades e políticas de um grande hospital moderno.

As providências para a estadia prolongada de Anna em Pittsburgh tinham se desenrolado perfeitamente. John a colocara em contato com a chefia da obstetrícia do hospital, que tivera grande prazer em oferecer um cargo temporário a ela na maternidade. E Rachel a ajudara a encontrar um pequeno apartamento mobiliado em um bairro tranquilo próximo. A proprietária, uma professora universitária amiga de Rachel, tinha viajado para o exterior para um período sabático e oferecera a Anna um contrato de aluguel de seis meses.

Era um período perfeito para Anna fazer o parto do bebê de Leah e receber os resultados do teste de DNA que tinha feito na semana anterior. E depois disso…

Bem, depois disso, teria que parar para pensar.

Gabe queria que ela ficasse. *Por ele.* Embora ele não tivesse tocado no assunto novamente, aquela possibilidade estava sempre ali. Não era novidade, aquela vibração contida que surgia toda vez que eles estavam juntos em algum lugar, como se os dois estivessem em uma frequência ligeiramente diferente dos outros. Mas, pela primeira vez, Anna estava aberta às possibilidades. De que Gabe pudesse amá-la. E de que ela merecesse aquele amor. Pela primeira vez, estava disposta a contar tudo a ele: sobre seu passado, sobre a mãe e sobre o motivo para a mãe ter ido embora.

Desde que havia atendido àquele telefonema do policial de San Francisco, era como se alguém tivesse aberto uma válvula para soltar a pressão que enchia seu peito. Anna se preparara para o pior por metade da vida. Se a mãe realmente tivesse morrido de ataque cardíaco naquele parque, ao menos sentiria um certo conforto por saber que ela havia partido em paz. Que não sofrera. E que não tivera a intenção de abandonar a filha para sempre.

Talvez a mãe dela sempre tivesse planejado voltar.

E talvez Anna não fosse a culpada pelo afastamento dela.

E, se tudo aquilo fosse verdade, talvez Anna *pudesse* ter todas aquelas coisas sobre as quais ela e Gabe tinham conversado algumas semanas antes. Casamento, filhos. Uma família.

E talvez pudesse ser com Gabe.

— Anna? — A voz de Constance interrompeu seus pensamentos. — Há uma paciente no 316 que acho que você deveria atender imediatamente. Uma mulher com cerca de vinte e cinco semanas. — O rosto da enfermeira se contraiu de preocupação. — Ela diz que caiu da escada, embora seus ferimentos não consistam com uma queda. Desconfio de violência doméstica, mas ela não confirma nada. Ela não tem obstetra nem plano de saúde.

— Vou até lá agora mesmo.

Anna seguiu apressada pelo corredor e Constance lhe mostrou o quarto de uma jovem grávida de vinte e poucos anos.

— Oi — cumprimentou Anna. — Sou a Dra. Campbell, mas pode me chamar de Anna. Sou obstetra, então me pediram para te examinar. Tudo bem por você?

A jovem a observou sob cerca de cinco camadas de delineador preto e finalmente assentiu.

— Meu nome é Hayleigh.

Anna examinou rapidamente o prontuário de Hayleigh, então olhou de relance para o hematoma roxo que se formava ao redor do olho da jovem e para o corte na face, que ainda sangrava, manchando a atadura de gaze que o cobria.

— A enfermeira vai chegar em um instante para dar alguns pontos nesse corte no seu rosto, mas antes temos que checar como está o seu bebê, certo?

Ela pediu a Hayleigh que se deitasse para que pudesse verificar a frequência cardíaca do bebê. A paciente estremeceu e levou a mão ao tórax enquanto se acomodava na mesa de exame, e a parte dos braços que se via além da manga da camiseta exibia hematomas em formato de dedos.

Quando Anna se aproximou, o cheiro acre de fumaça de cigarro ficou mais forte e ela foi atingida por uma lembrança vívida. Ela paralisou enquanto o fedor de tabaco velho a envolvia, o mesmo que costumava sentir quando a mãe se sentava no sofá ao lado dela ou se inclinava para lhe dar um abraço. Apesar do impacto, Anna se sentiu estranhamente reconfortada por aquele cheiro forte. O cheiro da sua infância. Da sua mãe. Estar de novo ali em Pittsburgh parecia trazer as lembranças de volta com mais intensidade.

As mãos de Anna tremiam quando ela levantou gentilmente a camiseta de Hayleigh, expondo sua barriga arredondada.

— Vai doer? — perguntou Hayleigh, olhando para o aparelho na mão de Anna.

— Isso? — Anna ergueu o monitor Doppler. — Não, de jeito nenhum. Vou só encostar na sua barriga para ouvir os batimentos cardíacos do bebê. Tudo bem?

Hayleigh encolheu os ombros.

— Acho que sim.

— Se você sentir algum desconforto, é só me avisar.

Anna pressionou a barriga de Hayleigh algumas vezes, primeiro com as mãos, então com o Doppler. Depois de um instante, uma batida alta e constante, como a de um trem em movimento, encheu o quarto.

Anna sorriu.

— Esse é o batimento cardíaco do seu bebê. 135 batimentos por minuto, o que é perfeito.

Hayleigh estremeceu enquanto se esforçava para se apoiar nos cotovelos.

— Jura? Isso é um batimento cardíaco?

Anna assentiu.

— Sim. É a primeira vez que você está ouvindo?

Hayleigh assentiu e desviou os olhos.

— Hum. É.

— Você já teve alguma consulta médica para acompanhar a gravidez?

Hayleigh balançou a cabeça.

— Eu nem sabia que estava grávida até pouco tempo, então... ia procurar um médico. Logo.

A gravidez já estava bastante adiantada, mas Anna sabia que precisava agir com cuidado. Repreendê-la por não procurar atendimento pré-natal só a desencorajaria a voltar.

— Tudo bem. Pela estimativa da sua última menstruação, parece que você está com cerca de vinte e cinco semanas, então esse é um bom momento para começar a ter consultas regulares.

Ela ajudou Hayleigh a se sentar e explicou a ela os cuidados que poderia esperar no centro de obstetrícia. Depois, puxou o banquinho mais para perto para poder olhar a mulher mais jovem nos olhos.

— Os batimentos cardíacos do bebê parecem bons, mas eu gostaria de encaminhar você para um exame de ultrassom, só para ter certeza de que está tudo bem mesmo e para que a gente possa ter uma estimativa mais precisa da data do parto.

Hayleigh assentiu.

— Você pode me dizer como isso aconteceu? — perguntou Anna gentilmente.

Hayleigh abaixou os olhos para as botas Ugg falsificadas.

— Eu caí da escada — murmurou.

Anna sentiu o peito apertado e outra lembrança voltou rapidamente.

Uma escada frágil que levava a um porão escuro. Só que ninguém havia caído. Não exatamente.

Ela afastou a lembrança e se concentrou na paciente.

— Quando eu era pequena, a minha mãe brigava muito com os namorados — falou, pousando a mão gentilmente no braço de Hayleigh. — Às vezes, aconteciam agressões físicas e os machucados dela se pareciam muito com os seus.

Quando Hayleigh ergueu a cabeça, Anna continuou:

— Alguém fez isso com você?

Hayleigh estreitou os olhos marcados pelo delineador.

— Se você contar a alguém, vou negar.

Anna assentiu.

— Tudo bem. Eu prometo.

Se Hayleigh não confiasse nela, Anna nunca mais a veria. E então o que aconteceria com a jovem? Com o bebê que ela carregava?

Hayleigh suspirou e abaixou novamente os olhos, seu rosto parecendo ainda mais jovem.

— Eu não posso largar ele, não adianta nem dar essa ideia. Ele nunca vai me deixar ir embora, ainda mais com o bebê chegando.

— Se você contar à polícia o que aconteceu e prestar queixa...

— Não posso. — Hayleigh balançou a cabeça. — Isso arruinaria a vida dele. Ele não faz de maldade... É só que o pai vivia estapeando ele, então é só isso que conhece. Ele se arrepende. Sei disso. E sei que, no fundo, ele me ama.

Anna chegou o corpo um pouco para trás enquanto uma voz familiar ecoava em sua mente. *Ele está cansado. Está chapado. Está arrependido.* Ele estava sempre cansado. Sempre arrependido. Até voltar a fazer.

Será que apelar para a segurança do bebê funcionaria com Hayleigh? Já havia funcionado alguma vez? Anna não tinha muitas outras opções.

— Estou preocupada que ele possa machucar o bebê.

Hayleigh arregalou os olhos.

— Ele nunca machucaria o bebê! É que às vezes eu consigo ser bem irritante e faço coisas idiotas para irritá-lo.

Anna sustentou o olhar da jovem.

— Bebês podem ser muito irritantes, ainda mais com toda a bagunça, com todo o choro.

— Olha — disse Hayleigh bruscamente. — Você não tem ideia de como é. Se eu tivesse algum jeito de sustentar esse bebê sozinha, faria isso. Mas como? Eu não tenho nada. E ninguém quer ajudar uma pessoa como eu.

Como Anna poderia argumentar com aquilo quando ela mesma vivera a própria versão daquela história? Tinha que haver outra maneira. Alguma coisa que pudesse fazer.

Anna tirou um de seus cartões do bolso da frente do jaleco, anotou um nome e número de telefone no verso e o entregou a Hayleigh.

— Esse é o número da minha amiga Rachel. Ela é advogada e tem muita experiência com situações como a sua, e às vezes aceita casos sem cobrar nada. Se você quiser ajuda, ou mesmo se quiser só discutir as suas opções, pode conversar com a Rachel.

Hayleigh pegou o cartão e ficou olhando para ele por algum tempo. Então assentiu e o guardou na bolsa.

— Obrigada.

Anna se ocupou em pedir um ultrassom e chamar a enfermeira para cuidar do corte no rosto de Hayleigh, mas sentia o coração doer o tempo todo. Hayleigh acreditava que merecia ser mandada para o pronto-socorro só por ser irritante e, em alguns meses, seu bebê nasceria dentro daquela mesma situação. Mas nada daquilo era culpa da jovem. Anna sabia disso.

Quando a assistente de enfermagem chegou para levar Hayleigh para o ultrassom, Anna ficou onde estava, tremendo apesar do ar quente que soprava pelas aberturas do aquecimento. Se conseguia ver a situação de Hayleigh tão claramente, por que olhar para trás, para a própria vida, era como olhar através de uma névoa? Será que algum dia seria tão gentil com si mesma e se perdoaria pelo que tinha feito? Ou aquilo pairaria acima da sua cabeça para sempre, como aquele cheiro de fumaça de cigarro que se agarrava às suas memórias?

VINTE E NOVE

Gabe chegou em casa depois de uma corrida pela trilha North Shore e entrou em seu loft no momento em que a chuva começou a cair do lado de fora. Era um raro domingo em que ele não ia jantar na casa dos pais, já que os dois estavam em Connecticut para a confraternização da turma de faculdade do pai. Matt e Julia tinham levado as crianças para visitar a família de Julia e o marido de Leah, Josh, partira para Nova York naquela tarde em uma viagem de negócios.

A noite se estendia diante dele. Talvez mandasse uma mensagem para Anna, para ver se ela queria jantar. Ela andava tão ocupada com o novo emprego nos últimos tempos que ele só conseguia vê-la na casa dos pais, no jantar de domingo. Não era exatamente uma situação propícia para conversar sobre o futuro deles. Na última conversa, Gabe ficara com a sensação de que ela talvez estivesse aberta a falar sobre o assunto.

Ele só precisava encontrar o momento certo para contar a ela sobre o colar. Porque, até que confessasse tudo, não poderia ter um futuro de verdade com Anna.

Gabe ouviu uma batida na porta. E, como se a tivesse invocado, viu Anna parada no capacho com uma sacola de comida chinesa para viagem na mão. Reparou no rosto corado, nos lábios que se curvavam em um sorriso e no cabelo escuro que caía em ondas pelas costas. Sentiu-se ridiculamente feliz em vê-la.

Anna passou por ele e entrou no loft, e Gabe ficou olhando enquanto ela se dirigia até a cozinha. Ele se virou para fechar a porta e viu Rachel parada ali, segurando uma garrafa de vinho. Droga. Anna não tinha ido sozinha.

— Ah, oi, não precisa mesmo ligar primeiro — murmurou, mais mal-humorado do que deveria ao ver a irmã.

Rachel empurrou a garrafa de vinho nas mãos dele.

— Domingo é dia de ficar com a família.

— Você não tem uma noiva a quem deveria estar fazendo companhia?

— A Aaliyah está viajando. — Rachel deu de ombros. — Está em Londres.

Gabe se virou para a porta no momento em que Leah, grávida de oito meses, entrava.

— Também viemos — acrescentou ela, acariciando a barriga.

Ao contrário de Rachel, a irmã caçula nunca o irritava. Gabe sorriu e passou os braços ao redor dela e da barriga enorme.

— Como você está se sentindo? Como está a parasita?

— Ela está bem. Mais três semanas e meia até sair do forno.

Gabe seguiu Anna e as irmãs até a cozinha, deixou o vinho na bancada e foi tomar uma ducha para lavar o suor da corrida.

Quando saiu, as três estavam sentadas diante da ilha da cozinha comendo rolinhos-primavera e conversando em voz baixa.

— De quanto tempo ela estava? — perguntou Leah, pressionando a mão na barriga com uma expressão horrorizada no rosto.

— Cerca de vinte e cinco semanas.

— De quanto tempo *quem* estava? — perguntou Gabe, pegando uma cerveja na geladeira.

— A paciente de Anna que foi agredida fisicamente pelo namorado — murmurou Rachel, a voz soturna.

Gabe pousou a cerveja.

— Merda. O bebê tá bem?

Anna assentiu.

— Sim, dessa vez. Com sorte não haverá uma próxima. Rachel, passei o seu número pra ela. Espero que não se importe. No curto prazo, ela precisa de uma medida protetiva. Mas, assim que o bebê nascer, haverá questões de custódia para resolver.

— Sim, claro. Vai ser um prazer fazer o que eu puder pra manter esse imbecil longe dela e do bebê.

Gabe dirigiu um sorriso afetuoso à irmã. Para cada mulher rica com um marido adúltero que Rachel ajudava a conseguir um acordo multimilionário, ela assumia um caso *pro bono*, atendendo mulheres em um abrigo para vítimas de violência doméstica e cuidando de adoções no programa de acolhimento familiar.

— Obrigada, Rach — disse Anna. — Espero que ela ligue pra você essa semana. Parece que é uma daquelas situações em que a mulher fica defendendo o cara e sempre volta para ele.

Uma sombra passou pela expressão dela, e Gabe se perguntou se estaria pensando na mãe. Ele nunca se esqueceria de Anna lhe contando sobre os homens violentos que costumavam frequentar o apartamento quando ela era mais nova.

— Bem, talvez o bebê sirva como o catalisador de que ela precisa pra finalmente deixar esse cretino de vez — declarou Rachel. — Ficarei feliz em ajudar como puder.

— Obrigada. — Anna estendeu a mão e apertou a da amiga.

Gabe tirou uma pilha de correspondência do caminho, pegou um prato e se serviu. Rachel pegou um envelope pesado de cor creme que estava no topo da correspondência e o abriu, tirando um convite de casamento de dentro.

— Quem são Chad e Katie? — perguntou.

Gabe olhou para ela por cima do prato com *lo mein*.

— Você sabe que é ilegal abrir a correspondência alheia, né?

— Sim, sim. Me processe — retrucou ela, examinando o convite. — Ah, é em um hotel chique de Chicago. Quem você vai levar com você?

Gabe deu de ombros.

— Não sei ainda.

Ele era um grande mentiroso. Assim que o convite para o casamento dos amigos da pós-graduação chegara, ele havia pensado em convidar Anna para acompanhá-lo.

— Todo mundo sabe que não se pode ir a um casamento sozinho. Se houver alguma madrinha solteira, ou primos gays, você vai ser como um pedaço de carne pendurado na frente de um leão faminto.

Gabe revirou os olhos.

— Que fantástico, Rachel. Você é tão feminista.

— Só estou dizendo a verdade — murmurou Rachel.

Mas suas palavras seguintes foram interrompidas por Leah, que deslizou da banqueta, segurando a barriga arredondada.

— Gente, acho que eu não devia ter comido aquele rolinho primavera.

Gabe viu a expressão de dor da irmã.

— Ei, Leah, você tá bem?

— Vou só no banheiro rapidinho... Ah, não — arquejou Leah, olhando para os pés. Seu rosto ficou muito vermelho quando o líquido empoçou ao redor das pernas das banquetas cromadas. — Que vergonha... Gabe, acho que acabei de fazer xixi no seu chão. Não acredito que ninguém conta essas coisas pra gente. Passei a gravidez toda espirrando e me mijando.

— Diante dessa informação, oficialmente nunca terei filhos — disse Rachel, com a mão na barriga.

Era raro Gabe concordar com Rachel. Com duas irmãs, ele tinha passado a vida toda aprendendo muito mais sobre problemas femininos do que jamais desejara saber. Mas aquele definitivamente era um novo limite.

E então Anna falou, e tudo ficou ainda pior.

— Meu bem, não acho que isso seja xixi. Isso foi a sua bolsa estourando.

• • •

As mãos de Gabe tremiam no volante quando a placa do hospital finalmente apareceu. Com a chuva castigando o para-brisa, Leah ofegando e se contorcendo com cada contração e Rachel palpitando sobre a melhor forma de dirigir, ele nunca se sentira tão feliz em ver a palavra "EMERGÊNCIA" cintilando em vermelho.

— Josh! Eu preciso do Josh!

Os olhos cheios de pânico de Leah iam de Gabe para Anna enquanto os dois a ajudavam a sair do carro e a colocavam em uma cadeira de rodas. Eles tinham ligado para o marido de Leah do apartamento de Gabe. O avião de Josh havia pousado em Nova York uma hora antes e ele estava fazendo o possível para já pegar outro de volta para casa.

— Ele vai estar aqui assim que puder — tranquilizou-a Gabe pela décima quinta vez.

Anna acariciou o braço de Leah.

— Os primeiros filhos costumam demorar um pouco para nascer. Se o Josh conseguir um voo de volta logo, deve chegar com bastante tempo de sobra.

— É cedo demais para o bebê nascer.

Havia um medo na voz de Leah que ecoava os pensamentos de Gabe. Ela disse que tinha mais três semanas. Aquilo não poderia ser bom, certo?

Quando Anna falou, sua voz era baixa e tranquilizadora.

— Você está com quase trinta e sete semanas, que é uma gestação a termo. É um pouco mais cedo do que estávamos esperando, mas o bebê vai ficar bem.

Anna se levantou e se virou para Rachel e Gabe.

— O Josh vai demorar horas para chegar e a mãe de vocês está fora da cidade. — Ela olhou de um para o outro. — Alguém precisa entrar na sala de parto e apoiar Leah durante as contrações.

Gabe cambaleou para trás.

— Não olha pra mim.

Anna se virou para Rachel.

— Rach? Você consegue lidar com isso?

Rachel fechou os olhos com força.

— Sim. Claro. Ela é a minha irmãzinha. Eu consigo. É claro que consigo.

Parecia que ela estava tentando se convencer, mas Gabe não tinha tempo para se preocupar com aquilo.

Eles logo colocaram Leah em um elevador, a caminho do segundo andar. Gabe se certificou de que a irmã estivesse bem acomodada em uma sala de parto e então se virou para fugir para a sala de espera. Já tinha quase conseguido escapar quando Anna o chamou. Ele se virou e a viu inclinar a cabeça na direção de Rachel.

Ah, merda.

Rachel estava parada no meio do quarto, as mãos segurando com força as costas da cadeira de rodas de Leah. Seu rosto estava branco como os lençóis e ela encarava cegamente a parede à sua frente. Leah soltou um gemido baixo quando outra contração chegou e Rachel oscilou no lugar, fazendo coro ao gemido da irmã.

Gabe voltou a atravessar rapidamente o cômodo, segurou Rachel pelos ombros e a levou até uma cadeira antes que ela pudesse fazer algo estúpido, como desmaiar. Ela se inclinou e colocou a cabeça entre os joelhos, respirando alto e em arquejos.

De repente, ele se lembrou do motivo pelo qual Rachel nunca seria a médica da família. Nem mesmo o pai deles havia cogitado seriamente a ideia depois que ela caíra da bicicleta na quarta série e vomitara ao ver o próprio joelho arranhado.

Gabe se virou para Leah e se agachou ao lado dela.

— Hum... só respira.

Era aquilo que ele deveria dizer, não era? Gabe tinha a sensação de que os filmes sobre mulheres dando à luz não eram exatamente precisos, mas não tinha muitas outras referências em que se basear.

A contração de Leah passou e ela deixou o corpo desabar na cadeira de rodas para recuperar o fôlego. Anna se inclinou para a frente e sussurrou no ouvido de Gabe:

— Leva a Rachel para a sala de espera. Não preciso de dois pacientes aqui.

A sala de espera era uma ótima ideia. Gabe mal podia esperar para chegar lá. Mas, antes que pudesse escapar, Anna agarrou seu braço.

— Mas você precisa voltar.

— O quê? — sibilou ele.

— A Leah precisa de você. Ela precisa de alguém aqui com ela.

Gabe olhou para Leah, que estava com os olhos fechados e arfando alto.

— Ela tem *você* aqui.

— Nesse momento, não sou a amiga dela. Sou a médica.

— Não tem nenhuma enfermeira?

— A Constance precisa checar alguns outros pacientes. E a Leah precisa de alguém que possa segurar a mão dela o tempo todo. Ela precisa de *você*.

Malditos fossem a mãe dele e Josh por terem tido a coragem de sair da cidade com Leah grávida. A mãe dele, em particular, deveria saber como as mulheres grávidas eram instáveis. Ao que parecia, toda aquela coisa da data do parto era só uma sugestão, e os bebês podiam simplesmente sair a qualquer momento.

Gabe pegou o braço de Rachel e a guiou pelo corredor em direção à sala de espera. Ela seguiu ao seu lado, ainda pálida e trêmula.

— Gabe — murmurou ela —, acho que vou vomitar.

— Rachel, se você vomitar agora, eu te mato.

Ela se sentou em um sofá e, depois de lançar um último olhar de anseio para a sala de espera, Gabe voltou para perto de Leah.

Enquanto estivera fora, Anna tinha colocado roupas hospitalares, vestido uma camisola em Leah e a levado para a cama. Outra contração atingiu a irmã, e Gabe ficou perto da porta enquanto Anna segurava a mão de Leah e murmurava para acalmá-la. Quando a contração passou e Leah se recostou novamente para relaxar, Anna fez sinal para ele se aproximar, indicando que deveria assumir o lugar dela. Gabe não tinha muita escolha, então se sentou na cadeira ao lado de Leah e pegou a mão dela.

— Eu não deveria estar usando a roupa do hospital, uma roupa esterilizada ou algo assim?

Nos filmes, todo mundo usava batas, luvas cirúrgicas e chapéus estranhos em formato de gorro.

— Por quê? — Anna olhou para a calça jeans e a camiseta cinza desbotada que Gabe vestia. — Você está planejando se sujar?

Ele recuou.

— Meu Deus, não!

Os lábios de Anna se curvaram levemente em um sorriso.

— Você está bem assim.

Gabe teve a sensação de que ela estava gostando de vê-lo tão perturbado. E ele não se incomodava — admitia que estava mesmo um pouco fora de si. E a verdade era que aquilo não era algo em que já desejara se destacar.

Nas horas seguintes, Gabe foi basicamente improvisando conforme a situação se desenrolava: segurando a mão de Leah, repetindo que ela estava indo muito bem e lembrando-a de respirar. Por fim, assumiu plenamente seu papel de acompanhante ativo de parto, enxugando a testa de Leah com um pano frio, servindo copos de água gelada e ajudando-a a sair da cama para caminhar pelo corredor ao ouvir Anna sugerir que aquilo poderia ajudar a acelerar o trabalho de parto.

Anna monitorou a frequência cardíaca de Leah e do bebê, checou se havia dilatação — enquanto Gabe fingia que precisava muito fazer xixi e saía do quarto — e garantiu a ele e a Leah que estava tudo bem.

Gabe não sabia se aquilo era realmente verdade porque, horas depois, Leah ainda estava em trabalho de parto e ele se sentia um caco. Suas roupas estavam amassadas e suadas e a voz estava rouca de tanto gritar palavras de encorajamento durante as contrações, que se tornaram cada vez mais intensas e a intervalos menores. Gabe ficava olhando impotente a irmã se contorcer na cama, gemendo e dizendo que ia morrer. Ele olhou em pânico para Anna, que estava sentada ao lado da cama ajustando um monitor de frequência cardíaca fetal na barriga de Leah. Ela não tinha nem um fio de cabelo fora do lugar.

Anna levantou o lençol para checar novamente a dilatação de Leah, porém, àquela altura, Gabe estava preocupado demais para sair do quarto. Ele se inclinou para mais perto da irmã e disse que tudo ia acabar logo, rezando para que estivesse dizendo a verdade. Anna levantou os olhos e assentiu.

Ela arrumou os lençóis por cima das pernas de Leah para poder ter acesso a... ao que quer que precisasse... felizmente escondendo tudo da visão dele.

— Meu bem, você está com dez centímetros de dilatação — murmurou Anna. — Quando a próxima contração chegar, quero que aperte a mão do Gabe e faça o máximo de força que puder. Não sei você, mas eu estou pronta para conhecer esse bebê.

Gabe nunca tinha estado tão pronto para nada em sua vida. Mas Leah o chocou ao se encolher em posição fetal e gritar:

— Não!

Anna e Gabe se viraram para ela. Leah forçou as palavras a saírem entre um arquejo e outro.

— Não vou ter esse bebê até que o Josh chegue aqui! Anna, eu não posso. Ele precisa estar aqui. Não me obrigue!

Gabe falara no celular com Josh a cada vinte minutos nas últimas seis horas. Com chuvas torrenciais por toda a Costa Leste, os voos saindo de Nova York tinham sido cancelados, mas Josh havia conseguido alugar um carro e estava fazendo o possível para chegar lá o mais rápido que podia. Na última vez em que tinham se falado, Josh estava em algum lugar na estrada, a cerca de sessenta quilômetros de Monroeville. Não era tão longe, mas, com a tempestade, eles não tinham ideia de quanto tempo poderia levar.

Anna estendeu a mão para afastar o cabelo suado da testa de Leah.

— Não sou eu que decido, meu bem. O bebê vai nascer quando estiver pronto. O mais seguro para você e para o bebê é não resistir e ajudá-lo.

Outra contração chegou, e Leah se enrolou como uma bola e gemeu. Quando passou, ela disse em um novo arquejo:

— Eu não vou... fazer força até o Josh... chegar aqui!

O monitor na parede emitiu um bipe longo e estridente.

Gabe se sobressaltou e olhou para Anna, alarmado.

Anna apertou alguns botões no monitor.

— Leah, a sua frequência cardíaca está subindo. É muito importante que me escute agora. Você precisa respirar fundo e se acalmar. Consegue fazer isso?

Como Anna conseguia se manter tão serena? Aquele era literalmente o momento mais aterrorizante da vida de Gabe. Mas aquilo não era sobre ele. Por isso, fez o possível para incorporar um pouco da calma de Anna e se concentrar na irmã.

— Escuta, Leah. O Josh está vindo o mais rápido que pode. Mas ele nunca, jamais, iria querer que você fizesse qualquer coisa que pudesse prejudicar você ou o bebê. Você sabe que estou certo, não sabe?

Leah hesitou e Gabe prendeu a respiração.

Finalmente, ela assentiu.

— Tá bem.

Anna abriu um sorriso para Gabe, então voltou para o pé da cama. Um instante depois, outra contração atingiu Leah, e Anna levantou o lençol e disse:

— Muito bem, lá vamos nós. Quero que faça o máximo de força que puder. Você consegue, meu bem.

Leah apertou a mão de Gabe com tanta força que ele teve quase certeza de que ela estava esmagando alguns dedos, mas não se importou. Anna estava ocupada fazendo coisas misteriosas debaixo do lençol, mas Gabe também não se importava com aquilo. Ele estava totalmente concentrado em ajudar a irmã e seu bebê. Ele se inclinou e a encorajou, dizendo que ela era incrível, que estava indo muito bem, que estava muito orgulhoso dela.

Ela fez força por mais de uma hora, algo que definitivamente não acontecia nos filmes. Quando Anna disse a eles que o bebê estava coroando, a camisola de Leah estava encharcada de suor e os braços de Gabe estavam doloridos e feridos pelas unhas dela.

— Muito bem, Leah — disse Anna. — Só mais um pouquinho de força e pronto. Vai, você consegue!

Leah se preparou para fazer força novamente bem no instante em que a porta se abriu e Josh irrompeu no quarto. Ele olhou ao redor, com os olhos arregalados, então correu para a esposa.

— Você conseguiu! — exclamou Leah, agarrando-o com lágrimas escorrendo pelo rosto.

Anna sorriu para ele.

— Seja bem-vindo, papai. Pronto para conhecer seu bebê?

Josh assentiu e se inclinou na direção de Leah, alisando o cabelo dela para trás e murmurando algo que Gabe não conseguiu ouvir. Anna levantou o lençol novamente.

— Na próxima contração, faça bastante força mais uma vez, certo?

Leah assentiu e Josh pegou a mão dela. Gabe deu um passo para trás para dar algum espaço aos dois, mas Leah estendeu depressa a outra mão e tateou cegamente em busca da dele.

— Gabe! Eu preciso de você aqui também!

Gabe piscou para afastar as lágrimas que ardiam em seus olhos. Anna levantou a cabeça e sorriu. Ele pegou a outra mão da irmã e, juntos, todos a incentivaram quando a próxima contração começou e ela fez força com toda a energia que lhe restava. Um instante depois, Leah deixou o corpo desabar na cama e soltou um enorme arquejo enquanto Anna erguia uma bebê ensanguentada, molhada e agitada debaixo do lençol e a colocava nos braços de Leah.

— Parabéns, mamãe — falou, sorrindo e chorando ao mesmo tempo. Você tem uma menina.

Com lágrimas escorrendo pelo rosto, Leah e Josh abraçaram a filha. Anna voltou ao trabalho, examinando a bebê, depois voltando a olhar embaixo do lençol de Leah, e começou a andar de um lado para o outro na sala de parto fazendo tudo o que os médicos faziam depois que os bebês nasciam.

Gabe se encostou na parede e ficou olhando para a bebê. Aquela criatura viscosa, nojenta e chorosa era a coisa mais incrível que ele já tinha visto. Não conseguia acreditar que a ajudara a chegar ao mundo. O trabalho de Anna como médica sempre o havia impressionado, mas ele não tinha ideia de como era incrível que ela fizesse aquilo todos os dias. Um minuto depois, Anna parou ao lado dele.

— Parabéns, tio Gabe.

Gabe desviou os olhos exaustos da bebê e os virou para Anna.

— Obrigado — murmurou, com a voz rouca.

— Eu já terminei aqui e a Leah está em boas mãos com a Constance. — Anna indicou com um gesto a pequena família amontoada na cama com as cabeças unidas. — Talvez a gente devesse deixá-los a sós por um tempinho?

Gabe assentiu, ainda atordoado, e seguiu Anna pelo corredor escuro. Ele olhou para o relógio: três da manhã. Anna foi em direção à sala de espera, mas Gabe parou e a segurou pelo braço, puxando-a de volta para junto dele.

— Anna. Isso... isso foi incrível. Você foi incrível.

Anna sorriu.

— Tudo que eu fiz foi amparar a bebê. Você e a Leah é que fizeram o trabalho duro. — Ela apertou a mão dele. — Você foi incrível, Gabe. Sério — sussurrou.

Gabe segurou a mão dela com mais força. Tinha que contar a verdade. Tinha que confessar tudo sobre o colar.

E tinha que implorar a ela para ficar.

Felizmente, uma porta se abriu no corredor, salvando-o de revelar todos os seus segredos ali mesmo, no corredor do hospital, às três da manhã. Aquele não era o momento certo. Mas ele precisava fazer aquilo logo.

Anna o puxou para a sala de espera.

— Vem. Vamos contar pra Rachel que ela é tia de novo.

— Espera. — Ele se virou para encará-la. — Anna, vá comigo àquele casamento em Chicago.

Ele prendeu a respiração.

E então os lábios dela se curvaram em um sorriso.

— Vou adorar ir.

Os ombros de Gabe relaxaram. Com dois dias a sós em Chicago, eles finalmente poderiam conversar. Conversar de verdade.

E deixar os segredos para trás.

TRINTA

Anna deixou a mala ao lado da cama e examinou o quarto. Gabe havia reservado uma suíte no mesmo hotel onde aconteceria o casamento. Tinha um quarto com uma cama king size e uma pequena salinha de estar com sofá-cama.

Eles não haviam conversado sobre os arranjos para dormir.

— É melhor se agasalhar — disse Gabe da salinha, deixando a mala ao lado do sofá. — Estamos em Chicago em janeiro e hoje somos turistas. O casamento é só às seis da tarde, então temos o dia todo.

Gabe a levou ao seu local favorito para tomar um brunch e depois os dois saíram para a neve, parando na calçada para que Gabe pudesse enrolar o cachecol no pescoço dela. Ele enfiou a mão enluvada dela na dobra do próprio braço e a levou até o Millennium Park. Eles caminharam pelo pavilhão musical projetado por Frank Gehry e tiraram selfies em frente à famosa escultura de feijão prateado. Depois, para escapar da multidão de turistas que se dirigiam ao rinque de patinação no gelo, caminharam até o Lurie Garden, um jardim perene durante as quatro estações que tinha como cenário de fundo a dramática silhueta dos edifícios de Chicago.

A neve caía ao redor deles, cobrindo o caminho com uma camada alta que abafava seus passos enquanto eles passeavam entre os aglomerados de vagens castigadas pelo clima e gramíneas adormecidas. Uma quietude pareceu cair sobre a paisagem, isolando-os da agitação da cidade ao redor. Até a respiração deles saía abafada, transformando-se em lufadas de gelo conforme pairava no ar congelado.

Quando eles dobraram em um canto e entraram em outro corredor deserto, Gabe parou de andar e segurou Anna pelos ombros.

— Anna, estou muito feliz por você estar aqui comigo.

Ela sorriu diante da expressão ardente dele.

— Eu também.

Aqueles sempre tinham sido seus melhores momentos: apenas os dois, retomando a amizade fácil, nunca sem terem o que dizer um ao outro, mas também confortáveis com o silêncio. Ao longo dos anos, aquela conexão entre eles se estendera como uma faixa elástica, e quanto maior a força que os afastava, maior a intensidade com que voltavam um para o outro.

Gabe, como sempre, sabia exatamente o que ela estava pensando.

— Foi um longo caminho pra gente, né? — Ele se inclinou. — Sei que eu talvez nem sempre tenha dito o quanto você é importante pra mim. Quero que isso mude, a partir de hoje.

Anna o encarou, incapaz de desviar os olhos. Gabe deu mais um passo em sua direção e ela pôde sentir o hálito quente dele roçando seu rosto muito gelado. Uma súbita rajada de vento soprou pela campina, dobrando as plantas cobertas de gelo. Anna levou a mão à cabeça para evitar que seu gorro fosse levado e Gabe virou as costas para o vendaval, protegendo-a com seu corpo. Ela se apoiou nele, que passou os braços ao seu redor, puxando-a mais perto para aquecê-la.

Ela estremeceu, mas não de frio.

• • •

Perto do fim da tarde, eles voltaram ao hotel para se arrumarem antes do casamento. Anna fechou a porta do quarto enquanto Gabe tomava banho e se vestia na salinha. Ela normalmente conseguia ficar pronta para qualquer coisa em vinte minutos, mas acabou demorando mais de uma hora porque parava toda hora para olhar para o nada, com as palavras de Gabe girando em sua mente.

Quero que isso mude, a partir de hoje.

Pela primeira vez em muito tempo, Anna se sentiu esperançosa. Ela estava orgulhosa do trabalho que vinha fazendo no hospital com pacientes como Hayleigh — que a deixara emocionada aparecendo para um exame pré-natal algumas semanas antes. Os resultados do teste de DNA da mãe chegariam a qualquer momento, depois de um atraso no laboratório e meses de espera. Em breve, poderia ter a resposta que tanto desejava. E ter passado os últimos meses aceitando o fato de que a mãe poderia estar morta a ajudou a valorizar as pessoas que ainda estavam ali. Especialmente os Weatherall.

E Gabe.

Ela sentia o corpo todo vibrando, como se estivesse com uma overdose de cafeína — mas o único estimulante em seu sistema era o homem na salinha ao lado. Anna não era mais a estudante de ensino médio pobre e aflita, apaixonada pelo garoto popular da fraternidade. Era o tipo de mulher que Gabe teria sorte em ter. Talvez fosse hora de começar a agir como tal, de ir atrás do que queria.

Anna vestiu seu tubinho preto, deu uma última olhada no espelho e abriu a porta da salinha. Gabe estava sentado no sofá, tomando uma garrafa de água do frigobar e folheando uma revista. Em um terno sob medida de caimento perfeito, com direito a colete e gravata, e um dos pés apoiado no joelho oposto, ele parecia ter acabado de posar para a foto de uma matéria de moda em uma revista masculina sofisticada.

Gabe ergueu os olhos, então estacou, a água ainda a caminho dos lábios.

— Nossa — murmurou. Seu olhar desceu lentamente pelo rosto dela, percorrendo-a da cabeça aos pés e retornando. — Você está linda.

— Você também está ótimo. — Ela sorriu. — Formamos um belíssimo casal.

— Com certeza.

• • •

— E aí o Gabe olhou para o próprio trabalho e percebeu que estava defendendo seu ponto de vista há vinte minutos e que *tinha lido o livro errado.* Qualquer outra pessoa teria admitido o erro, mas o Gabe nem se alterou. Ele continuou a debater até que a professora ficou tão confusa que acabou desistindo e dispensando a turma mais cedo.

Anna riu do episódio que o amigo de Gabe estava contando, que tinha acontecido durante a pós-graduação, e se lembrou dos dias em que trabalhara com ele no projeto de economia global.

— Esse é exatamente o Gabe que eu conheço. Ele sempre tem que estar certo, mesmo quando está errado.

— Ei! — protestou Gabe, fingindo indignação, ao voltar do bar com duas bebidas nas mãos. Ele colocou uma na frente de Anna e se sentou na cadeira ao lado dela, olhando ao redor da mesa para os antigos colegas ligeiramente embriagados. — Já podemos parar com a sessão de histórias vergonhosas do Gabe, por favor?

Jess, uma amiga de Gabe que era professora de economia em Harvard, riu.

— Ah, para com isso. Sua namorada precisa saber no que está se metendo.

Gabe se virou para Anna com um sorrisinho de lado.

— Ah, a Anna sabe muito bem no que está se metendo.

Ele se levantou, puxando-a pela mão.

— Dança comigo?

Anna atravessou o salão com Gabe, e a maior parte dos amigos dele se levantou para segui-los. Todos se aglomeraram na pista de dança enquanto o DJ tocava Beyoncé e Prince e atendia a pedidos de músicas dos convidados.

Houve uma pausa na música dançante e o DJ colocou uma faixa lenta da Adele. Gabe pegou Anna pela mão e a puxou para si. Ela se inclinou mais para junto dele, sentindo o perfume amadeirado tão familiar envolvê-la. Gabe roçou o queixo no cabelo dela e a apertou com mais força, deslizando a palma da mão pelas suas costas. Os dedos dele roçaram a nuca de Anna, fazendo um arrepio correr pela sua espinha.

Eles não falaram. Ficaram apenas abraçados, balançando o corpo no ritmo da música que os embalava. Anna fechou os olhos e, enquanto sentia o coração de Gabe bater contra o seu, esqueceu todo o resto. A música terminou e eles pararam de dançar, mas não se afastaram.

Com a voz rouca, Gabe murmurou:

— Quer sair daqui?

O coração de Anna disparou. Era uma pergunta simples, mas havia muito significado por trás dela. Estava tão cansada de lutar contra seus sentimentos por Gabe... Cansada de negar o que tanto desejava.

— Sim. Vamos sair daqui.

Um sorriso lento se espalhou pelo rosto de Gabe. Ele pegou a mão dela e, sem parar para se despedir de ninguém, os dois saíram pelas portas francesas do salão até o saguão do hotel. Lá, correram para o elevador e Anna apertou o botão de "fechar a porta" antes que alguém pudesse aparecer. Se tivesse que jogar conversa fora com algum hóspede do hotel, poderia acabar sendo puxada de volta ao mundo real. E, pela primeira vez na vida, o mundo real era o último lugar onde queria estar. Ainda mais com Gabe olhando para ela com aqueles olhos de tempestade, escuros de desejo.

A porta do elevador se fechou e eles ficaram sozinhos.

Gabe enfiou as mãos no cabelo dela, empurrando-a contra a lateral do elevador e capturando seus lábios. Anna o segurou com força pela camisa e retribuiu o beijo, puxando-o para si com determinação.

E ali ficaram, se beijando com mais de uma década de desejo ardendo entre os dois. A porta do elevador se abriu com um *ding* e eles saíram cambaleando para o andar onde estavam hospedados. Anna puxou a boca dele de volta e Gabe foi guiando-a pelo corredor até esbarrarem na porta da suíte. Ela sentia o corpo todo vibrando e não se importou nem um pouco com a possibilidade de alguém sair de um dos outros quartos e vê-la arrancando a camisa de Gabe de dentro da calça para passar as mãos em seu peitoral firme.

Gabe pegou o cartão-chave no bolso e passou a mão por trás dela para tentar abrir a porta. E xingou baixinho, rindo, quando se atrapalhou e deixou o cartão cair no chão.

Com mais algumas tentativas, eles finalmente conseguiram abrir a porta e entrar na suíte. A gravata de Gabe caiu no chão, seguida pela camisa. Em um instante, o vestido de Anna estava caído ao redor dos pés dela.

Gabe recuou para admirá-la.

— Meu Deus, você é linda. Eu poderia ficar olhando pra você o dia todo.

Eles se aproximaram de novo, os lábios colidindo, a respiração ofegante. Os braços de Gabe envolveram as costas de Anna, uma das mãos puxando-a contra o peito firme e a outra abrindo o sutiã. Uma alça deslizou pelo braço dela e ele seguiu o movimento com a boca, deixando uma trilha de beijos ardentes do pescoço até o ombro, passando para o alto dos seios dela.

Anna enfiou as mãos no cabelo dele e demonstrou o prazer que estava sentindo com um gemido baixo que reverberou de seu peito. Gabe se demorou explorando o corpo dela, e Anna deixou a cabeça pender para trás enquanto faíscas se acendiam em todos os lugares que a boca e as mãos dele tocavam. Ela sentia o calor e a urgência se concentrando em seu ponto mais íntimo, e então Gabe encontrou aquele ponto também, apoiando-a contra a porta do quarto. Anna agarrou o batente de madeira, grata pelo apoio, enquanto a mão de Gabe descia mais e as pernas dela tremiam, ameaçando ceder.

Ela se entregou àquelas sensações, a mente como um borrão e o corpo se arqueando enquanto Gabe encontrava todos os pontos certos para levá-la ao ápice.

Quando ela finalmente aterrissou de volta, Gabe se afastou para olhá-la nos olhos, afastando uma mecha de cabelo suado da testa dela.

— Isso era tudo em que eu conseguia pensar desde que você voltou para casa — murmurou ele. — Tocar você. Sentir seu corpo no meu.

A visão de Anna voltou ao foco e acompanhou o contorno do peitoral musculoso de Gabe, seu abdômen liso, a fivela prateada do cinto logo acima da evidência de que ela o estava excitando tanto quanto ele a havia excitado. Aquela era a única parte dele que ela não conhecia, a única parte que nunca tinha visto, exceto em seus sonhos. Sonhos dos quais acordava quente, suada e ansiando por poder fechar os olhos e mergulhar novamente em cada momento com ele, em cada momento que a torturava em sua imaginação.

Ela estendeu a mão, abriu a fivela do cinto e soltou o botão abaixo. Gabe se livrou rapidamente do restante das roupas e Anna o segurou na mão.

E então foi a vez dela de explorar, acariciar. Gabe respirou fundo e o coração de Anna acelerou ainda mais, porque não havia nada de imaginário naquele momento, nem na emoção que via no rosto de Gabe e que lhe dizia que aquilo era muito mais do que prazer físico.

As bocas dos dois voltaram a se encontrar enquanto eles passavam pela porta, entrando no quarto. As pernas de Anna esbarraram na cama e ela caiu para trás, puxando-o consigo.

Pela primeira vez na vida, Anna entendeu o que significava ser arrebatada. Ela não conseguia se concentrar, não conseguia pensar em nada. Só o que lhe restava fazer era se deixar levar pela onda que era Gabe. Pela boca, pelas mãos quentes em sua pele, pelo corpo lindo e rígido dentro dela, pelos olhos — *aqueles olhos* — encarando-a.

Arrebatador nem começava a descrever.

TRINTA E UM

Por volta da meia-noite, Anna estava morrendo de fome. Por conta de todo o nervosismo, ela não tinha comido muito no casamento, e a última hora com Gabe a deixara definitivamente faminta.

Ela se sentou na cama e vestiu a camisa social de Gabe. Depois de todas as coisas que tinham acabado de fazer um com o outro, era um pouco tarde para o pudor. Ainda assim, era *Gabe*. Ela estava tendo dificuldade em assimilar o fato de que ele estava ali e era dela.

Enquanto ele fazia o pedido do serviço de quarto, Anna o olhou disfarçadamente por cima do cardápio. Ele tinha se esticado na diagonal da cama, o corpo alto coberto apenas por um lençol fino na altura dos quadris. Anna sentiu o corpo começar a vibrar de novo. Será que Gabe já estaria disposto novamente? Da parte dela, Anna tinha certeza de que nunca se cansaria dele.

Gabe desligou o telefone.

— A comida vai chegar em meia hora. — Ele rolou na direção dela e se apoiou em um dos cotovelos. — Como eu nunca soube até hoje que você gosta de comer panquecas à meia-noite?

— Os bebês nem sempre nascem no horário comercial. Às vezes o café da manhã acontece à meia-noite.

— O que mais eu não sei sobre você? — Gabe se sentou e afastou a gola da camisa que Anna usava, tentando espiar o ombro dela. — Além do fato de que tem uma *tatuagem* que eu desconhecia completamente?

Anna encolheu os ombros, tímida. Ele estava se referindo à tatuagem botânica que se curvava do ponto logo abaixo da nuca até o ombro esquerdo.

— Viajei a Paris com alguns colegas no ano passado, em uma folga do trabalho. Tomamos muito champanhe e acabamos indo parar em um estúdio de tatuagem à uma da manhã. — Ela torceu o nariz para ele. — Sou um completo clichê.

Anna não mencionou que o desenho era vagamente baseado na gravação do colar que a mãe lhe dera. Ela se recostou nos travesseiros antes que ele pudesse notar.

Gabe balançou a cabeça, parecendo estar se divertindo.

— Você é cheia de segredos, hein? O que mais está escondendo de mim?

O sorriso de Anna vacilou. Havia algumas coisas que ela nunca tinha contado a ninguém. Coisas que, até então, acreditava que *nunca* contaria a ninguém. Mas, até aquele momento, também nunca havia se sentido tão segura.

Pela primeira vez na vida, talvez estivesse pronta. Não apenas para continuar tocando a vida como dava, como sempre havia feito. Mas para deixar o passado para trás e realmente seguir em frente.

— Eu quero te contar tudo, Gabe. Mas algumas coisas podem demorar um pouco mais.

O rosto dele ficou sério, refletindo as emoções confusas da própria Anna. Os dois não falavam sobre a mãe dela havia anos. Será que Gabe estava chateado por ela ter escondido dele por tanto tempo aquela parte da sua vida? Ele respirou fundo, parecendo quase nervoso com o que quer que estivesse prestes a responder.

Antes que as coisas pudessem tomar outro rumo sério, Anna pousou a mão no peito dele e abriu um sorriso.

— Acho que é a sua vez de me contar um segredo. Quero ouvir o mais constrangedor que você tiver.

Por um momento, Gabe pareceu quase aliviado, e então entrou no espírito da coisa. Ele inclinou a cabeça e esfregou o queixo, como se estivesse decidindo se deveria ou não revelar um segredo profundo e sombrio.

— Tudo bem. Talvez eu seja um pouco viciado em… — ele fez uma pausa, respirando fundo — … maratonar dramas adolescentes cafonas na TV. Sabe como é, tipo *Gossip Girl* e *Pretty Little Liars*. Acho que isso é algo que você deveria saber sobre mim.

— *Não*. — Anna levou a mão à boca, os ombros tremendo com uma risada silenciosa.

O fato de Gabe ruborizar levemente só a fez rir ainda mais.

— Não é culpa minha. A Leah me obrigava a assistir com ela quando era mais nova, e acabei viciado.

Anna fez aspas no ar com os dedos.

— "Obrigava" você a assistir.

— Ela me forçava.

Anna desabou contra o travesseiro, às gargalhadas, e passou os braços ao redor do corpo. Quando finalmente se controlou, pegou Gabe olhando para ela com um sorrisinho de lado no rosto.

Ele estendeu a mão e pegou uma mecha de cabelo dela.

— Se, naquele primeiro dia da aula de economia global, quando a gente ficou se olhando um de cada lado da sala, alguém tivesse dito que a gente acabaria assim, você teria acreditado?

— Assim como? Compartilhando nossos segredos constrangedores? Se naquela época eu soubesse que você se trancava no banheiro da fraternidade para assistir a *Veronica Mars*...

— Não. *Assim.* — Ele se aproximou e passou a mão pela perna nua dela. — Você e eu, juntos.

Anna se lembrou da garota magricela que era na época, com a camiseta grande demais, morrendo de medo de descobrir com quem seria designada para trabalhar naquele projeto. E lembrou também do cara arrogante da fraternidade, cercado pelas amigas lindas. Não, ela não teria acreditado. E Gabe?

— Você teria ficado horrorizado.

— Não. — Gabe semicerrou os olhos para ela. — Horrorizado? Bem, você era muito mais nova do que eu, então talvez eu tivesse ficado assustado de pensar em você desse jeito. Mas não. Eu teria ficado... intrigado.

Anna lançou um olhar de incredulidade para ele.

— Ah, fala sério. A gente se detestava no começo.

— Por isso eu ficaria intrigado. Ninguém nunca tinha me confrontado daquele jeito, só você. E a minha família. — Ele riu, balançando a cabeça. — Eu deveria ter imaginado. — Gabe estendeu a mão para afastar o cabelo dela do rosto, e seu sorriso se apagou. — Sou um idiota por ter deixado passar tanto tempo.

Anna sentiu o peito apertado, a respiração difícil. Tinha passado grande parte da vida procurando pela mãe, vivendo no passado. Talvez fosse hora de finalmente começar a se concentrar no presente — e no futuro. Mas às vezes não era tão fácil. O presente era aquele dia lindo que havia passado com Gabe. Era a amizade deles, ainda um dos aspectos mais essenciais de sua vida, mesmo depois de tanta distância e tanto tempo. E era Gabe ali na cama, olhando para ela em meio aos lençóis amarrotados, como se não pudesse acreditar na sorte que tinha.

Será que ela conseguiria deixar de lado toda a tristeza do passado, todos os erros que tinha cometido, para se abrir a um futuro com ele?

Estaria preparada para correr o risco?

Gabe a puxou na cama até Anna estar deitada de costas, olhando para ele. Então rolou em cima dela, pressionando-a contra o colchão enquanto apoiava os cotovelos em cada lado da sua cabeça. Ele beijou a testa dela, um dos lados do rosto, depois o outro. Então se afastou para olhá-la nos olhos, a boca pairando a poucos centímetros da dela.

— Eu queria ter você assim há tanto tempo... Há mais tempo do que eu mesmo tinha me dado conta.

Anna estendeu a mão e afastou a mecha de cabelo escuro e cheio que caía sobre a testa dele, a mesma que ela o vira afastar tantas vezes ao longo dos anos. Então deixou os dedos correrem pelo rosto de Gabe.

— Sei exatamente como é.

• • •

Na manhã seguinte, Anna prendeu o cabelo em um rabo de cavalo bagunçado e procurou uma calça jeans na mala. Gabe ainda estava na cama (ele mal tinha se mexido desde que adormecera), mas ela acordou ainda envolta na névoa cálida do lindo dia anterior. E da noite anterior.

Anna arquejou baixinho e se sentiu tentada a se enfiar de volta debaixo das cobertas e aconchegar-se às costas quentes dele. Mas a cafeteria lá embaixo parecia chamar por ela. Estava desesperada por cafeína e, para completar, também aceitaria um analgésico extraforte. Pensando bem, três taças de vinho com o estômago quase vazio não tinha sido uma escolha muito inteligente, mas se divertira tanto dançando com Gabe no casamento que não se arrependia de nada.

Anna se abaixou para amarrar os sapatos e, quando se levantou, o latejar nas têmporas quase a derrubou. Tudo bem, talvez se arrependesse um pouquinho da parte do vinho.

Ela firmou a cabeça o máximo que conseguiu e revirou a bolsa em busca de alguma coisa para aplacar a dor — mas, como não costumava ter dores de cabeça, tinha se esquecido de levar qualquer remédio.

A mala de Gabe estava ao lado da dela, com o nécessaire bem em cima. Anna enfiou a mão ali dentro, passando pela pasta de dente e pelo creme de barbear para viagem, procurando por algum recipiente que pudesse conter analgésicos. Sua mão roçou em uma pequena caixa de joias de veludo e ela a tirou da bolsa.

Era definitivamente estranho que Gabe tivesse uma coisa daquelas guardada em uma mala de viagem para Chicago. Mas a caixinha era pequena e cabia perfeitamente no nécessaire. Quando Anna a balançou, alguma coisa sacudiu ali dentro. Talvez Gabe tivesse tirado alguns remédios das embalagens maiores e usado a caixinha para guardar.

Anna abriu a tampa. E ficou paralisada.

Dentro da caixinha, havia um colar com um pingente dourado em formato de meia-lua. A mão de Anna foi automaticamente ao próprio pescoço e se fechou ao redor do pingente que estava ali. O mesmo que usava havia duas décadas. Onde Gabe tinha conseguido uma réplica exata do colar que a mãe lhe dera?

Então, Anna passou os dedos pelo padrão floral e lhe ocorreu que aquele colar não era uma réplica. Era uma imagem espelhada. Como o colar que a mãe dela costumava usar. O que se encaixava como uma peça de quebra-cabeça no pingente de Anna.

Onde Gabe poderia ter encontrado aquilo? A mãe tinha comprado os colares em uma loja de lembranças em Lawrenceville quando Anna era criança. Era possível que o joalheiro tivesse feito mais de um de cada desenho, mas aquilo tinha sido duas décadas antes, e aquela loja já havia fechado havia muito tempo. Quais eram as chances de Gabe ter encontrado uma réplica da metade da mãe dela?

Será que ele havia pesquisado e localizado o joalheiro? Anna virou a caixa na mão, procurando por algum logotipo, e levantou o quadrado de veludo onde o colar estava apoiado para olhar embaixo.

No fundo da caixa, havia um recibo escrito à mão dobrado. Anna pegou o papel e alisou na perna. No alto da página, o nome e o endereço da loja estavam impressos profissionalmente e, abaixo, a atendente anotara uma breve descrição do colar e o preço.

Gabe tinha comprado o colar por cinquenta dólares em um lugar chamado *Gold Rush — Loja de Penhores*. Algo naquele nome soava familiar. E então o coração de Anna disparou, porque abaixo do nome da loja estava o endereço: *Mission Street, 1989. San Francisco, Califórnia.*

Gabe tinha comprado aquele colar em uma loja de penhores na esquina da casa da Capp Street. A respiração de Anna ficou presa na garganta e sua visão ficou tão turva que ela mal conseguia ler as palavras no papel. Mas se esforçou a ir além do endereço até ver uma data escrita no alto da página.

Catorze anos antes.

Seria possível?

Aquela não era uma réplica do colar da mãe dela. Só podia ser o próprio colar. E, se Gabe o encontrara em uma loja de penhores, a mãe provavelmente o vendera quando morava naquela esquina.

Àquela altura de sua vida, Anna raramente era pega de surpresa. Nada nela lembrava a adolescente solitária lutando para sobreviver depois que a mãe fora embora. Mas parada ali, com aquele colar na mão, enquanto se dava conta de todas as traições que ele representava — da mãe dela, de Gabe —, Anna se viu imediatamente de volta àquele tempo, encolhida em um apartamento velho, escondida do senhorio. Andando pelos corredores da escola enquanto os outros alunos jogavam chiclete no seu cabelo. Olhando para os degraus escuros do porão. Vendo a mãe fazer as malas e sair da sua vida.

Ela correu para o banheiro e vomitou.

E então arrumou silenciosamente suas coisas e foi embora.

TRINTA E DOIS

Gabe acordou com o sol entrando pelas janelas, atingindo-o bem no rosto. Ele semicerrou os olhos e se espreguiçou, agradavelmente dolorido por causa da dança e de outros... exercícios... que fizera na noite anterior. De repente, as lembranças vieram à tona.

Anna.

Não tinha sido um choque o que acontecera — aquilo vinha se fortalecendo entre eles havia muito tempo. Também não era uma surpresa que tivesse sido ainda melhor do que ele imaginara. Não, o choque era por constatar como se sentia calmo e lúcido. Nunca se sentira tão seguro a respeito de alguma coisa como se sentia naquele momento.

Uma explosão de felicidade se expandiu em seu peito. Anna era tudo que ele sempre quis. Era mais bonita, com uma camiseta velha e o cabelo preso em um rabo de cavalo, do que qualquer mulher que ele já conhecera. Era capaz de desafiá-lo em qualquer discussão sobre economia, política ou assuntos mundiais, mas, ao mesmo tempo, não hesitava em rir de uma piada indecente. Ela o questionava e não facilitava as coisas para ele. Era uma mulher brilhante, empática e sexy para cacete.

Gabe queria que todos os dias fossem como o anterior. Queria adormecer ao lado dela e acordar sabendo que Anna era dele. Queria fazê-la feliz, fazê-la rir, fazê-la arquejar de prazer e abandonar aquele controle cuidadoso, como fizera tantas vezes na noite da véspera.

E ele tinha certeza de que ela sentia a mesma coisa. Apesar das muralhas que Anna erguera para se proteger, ele era a única pessoa que sempre tinha conseguido derrubá-las. A conexão dos dois havia destruído todas as barreiras que deveriam existir entre eles. Com aquilo no passado, finalmente era hora de se comprometerem com o que estivera bem na frente deles o tempo todo.

Gabe rolou na cama, ansioso para estar perto dela, tocá-la, vê-la dormir ao lado dele com os cabelos escuros espalhados no travesseiro. Mas, a não ser por um dos lençóis emaranhados do hotel, o lado de Anna na cama estava vazio.

Ele não tinha imaginado que ela já estivesse acordada, ainda mais depois de dormir tão pouco na noite anterior. Gabe inclinou a cabeça na direção do banheiro para tentar ouvir o som de água correndo, mas só ouviu o silêncio. O voo deles só sairia à tarde, e os dois ainda tinham algumas horas antes de precisar fazer o checkout no hotel. Ele saiu da cama e foi até a salinha. Tinham tempo o bastante para que ele a convencesse a voltar para a cama.

Mas a salinha estava vazia.

Anna provavelmente tinha descido até a cafeteria no saguão do hotel. Ele estava pegando o celular para mandar uma mensagem para ela quando seus olhos pousaram na mala que levara.

Merda.

Bem em cima da mala, ao lado dos produtos de higiene pessoal dele, estava a caixinha de veludo barata da loja de penhores. A tampa estava aberta e o conteúdo tinha sido tirado dali.

O colar.

Anna havia encontrado o colar.

Gabe o colocara na mala na esperança de encontrar o momento certo para entregar a ela. Com o coração disparado, ele se virou para olhar pela porta do quarto.

Todas as coisas de Anna tinham desaparecido.

Ele apertou o botão de chamada ao lado do nome dela. Tocou duas vezes e passou para uma gravação. Ela tinha recusado a ligação e deixado cair na caixa postal. É, aquilo não era bom. Na verdade, era péssimo. Ele era um idiota. Deveria ter contado a ela sobre o colar na noite anterior.

Droga, deveria ter contado a ela anos antes.

Gabe mandou uma mensagem.

Gabe
A gente precisa conversar. Fica onde estiver e eu vou te encontrar agora mesmo.

Uma pequena bolha cinza com reticências apareceu abaixo da mensagem enviada, indicando que ela havia lido e estava respondendo. Gabe ficou olhando para o celular, mudando o peso do corpo para a frente e para trás enquanto esperava. As reticências desapareceram, mas nenhuma mensagem foi enviada. Um minuto se passou e nada. Ela não ia responder. Então, ele enviou outra mensagem.

Gabe
Anna, eu fiz merda. Por favor, fala comigo.

Nada ainda.

A bolha cinza com reticências apareceu de novo e, finalmente, uma resposta.

Anna
Não tem absolutamente nada que você possa dizer.
Vou desligar meu celular e pegar um voo. Só me deixa em paz.

Gabe largou o celular com força na mesa. Precisava chegar ao aeroporto antes que o voo dela partisse. Ele pegou uma calça jeans e uma camiseta e se vestiu enquanto andava pela suíte recolhendo suas coisas e jogando tudo na mala.

Um instante depois, já estava saindo pela porta.

O elevador pareceu demorar uma eternidade e Gabe ficou batendo o pé enquanto descia lentamente até o saguão. Jogou a chave do quarto e o cartão de crédito na direção do recepcionista e teve que se controlar enquanto o funcionário levava o que pareceu um ano para checar o computador, imprimir alguns papéis e entregá-los para que fossem assinados. Gabe assinou tudo rapidamente e chamou um carro de aplicativo pelo celular.

No momento em que Gabe atravessou a área de segurança do aeroporto, o voo em que desconfiava que Anna estivesse já havia embarcado e as portas estavam fechadas. Embora tivesse tentado, Gabe não conseguiu convencer o agente que estava no portão a abrir as portas novamente para ele. E não era de admirar, pensou ele, enquanto se olhava no espelho do banheiro do aeroporto. Menos de quatro horas de sono o tinham deixado pálido e com os olhos arregalados. E, em sua pressa para sair do quarto do hotel, não reparou que havia vestido a camisa do avesso.

Para piorar a situação, enquanto esperava o próprio embarque, a neve começou a cair com força e o voo dele foi adiado para depois da meia-noite. Quando finalmente embarcou, Gabe estava nervoso por causa da falta de sono combinada com cerca de seis xícaras de café do aeroporto. E preocupado porque Anna continuava sem atender às suas ligações.

E horrorizado com a possibilidade de ela nunca mais atender.

TRINTA E TRÊS

Hayleigh voltou ao pronto-socorro com um braço quebrado e outro olho roxo. Anna foi avisada na manhã de segunda-feira, ao chegar para o seu turno no hospital. Ela correu para examinar a jovem e, por algum milagre, o bebê continuava bem.

Depois de evitar o olhar de Anna e tentar mudar de assunto, Hayleigh finalmente admitiu que não tinha ligado para Rachel para pedir ajuda para largar o namorado. Não cabia a Anna forçá-la, mas o bebê nasceria em algumas semanas. No fim, só o que pôde fazer foi entregar a Hayleigh um novo cartão com o número de Rachel. Então, teve que enfiar as mãos nos bolsos para se forçar a não fazer ela mesma a ligação.

Anna foi direto do quarto de Hayleigh para o de uma paciente que tivera bebê dois meses antes, depois para o de outra que estava com pré-eclâmpsia e precisava de uma cesariana de emergência. Mas nem mesmo aquela correria de uma ponta a outra da maternidade conseguiu distraí-la do choque do fim de semana anterior.

Aquele fim de semana maravilhoso e terrível.

No fim da tarde, Anna finalmente conseguiu comprar uma barra de granola na máquina de venda automática e seguir para a sala dos médicos para fazer uma pequena pausa. E quase se arrependeu de não haver outra emergência com a qual precisasse lidar, porque, assim que ligou o celular, cinco mensagens de Gabe surgiram, todas implorando para que ela falasse com ele.

Anna não conseguia imaginar o que ele poderia ter a dizer. Gabe tinha aquele colar havia anos. *Mais de uma década.* E deixara que ela continuasse a achar que estava louca por querer se mudar para San Francisco, por ficar procurando na rua mulheres que se parecessem com a mãe. Mesmo sabendo o tempo todo que a mãe de Anna tinha, sim, morado naquela casa na Capp Street. E se ela tivesse contado a ele sobre a mulher no parque e o teste de DNA? Será que ele teria continuado a mentir, a deixar que ela acreditasse que talvez a mãe não tivesse a intenção de deixá-la para sempre?

Ela estava prestes a desligar o celular quando recebeu uma ligação. Sem dúvida, era Gabe mais uma vez. Ela virou o aparelho na mão com um suspiro. Mas não era ele. Reconheceu vagamente o número, que tinha o código de área de San Francisco.

Com as mãos trêmulas, Anna atendeu.

— Srta. Campbell, aqui é o policial Deacon — disse a voz do outro lado da linha.

Anna afundou lentamente no sofá, grata por não haver mais ninguém na sala dos médicos.

— Sim? O senhor tem alguma novidade?

— Tenho. — O policial hesitou, e Anna conseguiu ouvir o próprio coração disparado. Aquele era o momento que ela tanto esperava e temia. E então o homem voltou a falar: — Fico feliz em informar que a comparação com o seu exame de DNA teve resultado negativo.

— Ah. — Anna deixou o ar escapar com força dos pulmões.

— A mulher que encontramos no parque não era a sua mãe.

— Isso é... — A voz dela falhou. — Ótimo. Eu... Isso é ótimo. — Então, por que se sentia perigosamente próxima de cair no choro?

— Obviamente, vamos manter seu registro de desaparecimento aberto e entraremos em contato se tivermos outras pistas — continuou o policial. — Agora que temos seu DNA, vamos poder investigar com mais rapidez qualquer outra pessoa não identificada.

Anna assentiu, atordoada.

— Srta. Campbell? — chamou o policial.

— Sim, estou aqui. Perdão. Sim. Por favor, me ligue se tiver outras pistas.

Ela encerrou a ligação e desviou os olhos para o outro lado da sala. Se aquela mulher não era a sua mãe...

Então a mãe ainda poderia estar pelo mundo em algum lugar. Ainda vivendo a própria vida.

Sem mim, pensou ela.

Não que Anna quisesse a notícia de que a mãe tinha morrido. Mas é que havia se agarrado tão desesperadamente à possibilidade de ela nunca ter tido a intenção de deixá-la... e, naquele momento, estava de volta à estaca zero. Ainda sem saber se a mãe estava pelo mundo, em algum lugar. Sem saber se poderia ter voltado para a filha. E apenas não quisera.

Ela fechou os olhos e visualizou aquela caixinha de veludo barata com o colar da mãe. A loja de penhores Gold Rush. A mãe teria penhorado o colar para pagar o traficante? Para comprar drogas? Para continuar vivendo a própria vida do outro lado do país, enquanto a filha adolescente lutava para sobreviver? Anna não tinha certeza de qual traição era pior.

A mãe tê-la descartado tão facilmente. Ou Gabe ter escondido aquilo dela por tanto tempo.

• • •

Quando Anna ouviu uma batida na porta mais tarde naquela noite, sabia exatamente quem era. Ela havia esperado sentir alguma coisa quando ele enfim aparecesse à sua porta — raiva, tristeza —, mas foi um alívio descobrir que tinha esgotado todas as suas emoções, acomodando-se em um abençoado entorpecimento.

Anna respirou fundo e abriu a porta. Gabe estava parado no capacho com os braços apoiados em cada lado do batente, como se estivesse tentando impedir que ela fugisse. O que, pensando bem, talvez fosse mesmo o caso. Ele usava uma calça jeans e um moletom azul-gelo que combinava perfeitamente com a cor dos seus olhos. Os cabelos escuros estavam espetados para um lado, e ele não se barbeava havia alguns dias. Porém, até mesmo com aquela aparência desgrenhada, continuava muito, muito lindo.

Gabe se inclinou e Anna sentiu o coração disparar. Tudo bem, talvez não estivesse *totalmente* entorpecida.

— Anna, por favor, fala comigo.

Ela evitou encará-lo e se refugiou depressa dentro de casa, deixando a porta aberta como um convite silencioso para que ele entrasse. Gabe a seguiu até a cozinha, onde ela ligou a chaleira elétrica, basicamente para ocupar as mãos.

— Anna — começou ele da porta. — Eu não te culpo por me odiar.

Ela pegou uma caneca do armário e a apoiou com força na bancada.

— Jura? Depois de todos esses anos, você finalmente vai me permitir o privilégio de decidir sobre os meus próprios sentimentos?

Anna o ouviu respirar fundo atrás dela.

— Eu deveria ter te contado desde o começo.

Ela pegou um saquinho de chá.

— O que você estava *pensando*, escondendo uma coisa dessas de mim?

Gabe se aproximou por trás dela e Anna se virou e esbarrou em seu peito. Ele estendeu a mão, segurou seu braço e, *merda*, o coração dela pareceu prestes a sair pela boca de novo.

— Eu achei que estivesse te protegendo. Quando descobri o colar, você tinha dezessete anos e estava sem chão. Eu não sabia como te dizer que a sua mãe provavelmente tinha penhorado o colar, além de todo o resto que já havia acontecido.

— Bastava abrir a boca e falar. — Anna se desvencilhou dele, sentindo-se horrorizada e dominada por uma tristeza profunda e impenetrável. Toda vez que imaginava ter atingido o fundo da própria infância sórdida, acabava afundando um pouco mais. Gabe sabia, mas deixara que ela descobrisse daquele jeito. — Você ia me contar algum dia?

— Eu tentei. — Os olhos dele buscaram os dela. — Naquela vez, em Stinson Beach, eu tentei te contar e você me disse que não queria ouvir.

Anna mordeu o lábio quando se lembrou daquele quase beijo na praia e de como Gabe tinha se afastado, dizendo que precisavam conversar. Ela o havia interrompido para dizer que estava indo embora.

— Levei o colar para Chicago porque prometi a mim mesmo que contaria a você antes que o fim de semana terminasse. Eu deveria ter te contado antes de nós... — Ele inclinou a cabeça. — Mas foi um dia tão perfeito, e depois... — A voz dele foi abaixando. — Depois, aquela noite fantástica. E eu não queria estragar tudo. Ou fazer você ir embora correndo.

— Essa decisão deveria ter sido minha.

— Você tem razão. — Gabe enfiou as mãos nos bolsos de trás da calça. — Estraguei tudo mesmo. E não te culpo se você nunca me perdoar. Mas torço muito pra que me dê outra chance.

— Como eu vou conseguir confiar em você de novo?

— Anna. Eu cometi um erro. Mas você me conhece. E sabe como é importante para mim. Também sabe que nunca vamos encontrar nada tão bom quanto o que temos um com o outro.

Um lampejo de sentimento cintilou no rosto de Gabe, uma vulnerabilidade que Anna nunca tinha visto antes.

Ela tentou recuar um passo, mas sentiu a bancada pressionando suas costas e não havia mais para onde ir. Então desviou a cabeça e fechou os olhos. Era demais. Precisava que Gabe fosse difícil, sarcástico, que discutisse com ela. Porque havia um milhão de razões para aquilo ser uma péssima ideia. Mas, quando o via olhando para ela daquele jeito, era difícil pensar em qualquer uma delas.

Gabe passou a mão pelo rosto de Anna e o virou gentilmente para que ela o encarasse.

— Anna. — Foi praticamente um sussurro. Ele estava tão perto que ela podia sentir o hálito dele roçando a sua orelha. — Olha pra mim. Por favor.

Anna abriu os olhos e encontrou os dele. Anos de anseio a atingiram como um trem desgovernado. A força daquela sensação a deixou sem fôlego. Ela agarrou a bancada atrás, sem ter certeza de que as pernas iriam sustentá-la. Antes que seus joelhos cedessem, Gabe passou o braço ao redor da sua cintura, puxando-a para si. Levou a mão ao cabelo dela e encontrou sua boca em um beijo intenso, ardente e urgente.

A bancada pressionou com mais força as costas de Anna e a barba por fazer de Gabe arranhou seu rosto. Ela deixou as mãos correrem pelas costas dele, sentindo os músculos tensos. Em um movimento rápido, ele desamarrou o cadarço da calça dela, fazendo com que caísse no chão. Anna chutou a calça para longe e, quando Gabe a sentou em cima da bancada e pressionou os quadris entre suas pernas, ela sentiu a calça jeans áspera que ele ainda usava arranhando suas coxas. Ela puxou o moletom de Gabe pelos ombros dele e o jogou no chão. A camiseta que estava por baixo teve o mesmo destino, e então Anna tateou tentando achar o cós da calça jeans enquanto ele deixava um rastro de beijos em seu pescoço.

As mãos de Gabe estavam por toda parte, deslizando por baixo da camiseta dela e fazendo sua pele arder. Quando ela se atrapalhou com a fivela do cinto, ele tirou as mãos do corpo dela apenas pelo tempo necessário para abrir o zíper da calça jeans e arrancar a cueca. Anna passou as pernas ao redor dos quadris de Gabe e arquejou contra a sua boca enquanto ele arremetia dentro dela, o ritmo tão intenso que a casa poderia ter pegado fogo ao redor dos dois e aquilo não teria chegado aos pés do calor de seus corpos. Ela se agarrou a ele, sentindo-o segurar seus quadris com força e penetrar mais fundo até os dois atingirem o clímax juntos.

Instantes depois, Anna se encostou no peito de Gabe, o corpo vibrando no ritmo do coração dele. Ele a segurou ali, uma mão ainda emaranhada em seus cabelos e a outra em suas costas. Ela fechou os olhos e, ainda meio atordoada, se perdeu na sensação de estar com ele. Os dois ficaram daquele jeito, sem dizer nada, até as respirações se acalmarem.

Gabe se afastou, levando junto o calor que a envolvia. Anna abriu os olhos, desejando que o mundo desaparecesse por mais algum tempo. Mas o sol poente escolheu aquele momento para aparecer logo abaixo da moldura da janela, atingindo-a bem no rosto e arrastando-a de volta à realidade. *Ah, Deus.* O que eles tinham feito?

— Anna — murmurou Gabe. — Acho que deveríamos conversar. Conversar de verdade. Quero que a gente seja completamente sincero um com o outro.

Anna se recostou no balcão, afastando-se dele. *Sinceridade.* Gabe queria que eles fossem sinceros. O que significava aquilo?

Todo o relacionamento deles tinha sido baseado em um pilar gigante e frágil de mentiras e segredos, desde o momento em que se conheceram. E Gabe não sabia nem a metade do que havia acontecido. Ele achava que o fato de a mãe dela ter vendido o colar em uma loja de penhores era tão sombrio e sórdido que nem tinha conseguido falar com ela sobre aquilo. Gabe não sabia o que era sombrio e sórdido.

Graças a Deus ela não tinha deixado tudo escapar naquela noite em Chicago. Como podia ter achado que estava segura com Gabe, que podia confiar nele?

Sentindo-se vulnerável e exposta, Anna fez uma tentativa inútil de puxar a camiseta para cobrir as pernas. Gabe percebeu seu desconforto, recuou um passo para pegar a roupa dela no chão e a pousou em seu colo.

Ele se virou de costas para ajeitar a calça jeans.

— Te encontro na sala, tá? A gente tem muito o que conversar.

Assim que Gabe saiu da cozinha, Anna pulou da bancada e saiu também. No banheiro, ela se vestiu e jogou água no rosto. Quando afastou a toalha dos olhos, seu reflexo a encarou de volta no espelho.

Quando ela aprenderia que só podia confiar em si mesma?

Anna encontrou Gabe parado no meio da sala, olhando para as caixas que estavam em cima do sofá. Nos meses em que estava morando ali, ela havia acumulado mais do que esperava: uma fileira de romances alinhados nas prateleiras, um jogo de velas do seu aroma favorito, um par de tigelas feitas à mão que tinha comprado em uma feira de artesanato só porque eram bonitas demais para serem deixadas para trás. Ela guardara tudo aquilo naquelas caixas quando chegara em casa do hospital mais cedo e havia planejado levar para doação no dia seguinte de manhã.

— O que é tudo isso? — perguntou Gabe, a voz comedida. — Você está fazendo as malas?

— Meu contrato de aluguel termina em breve.

— A amiga da Rachel só volta no semestre da primavera. E tenho certeza de que ela estenderia o contrato. — Ele fez uma pausa, olhando para ela do outro lado da pequena sala de estar. — Se você quisesse.

Anna não encontrou o olhar dele.

Gabe deu um passo na direção dela.

— Anna? O que está acontecendo aqui?

— Você sempre soube que eu ia voltar.

Ele ergueu rapidamente a cabeça.

— Voltar? Para o Oriente Médio?

Ela assentiu.

— E isso? — Ele indicou o espaço entre eles. — E nós?

Anna levou a mão ao pescoço, tateando em busca do pingente e das flores gravadas, buscando o conforto que aquilo lhe proporcionara por quase duas décadas. Mas não havia nada.

Ela havia arrancado o colar e jogado dentro de uma daquelas caixas que estavam em cima do sofá. A mãe tinha ido embora e penhorado qualquer evidência da única filha. E, se Gabe algum dia soubesse o que Anna havia feito, iria querer fugir também. E penhorar todas as evidências de que ela existia.

— Não existe *nós*, Gabe. Foi um erro voltar para casa e um erro ainda maior passar tanto tempo aqui.

Gabe passou a mão pelo cabelo.

— Você não acredita nisso de verdade, né? Não se arrepende de ter vindo pra cá depois do ataque cardíaco do meu pai ou de estar aqui para o parto de Leah. Nem de passar algum tempo com Rachel e com a minha mãe, ou com os filhos de Matt. — Ele atravessou a sala em três passos e a segurou pelos ombros. — E com certeza não se arrepende de ficar comigo.

Anna desviou os olhos. Não podia mentir para ele, não em relação àquilo.

— Não importa. O meu lugar não é aqui. Eu nunca pertenci a esse lugar.

Gabe se virou e balançou a cabeça, frustrado. Ele foi até o outro lado da sala, então se virou abruptamente para olhar para ela.

— *Não fui eu que abandonei você.* — Gabe passou a mão pelo cabelo enquanto seu tom ficava mais alto a cada palavra que dizia. — Estou bem aqui, Anna. *Estou bem aqui.* — E então sua voz falhou e ele pareceu perder o fôlego. — Sempre estive aqui.

Gabe curvou os ombros e, quando Anna encontrou seus olhos, viu que estavam vermelhos.

— Anna, eu sei que você passou por muita coisa e que saiu magoada. Mas quando vai encontrar uma forma de deixar o seu passado para trás e se permitir ser feliz?

Ele ficou parado ali, os braços cruzados na frente do corpo, os bíceps esticando o tecido da camiseta a que ela estivera agarrada minutos antes. O cabelo cheio estava arrepiado no lugar onde ele passara a mão e os olhos prateados cintilavam. Anna odiava admitir que, mesmo naquele momento, a atração que sentia por ele era tão forte que parecia uma presença física na sala. Por isso, fez a única coisa que poderia fazer.

Atacar.

— Você está presumindo que me faria feliz?

Gabe recuou como se ela o tivesse dado um tapa.

— Certo. Tudo bem. — Aquele lampejo de mágoa no rosto dele foi como uma facada no coração de Anna. — Você está certa. Sou um idiota por pensar que você se permitiria ser feliz comigo.

Anna deu as costas e ficou olhando pela janela, mas ainda conseguia sentir Gabe parado no meio da sala, observando-a. Ela amaldiçoou silenciosamente a própria fraqueza. Eles nunca deveriam ter começado nada daquilo.

E então ela ouviu os passos firmes dele no chão. Um instante depois, a porta da frente se abriu e voltou a ser fechada com força.

A dor em seu coração era tão familiar quanto respirar. Se fosse realmente sincera com si mesma, admitiria que passara quase metade da vida tentando preencher aos poucos aquele buraco do tamanho de Gabe que havia em seu peito. Quando morava a milhares de quilômetros de distância, ela havia conseguido manter aqueles sentimentos cuidadosamente guardados no fundo da sua consciência, como aquele último sonho da noite que, à luz do dia, parecia vago e nebuloso. Havia passado uma década e meia fazendo tudo que podia para manter Gabe longe. Porque, se o amasse, o perderia.

Como acontecera com todos que já amara.

TRINTA E QUATRO

Anna estava de volta à sala dos médicos, fazendo uma pausa entre os pacientes, quando o celular de plantão preso à roupa do hospital começou a tocar.

— Alô, aqui é a Dra. Campbell.

— Oi, doutora — disse a voz de Constance.

— Não é possível que a Helen, do 315, já esteja pronta para começar a fazer força.

Ela tinha deixado a paciente assistindo confortavelmente a *The Bachelor* depois que a epidural fizera efeito, uma hora antes. Constance havia dito que ligaria avisando quando o trabalho de parto da paciente tivesse progredido.

— Não. As contrações estão com quatro minutos de intervalo e ela está bem. Mas a Sue Ellen não ganhou uma rosa do solteiro em *The Bachelor*, então ela vai ter uma noite difícil.

Anna sorriu. Tinha gostado daquele trabalho e sentiria falta dos colegas quando seu tempo ali terminasse, em algumas semanas. Ela havia dado seu aviso prévio na terça-feira, na manhã seguinte à saída de Gabe de sua casa, e tinha sido mais difícil do que esperara.

— Recebi uma chamada para você pela central telefônica principal — disse Constance. — Vou transferir.

Ela atravessou a sala e abriu a porta da geladeira onde havia guardado o almoço. Provavelmente era melhor comer logo, antes que as contrações de Helen se intensificassem. E aquela ligação devia ser de outra paciente em trabalho de parto. Às vezes elas entravam em pânico e ligavam diretamente para o hospital, não para o celular de plantão de Anna.

— Alô? — atendeu Anna, apoiando o aparelho entre o rosto e o ombro para afastar o sanduíche de alguém e pegar a salada que estava atrás dele.

— Alô — respondeu uma voz rouca com um forte sotaque de Pittsburgh. Parecia pertencer a uma mulher idosa com algumas décadas de tabagismo pesado nas costas. Definitivamente não era o tom urgente de uma paciente em trabalho de parto. — Você é...? — continuou a mulher. — Estou tentando falar com a Anna. Anna Campbell.

— Sou eu — afirmou Anna, franzindo as sobrancelhas. Havia algo familiar naquela voz. — Quem está falando?

— Ah, que bom. Eu, hum... Bem... — A mulher tropeçou nas palavras. — Eu... Anna, aqui é a sua mãe.

Anna parou de respirar. O telefone escorregou do vão entre o seu ombro e a orelha, e ela o resgatou pouco antes que caísse no chão. Depois de fechar a porta da geladeira, segurou o celular com a mão suada e voltou para a mesa, agarrando cegamente uma cadeira com a outra mão.

Depois de afundar no assento, ela respirou fundo.

— Isso é alguma piada? Quem está falando?

Houve uma pausa e, então, finalmente:

— É... Sou eu, a sua mãe.

A mãe dela estava morta.

Bem, é claro que Anna não tinha certeza daquilo. Mas havia passado os últimos seis meses se convencendo de que a mãe morrera de ataque cardíaco no parque, e aquilo acabara se tornando real na sua mente. Depois de receber os resultados do DNA e de descobrir sobre o colar penhorado, Anna havia decidido que era melhor continuar a fingir. Onde quer que a mãe tivesse ido, o fato era que ela não se importava o bastante para querer ter a filha em sua vida. E era hora de Anna seguir em frente, de uma vez por todas.

— Qual é o seu nome? — exigiu Anna.

— É Deb. Deb Campbell. Anna, sou eu.

Anna apoiou a mão livre no braço da cadeira para impedir que tremesse. Aquela voz. Aquela voz era tão familiar. Ela fechou os olhos para afastar a onda de vertigem.

— O que você quer? — conseguiu perguntar em uma voz engasgada.

— Achei que a gente talvez pudesse se encontrar para conversar.

Ela abriu os olhos.

— Se encontrar? Onde você está?

— Estou em Pittsburgh. Eu só... — A mãe dela se interrompeu por causa de uma crise de tosse seca que durou quase um minuto inteiro. Finalmente, ela se controlou. — Desculpa por isso.

— Você está em Pittsburgh? — perguntou Anna, ouvindo o tom de histeria na própria voz. — Desde quando?

— Ah, já faz anos.

Anos. A mãe dela ali, em Pittsburgh, havia anos. Será que tinha pelo menos tentado falar com a única filha? Será que tinha ido ao antigo bairro e perguntado? Se ela quisesse, não teria sido difícil encontrar Anna.

O que significa que ela não quis.

— Aham. — A voz de Anna saiu milagrosamente calma, levando em conta a forma como seu estômago se revirava e seu corpo inteiro tremia. — E agora você quer me encontrar? Por que agora?

Mas, de repente, Anna sabia *por que agora*. Pelo mesmo motivo que a fizera penhorar o colar tantos anos antes.

A mãe dela pigarreou.

— Bem, eu... pensei que a gente poderia conversar sobre isso pessoalmente.

E lá estava.

— Claro. Porque não posso te dar dinheiro pelo telefone. Ou... não. É claro, você ligou para o meu trabalho. Sabe que sou médica. Você estava esperando que eu te desse drogas?

— Bem, na verdade, eu... — A mãe dela começou a tossir de novo.

Anna ficou ouvindo aquele som horrível e seu choque aos poucos se transformou em raiva. E aquilo foi um grande alívio, porque ela sabia lidar com a raiva. Era uma mulher adulta e bem-sucedida, não uma menina assustada tentando desesperadamente sobreviver. E não precisava desperdiçar nem mais um segundo da sua energia com aquela mulher.

— Olha, você não vai conseguir nem dinheiro, nem drogas comigo. Não me ligue nunca mais.

Anna apertou o botão de desligar e pousou o celular na mesa à sua frente. Ela foi se afastando do aparelho, empurrando a cadeira para trás até bater na parede.

Quem garantia que tinha sido mesmo a mãe dela? Anna não tinha notícias da mulher havia quase vinte anos e de repente ela ligava do nada? Se *fosse* a mãe dela, a única explicação era que Deb pesquisara no Google, descobrira que a filha era médica e estava em Pittsburgh e vira uma forma de ganhar dinheiro fácil naquele dia. Ora, aquilo jamais iria acontecer.

Mas, enquanto Anna estava sentada ali, com as mãos ainda trêmulas, as dúvidas começaram a surgir. Talvez não devesse ter agido de forma tão precipitada e desligado daquele jeito. A ligação chegara através do enorme sistema telefônico do hospital. Haveria alguma maneira de rastreá-la? Se Anna queria respostas sobre onde a mãe estivera desde que ela era adolescente, teria perdido a chance encerrando a ligação daquele jeito?

Anna respirou fundo, ainda trêmula. Será que aquelas respostas importavam? Talvez a única coisa boa que a mãe já fizera por ela fosse ir embora tantos anos antes.

Ela se levantou depressa da cadeira e ficou andando de um lado para o outro na sala pequena, mas a porta foi aberta antes que pudesse decidir o que fazer. Constance ficou parada ali, respirando com dificuldade, o cabelo caindo do coque que ela normalmente usava no topo da cabeça.

— Anna — disse Constance em um arquejo, a mão pressionada ao peito. — Precisamos de você agora.

Anna deu um passo instável em direção à colega de trabalho.

— É a Helen?

Ela esfregou as têmporas, tentando fazer o cérebro voltar ao momento presente. Suas pacientes precisavam dela.

— Não. — Constance respirou fundo. — É outra paciente. Uma garota chamada Hayleigh.

Hayleigh.

— Ela está em trabalho de parto?

Por favor, não diga que o namorado bateu nela de novo.

— Não. — Constance balançou a cabeça. — Não, ela não está em trabalho de parto.

As rugas ao redor dos olhos de Constance se aprofundaram e, por um momento, ela pareceu perigosamente perto de chorar.

O coração de Anna começou a martelar. Constance trabalhava na maternidade havia trinta anos e já tinha visto de tudo. Aquilo não podia ser bom.

— O que aconteceu?

— O namorado... Ele... — Os ombros de Constance se curvaram dentro da bata cirúrgica. — Ele atirou nela. Ela não vai sobreviver. Precisamos que você faça uma cesariana para tirar o bebê.

TRINTA E CINCO

Gabe estava dando uma aula sobre a dinâmica da renda e as armadilhas da pobreza quando ouviu a vibração do celular dentro da bolsa pela décima vez em cinco minutos. Ele sempre colocava o aparelho para vibrar e o deixava dentro da bolsa quando estava em sala de aula. Normalmente, nem percebia se recebia uma ou outra ligação ou mensagem. Mas aquilo estava chamando tanta atenção que até algumas alunas sentadas na primeira fila começaram a rir quando a vibração retornou. Uma delas levantou a mão.

— Dr. Weatherall?

— Sim, Amelia?

— Hum. Acho que alguém está tentando entrar em contato com o senhor.

Os amigos de Amelia caíram na gargalhada.

Gabe suspirou.

— Parece que sim, não é? Muito bem, vamos fazer uma pausa de dez minutos e, quando voltarmos, podemos conversar sobre o trabalho do meio do período.

Os alunos se levantaram das cadeiras e saíram da sala enquanto ele pegava o celular na bolsa.

Seis chamadas perdidas de Anna, além de uma mensagem de voz. O coração de Gabe disparou e ele apertou rapidamente o botão para ouvir a mensagem.

— Oi, sou eu. Eu, hum…

Era a voz de Anna, mas estava tão sufocada, como se estivesse tentando não chorar, que ele mal conseguiu entender as próximas palavras, mas era algo parecido com "Eu preciso de você".

De repente, foi como se alguém tivesse jogado um holofote direto no rosto dele, ofuscando sua visão. Gabe segurou com força a mesa à sua frente enquanto sentia o sangue latejar nos ouvidos.

— Sei que não tenho direito de te pedir isso, mas...

Ela disse mais alguma coisa, mas ele não conseguiu decifrar.

Gabe enfiou os papéis e o notebook na bolsa e chamou a professora assistente.

— Tenho que sair agora. Você pode terminar a aula? Passe o trabalho de meio de período para eles.

Ele nem se preocupou em esperar que ela assentisse antes de sair apressado em direção à porta.

Ignorando os olhares dos alunos, passou por eles e saiu pelo corredor, digitando no celular enquanto corria.

Merda. A ligação caiu direto na caixa postal. Talvez ela estivesse tentando falar com *ele* novamente, ou talvez estivesse tentando Rachel ou outra pessoa.

Gabe saiu apressado pelas portas do prédio e virou na direção do estacionamento, já apertando o botão para destrancar a porta enquanto corria para o carro. Ele tentou o número de Anna mais uma vez sem sucesso, então jogou o celular no banco ao seu lado.

E então saiu rapidamente do estacionamento, guiando o carro na direção da casa de Anna.

TRINTA E SEIS

Assim que Anna voltou para casa, se arrependeu da pressa de chegar lá. Ainda no hospital, estava ansiando por deixar tudo para trás: o entra e sai de policiais, o legista levando o corpo de Hayleigh, a assistente social perguntando sobre os contatos de emergência de Hayleigh e os parentes mais próximos do bebê.

E ainda havia aquele telefonema.

Só o que ela queria era ir para casa, cair na cama e fugir de tudo aquilo. Mas, quando chegou, seu corpo doía demais para que se sentisse confortável e estava agitada demais para dormir. A polícia havia dito que o agressor de Hayleigh estava na prisão, mas a informação não a impedia de se sobressaltar toda vez que o vento balançava as janelas e sacudia a porta da frente. Anna checou se todas as fechaduras estavam bem trancadas, e então, só para ter certeza, checou de novo. Era irracional — o assassino não iria atrás dela, mas aquilo não servia para diminuir seu pavor.

Ou para calar o eco daquela voz do outro lado da linha.

Rachel se ofereceria para ir até lá se Anna ligasse para ela, mas não dava para fazer aquilo. Já era tarde e a neve estava caindo com tudo. Ela afundou no sofá.

Anna ansiava por Gabe com uma intensidade maior do que qualquer dor física que já havia sentido, mas ele não estava atendendo o celular. Talvez fosse melhor assim… Os dois não se falavam desde o dia em que ele fora embora intempestivamente da casa dela, e o coração de Anna não suportaria ver frieza e distância nos olhos dele naquela noite.

Naquele momento, uma batida sacudiu a porta. Anna se levantou em um pulo do sofá, com o coração disparado, e ficou paralisada no meio da sala.

O assassino de Hayleigh está na prisão, disse a si mesma.

Mas não era aquele o monstro que ela temia de verdade. O que a perseguia em seus sonhos.

Outra batida.

Só o que precisava fazer era se adiantar e espiar pela janela, mas suas pernas não pareciam estar funcionando. De repente, o celular vibrou em sua mão e Anna leu a mensagem com as mãos trêmulas.

Gabe
Ei, está em casa? Estou aqui fora.

Anna correu para a porta.

Gabe estava sob a luz da entrada com as mãos enfiadas nos bolsos e os ombros curvados por causa do frio. Havia flocos de neve grudados em sua camisa e cintilando em seu cabelo escuro. Anna nunca tinha se sentido tão feliz em ver alguém em toda a sua vida. Sua vontade era se jogar nos braços dele, mas a lembrança do último encontro dos dois a atingiu como o vento gelado que soprava para dentro da casa. Por isso, se conteve e puxou mais o cardigã ao redor do corpo.

— Oi — conseguiu dizer.

O olhar frenético de Gabe percorreu o corpo dela, então voltou para o rosto.

— Você está machucada? O que aconteceu?

— Não, não foi nada assim — murmurou ela. — Eu tô bem. É que… perdi uma paciente esta noite. A mulher de quem eu te falei, a que era agredida pelo namorado. Dessa vez, ela não sobreviveu.

— Ah, Anna. — Ele deu um passo na direção dela e tocou seu rosto. — Sinto muito — falou baixinho.

Anna abraçou o próprio corpo.

— Obrigada por ter vindo.

Ela se virou e Gabe entrou na casa, parando para tirar as botas antes de seguir até a sala de estar. O coração dela se apertou ao vê-lo parado ali. Ele era tão alto e sólido que parecia preencher o apartamento inteiro. O cabelo escuro estava arrepiado, como sempre, e Anna precisou conter o impulso de estender a mão, arrumar os fios e tirar a neve dos ombros dele.

— Onde está o seu casaco? — perguntou ela.

Gabe encolheu os ombros enquanto olhava para a calça e para a camisa social que vestia.

— Não sei. Na minha sala na faculdade, eu acho. Saí correndo no meio de uma aula.

Anna abaixou os olhos.

— Desculpa.

Ele avançou um passo, então parou e cerrou os punhos ao lado do corpo, como que para não correr o risco de tentar tocá-la. Acabou enfiando as mãos nos bolsos e murmurando:

— Anna, não importa o que aconteça, eu sou o seu melhor amigo. Você sempre pode me chamar. Eu *sempre* vou vir.

Ela se sentia perigosamente perto de chorar. O silêncio se estendeu entre os dois enquanto ela continuava de pé, perto da porta da frente, sem saber o que dizer. Os dois sempre tinham se sentido tão à vontade um com o outro, e naquele momento ela se via dominada pelo constrangimento. Seu coração ficou mais apertado e seus olhos arderam. Precisava se recompor.

— Vou tirar essa roupa do hospital.

Antes que Gabe pudesse dizer alguma coisa, Anna o deixou sozinho no meio da sala.

Na segurança do quarto, as lágrimas de Anna transbordaram. Ela passou a mão pelo rosto molhado e abriu a porta do armário em busca de algo para vestir. Havia vestido roupas hospitalares limpas após o parto. As que usava antes tinham ficado cobertas pelo sangue de Hayleigh — não da cesariana, mas do ferimento à bala que a equipe de emergência tinha tentado estancar por tempo suficiente para permitir que Anna trouxesse uma criança órfã de mãe ao mundo.

Ela estremeceu quando a realidade daquelas palavras a atingiu.

Outra criança órfã de mãe.

Anna pegou algumas roupas no armário, mas, em vez de vesti-las, desabou na cama. Quanto mais tentava conter as lágrimas, mais elas escorriam pelo seu rosto. Ela não sabia quanto tempo tinha ficado sentada na cama, as lágrimas correndo lentamente pelo rosto sem que se desse conta, até ouvir a porta do quarto se abrir. Ela olhou para cima. Gabe se encostou no batente, os braços cruzados e uma expressão preocupada no rosto.

— Ei. — A voz dele era gentil, o que abriu mais uma rachadura no coração dela. — Você está bem?

Anna assentiu e enxugou o rosto molhado com a palma da mão.

— Precisa de alguma coisa?

Ela balançou a cabeça enquanto as lágrimas continuavam a correr. Ele entrou no quarto e se sentou ao lado dela na cama.

— Tem certeza?

— Sim... Não.

Era demais para suportar. Anna desviou o rosto, os ombros tremendo com soluços silenciosos.

— Ei — sussurrou Gabe, puxando-a pelo ombro e virando-a para si.

Ele não disse mais nada, apenas passou os braços ao redor dela e a puxou contra o peito.

Depois que começou a soluçar, Anna não conseguiu mais parar. Era como se o céu tivesse se aberto depois de anos de seca e subitamente despejado uma chuva torrencial. Ela chorou pela bebê recém-nascida, cujo pai violento estava na prisão, e pela mãe morta da criança. Chorou pela criança que ela mesma tinha sido, pela violência que testemunhara ainda tão jovem e pelos adultos que nunca haviam tentado protegê-la. E então chorou por Gabe, pela única pessoa que sempre, *sempre* havia estado ao seu lado, e pela angústia de quase perdê-lo.

Gabe a abraçou com mais força e pressionou o rosto no topo de sua cabeça. Anna se agarrou a ele, torcendo o punho de sua camisa e soluçando em seu peito. Ele apenas continuou a envolvê-la nos braços, deixando que chorasse.

Depois de muito tempo, os soluços se transformaram em arquejos silenciosos, mas Anna permaneceu nos braços de Gabe, com a cabeça em seu peito, sentindo o coração dele bater contra a sua pele. O ritmo a acalmava. Finalmente, ela respirou fundo, estremeceu e se sentou.

Ele segurou o rosto dela entre as mãos e afastou o cabelo úmido de lágrimas.

— Você deve estar exausta. Quer dormir?

Anna balançou a cabeça.

— Não sei se consigo.

— Quando foi a última vez que comeu alguma coisa?

Ela não tinha ideia. O dia parecia ter durado dez anos.

— No café da manhã, eu acho.

— Você precisa comer. Por que não troca de roupa primeiro?

Cinco minutos depois, ela encontrou Gabe se movimentando pela cozinha. Assim que a viu entrar, ele lhe serviu um copo de água, e então, com um olhar de reprovação para o conteúdo — ou a falta dele — da geladeira dela, ligou para o restaurante tailandês da esquina para pedir delivery.

• • •

Os dois se sentaram com as costas apoiadas nos braços opostos do sofá, os pés emaranhados no meio, e comeram direto das caixas. Não conversaram, mas o silêncio não era constrangedor, era confortável, o que acalmou Anna um pouco mais. Depois de alguns minutos, ela enfiou os hashis na caixa e ergueu o olhar para Gabe. O cabelo dele estava arrepiado de um lado, a camisa amassada onde ela havia se apoiado para chorar e os olhos prateados parecendo mais pálidos na penumbra. Uma dor prolongada de anseio acertou-a em algum lugar profundo.

Anna respirou fundo. E então arriscou.

— Gabe, tem uma coisa que eu nunca te contei.

Ele levantou a cabeça para encará-la, mas permaneceu em silêncio.

Ela ficou olhando para a embalagem de comida, mexendo com os hashis no que havia sobrado ali.

— Aconteceu... — A respiração dela ficou presa na garganta. — Aconteceu uma coisa... muito tempo atrás.

Gabe deslizou pelas almofadas do sofá até estar sentado ao lado de Anna. Então, pousou a comida na mesa de centro e pegou a mão dela.

Anna forçou um tom de calma na voz, como se estivesse recitando os sinais vitais de um de seus pacientes em vez de estar prestes a contar a ele sobre os horrores da própria infância.

— Quando a minha mãe perdeu o emprego, ela começou a levar homens para casa.

Ele assentiu.

— Eu já te contei isso. Mas não contei tudo. Os homens davam dinheiro e drogas a ela. Minha mãe não conseguia arranjar outro emprego e eles nos sustentavam. Mas...

Ela fez uma pausa e olhou de relance para Gabe. Ele sabia mais do que qualquer outra pessoa sobre o passado dela, mas aquilo...

Nunca tinha contado aquilo a *ninguém*.

— A maioria deles não era muito legal com ela.

Havia muitas brigas, muitas discussões aos gritos em que Anna se escondia no armário do quarto e torcia para que tudo acabasse logo. Ou então ela escapava pela saída de incêndio para esperar na biblioteca, a alguns quarteirões de distância.

— Quando eu tinha treze anos, a minha mãe levou um cara novo para casa, e ele... ele era ainda pior do que os outros.

Gabe estava sentado tão perto que Anna conseguia sentir os músculos do seu braço se tensionarem, mas ela continuou olhando para a frente, porque não conseguia encará-lo.

— Bastava ela fazer uma coisinha errada... queimar uma panela de comida ou servir a cerveja errada pra ele... bastava isso para o cara dar um tapa nela.

E a mãe ficava o tempo todo arrumando desculpas para ele. *Ele está cansado. Está chapado. Está arrependido.*

— Ele *sempre* se arrependia, segundo a minha mãe. Só que ele nunca parecia arrependido. Na verdade, parecia estar piorando.

Logo, já não era mais um tapa por causa da comida queimada... o homem estava começando a usar os punhos. A mãe dela acabava indo parar no hospital, uma vez com um ombro deslocado e, em outra vez, duas costelas quebradas.

— Mas ela simplesmente continuava com ele. Dizia que a gente precisava dele... Que ele cuidava de nós.

Anna abaixou os olhos para as mãos.

— Consegui o emprego no mercado com a esperança de que, se eu levasse algum dinheiro para casa, talvez a gente não precisasse mais daquele homem. Mas não era o bastante. Nunca era o bastante.

O salário insignificante que ela recebia no mercado nunca bastaria.

— Um dia, na escola, eu tive febre e chamaram a minha mãe para me buscar. Quando cheguei no estacionamento, o namorado estava lá com ela e estava puto por eu ter interrompido o dia dele, dizendo que eles tinham coisas pra fazer. Minha mãe pediu pra ele só me deixar em casa, mas ficava fora do caminho e a gente teve que parar na casa dele primeiro.

Anna ainda conseguia se lembrar da dor aguda na garganta, dos calafrios febris, da batida da porta quando lhe disseram para esperar no banco de trás da caminhonete.

Mesmo décadas depois, ela ainda continuava a repassar mentalmente o episódio. Talvez se tivesse ido com eles, as coisas não tivessem acontecido como aconteceram. Talvez se tivesse conseguido disfarçar o quanto estava doente, eles não teriam tido que ir buscá-la na escola, e nada daquilo teria acontecido.

— Acho que acabei dormindo, porque já estava escurecendo quando acordei. Então entrei para procurar os dois e vi que estavam na cozinha, brigando. Era uma briga... feia. Não sei o que deixou ele tão furioso. Pode ter sido qualquer coisa. Mas ela estava no chão, sangrando, e ele estava... — Anna fechou os olhos. — Achei que ele ia matar a minha mãe. Corri e tentei tirá-lo de cima dela. Mas o homem me agarrou e me jogou no chão.

Gabe respirou fundo e apertou a mão dela.

Tinha sido naquele momento, em que se vira jogada no chão, que o pânico se instalara. O namorado da mãe era tão grande, tão pesado, e ela mal conseguia respirar... Como conseguiria tirá-lo de cima dela? Se ao menos conseguisse escapar dele, poderia encontrar alguma coisa, qualquer coisa para usar como arma.

— Então olhei pra cima e vi a minha mãe ali, puxando o braço dele, gritando para que me deixasse em paz. Ele se levantou pra partir novamente pra cima dela, e foi então que eu...

Anna parou de falar. E ali estava.

— Foi então que eu o empurrei.

A pior coisa que ela já tinha feito.

— O ombro dele bateu no batente da porta do porão, e aí ele tropeçou... e caiu da escada. E ficou ali deitado, sangrando, com o corpo curvado em um ângulo estranho. E eu soube na mesma hora. Simplesmente soube. — Ela respirou fundo. — Eu o matei.

Anna parou de falar e Gabe se recostou nas almofadas do sofá, esfregando a mão na testa como se estivesse tentando apagar a imagem terrível que ela havia deixado em sua mente.

É claro que ele quer apagar.

Aquilo não era normal. Pessoas normais não matavam os namorados da mãe. Pessoas normais não tinham passados com histórias terríveis e sórdidas que ficavam cada vez mais terríveis e sórdidas. *É claro que ele quer ficar o mais longe possível de mim.*

Só que, quando Anna finalmente se virou para olhá-lo, Gabe não se levantou e foi embora. Ele estendeu a mão, passou o braço ao redor dela e a puxou junto ao peito.

Era tão, tão bom estar de volta àquele lugar.

— A minha mãe e eu saímos correndo — continuou Anna. — Simplesmente fugimos antes que alguém soubesse que a gente estava lá.

Quando Gabe falou, sua voz saiu comovida:

— Anna, lamento tanto... — Ele balançou a cabeça. — Parece tão pouco dizer isso. Mas lamento *demais* que você tenha passado por uma situação como essa. Estou tão furioso... e espero que você saiba que *nada* do que aconteceu foi culpa sua.

— Ela foi embora, Gabe — murmurou Anna, junto à camisa dele. — No dia seguinte, a minha mãe fez uma mala e foi embora.

— E você se culpou.

— Ela devia dinheiro a algumas pessoas, e como o namorado... — Anna se encolheu. — Como o namorado estava *fora de cena*, minha mãe não tinha como pagar a dívida. Se não arrumasse um jeito de resolver isso, iriam atrás dela. Por isso, ela fez algumas ligações e conseguiu uma oportunidade de emprego na Califórnia. E aceitou. Tenho certeza de que era algo duvidoso e ilegal. Mas ela estava desesperada. Depois que foi embora, ela ligou algumas vezes daquele número da Capp Street. Até que desapareceu de vez.

— E você vem procurando respostas desde então. — Gabe afrouxou os braços e se afastou um pouco para trás para poder olhá-la no rosto. — Você ainda se culpa?

Anna fechou os olhos, lembrando-se do colar penhorado, da voz familiar ao telefone pedindo para se encontrar com ela. Será que ainda se culpava? Ou estava enfim se dando conta de que Deb Campbell sempre havia colocado seu vício à frente da filha, e Anna simplesmente não havia enxergado a realidade?

— Não sei bem como me sinto. Compreendo racionalmente que não foi culpa minha, assim como o que aconteceu hoje não é culpa do bebê da Hayleigh. Sei que *nada* disso é culpa minha. Mas a culpa é como a água de um rio erodindo uma rocha por anos e deixando a sua marca. Tudo que eu já fiz é resultado desse fluxo.

— Então a gente precisa desviar o rio.

Será que ela seria capaz? Será que conseguiria finalmente encarar sua infância terrível e aprender a abrir novos caminhos? Seria a coisa mais difícil que já fizera na vida.

Anna o encarou, deixando o olhar atravessar o espaço estreito entre eles. Ele tinha dito "a gente". Estaria mesmo disposto? Será que ela poderia acreditar que ele permaneceria ao seu lado mesmo quando tudo ficasse terrivelmente confuso?

Mas talvez aquele fosse o ponto. Ela nunca saberia se continuasse fugindo. Se continuasse fazendo o que sempre fez.

• • •

Eles terminaram a comida tailandesa e resolveram assistir a uma comédia bobinha na Netflix. Mas, antes mesmo que terminassem os créditos de abertura, Anna sentiu o corpo começar a pesar. Em um piscar de olhos, estava acordando na cama, sozinha. Ela percebeu um movimento no canto do quarto e se esforçou para se sentar.

Gabe estava sentado em uma poltrona, na penumbra, com um livro apoiado na perna cruzada e a pequena luminária de leitura ao lado lançando sombras em seu rosto.

— Gabe — sussurrou Anna. — Que horas são?

Não se lembrava de ter ido para a cama. Será que Gabe a carregara até lá quando ela já estava dormindo?

Ele checou o relógio.

— Quase duas da manhã.

— Você ainda está aqui.

— Eu não queria que você acordasse sozinha.

— Ah — disse ela, o coração batendo forte. Mesmo depois de tudo que havia contado a ele...

Ele não queria que eu acordasse sozinha.

Gabe bocejou e se recostou na poltrona, esticando as longas pernas à frente do corpo.

— Eu estava pensando em dormir no seu sofá.

Anna pensou no sofá pequeno da sala; tinha certeza de que ele era parte de uma linha de móveis minúsculos feitos para apartamentos minúsculos como o dela. Não conseguia imaginar Gabe espremendo o corpo alto naquela coisa e conseguindo dormir. Deveria dizer a ele que já se sentia bem e encorajá-lo a ir para casa. Mas não conseguiu.

Em vez disso, Anna indicou o lugar ao seu lado na cama queen.

— Você pode dormir aqui.

Gabe olhou de soslaio para ela.

— Tem certeza?

Ela assentiu.

Ele se levantou e foi até a cama. Anna desviou os olhos quando Gabe tirou a camisa social amassada e o cinto, mas manteve a calça e a camiseta que usava por baixo. A cama afundou sob seu peso quando ele se acomodou ao lado dela. Anna se virou de lado cuidadosamente, até estar de frente para ele.

Ela fechou os olhos e tentou adormecer, mas Gabe consumia todos os seus outros sentidos. A cama de repente pareceu dez graus mais quente, e o familiar perfume amadeirado dele envolveu os travesseiros. Anna podia ouvi-lo respirando com suavidade e sentir seu peito subindo e descendo devagar.

Depois de alguns minutos fingindo dormir, ela abriu os olhos e espiou Gabe. Naquele exato momento, ele virou a cabeça em sua direção e os olhos de ambos se encontraram. Ela piscou, mas não desviou o olhar, e seu coração disparou lentamente.

Gabe passou o braço ao seu redor, puxando-a mais para perto. Anna se acomodou mais, sentindo o coração dele bater junto ao seu rosto e a pressão quente em seu quadril, onde a mão dele descansava. Um instante depois, estava dormindo.

TRINTA E SETE

Anna acordou sozinha. Era de manhã e o sol entrava pela janela, alcançando o travesseiro. Ela semicerrou os olhos e rolou na cama. Não havia nenhuma evidência de que Gabe estivera ao seu lado. Teria sido um sonho? Não, a lembrança era real demais para ser um sonho, e ela ainda podia sentir o perfume dele no travesseiro. O mesmo travesseiro que, naquele momento, abraçava junto ao peito.

O celular vibrou e Anna o pegou na mesinha lateral.

> **Gabe**
> Oi, desculpe, mas precisei ir embora. Tinha uma reunião que não podia perder. Mas já aviso que você não vai ficar sozinha aí por muito tempo. Os Weatherall estão a caminho. Até mais.

Naquele instante, Anna ouviu uma batida na porta. Sentindo-se mais corajosa do que na noite anterior, ela saiu da cama e foi lentamente até a janela da frente para espiar. Elizabeth, John e Leah estavam na entrada, carregando a bebê em uma cadeirinha, uma embalagem com copos de café e uma sacola de uma padaria local.

Elizabeth e Leah entraram, mostrando-se profundamente preocupadas com Anna e ficando chorosas enquanto perguntavam sobre o bebê de Hayleigh. John não disse nada, mas a abraçou por um longo tempo, e ela pressionou a testa no peito dele para esconder os olhos marejados.

Eles ficaram para o café da manhã, todos reunidos ao redor da mesa pequena, passando os croissants e a bebê adormecida de um para o outro. Rachel apareceu algumas horas depois, bem no instante em que os outros tinham acabado de sair de carro. Ela irrompeu pela porta da frente e quase derrubou Anna com a força de seu abraço.

— Meu Deus, Anna. Sinto muito. Que situação terrivelmente horrorosa.

Anna não conseguiu conter um sorriso. Rachel era sempre precisa em descrever as situações.

— Terrivelmente horrorosa resume bem.

Rachel pegou a mão de Anna e a puxou para o sofá.

— Me diz o que eu posso fazer. Posso ajudar o bebê de alguma forma?

— Estão procurando parentes próximos, mas não tenho esperança. Não creio que a Hayleigh tivesse muito apoio da família. Se é que tinha algum.

Os olhos azul-prateados de Rachel se encheram de lágrimas.

— Merda — murmurou ela, secando o rosto com a palma da mão. — Lamento tanto não ter podido fazer nada para ajudá-la.

— Não é culpa sua. Sei que ela nunca ligou pra você. — Anna estendeu a mão e apertou a de Rachel. — Acho que finalmente estou aprendendo que não se pode salvar alguém que não quer ser salvo.

Rachel olhou para ela do outro lado do sofá.

— Você está pensando na sua mãe? Espero que não se incomode que Gabe tenha contado um pouco sobre como você estava procurando por ela. Ele achou que talvez eu tivesse recursos para ajudar.

Anna piscou, surpresa.

— Você tem?

— Bem, de vez em quando eu trabalho com um investigador particular. — Rachel abriu um sorrisinho de lado. — Pegar cônjuges traidores em flagrante é meu ganha-pão, sabe.

— Ela me ligou, Rach.

Os olhos de Rachel se arregalaram.

— A sua mãe te ligou?

Anna não tinha contado nem a Gabe sobre o telefonema. Depois de tudo que havia acontecido na noite anterior, ela não quisera gastar mais energia com aquilo. Mas, naquele momento, não conseguia tirar da cabeça a voz da mãe, profunda e áspera por causa de décadas de tabagismo.

— Acho que era ela. A mulher ligou pela linha telefônica da maternidade e parecia ser ela. Mas já faz tanto tempo que não tenho certeza. E aí eu desliguei antes que pudesse conseguir qualquer informação mais precisa.

Aquela era a parte que lhe soava mais confusa. Ela chegara tão perto de finalmente conseguir respostas sobre onde a mãe estivera todo aquele tempo. Então *por que* tinha desligado o telefone?

— Bem, se você quiser a minha ajuda, é só falar.

Anna sorriu, agradecida.

— Obrigada. — Mas algo a impedia. — Posso voltar nesse assunto depois?

— É claro.

• • •

Poucos minutos depois de Rachel ir para o trabalho, Julia passou pela casa de Anna em seu caminho para pegar os filhos na escola e encheu o freezer dela com refeições caseiras congeladas. Anna começava a suspeitar de que os Weatherall tivessem coordenado cuidadosamente suas visitas para que ela não ficasse sozinha, porque, alguns minutos depois de Julia sair, Matt apareceu com sua caixa de ferramentas e um conjunto de trancas resistentes.

— Sei que você está totalmente segura aqui, mas achei que se sentiria melhor se reforçássemos um pouco mais a segurança. — Ele lançou um olhar para as caixas de mudança no canto. — Só para o caso de você resolver ficar aqui em Pittsburgh com a gente mais um pouco.

Anna foi salva de ter que responder pelo zumbido da furadeira.

Matt deu um abraço nela e foi embora quando já estava começando a escurecer. Anna circulou pelo apartamento, verificando as portas e janelas, grata pelas trancas extras. Alguns minutos mais tarde, ouviu outra batida na porta e espiou pela janela.

Gabe.

— O que é tudo isso? — perguntou Anna, seguindo-o até a cozinha, onde ele apoiava na bancada as sacolas de compras que havia levado.

— Eu vi o conteúdo da sua geladeira, menina.

Como crescera comendo vegetais enlatados e sanduíches de manteiga de amendoim, Anna nunca havia aprendido a cozinhar quando era mais nova. Depois de adulta, quando já tinha dinheiro suficiente para comprar comida de verdade, estava sempre ocupada demais com a faculdade de medicina — e depois com sua agenda errática de plantões — para fazer mais do que comer um sanduíche qualquer no hospital ou uma tigela de cereal antes de dormir.

— Tenho um freezer cheio de refeições caseiras — protestou.

— E se a Julia não tivesse trazido isso, o que você teria comido esta noite?

— Hum — murmurou Anna.

— Pois é — disse Gabe. — Vou cozinhar.

Obviamente, Gabe era um ótimo cozinheiro. A mãe dele tinha se certificado de que todos os filhos soubessem preparar um cardápio completo de pratos gourmet antes de partirem para a faculdade. Anna imaginava que Gabe usasse aquela habilidade principalmente para impressionar as mulheres. Ela se sentou à mesa de jantar e ficou observando-o picar uma cebola com a habilidade de um participante do *MasterChef*.

Tudo bem. Ele havia conseguido impressioná-la.

Gabe colocou uma taça de vinho na frente dela e logo o cheiro de cebola caramelizada preencheu o ambiente. Eles conversaram sobre a reunião de Gabe naquela manhã enquanto ele andava pela cozinha, quebrando ovos em uma tigela e polvilhando-os com ervas recém-picadas. Meia hora mais tarde, Gabe colocou dois pratos na mesa, cada um com uma fatia enorme de fritada de queijo Gruyère com cebola caramelizada, além de uma salada de alface crocante e fatias de pera.

Anna raspou o prato e aceitou repetir. Por fim, levantou os olhos e o pegou fitando-a com um sorriso no rosto.

— Sabe, não tem problema deixar alguém cuidar de você de vez em quando.

Ela se recostou na cadeira. Em algum momento durante a última hora, a tensão havia deixado seu corpo e o peso em seus ombros parecia ter diminuído. Ela não conseguia nem se lembrar por que havia discutido com Gabe sobre a oferta de ele cozinhar para ela, ou sobre qualquer coisa, na verdade.

Gabe se sentou na cadeira em frente à dela.

— Falando em cuidar de você… Como está se sentindo depois de tudo o que aconteceu ontem?

Anna pousou o garfo ao lado do prato. Gabe ainda não sabia que a mãe dela havia entrado em contato no dia anterior. Ela se sentira derrotada demais na noite anterior para tocar no assunto, mas, depois da conversa com Rachel, a ligação não saíra mais de sua mente.

— Gabe, a minha mãe me ligou.

— O quê? — Os olhos de Gabe se arregalaram e ele afundou devagar na cadeira. — Uau.

— Eu sei.

— Como...? — A expressão no rosto dele provavelmente era semelhante à dela quando atendera a ligação. Gabe sabia o que aquilo significava, sabia tudo pelo que Anna havia passado procurando pela mãe. Ele endireitou depressa o corpo na cadeira e segurou a mão dela. — Como você está? Está bem?

— Sim, acho que sim — respondeu Anna, lembrando-se do suor escorrendo pelas costas e da vertigem que sentira ao atender à ligação. — Ela disse que está na cidade e queria que a gente se encontrasse.

Ele pareceu surpreso.

— Você concordou?

— Não. Eu a acusei de estar ligando para pedir dinheiro para comprar drogas e desliguei na cara dela. Ainda não consegui entender direito por que fiz isso. — Anna abaixou os olhos para as mãos. — Passei tanto tempo tentando descobrir onde a minha mãe estava e, quando finalmente tive a chance de descobrir onde ela esteve durante toda a minha vida, estraguei tudo.

Gabe apoiou um cotovelo na mesa e deixou o silêncio se instalar ao redor deles para dar a Anna o tempo de processar o que estava sentindo. Ela não parava de se perguntar: *por que* não havia concordado com o encontro que a mãe pedira? *Por que* sua primeira reação tinha sido negar?

Anna levou a mão ao ponto onde o colar costumava estar, mas encontrou só a gola da blusa. Talvez ela não quisesse respostas da mãe porque, no fundo, já sabia tudo de que precisava saber. Talvez estivesse finalmente escolhendo seu futuro em vez da dor e do sofrimento do passado.

Talvez estivesse finalmente pronta para se perdoar e seguir em frente.

Por fim, seus olhos se voltaram para Gabe.

— Ou talvez eu não tenha estragado tudo.

— Talvez não. — Gabe se inclinou. — Talvez você tenha feito uma escolha — disse ele, provando pela milésima vez desde o dia em que haviam se conhecido que a conhecia melhor do que ninguém.

• • •

Depois do jantar, eles levaram as taças de vinho para a sala. Anna parou na porta e ficou olhando Gabe caminhar até o sofá. As luzes da rua entravam pela janela, lançando um brilho fraco e cálido na sala. Ele tirou o moletom e o largou em cima de uma cadeira. Mesmo usando calça jeans e uma camiseta velha dos tempos da faculdade, Gabe continuava lindo. O tecido da camiseta estava tão desbotado que Anna mal conseguia distinguir as letras gregas da fraternidade dele na frente. De certa forma, Gabe ainda a lembrava daquele universitário de uma vida inteira atrás — bonito, atrevido, inteligente —, mas havia muito mais nele. Ele vinha sendo uma presença constante em sua vida, sua âncora, durante a última década e meia; sempre ali, sempre aparecendo quando ela precisava.

Gabe se virou e a encarou com os olhos semicerrados.

— Você está bem?

Anna se sobressaltou e percebeu que ainda estava parada na porta da cozinha.

— Sim. Eu estava pensando em como foi bom você ter passado a noite aqui ontem. — Ela forçou uma risadinha. — Mesmo que você tenha monopolizado a cama.

Ele nem sequer esboçou um sorriso. Ficou só olhando para ela por um momento, o rosto nas sombras, o que não permitia que Anna lesse sua expressão. Então, enfiou as mãos nos bolsos de trás e disse em voz baixa:

— Anna, eu ficaria para sempre se você deixasse.

O coração de Anna estava disparado no peito e, antes que ela pudesse planejar seu próximo movimento, se pegou atravessando a sala. Então parou na frente dele, tão perto que, mesmo na penumbra, conseguia ver cada detalhe daqueles olhos azul-gelo. Ele a encarou, surpreso, e o espanto ficou evidente em seu rosto no momento em que ela passou a mão por sua nuca e colou a boca à dele.

Os braços de Gabe se fecharam ao redor dela. Ele segurou a parte de trás da gola da blusa de Anna para puxá-la mais para perto, beijando-a com uma intensidade que a deixou sem fôlego. Ela se agarrou a ele, sentindo toda a mágoa e dor dos últimos dias se dissiparem. Gabe recuou lentamente até suas pernas baterem no sofá, então caiu para trás e a puxou para cima de si. Anna puxou a bainha da camiseta dele para tirá-la.

Gabe ficou imóvel.

— Algum problema? — A voz dela estremeceu no final.

Ele deixou as mãos deslizarem pelo cabelo dela e inclinou a cabeça de Anna para que ela o encarasse.

— Anna, você quer mesmo isso?

Ela assentiu, mas Gabe manteve os olhos firmes nos dela.

— Tem certeza? Você passou por muita coisa. A gente pode parar se você não estiver pronta pra isso.

Anna ficou olhando para aquele rosto lindo, que ela já amava por quase metade da vida. O rosto que refletia a mesma esperança e admiração que ela mal conseguia conter.

— Gabe — sussurrou. — Estou pronta pra isso.

TRINTA E OITO

Naquele domingo, Anna chegou tarde em casa do turno no hospital e entrou correndo para trocar de roupa. Ela deveria ter aparecido para jantar na casa de Elizabeth e John havia mais de uma hora, mas tinha se atrasado por causa de uma cesariana de emergência. Ela mandou uma mensagem para Gabe do hospital e disse que chegaria em quarenta e cinco minutos.

Ao sair do quarto, ela tropeçou nas caixas da mudança. Gabe não tinha voltado a perguntar sobre elas, e Anna sabia que ele estava tentando lhe dar espaço para que ela descobrisse o que queria fazer. Anna checou o relógio. Já estava atrasada mesmo, então o que seriam mais alguns minutos?

Ela levou cerca de cinco minutos para recolocar os livros na prateleira, deixar as velas em uma mesa lateral e retornar as fotos ao console da lareira. Ao ver suas coisas de volta ao lugar ao qual pertenciam, foi como se um peso saísse dos seus ombros.

Anna estava prestes a mandar uma mensagem para Gabe para dizer que estava *realmente* a caminho quando escutou uma batida na porta. Talvez ele tivesse ido procurá-la. Ela sorriu, atravessou correndo a sala e abriu a porta.

E então paralisou.

Não era Gabe.

À sua porta, estava uma senhora idosa com uma postura tão curvada que seus ombros pareciam se dobrar sobre si mesmos. Ela era magra, quase esquelética, com maçãs do rosto encovadas e olheiras profundas. Seu cabelo longo e escorrido tinha mechas grisalhas e a camisa xadrez e a calça jeans manchada praticamente engoliam seu corpo ossudo.

Anna cambaleou para trás e segurou a maçaneta da porta para se equilibrar, incapaz de desviar os olhos. Ela abriu a boca, mas nada saiu.

Finalmente, conseguiu sussurrar:

— Mãe.

— Oi, meu bem. Posso entrar?

TRINTA E NOVE

Anna ficou parada na porta, trêmula, encarando a mãe. Deb Campbell tinha só cinquenta e cinco anos, mas sua aparência castigada e cansada era a de uma mulher pelo menos vinte anos mais velha. O cheiro acre de fumaça de cigarro pairava ao seu redor como uma névoa, e provavelmente aquelas marcas aparecendo por baixo das mangas arregaçadas eram de agulhas.

Atrás dela, havia um carro estacionado na entrada da garagem com uma mulher de meia-idade no banco do motorista. Anna não conseguia decidir se ficava irritada ou aliviada ao ver que a mãe tinha planejado uma visita tão curta que nem se dera ao trabalho de pedir à amiga para desligar o motor.

Anna não disse nada, só abriu a porta mais um pouco e permitiu que a mãe entrasse. Deb foi caminhando com certa dificuldade até a sala e olhou ao redor.

— Bela casa.

— Obrigada.

— O apartamento é seu?

— Não, estou só alugando.

Elas iam mesmo ficar só de conversa fiada?

— Hum. Pensei que uma médica de sucesso como você teria uma casa grande e chique ou coisa parecida.

Ah, claro. Lá estava. Anna cruzou os braços.

— Vejo que você pesquisou a meu respeito no Google.

— Bem, você *é* minha filha, afinal. Eu checava para ver como você estava de vez em quando.

— Eu não diria isso.

— O quê, que eu checava para ver como você estava? Sei que não te procurei nem nada, mas...

— Não — interrompeu Anna. — Eu não diria que sou sua filha.

Deb abaixou os olhos para as mãos, então encolheu os ombros.

— Sei que não fui a melhor mãe — aquele talvez fosse o maior eufemismo que Anna já tinha ouvido —, mas eu pensava em você. E, sabe... — Outro encolher de ombros. — Você provavelmente se saiu melhor sem mim.

Aquilo, pelo menos, era verdade.

— Como descobriu onde eu moro?

— Uma amiga da época do ensino médio, a Barbara... Você se lembra dela, aquela que conseguiu um emprego para mim na casa de repouso quando você era criança? Enfim, ela trabalha no mesmo hospital que você e fez algumas perguntas. — Deb foi arrastando os pés até o sofá e se deixou afundar nas almofadas. Sua cabeça pendeu para trás e arquejos altos saíram do fundo de sua garganta. — Pode pegar um copo de água ou alguma outra coisa para eu beber?

Anna ficou ali, de braços cruzados. Mesmo aquele mínimo de hospitalidade parecia demais para ela no momento. Estava paralisada no lugar.

— Por que você está aqui? — perguntou Anna, incisiva. — Presumo que precise de dinheiro. Ou não. São drogas, certo?

A mãe não respondeu de imediato. Só levantou a cabeça e percorreu o olhar devagar pela sala. Então seus olhos encontraram os de Anna com firmeza.

— Estou morrendo. Câncer.

Anna parou, esperando pelo choque, pela raiva ou por *alguma coisa*, mas não sentiu... nada. Ela se virou, escapou para a cozinha e se apoiou na bancada enquanto tentava se recompor.

A mãe dela estava ali. E estava morrendo.

O cérebro de Anna parecia estar vagando pela sala como uma mosca.

Ela precisava arrumar alguma coisa para fazer com as mãos, por isso encheu um copo com água e levou de volta para a sala. Depois de deixar o copo na mesa de centro, diante da mãe, Anna se sentou em uma poltrona no extremo oposto do cômodo.

— Que tipo de câncer?

A mãe teve uma crise de tosse. Ela pegou o copo, tomou um gole e bateu no peito algumas vezes.

— Câncer de cólon — falou em um grunhido quando se recuperou. — Um dia comecei a cagar sangue. Quando finalmente consultei alguns médicos, eles disseram que, àquela altura, o problema já havia se espalhado para o fígado e os pulmões. Não havia nada que pudessem fazer por mim.

Anna assentiu, ainda entorpecida.

— Quanto tempo?

— Disseram que tenho alguns meses.

— Onde você está ficando?

— A Barbara me colocou em uma dessas clínicas para doentes terminais. Tenho o meu próprio quarto, e é tudo pago pelo programa de assistência médica do governo para os pobres. O mais louco disso tudo é que, depois de passar mais da metade da minha vida atrás de drogas, agora os médicos estão praticamente jogando morfina em cima de mim. — Ela começou a rir, mas logo teve um novo ataque de tosse.

Anna continuou sentada na poltrona, com os braços cruzados e o rosto inexpressivo. Entendia a ironia, mas era muito difícil ver humor naquela situação. Ela esperou que a mãe tomasse outro gole de água e batesse no peito.

Deb controlou a tosse e olhou ao redor outra vez, pegando uma foto emoldurada de Anna e Gabe na mesa lateral. Os dois estavam abraçados, sorrindo para a câmera.

— Olha… Esse cara é bonito. É o seu namorado?

Anna hesitou, o olhar fixo na foto. Gabe sorria de volta para ela e, por algum motivo, aquilo pareceu aquecer seu coração congelado.

— Sim.

A mãe pousou a fotografia de volta na mesa.

— Você tem filhos ou coisa assim?

— Não.

— Bem, aposto que, quando tiver, não vai estragar tudo como eu fiz.

Aquilo era a deixa para Anna dizer "Ah, você não foi tão ruim assim" ou algo dessa natureza? Deb se ajeitou no assento e puxou um fio solto da blusa enquanto o silêncio se estendia entre elas.

— Bem, de qualquer forma — disse a mãe, por fim —, só queria que você soubesse sobre… Você sabe.

Anna assentiu. A mãe estava morrendo e o máximo que ela conseguia sentir era um pouco de pena. O que havia de errado com ela? Sentia mais compaixão pelas suas pacientes do que pela própria mãe. Mas Anna construía um relacionamento com as suas pacientes — sabia sobre a vida delas, sobre suas famílias, suas esperanças e seus medos. Já a mulher à sua frente era uma estranha. Deb segurou o braço do sofá com as duas mãos e se esforçou para levantar.

— Bem, preciso ir. É a Barbara que está esperando no carro.

Anna se levantou rapidamente.

— Espera, deixa eu te ajudar.

— Não, não. Já consegui.

A mãe se levantou, então curvou o corpo, ofegante. Depois de algumas respirações profundas, ela se virou e se arrastou de volta para a porta. Anna a abriu, e Deb cambaleou até a varanda. Quando Barbara viu a porta aberta, saiu do carro e correu para ajudar. Barbara cumprimentou Anna com um aceno de cabeça, então pegou o braço de Deb e a ajudou a descer os degraus.

Anna ficou parada na varanda, vendo as duas atravessarem a entrada da garagem.

Quando chegaram ao carro, Barbara abriu a porta do passageiro. Quando a mãe se inclinou para entrar, Anna se viu dominada por uma espécie estranha de pânico. Sua mãe estava indo embora. E Anna estava feliz por isso. Não queria Deb ali, olhando as fotos e os objetos que faziam parte da vida que havia se esforçado tanto para construir. Não queria a tosse da mãe, o cheiro de fumaça de cigarro e aquela voz que só trazia de volta as lembranças mais dolorosas.

Mas ainda assim, era o fim. A mãe dela estava morrendo. Em mais alguns meses, seria tarde demais.

— Ei. — A palavra saiu da boca de Anna antes que ela pudesse mudar de ideia.

A mãe levantou os olhos.

— Sim?

Anna hesitou. Então perguntou:

— Que clínica é essa em que está internada?

— Canterbury Place, em Lawrenceville. Estou de volta ao nosso velho bairro. — Ela riu, então uma nova crise de tosse a atingiu. Barbara segurou seu braço para ajudá-la a entrar no carro, mas a mãe parou e se virou para Anna. — Passa por lá. Quer dizer... se você quiser. E leva o seu namorado.

— Eu vou... — Anna não tinha ideia se faria aquilo. Era muito para pensar naquele momento. — Vou tentar.

A mãe assentiu e entrou no carro.

Anna deu as costas e entrou em casa. Ela parou na sala de estar e, de repente, começou a tremer sem controle. Uma onda de náusea tomou conta dela. Talvez estivesse em choque. Talvez devesse se deitar, só por um minuto. Anna pegou uma manta nas costas de uma poltrona e envolveu-se nela enquanto se dirigia para o quarto. Lá, se aninhou na cama e adormeceu na mesma hora.

• • •

Quando acordou, exausta e desorientada, o sol estava começando a se pôr. Não tinha ideia de que dia era. Havia passado a noite toda acordada fazendo o parto de algum bebê? Era por isso que tinha a sensação de ter sido atropelada por um caminhão?

Ela foi cambaleando até a sala atrás do celular e recebeu o impacto do cheiro de fumaça de cigarro.

Ai, meu Deus!

Minha mãe esteve aqui.

Anna se deixou afundar em uma cadeira. *Minha mãe está morrendo.*

Ela não sabia o que fazer com aquela informação. Depois de passar anos procurando a mãe, esperando que ela voltasse, depois acreditando que ela estava morta, para logo descobrir que não estava, agora Deb enfim aparecia. E tinha apenas mais alguns meses de vida. Anna vasculhou o coração em busca de alguma coisa, de algum sentimento de tristeza, de perda ou... de qualquer coisa. Mas só o que sentia era entorpecimento.

Ainda não tinha ideia de onde a mãe estivera durante todo aquele tempo. Anna sempre havia presumido que aquela seria a primeira pergunta que faria se tivesse oportunidade. Mas agora, bem, agora aquilo não parecia importar muito. O que importava era onde a mãe *não* estivera.

Com a própria filha.

O cheiro de cigarro chegou até Anna vindo do outro lado da sala. Seu coração começou a bater rápido e suas mãos começaram a tremer. E, de repente, ela estava de volta àquele apartamento antigo com o tapete marrom sujo e manchas amareladas na parede, encolhida no quarto enquanto a mãe e um cara qualquer — ambos claramente drogados — gritavam um com o outro na sala de estar.

E quando aquela lembrança já ameaçava arrastá-la para o fundo do poço, o telefone tocou.

Anna se levantou de um pulo, saiu correndo da sala — para longe daquele cheiro terrível — e entrou a cozinha, onde tinha deixado o celular em cima de uma mesa. O nome de Gabe piscava na tela, e ela atendeu.

— Alô? — sussurrou com esforço.

— Anna, graças a Deus. Eu estava tão preocupado. Está tudo bem?

— Sim… — Anna de repente se lembrou de que deveria ter chegado horas antes para o jantar de domingo na casa dos pais dele. Ela checou o dia e a hora no celular. Havia dormido por uma hora. — Eu, hum, acho que acabei pegando no sono.

Do outro lado da linha, ela ouviu Gabe rir.

— Parece que você ainda está meio adormecida.

— É. — Anna suspirou e se deixou afundar em uma das cadeiras que ficavam diante da mesa. Ouvir a voz de Gabe já a acalmava. Ela queria que ele continuasse falando. — Perdi o jantar?

— Nós guardamos um prato pra você.

Anna esfregou as têmporas como se aquilo fosse apagar as lembranças dolorosas da mãe. Precisava sair de casa.

— Já, já eu chego aí.

— Tem certeza de que está bem? Está parecendo um pouco perturbada. Eu posso ir até aí.

— Não. Estou bem. Só acabei de acordar. Chego aí em dez minutos.

— Não demora, tá? Você sabe como a minha mãe acaba se convencendo de que nós morremos em algum acidente violento sempre que um de nós se atrasa.

Anna sorriu porque era verdade. Quando se tratava de família, não havia ninguém mais protetor do que Elizabeth.

E, com aquele pensamento, a névoa se dissipou.

A mãe dela não estava morrendo. Uma mulher chamada Deborah Campbell, que tinha dado à luz um bebê anos antes — uma mulher tragicamente inadequada para ser mãe —, estava morrendo. Talvez a mãe a tivesse amado algum dia, antes que o vício assumisse o controle, ou talvez Anna só quisesse acreditar naquilo. Mas aquela mulher não era sua mãe, não era a sua família.

Anna fechou os olhos e visualizou os Weatherall sentados ao redor da enorme mesa de jantar de John e Elizabeth, rindo e implicando uns com os outros como sempre faziam. Então, lentamente, as imagens continuaram a surgir, invadindo sua mente cada vez mais rápido até eclipsarem qualquer lembrança remanescente de sua infância: Elizabeth parando no quarto de Anna para conversar sobre a escola, preparando seu prato favorito na noite anterior a uma prova importante ou emoldurando o artigo do jornal da escola anunciando que Anna fora nomeada oradora da turma. E John colocando solenemente uma nota de cem dólares em seu bolso quando ela partiu para a faculdade, "para emergências", e ligando para ela todas as noites durante uma semana para ajudá-la a se preparar para as entrevistas para a residência médica; Matt a levando até o estacionamento de uma escola para ensiná-la a dirigir, encolhendo-se quando ela quase bateu de lado em uma cerca de arame com a caminhonete novinha em folha dele, mas mesmo assim dizendo que Anna estava indo muito bem; Leah e Julia enviando pacotes de doações com roupas de bebê e cobertores para os refugiados na Síria.

E Rachel. A leal e firme Rachel, cujo escritório de advocacia fazia discretamente doações para a clínica de saúde sem fins lucrativos onde Anna trabalhava. Rachel, que tinha chorado com ela por causa de Hayleigh.

E havia Gabe.

Várias brechas haviam surgido na vida de Anna. Vários momentos em que as pessoas poderiam ter se dado conta do que acontecia... e poderiam ter agido.

Um vizinho nunca a parara para perguntar se ela estava bem depois que as brigas violentas e aos berros entre a mãe e um dos namorados traficantes de drogas ecoavam pelos corredores do prédio. Nenhuma professora interviera quando a mãe aparecia chapada nas reuniões de pais, nem quando ela tinha parado de aparecer. E jamais um funcionário do refeitório da escola tinha reparado em Anna rondando por ali depois que o sinal tocava, para pegar no lixo a comida que os outros alunos jogavam fora sem pensar duas vezes.

Só uma pessoa tinha prestado atenção.

Gabe.

Naquela época, era Gabe quem costumava chegar nas reuniões do projeto deles com sanduíches extras e insistia para que ela comesse. Era Gabe que a encontrava na biblioteca tarde da noite — onde Anna ia estudar quando a eletricidade era cortada em seu apartamento — e se oferecia para levá-la para casa. Foi Gabe quem se preocupou em se certificar de que ela estivesse segura, realmente segura, pela primeira vez na vida.

E foi Gabe quem a tornou parte da única família que Anna havia conhecido.

Ela pegou as chaves do carro na bancada da cozinha e se dirigiu para a porta.

— Estou a caminho.

QUARENTA

Gabe estava na pia da cozinha da casa dos pais, lavando taças de vinho e olhando ao redor. A família inteira havia conseguido comparecer ao jantar daquele domingo. Leah, Josh e a bebê já estavam lá quando ele chegou, e Matt apareceu com Julia e as crianças alguns minutos depois. E então foi a vez de Rachel com Aaliyah, que estava tendo uma rara semana de folga das viagens.

Só faltava Anna.

Ela havia mandado uma mensagem quando estava saindo do hospital, mas se passaram horas. E até agora… nada. Gabe enfim tinha conseguido falar com ela no celular cerca de quinze minutos antes, mas Anna parecia distante. Distraída.

Ela disse que estava a caminho, mas ele não conseguia deixar de se perguntar. Será que Anna tinha mudado de ideia? Será que ia fugir de novo?

Gabe respirou fundo para se acalmar. Os últimos dias deles juntos tinham sido incríveis, e Anna parecia bem quando saiu da casa dele para trabalhar mais cedo naquela manhã. Mas aquilo não significava que ela *estava* bem. Ele havia levado quinze anos para entender que nada em relação à cura de um trauma como o de Anna seria fácil ou imediato. E só porque a família dele tinha aparecido na vida dela como uma família de seriado de TV, aquilo não apagava magicamente tudo pelo que ela havia passado.

Tudo que podia fazer era deixar claro que estava à disposição de Anna e insistir nisso até ela acreditar. Gabe enfiou a mão no bolso e envolveu a pequena caixa de veludo que havia guardado ali. Aquilo ajudaria a convencê-la?

Gabe secou uma taça e se serviu do vinho que estava na geladeira. Então, ficou andando de um lado para o outro da cozinha. Na terceira volta, Rachel olhou para ele com os olhos semicerrados.

— Você está esquisito. Tudo bem?

Gabe olhou para o fundo da taça vazia e esfregou a testa, cansado demais para dar uma resposta engraçadinha.

— Não muito.

A expressão no rosto de Rachel agora tinha a ferocidade que ela normalmente reservava para batalhar pelas clientes no abrigo para mulheres.

— Não sei onde a Anna está.

— Ela não mandou uma mensagem quando estava no trabalho?

— Sim, mas isso foi horas atrás.

— Então liga pra ela.

— Já liguei. Ela disse que está vindo.

Rachel inclinou a cabeça, olhando pra ele de lado.

— Mas você acha que ela não vem?

— Não sei. — Gabe respirou fundo e disse: — Rach, estou loucamente apaixonado por ela.

Rachel cerrou os lábios, claramente tentando conter um sorriso.

— O que foi? — perguntou Gabe.

Ela levou a mão aos lábios.

— Nada. É só que… — Ela agora já nem se dava mais ao trabalho de esconder o sorriso. — Talvez você não seja tão burro quanto eu pensava.

Gabe passou a mão pelo cabelo, então olhou para a irmã.

— A gente não conversou se ela vai ficar aqui ou não.

O olhar de Rachel passou por cima do ombro dele.

— Bem, você pode perguntar a ela agora.

Gabe se virou e viu Anna parada na porta.

Ela usava uma camiseta simples e calça jeans, estava sem maquiagem e com o cabelo preso em um coque bagunçado, e ele nunca tinha visto uma pessoa mais bonita. Seu coração parecia prestes a sair pela garganta.

O olhar de Anna encontrou o dele.

— Me perguntar o quê?

A atividade na cozinha acontecia ao redor deles. De algum lugar distante, Gabe registrou vagamente Rachel se afastando, atravessando o cômodo em direção a Aaliyah. A mãe e Julia assumiram a tarefa de lavar e secar a louça. Matt chegou com uma vassoura para varrer algumas migalhas que as crianças haviam deixado cair, e Leah entrava e saía da sala de jantar carregando pratos. As crianças entraram correndo, gritando alguma coisa sobre um stormtrooper e voltaram a sair correndo.

Os olhos de Gabe permaneceram fixos nos de Anna e ele atravessou a cozinha devagar. Então, se inclinou e pousou delicadamente a mão no rosto dela.

— Quer se casar comigo, Anna?

QUARENTA E UM

Anna não podia ter ouvido direito com todo aquele barulho na cozinha. Por um momento, ficou sem palavras até que, finalmente, conseguiu perguntar em um arquejo:

— O quê?

Os lábios de Gabe se curvaram em um sorriso e, daquela vez, ele falou com uma voz alta e clara que se sobrepôs ao barulho da família rindo e conversando ao redor.

— Anna, você quer se casar comigo?

As conversas cessaram quando todos se viraram para olhar para eles.

— Uau — murmurou Matt, e Julia fez com que se calasse.

Um sussurro de "Ai, meu Deus" pareceu vir de Leah, e outra pessoa arquejou. Então a cozinha ficou em silêncio.

Gabe não desviou os olhos dos de Anna. Ele enfiou a mão no bolso, pegou a caixa de veludo que tinha guardado ali e pousou na mão dela. Surpresa, ela abriu a tampa e logo reconheceu a joia familiar.

O anel lindo e antigo da avó dele, presente do avô no primeiro aniversário de casamento dos dois, o mesmo que Anna se recusara a aceitar quando Elizabeth tentara dar a ela anos antes.

Gabe estava com o anel no bolso. Ou seja, provavelmente tinha planejado aquilo. Anna voltou os olhos para o rosto dele. Tinha dificuldade para respirar.

Gabe sustentou seu olhar.

— Não há mais ninguém no mundo com quem eu queira conversar sobre tudo. Ninguém que me faça rir como você ou que me enlouqueça tão completamente. — Ele fez uma pausa e deu um sorrisinho torto: — Nem ninguém que eu possa vir a amar do jeito que te amo.

As lágrimas que estavam se acumulando transbordaram.

Gabe se inclinou e segurou o rosto dela entre as mãos, enxugando as lágrimas com o polegar.

— E sabe de uma coisa, eu não sou o único que te ama. Olha ao redor, menina.

Ele indicou a família ao redor da cozinha, e Anna sentiu que estavam todos olhando para eles, completamente fascinados, mas não podia ter certeza porque não conseguia desviar os olhos de Gabe.

— Anna, você faz parte dessa família tanto quanto eu. Então, case comigo e vamos tornar isso oficial.

As lágrimas corriam livremente agora, se acumulando embaixo do queixo dela e pingando na blusa. Ela olhou para a família Weatherall reunida ao redor da ilha da cozinha. Seu olhar foi de Elizabeth, que também tinha lágrimas escorrendo pelo rosto, para John, que passou um braço ao redor da esposa e dirigiu um sorriso carinhoso a Anna. Leah pegou a mão de Josh enquanto seus ombros se sacudiam com soluços silenciosos, e o sorriso largo de Rachel parecia um pouco choroso. Matt abriu um sorriso radiante para ela, e Aaliyah e Julia assentiram, como se concordassem com tudo que Gabe dissera.

Anna se virou para Gabe, que estava com as mãos fechadas e os ombros tensos. Em seu rosto havia uma expressão que misturava vulnerabilidade e esperança, e ela nunca o amara tanto quanto naquele momento. Os dois ficaram se encarando, sem piscar, enquanto a família dele permanecia imóvel como estátuas do outro lado da cozinha.

Então, Anna se viu atingida por uma onda de felicidade e não conseguiu conter o sorriso que iluminou seu rosto. Antes que ela pudesse falar alguma coisa, Gabe a segurou pelos ombros e a beijou. Aplausos e gritos de comemoração que pareciam vir de muito longe se ergueram na cozinha, mas Anna só conseguia pensar em Gabe. Ela passou a mão ao redor da nuca dele e retribuiu o beijo com a intensidade de quinze anos de anseio, angústia e amor.

Quando eles se separaram, Gabe encostou a testa na dela e murmurou:

— Isso é um sim? É melhor que seja.

— *Sim!* — Anna ria e chorava ao mesmo tempo.

Gabe pegou o anel de Dorothy e colocou no dedo dela, então a beijou novamente.

De repente, os dois se viram cercados pela família. Os filhos de Matt e Julia agarraram as pernas de Anna enquanto John a puxava para um abraço. Quando ele a soltou, ela esbarrou em Leah, que pulava para cima e para baixo. Matt abraçou Gabe, dando tapinhas nas costas dele, então se virou e a levantou no colo. Julia abriu caminho para chegar até Anna e agarrou a mão dela, impressionada com o anel. Então Rachel afastou Julia e passou os braços ao redor de Anna.

Quando elas se afastaram, Rachel encarou Anna com uma expressão solene.

— Você sabe que ele é meu irmão mais velho e que amo esse cara mais do que quase qualquer pessoa.

Anna assentiu.

Rachel sorriu.

— Acho que não que poderia deixar ele passar o resto da vida com ninguém a não ser você.

Anna a abraçou mais uma vez, então Elizabeth se aproximou. Ela pegou a mão de Anna e passou o polegar pelo anel.

— O anel da minha mãe fica ótimo em você — declarou Elizabeth.

— Obrigada por me dar esse presente — disse Anna, com a voz embargada.

Elizabeth envolveu o rosto dela nas mãos.

— Sabe, quando você me falou para dar esse anel para uma das minhas filhas, não entendeu que eu já *estava* fazendo isso.

Então, Anna começou a chorar de novo e sentiu o braço de Gabe envolvendo-a, puxando-a para junto de si.

E por um brevíssimo instante, Anna pensou em Deb Campbell. No fim, o abandono da mãe tinha sido um presente. Um que a levara àquele momento. Anna se afastou para fitar os olhos de Gabe.

— Você ainda tem aquele colar? O que era da minha mãe?

Ele inclinou a cabeça, curioso.

— É claro que ainda tenho.

— Acho que eu deveria devolver a ela — falou Anna.

A mãe dela só tinha mais alguns meses e estava sozinha. Talvez o colar fosse servir como um conforto para ela.

Ele ergueu rapidamente as sobrancelhas.

— Você...? *Você falou com ela de novo?*

Anna assentiu.

Gabe segurou o rosto dela entre as mãos, como se estivesse checando para ter certeza de que ela estava bem mesmo. Anna sorriu para tranquilizá-lo.

— Mais tarde eu conto tudo. Mas você acha que poderia ir comigo se eu for visitar a minha mãe?

— Eu vou com você a qualquer lugar — garantiu Gabe, então colou os lábios aos dela.

Anna passou um braço ao redor do pescoço dele e retribuiu o beijo.

De algum lugar distante, a voz de Rachel os interrompeu:

— Arrumem um quarto, vocês dois!

Anna riu, recuou e ficou parada bem no meio de todo o caos para olhar ao redor, para a enorme, barulhenta, doce e amorosa família de Gabe.

Não, ela se corrigiu. *Essa não é a família enorme, barulhenta, doce e amorosa de Gabe.*

É a minha família.

Então ela sorriu e se juntou à comoção.

UMA CARTA DE MELISSA

A você que me lê,

Estou muito feliz em compartilhar este livro com você e quero agradecer imensamente por ter escolhido lê-lo. Se gostou da história e se apegou aos personagens, eu adoraria que mantivéssemos contato. Fale comigo através das redes sociais, me envie um e-mail pelo meu site ou inscreva-se na minha newsletter para receber informações sobre os meus últimos lançamentos. Além disso, sempre agradeço uma breve resenha, que ajuda novos leitores a descobrirem o livro.

www.bookouture.com/melissa-wiesner

A maioria das autoras ou dos autores tem um livro que consideram o livro do seu "coração". Às vezes, é o primeiro livro que escreveram ou o que aborda algo profundamente pessoal, ou ainda aquele que os fez rir e chorar e sentir que seu coração iria se partir enquanto estavam escrevendo. *Tudo me leva de volta a você* é completa e irrevogavelmente o livro do meu coração. É o livro que me lembra o tempo todo de por que me apaixonei por escrever e como certos personagens ficam com a gente para sempre. Obrigado por acompanhar essa jornada com Anna, Gabe e toda a família Weatherall.

Tudo de bom para você,

Melissa Wiesner
www.melissawiesner.com

facebook.com/MelissaWiesnerAuthor
twitter.com/Melissa-Wiesner
instagram.com/melissawiesnerauthor

AGRADECIMENTOS

Tudo me leva de volta a você passou sete anos e por cerca de cem revisões sendo escrito, e todas as pessoas que o impactaram ao longo desse período são numerosas demais para serem nomeadas. Este livro não existiria sem o apoio de todos que conheci nas comunidades de escrita on-line durante os primeiros rascunhos. Sempre me impressiona o fato de tantos escritores estarem dispostos a compartilhar conselhos, experiências, críticas, incentivo, compaixão e amizade para ajudar outros escritores a terem sucesso.

Um enorme agradecimento a Brenda Drake e toda a equipe por trás do programa de mentoria Pitch Wars, pelas incontáveis horas que ofereceram como voluntários para estimular novos escritores ou aspirantes e para promover comunidades de apoio à escrita. Embora eu nunca tenha sido uma "mentorada" do Pitch Wars, o programa literalmente mudou minha vida, e sei que existem centenas de outros escritores por aí com histórias semelhantes.

Agradeço aos jurados da categoria *Mainstream Fiction* do prêmio Golden Heart de 2019 do RWA (Romance Writers of America) por aumentarem minha confiança para continuar com este livro, mesmo quando eu não tinha certeza se deveria. E, mais importante, por me dar o grupo de escritores da "vida real" mais incrível e solidário que eu poderia desejar.

Um imenso agradecimento ainda a todos que fizeram críticas a este livro, mas especialmente a Maureen Marshall, que, um bom tempo atrás, me disse algumas palavras muito difíceis de ouvir e também bastante necessárias e carregadas de amor sobre minha escrita. E a Elizabeth Perry, que me falou algumas palavras bem difíceis de ouvir e também necessárias e carregadas de amor sobre essa história em particular.

Agradeço a Amy Trueblood e Michelle Hauck pela quantidade incrível de tempo e esforço que dedicaram ao concurso Sun vs. Snow. E a Jody Holford, minha mentora nesse concurso, que me ajudou a aperfeiçoar as primeiras páginas deste livro e que, quase seis anos depois, ainda responde os meus e-mails e oferece palavras de sabedoria e incentivo.

Agradeço a Julie Dinneen, que amou Anna e Gabe tanto quanto eu.

A Sharon M. Peterson, por estar sempre a uma mensagem — geralmente frenética — de distância, mesmo quando você está com um prazo apertado.

À minha agente, Jill Marsal. Tenho muita sorte de trabalhar com você. Obrigada pela sua incrível habilidade em transitar por esse mercado para que eu possa me concentrar em escrever.

À minha editora, Ellen Gleeson. Provavelmente pareço um disco quebrado pela frequência com que repito que adoro você e admiro seu incrível talento. E estou sendo sincera todas as vezes. Não consigo me imaginar publicando este livro com alguém que não fosse a Bookouture, com você como minha editora. Muito obrigada por acreditar na minha escrita e nesta história.

Agradeço a todos da Bookouture. Vocês são realmente os melhores no que fazem.

Ao meu marido, Sid. Eu teria que escrever um outro livro para dizer o quanto te amo. Algum dia farei isso, e com certeza farei com que seja obsceno.

Como sempre, agradeço à minha maravilhosa família Brusoski-Wiesner, pelo incentivo e apoio.

E, finalmente, a minha mais sincera gratidão às minhas leitoras e aos meus leitores. Agradeço a cada um de vocês.

Impressão e Acabamento:
GRÁFICA GRAFILAR